Mi mundo en tus ojos

Mi mundo en tus ojos

– Abril Camino –

TITANIA

Argentina • Chile • Colombia • España
Estados Unidos • México • Perú • Uruguay

1.ª edición Abril 2018

Copyright © 2018 by Abril Camino
All Rights Reserved
© 2018 by Ediciones Urano, S.A.U.
    Plaza de los Reyes Magos 8, piso 1.º C y D – 28007 Madrid
    www.titania.org
    atencion@titania.org

ISBN: 978-84-16327-50-8
E-ISBN: 978-84-17180-86-7
Depósito legal: B-7.166-2018

Fotocomposición: Ediciones Urano, S.A.U.
Impreso por Romanyà Valls, S.A. – Verdaguer, 1 – 08786 Capellades (Barcelona)

Impreso en España – *Printed in Spain*

A Alice, Neïra y Saray,
por convertir esta profesión en un camino menos solitario,
a mí en mejor escritora y mi vida en algo mucho más bonito.

«Bueno, todos los niños están tristes,
pero algunos lo superan.
Da gracias por lo que tienes. Mejor que eso,
compra un sombrero.
Compra un abrigo o una mascota.
Acepta el baile para olvidar».

MARGARET ATWOOD, *A Sad Child.*

«La esperanza es esa cosa con plumas
que se posa en el alma,
y entona melodías sin palabras,
y no se detiene para nada».

EMILY DICKINSON, *Hope is the thing with feathers*

PRIMERA PARTE:
Summer

Summer cumple cinco años

Hay cinco velas encima de mi tarta. Si hubiera una más, serían seis. Lo sé porque papá me ha enseñado los números. Me los sé todos hasta el diez.

Una de las velas es roja, otra es naranja, otra es azul, otra es rosa y otra es verde. Mamá las enciende, pero no me deja acercarme. Dice que puedo quemarme. ¡Pero yo ya no soy un bebé!

La abuela me recuerda que tengo que pedir un deseo cuando ya las he apagado. Pido que sea siempre verano, pero no sé si llego a tiempo. Quiero que sea verano siempre para poder levantarme tarde, bañarme en la piscina y ponerme cada día la falda rosa que me han regalado papá y mamá.

No quiero más tarta. Quiero salir al jardín a jugar con Rachel. Rachel es mi vecina y mi mejor amiga, pero mamá no me deja salir sola, aunque desde la puerta del jardín veo su columpio. Quizá, si salgo solo un poquito, la mamá de Rachel me vea y venga a buscarme.

Me estiro para alcanzar la manilla de la puerta del jardín de Rachel. La abuela me ha dicho hoy que he crecido mucho, pero no tengo fuerza para abrirla. Rachel sí puede, aunque solo es dos meses mayor que yo. Sigo intentándolo e intentándolo...

—¿Puedo ayudarte, pequeña?

Tengo mucho sueño.

Está todo muy oscuro. No me gustan los sitios oscuros.

No sé dónde está mamá. Ni papá. Ni la abuela.

No sé dónde estoy.

Somos seis niños aquí. Lo sé porque papá me ha enseñado los números. Hay dos niños, tres niñas y yo.

No sé cuánto tiempo llevamos aquí.

Huele muy mal. Ben siempre se hace pis cuando el Hombre Malo abre la puerta. Y Marcia se hace caca a veces. Ron vomita cuando el Hombre Malo nos obliga a comer fruta. Lily y Natalie siempre están cogidas de la mano y lloran mucho. Yo no sé si lloro o no, porque casi siempre tengo los ojos cerrados.

Quiero dormir, pero me duele la cabeza.

El Hombre Malo nos obliga a dormir en el suelo y está muy duro.

Marcia les grita a Lily y a Natalie que dejen de llorar. Marcia es la mayor de todas y es muy mandona. Ellas le hacen caso porque le tienen miedo, aunque menos miedo que al Hombre Malo.

Hoy el Hombre Malo nos obligó a comer espinacas. Ron fue el único que no lloró. A los demás no nos gustan las espinacas. Aunque yo me las habría comido todas a cambio de volver a ver a mamá y a papá. Se lo dije al Hombre Malo, pero él me contestó que no voy a volver a ver a mamá y a papá.

No puedo llorar porque tengo miedo a que Marcia me grite.

No puedo dormir porque el suelo está muy duro.

Ron empuja a Ben. No sé por qué. Ben se acerca a donde estoy yo y me echo a temblar, pero él me dice que no tenga miedo. No sé por qué, pero tengo miedo de todos. De todo. Pone su mano debajo de mi cabeza para que el suelo esté menos duro y pueda dormir. Lily coge a Natalie de la mano y se duermen a nuestro lado.

Cierro los ojos muy fuerte y solo espero que el Hombre Malo no vuelva a abrir la puerta.

El Hombre Malo hace cosas malas. Les hace cosas malas a Ben y a Ron. Les pega. Ron tiene manchas de sangre en su camiseta, que está muy sucia. Todos llevamos la ropa muy sucia porque nadie nos la lava. Mi falda rosa casi parece negra porque está muy sucia. El Hombre Malo nos ducha mucho rato, hasta que tiritamos de frío, pero no nos lava la ropa. Mamá siempre dice que después de bañarme tengo que ponerme ropa limpia, pero el Hombre Malo me dice que mamá es una mentirosa. A mí me da ganas de llorar cuando lo dice porque mamá nunca miente.

El Hombre Malo también nos hace cosas malas a Marcia, a Lily, a Natalie y a mí. Nos toca *ahí*, donde mamá siempre me dice que nadie debe tocarme. A Marcia le obliga a tocarle su cosa. Creo que es porque es la mayor de todas. Espero que a mí nunca me obligue.

Ahora también me obliga a mí a tocarlo. Y a Lily. Y a Natalie. Me da mucho asco.

Lloro mucho. Todos lloramos mucho siempre.

Echo mucho de menos a mamá y a papá. Si cierro muy fuerte los ojos, me imagino sus caras. Tengo que imaginármelas porque ya no las recuerdo bien.

Mamá está borrosa, pero huele a vainilla.

Papá también está borroso, pero me acuerdo de cómo silba sus canciones favoritas.

Cuando vuelvo a abrir los ojos, se me caen las lágrimas, aunque yo creía que no estaba llorando. Lily me agarra la mano. Ron apoya su cabeza en mi hombro. Ellos también están llorando.

Hoy el Hombre Malo ha sido más malo que nunca.

Hoy ha llegado una niña nueva en brazos del Hombre Malo. Se llama Mona. Tiene tres años. Ya no soy la más pequeña. Mona no para de llorar.

Hay mucho ruido en la casa del Hombre Malo. Ben nos contó que el Hombre Malo vive encima de nosotros, pero nunca se le oye.

Hasta hoy.

Vienen más Hombres Malos. Muchos. Van todos vestidos iguales y nos dicen que no nos va a pasar nada. Que nos van a llevar con nuestros papás y nuestras mamás. Todos lloramos porque no nos lo creemos. El Hombre Malo nos dice siempre que nunca volveremos a ver a nuestros papás y a nuestras mamás.

Me echo a llorar. Natalie se esconde debajo de la silla donde siempre se sienta el Hombre Malo. Marcia grita. Marcia siempre grita. Me acurruco en una esquina y Ben corre a abrazarme. Lily se queda de pie delante de nosotros. Mona hace días que duerme. Cuando yo estaba malita, en casa, mamá me decía que tenía que dormir para curarme.

Todo se vuelve oscuro.

Summer cumple seis años

La casa nueva tiene piscina, pero no puedo bañarme en ella, porque me da miedo salir fuera.

En invierno nevó, pero yo no me atreví a salir a jugar. Si salgo a jugar, puede volver el Hombre Malo.

La abuela vive ahora con nosotros. Dice que nunca vamos a volver a Brownsville.

No me pude despedir de Rachel, pero no la echo de menos.

A veces, papá y mamá hablan cuando piensan que no los oigo.

—Martin, hay que hacer algo. Summer tiene que empezar el colegio dentro de un mes, y no podrá hacerlo si apenas habla.

—¿Qué más da eso, Sarah? ¿Qué más da que empiece el colegio este año o el que viene?

—Tenemos que hacer todo lo posible por que tenga una vida normal.

—Su vida nunca va a ser normal. La de ninguno de nosotros volverá a ser normal jamás.

Papá siempre tiene razón.

Summer cumple siete años

—Summer, cariño, ¿por qué no quieres soplar las velas?

«Porque los deseos nunca se cumplen». Lo pienso, pero no lo digo.

—No importa, cielo.

Mamá apaga las velas y empieza a cortar la tarta.

Yo sigo sin decir nada. Ya casi nunca digo nada.

Summer cumple ocho años

No me gustan los niños del cole. No quiero volver al cole cuando acabe el verano.

Echo de menos a Lily y a Natalie. Y a Ben. También a Ron. Y a Mona, aunque de ella casi no me acuerdo. Echo de menos incluso a Marcia. Si ella estuviera conmigo en el cole, no me importaría que gritara.

Summer cumple nueve años

Joseph J. Boone.

Papá se ha dejado la puerta de su despacho abierta. Nunca lo hace. Yo me he colado dentro y he visto los recortes de periódico.

El Hombre Malo se llama Joseph J. Boone.

Summer cumple diez años

—Martin, no puedes hacernos esto. No puedes hacerlo...

Mamá llora. Mamá siempre llora.

—¿Por qué, Sarah? ¡¡Qué importa si me quedo o me voy?!

Papá grita. Papá nunca grita.

—Summer ya ha perdido demasiado. No hagas que pierda también a su padre.

—No pude protegerla cuando me necesitó.

—No fue tu culpa, Martin. ¡No lo fue!

—Estaréis mejor sin mí, Sarah. Lo siento.

Summer cumple once años

Me he vuelto a hacer pis en la cama.

Mamá me prometió que podría ir a dormir a casa de Barbara si estaba una semana sin hacerme pis en la cama.

He aguantado cinco días.

Summer cumple doce años

Mamá no me deja celebrar mi cumpleaños en el centro comercial. Tiene miedo de que haya Hombres Malos en el centro comercial.

Mamá siempre tiene miedo.

Yo también tengo miedo siempre.

Summer cumple trece años

....

El horror de Brownsville

Liberados seis niños en el sótano de una casa en las afueras de la ciudad. El FBI resuelve el caso que tenía aterrorizada a la sociedad del oeste de Oregón. Detenido un hombre de cuarenta y dos años como responsable único de los raptos, posibles abusos de menores y el homicidio de una séptima víctima, la última menor desaparecida.

En la tarde de ayer, la unidad del FBI desplazada expresamente a Brownsville (Oregón) para investigar las desapariciones de varios niños en la localidad, y en otros pueblos cercanos del condado de Linn, consiguió liberar a los seis supervivientes.

Se cumplían ayer ocho meses de la desaparición de R.M., de siete años, el primero de los escolares de Brownsville raptados por Joseph J. Boone. El terror y la paranoia se han adueñado en estos ocho meses del estado de Oregón, en una espiral que crecía con cada nueva desaparición. La última fue la de M.W., de solo tres años, la más pequeña de las prisioneras de Boone, a quien ya se llama «el monstruo de Brownsville».

Precisamente ella se ha convertido en la única víctima mortal de estos terribles sucesos.

Un vecino del secuestrador fue quien dio la voz de alarma, tras observar durante semanas que el habitante de la casa contigua a la suya compraba más víveres de los que corresponderían a un hombre solo. Una investigación en el departamento municipal de urbanismo reveló que la casa había estado habitada anteriormente por un paramilitar de extrema derecha que había solicitado una licencia para construir un búnker en su sótano. Las fuerzas de intervención del FBI irrumpieron en la vivienda sin previo aviso y descubrieron que los siete niños habían permanecido retenidos en ese sótano durante meses. Todavía se desconoce la identidad de uno de ellos.

«He servido en el ejército, he estado en la guerra y llevo diecisiete años en el FBI, pero puedo afirmar, sin lugar a dudas, que nunca he visto un horror semejante al que encontramos en ese búnker. Todos los agentes que han intervenido están muy afectados», ha declarado el jefe de la investigación.

El lugar donde los niños han permanecido secuestrados tiene, según fuentes de la investigación, unos setenta metros cuadrados diáfanos. En ellos, el secuestrador había dispuesto tres o cuatro colchonetas en el suelo, una especie de manguera convertida en ducha adosada a una pared y un orinal que todos los pequeños compartían. «La suciedad y el mal olor eran difíciles de describir, aunque los niños parecían estar acostumbrados a ellos», ha declarado uno de los agentes.

Según el informe preliminar del FBI al que ha tenido acceso este medio, los niños, de entre tres y nueve años, han convivido en el búnker con el cadáver de la niña asesinada durante los meses que han permanecido secuestrados. Cuando fueron rescatados, vestían las mismas ropas que llevaban el día de su desaparición y mostraban síntomas de deshidratación y, en algunos casos, de desnutrición. Uno de los pequeños no ha podido ser identificado, y los agentes trabajan investigando denuncias de desaparición en estados limítrofes.

Los niños han sido atendidos en el Hospital General de Brownsville y la mayoría se encuentran ya de vuelta con sus familias o atendidos por los servicios sociales.

Joseph J. Boone ha pasado a disposición judicial, y se espera que las acusaciones contra él sean hechas públicas en los próximos días.

· ·

Papá debería haberse llevado con él los recortes de periódico.

Ni siquiera sabía que Mona estaba muerta cuando nos liberaron.

Quiero matar a Joseph J. Boone.

Summer cumple catorce años

—Summer, he estado toda la tarde preparando la tarta. Es tu favorita.

—Nadie te pidió que lo hicieras, mamá.

—Ya lo sé. Pero es tu cumpleaños.

—Sabes que odio celebrar mi cumpleaños. ¿Por qué sigues insistiendo?

—Ha llamado tu padre.

—Pues mira qué bien.

—Dice que puedes ir a visitarlo cuando quieras.

—No me gustaría interrumpir su idílica nueva vida familiar en la que ningún niño es secuestrado y violado.

—¡Summer! Por Dios, no hables así.

—Es la verdad, ¿no?

—Pero...

—Pero nada. A papá le molesto. Créeme, he tenido cuatro años para darme cuenta de que solo con verme le dan ganas de arrancarse las tripas.

—Esos niños son tus hermanos.

—Yo no tengo hermanos.

Es mentira. Sí los tengo. Se llaman Marcia, Ron, Ben, Lily y Natalie. Y ni siquiera sé si están vivos o muertos.

Summer cumple quince años

—¡Summer! ¡Summer!

»Summer, cariño, no te duermas.

»¿911? Por favor, vengan rápido. Al 2391 de Boulder Road. Mi hija está muy mal...

Mamá está llorando. Mamá siempre llora.

El agua se está enfriando.

El agua es rosa, como la falda que llevaba en la casa del Hombre Malo.

Summer cumple dieciséis años

—Summer, todos comprendemos por lo que has pasado, y...

—Estoy segura de que sí. Seguro que lo comprenden todos perfectamente.

—No. Tienes razón. Lo que te ocurrió es casi imposible de concebir, pero...

—¿Pero qué? ¿Que no vuelva a intentar matarme?

—Estuviste a punto de morir, Summer.

—¿Sí? Jamás lo habría adivinado...

—El sarcasmo no te va a ayudar a salir de esto.

—Doctora Klein, ¿*salir*? ¿Cree que no lo he intentado?

—No lo dudo. Pero, si una estrategia no funciona, habrá que probar con otra.

—¿*Estrategias*? ¿En serio? ¡Esto no es una puta partida de ajedrez! Tengo miedo a todo, tengo pánico... ¡no quiero vivir! ¿Es que es tan difícil de entender? Lo he intentado, joder, pero...

—Cuéntame cómo.

—¿Cómo qué?

—Cómo lo has intentado.

—¡Yo qué sé! Encerrándome en mí misma por momentos, intentando llevar una vida normal en otros, odiando al mundo...

—¿Y qué te funcionó mejor?

—¡Nada! Nada funciona. Vamos a ver... Yo no soy una cría deprimida porque ha sacado malas notas o porque la ha dejado su novio. A mí me han raptado, han abusado sexualmente de mí, estuve cinco meses sin ver la luz del sol, vi a los otros niños ser torturados, vi morir a una niña que era poco más que un bebé sin darme cuenta siquiera. De eso no se sale.

—Se llama...

—Síndrome de estrés postraumático, lo sé.

—Hablemos de tu medicación.

—Odio la medicación.

—¿Por qué?

—No lo sé. Porque no soy yo cuando la tomo, supongo. Mis opciones en la vida son no ser yo o ser una yo que solo quiere morirse. Fantástico, ¿verdad?

—¿Crees que te vendría bien volver a ingresar aquí?

—¡No! Por Dios santo, no sé en qué momento alguien creyó que la forma de que superara un encierro en un sótano era encerrarme en un psiquiátrico.

—En el momento en que...

—Sí, lo sé. En el momento en que me corté las venas en la bañera.

—¿Me prometes que durante esta próxima semana sí escribirás tus sentimientos en el cuaderno que te he dado?

—Supongo.

—Nos vemos el próximo martes, Summer.

—Buenas tardes, doctora Klein.

Summer cumple diecisiete años

—Summer, te han aprobado la matrícula en el instituto nuevo.

—Muy bien.

—Dime que no te meterás en problemas esta vez, por favor.

—Por enésima vez, mamá, yo no me metí en problemas en el anterior instituto.

—Le rompiste la nariz a un alumno.

—A un alumno que me tocó el culo.

—A un alumno que asegura que tropezó contra ti sin querer.

—Pues reza para que en el instituto nuevo los alumnos no sean tan torpes.

Summer cumple dieciocho años

—Summer, hija, ¿de verdad no quieres salir a la piscina?

—No.

—Es verano, al fin hace calor. No entiendo por qué sigues con la cabeza enterrada en los libros.

—¿Quizá porque me gustaría llegar a la universidad antes de los treinta?

—Te queda un año de instituto. Si todo va bien, solo entrarás un año más tarde que tus compañeros.

—Tal vez, si no me hubiera pasado un curso casi entero encerrada en un puto manicomio, estaría ya haciendo las maletas para largarme.

—Sabes que aquello...

—Ya, ya, sí. Me lo sé.

—¿De veras no quieres venir a bañarte con la abuela y conmigo?

—No, mamá. Pese a ese superplanazo, prefiero quedarme leyendo a Gamow. Muchas gracias.

Summer cumple diecinueve años

—Doctora Klein, por favor, hágala entrar en razón.

—Summer, Sarah... Este momento es crucial en la vida de las dos. Summer se va a la universidad. Es una oportunidad de oro para pasar página a todo el dolor que habéis vivido los últimos catorce años. No se va a olvidar, no vamos a dejar de hablar de ello. Seguiréis teniendo que curar heridas. Pero es una nueva etapa.

—Una nueva etapa en la que mi madre pretende trasladarse a Virginia a vivir conmigo.

—Doctora, yo... no puedo soportar la idea de que esté sola a casi dos mil kilómetros.

—Mamá, ¡tú pusiste tus condiciones y las acepté! ¡¡Joder!!

—¿Mi idea de que pactarais unas condiciones no ha funcionado, entonces?

—Yo creía que sí.

—Revisemos esas condiciones.

—Mi madre me ha pedido, o más bien *exigido*, que me traslade a uno de los campus más seguros del país, que la universidad tenga un programa sólido de apoyo psicológico a los alumnos y que hablemos todos los días por teléfono para confirmarle que estoy bien.

—¿Y cuáles fueron tus condiciones?

—Una universidad con un buen programa de Física y con un centro deportivo que me permita seguir con el *kickboxing*.

—Sarah, ¿qué opinas de esas condiciones?

—Me parecen bien, pero...

—Creo que las condiciones de ambas son muy razonables. ¿Cuál es el problema, Sarah?

—Que me da miedo que vuelva a pasarle algo.

—Y ese miedo lo tendrás siempre, me temo. Pero habíamos quedado en que Summer tenía que aprender a volar sola.

—Lo sé, pero...

—Pero nada, mamá. No pienso aparecer en el campus con mi madre en la mochila. Te juro que es mi última palabra. O te quedas en Kansas sola o te quedas en Kansas conmigo. Pero, si quieres que vaya a la universidad... tendrá que ser sin ti.

—Está bien. Supongo.

—Summer, no olvides ponerme en contacto con tu nuevo terapeuta cuando te lo asignen. Por las referencias que tengo de la Universidad de Regent, me parece que vas a estar muy bien cuidada. Y, por supuesto, puedes llamarme cuando lo necesites. O pasarte a visitarme cuando vuelvas a casa en vacaciones.

—Gracias, doctora Klein. Por todos estos años, a pesar de todo.

—A vosotras, por la confianza. Te deseo toda la suerte del mundo. A las dos os la deseo. Os la merecéis.

1
Bienvenida, libertad

Me tiemblan las piernas sobre los pedales del coche cuando entro en el aparcamiento de la residencia de alumnos de la Universidad de Regent. Llevo más de diecisiete horas conduciendo casi sin detenerme, a pesar de que le juré a mi madre que pararía cada cuatro horas como máximo y que la llamaría desde cada una de esas paradas. En realidad, he acabado llamándola desde el manos libres y me he limitado a parar cuando el depósito estaba demasiado vacío o mi vejiga demasiado llena.

Diecisiete horas al volante en soledad pueden hacerse muy largas, sobre todo si se dedican a darle vueltas y más vueltas a la cabeza y a multiplicar por un millón las inseguridades que ya traía de fábrica. Las inseguridades que nacieron cuando tenía cinco años y que mi madre se ha encargado de alimentar hasta el infinito con su pánico extremo a que me relacione con el mundo exterior.

En el fondo, me encantaría ser como ella. O como ella querría que fuera yo, mejor dicho. Ser capaz de encerrarme en mí misma, en nuestra casa, en el pequeño círculo infranqueable de protección que ella ha creado a mi alrededor. Sin ganas de salir, sin preguntarme qué hay más allá de los muros, qué me estoy perdiendo. Bueno, en realidad lo que me encantaría es que nada de lo que me ocurrió hubiera pasado nunca, pero ni siquiera recuerdo mi vida antes del rapto, así que esa opción queda descartada.

Pero supongo que, para mi desgracia, sigo siendo la niña curiosa que se destrozó la vida por querer abrir la puerta del jardín de su vecina pese a que sus padres le habían pedido que se quedara en casa.

«No es culpa tuya, Summer. Nunca lo fue».

Desde que la doctora Klein empezó a tratarme y dejé de ser la adolescente pirada que intentaba suicidarse y agredía a sus compañeros de instituto, la curiosidad empezó a anidar dentro de mí. Curiosidad y ganas de vivir. De ser normal. De tener la vida que cualquier estudiante de diecinueve años se merece.

Los últimos dos años de instituto fueron una locura de estudio. Justo cuando me había propuesto empezar a socializar, hacer amigas en mi nuevo instituto que no me miraran como a la marginada que esconde secretos inconfesables, me di cuenta de que, si pretendía acceder a una universidad con un buen programa de Física, tendría que posponer las fiestas, las salidas y, en general, cualquier plan de ocio. Ya había perdido un año de instituto y necesitaba dedicar cada minuto de mi vida a estudiar.

Así que me propuse retrasar mi renacimiento al mundo exterior hasta el momento de entrar en la universidad. Cuando me perdía entre números, cálculos y fórmulas físicas imposibles para intentar obtener las mejores calificaciones durante los dos últimos años, lo hacía con esa motivación. Entrar en una buena universidad, lo más lejos posible de Kansas, y empezar a vivir.

El lugar elegido fue la Universidad de Regent. No era mi primera opción; en realidad, no entraba entre ninguna de las quince o veinte que le propuse a mi madre como posibilidades. Es una universidad católica, con unas ideas un poco demasiado puritanas, y cuyo programa de Física es bueno pero no excelente. Se me ocurrían unas cuantas opciones mejores, pero, en cuanto mi madre leyó que era una de las universidades más seguras del país y que el campus tenía una política de tolerancia cero con el alcohol y las drogas, y un historial libre de agresiones sexuales, ya no hubo vuelta atrás. Ella se dedicó a llamar a los consejeros académicos del campus a mis espaldas y, cuando descubrió que, además, en Regent contaban con un centro pionero en terapias psicológicas a disposición de los estudiantes, formalizó la matrícula casi sin contar conmigo. Acabé aceptando, después de comprobar que el programa académico no estaba mal y, sobre todo, que el campus disponía de un centro deportivo perfecto para seguir con mis entrenamientos de *kickboxing* y defensa personal.

En cuanto la matrícula estuvo confirmada, empecé a investigar un poco sobre el lugar al que me mudaría a finales de agosto, y fue entonces cuando la ilusión hizo acto de presencia. Qué digo *ilusión*... Trasladarme a Virginia se convirtió casi en una obsesión. La ciudad más cercana al campus de Regent es Virginia Beach, uno de los centros turísticos más importantes del país, que presume de contar con la playa más larga del mundo. Nada menos que cincuenta y seis kilómetros de costa, bordeados por un paseo marítimo lleno de hoteles y lugares de ocio. Me parecía el lugar perfecto para iniciar una nueva vida que ya no estuviera presidida por el drama.

Por supuesto, tuve que prometerle a mi madre que ni me acercaría a la ciudad y permanecería encerrada entre los, según ella, infranqueables muros del campus. Como a todo en estos últimos meses, le dije que sí.

Aparco el coche en el primer hueco que encuentro libre, a pesar de que me tocará darme un buen paseo hasta la puerta de la residencia cargando con maletas y cajas, pero es que las piernas amenazan con no responderme por más tiempo. Porque mis planes de independencia, libertad y una nueva vida fuera de la sobreprotección materna suenan muy bien en mi cabeza, pero la cruda realidad es que estoy aterrorizada.

Llevaba cinco horas conduciendo en dirección a Virginia cuando me cayó encima la horrible losa del pánico. Durante esa primera parte del trayecto, el subidón de estar a punto de conseguir el sueño de mi vida sustituyó a todo lo demás. Además, después de un par de semanas de discusión eterna con mi madre para conseguir traerme mi coche al campus, había conseguido también eso. ¿Qué podía salir mal?

Pues... muchas cosas. La primera, que no tardé en darme cuenta de que todo el plan de viaje que había elaborado no iba a cumplirse. Paradas cada cuatro horas, darle a mi madre un poco de la charla que necesitaba, comer en los restaurantes de las estaciones de servicio que encontrara por el camino y, cuando empezara a anochecer, alojarme en uno de los moteles de carretera que había buscado en internet en las semanas anteriores. Fácil.

El problema llegó cuando empecé a posponer ya la primera parada. La idea de una estación de servicio llena de hombres, de desconocidos, de personas que podrían hacer conmigo lo que quisieran a poco que se esforzaran en ser discretos... No sé si retumbaban en mi cabeza mis miedos o los de mi madre, o los de ambas entrelazados desde mi más tierna infancia. El caso es que no paré. Conduje y conduje hasta que no pude aguantarme más las ganas de ir al cuarto de baño. Me detuve en la estación de servicio más iluminada y llena de gente que encontré, me encerré en el lavabo y compré algo así como cincuenta latas de Red Bull para mantenerme en pie durante el resto del trayecto. Porque ya había asumido que lo de dormir en un motel yo sola se quedaría en un plan peregrino que no iba a cumplir.

Hice un par de paradas similares, conduje con la música a un volumen lo suficientemente alto como para no escuchar mis pensamientos y, así, he llegado hasta aquí a primera hora de la mañana del día anterior al comienzo de mi vida universitaria, agotada y bastante cabreada conmigo misma por seguir arrastrando unos miedos que me temo que tardarán en desaparecer mucho más tiempo del que me gustaría.

Cojo del asiento trasero del coche mi maleta pequeña, la que lleva lo más imprescindible para sobrevivir. Ya me plantearé a lo largo del día venir a recoger el resto de mis cosas. Me doy cuenta perfectamente de que he echado dos o tres vistazos en todas las direcciones antes de atreverme a separarme del coche. También me doy cuenta de que estoy tan tensa que todos mis músculos están agarrotados y que me estoy clavando la llave del coche en la palma de la mano de una manera que me sorprende que no me haya hecho sangre.

Me dirijo hacia el mostrador de recepción de la residencia universitaria después de una última ojeada a los alrededores del aparcamiento. «Por Dios santo, Summer, son las ocho de la mañana y el campus está repleto de estudiantes, padres y profesores. No puede ocurrirte nada. Nada». La cola es de impresión, y asumo que pasaré en ella un par de horas antes de conseguir que me informen de cuál es mi dormitorio, mis horarios de clase, los del gimnasio y, por supuesto, los del servicio de asesoramiento psicológico.

Son casi las once cuando, al fin, atravieso la puerta de la que va a ser mi habitación durante, como mínimo, los próximos nueve meses.

No voy a negar que llevo días nerviosa por conocer a mi compañera de cuarto. En los últimos diecinueve años, la única gente con la que me he relacionado realmente han sido mi madre y mi abuela. Ni siquiera con mi padre tengo una relación que vaya más allá de tres o cuatro mensajes al año y alguna visita muy muy ocasional. Y, ahora, de repente, voy a compartir todo mi tiempo y mi espacio con una desconocida.

—¡¡¡Hola!!!

Un chillido estridente me recibe en cuanto abro la puerta. Bueno, un chillido estridente, cuatro personas y un olor a marihuana que tira para atrás. «Hola, ansiedad social universitaria, encantada de conocerte».

—Soy Gina. Tú debes de ser Summer, mi nueva compañera. Estos son Bryce, Leo y Samantha. —Hace un gesto vago hacia las tres personas que permanecen sentadas sobre su cama, que me saludan con gestos algo indiferentes—. Estamos celebrando el nuevo curso con una pequeña fiesta privada, espero que no te importe. Es nuestro tercer año en Regent, así que se supone que tengo que enseñarte dónde está todo. Ya sabes, el comedor, la biblioteca y todas esas cosas. Más tarde, ¿vale? Ahora estoy demasiado fumada como para recordar cómo llegar a las escaleras.

Interrumpe su verborrea con un ataque de risa, justo en el momento en que me doy cuenta de que me he quedado paralizada, con mi mano ceñida al tirador de la maleta como si temiera que fuera a huir despavorida sin mí. Me acerco a mi cama, que, al menos, han tenido el detalle de no tocar, y echo un vistazo al que va a ser mi nuevo hogar durante el curso.

La habitación es simétrica, casi como si pudiéramos trazar una línea invisible en su centro que separe mi espacio del de Gina. No parece una mala idea, la verdad. Pegadas a las paredes más largas, se encuentran las dos camas individuales, con armarios en los pies y el cabecero, muebles altos formando una especie de puente y cajones bajo el somier. Al menos, no me faltará espacio para meter todas las cosas que me he traído. En la pared del fondo, dos enormes mesas de estudio, separadas por una librería de suelo a techo en la que varias baldas están ocupadas por libros y otros enseres de Gina. Al lado de cada mesa, sobre la pared, hay un enorme tablón de corcho que, en el caso de ella está plagado de fotos y entradas de eventos, y que ya me imagino en el mío con un *planning* perfectamente organizado de todas mis actividades. Me gusta el control y el orden, no es un secreto para nadie.

Frente a la entrada, otra puerta da acceso al cuarto de baño, también bastante grande y moderno. Un enorme espejo sobre el lavabo me devuelve el primer vistazo del efecto que dos días conduciendo han tenido sobre mi aspecto. La anarquía se ha adueñado de mi pelo oscuro y hasta el flequillo ha desaparecido, mezclado con el resto de mechones, lo que me da un cierto aspecto de psicótica. Las ojeras marcadas destacan sobre mi piel, que sigue blanca inmaculada a pesar de que estamos en pleno verano, y las motitas rojas que pueblan mis ojos verdes hablan de demasiado Red Bull y poco sueño. La camiseta de manga larga se me escapa hacia un hombro y celebro que no esté cerca mi abuela para recordarme cuánto he adelgazado con el estrés de estas últimas semanas, la verdad.

Mi mirada recala en lo que, a primera vista, ya es mi parte favorita del cuarto: dos enormes ventanales, con vistas al campo de béisbol del campus, que dejan entrar un montón de luz a todo el dormitorio. En general, la habitación es preciosa, pintada en un tono verde menta y con la mayoría de los muebles en blanco y maderas muy claritas.

—A lo mejor no sabe hablar. —Escucho a uno de los amigos de Gina murmurar, y me doy cuenta de que debería hacer todo lo posible por parecer normal.

—Perdonad. —Carraspeo un poco para ocultar los nervios—. Estaba alucinada con lo bonito que es esto. Soy Summer, sí. Encantada de conoceros.

Les sonrío, y pongo mi maleta sobre la cama para empezar a colocar mis cosas en los armarios. Ellos me preguntan si ese es todo mi equipaje y, cuando les digo que tengo todavía muchas cosas en el coche, Gina los pone en marcha para ayudarme a traerlas. Les agradezco el gesto, la verdad, porque estoy tan acostumbrada a encargarme de todo yo sola que el hecho de que varios desconocidos hagan algo por mí de forma altruista me deja bastante sorprendida.

Son casi las doce de la noche cuando al fin me meto en la cama, con todos los músculos de mi cuerpo protestando por las mil horas que llevo sin dormir y el esfuerzo de transportar las cajas y maletas. Gina lleva ya más de una hora durmiendo, después de haberme dado un *tour* guiado por el campus, que es muchísimo más grande de lo que esperaba, y de aclararme que la política de tolerancia cero con el alcohol y las drogas es menos efectiva que exitosos los esfuerzos de los estudiantes por burlar las prohibiciones.

Caigo en la cama con los ojos casi cerrados, pero me da tiempo antes a sonreír, pensando en que hoy ha sido un gran día. Que el primer paso hacia mi nueva vida está dado. Hacia mi independencia. Hacia la normalidad.

2
El chico de los ojos turquesa

Rutina. Bendita rutina. He tardado casi dos semanas en acostumbrarme a los rígidos horarios de la vida universitaria, pero, una vez que lo he hecho, he empezado a sentir esa tranquilidad que me provoca siempre la idea de tenerlo todo bajo control. O, al menos, lo que está en mi mano controlar.

Todos los días de la semana tengo clase en el edificio principal de la facultad entre las nueve y las cuatro y media de la tarde, menos los viernes, que nos liberan a la una, supongo que para evitar que se les mueran los alumnos de un ataque de agotamiento extremo. Además, cuatro días a la semana dedico todas las fuerzas que me quedan a los entrenamientos de *kickboxing* en el gimnasio anexo al campo de béisbol, por el que también me paso de vez en cuando el fin de semana. Por suerte, queda a pocos metros de la residencia universitaria, así que tengo el tiempo justo para llegar a mi habitación y caer muerta sobre el colchón. Los jueves, por desgracia, no puedo ir al gimnasio, porque tengo que dedicar una hora y media de mi vida a cumplir con las sesiones de terapia que mi madre puso como condición inalienable para permitirme estudiar aquí.

Las clases son duras. Toda la Física que estudié en el instituto, y que, en aquellos momentos, me parecía un conjunto de conocimientos muy sólido, se queda a la altura de una clase de preescolares comparado con lo que estamos aprendiendo en estas primeras semanas. Pero me gusta. Según la doctora Klein, el motivo por el que decidí centrarme en esta materia es mi necesidad de comprender el origen de las cosas, el funcionamiento del mundo... y supongo que tenía algo de razón. Claro que, si ella no consideraba que eso fuera malo, tampoco seré yo quien le dé más vueltas a la cabeza.

El gimnasio... esa sí es mi verdadera válvula de escape. A veces, cuando mis músculos chillan de dolor y los pulmones parecen no estar dispuestos a dejar entrar más oxígeno en mi cuerpo, me pregunto cómo puede gustarme tanto entrenar. Pero se me olvida enseguida, en cuanto me siento poderosa, fuerte, valiente, golpeando con toda mi fuerza el saco de arena o a cualquier víctima inocente que esté dispuesta a hacerme de *sparring*. Por supuesto, mi necesidad de estar en forma y de conocer todas las técnicas de defensa personal también están relacionadas con lo que ocurrió. Todo lo está. Pero, al mismo tiempo, todo ha pasado a formar parte de mi personalidad. Puedo odiarlo, rebelarme contra ello y volver a ser la desquiciada que fui cuando tenía quince años. O puedo asumirlo. Asumir que siempre sufriré de estrés postraumático, que siempre necesitaré tener las cosas bajo control para estar tranquila, que siempre me sentiré más segura si estoy en forma y puedo presentar batalla si alguien vuelve a cruzarse en mi camino con malas intenciones y asumir que la terapia será una mochila que llevaré a mis espaldas toda la vida.

Los jueves no son fáciles para mí. Que asuma que necesitaré tratamiento, probablemente durante el resto de mi vida, no hace que me guste. Sé que me ayuda, y por eso soy persistente y no la abandono, pero preferiría pasarme esas tardes disfrutando un poco de la vida universitaria que hablando con el doctor McIntyre, con el que sé que tardaré bastante en sentirme tan cómoda como lo hacía en los últimos tiempos con la doctora Klein. Con ella me costó casi dos años abrirme un mínimo, así que no me agobio —de momento— y decido dejar que las cosas fluyan con calma.

Entro en el gimnasio el domingo con la esperanza de que sea como el anterior. Los fines de semana, la población del campus baja bastante, así que puedo dedicarme a entrenar casi en silencio y sin tener que esperar en ninguna máquina. Cuando salgo de los vestuarios, veo que mi saco de boxeo favorito está ocupado y decido empezar por los bancos de pesas. Es la parte que menos me gusta del entrenamiento, pero es necesaria para desarrollar grupos musculares que no se trabajan tanto durante los ejercicios específicos de *kickboxing* y defensa personal.

Me fijo, como ya he hecho otras veces durante estas dos semanas, en el chico que golpea el saco con precisión y con una cadencia casi perfecta. Es difícil no hacerlo, y no solo porque sea el otro único desquiciado que está en este lugar un domingo a las siete y media de la mañana. También porque tiene la maldita manía de entrenar sin camiseta, dejando a la vista unos brazos llenos de tatuajes y pulseras de cuero, y un torso moreno y delgado, aunque perfectamente esculpido. Y por su pelo negro, brillante y algo largo. Y por unos ojos tan azules que parecen dos turquesas. Me alucina ser consciente de hasta qué punto me he fijado en todos esos detalles.

Aumento un poco el ritmo en mi serie de cuádriceps cuando empiezo a pensar en mis relaciones con los chicos. O, mejor dicho, en mis no-relaciones. En el único punto que dejé en el cajón del olvido cuando me hice la firme promesa de tener una vida normal. Quiero que me gusten. Me gustan, de hecho, no es que yo lo fuerce. Me he fijado en chicos varias veces en mi vida. En compañeros de instituto, del gimnasio al que iba en Kansas City, chicos que me encontraba por la calle o a los que conocía de vista. Supongo que el hecho de que sepa que no todos los hombres son una especie de demonios como aquel que me raptó cuando era niña es una prueba de que la terapia funcionó conmigo. Pero una cosa es la teoría, y otra, la práctica. Porque, si nunca he salido con alguien, si nunca me lo he planteado siquiera, es por el puro pánico a cuál puede ser mi reacción en el momento en que las cosas se pongan íntimas. Y no hablo de sexo, porque eso queda muy lejos de lo que considero mis opciones. Hablo de besos, de caricias, del simple hecho de que un chico invada mi espacio vital. Tengo pavor a acabar golpeando a alguien, como ya me ocurrió en el instituto, o a entrar en pánico y quedar como una tarada.

Tengo miedo a todo, en realidad.

De hecho, el único desencuentro que he tenido con Gina hasta el momento ha sido por meter a un chico en nuestro dormitorio. Cuando desperté una mañana, la semana pasada, tras una noche en que media universidad se había ido de fiesta —yo aún no me había atrevido a llevar hasta ese punto mi socialización—, y me encontré con un chico rubio medio desnudo sobre su cama, pensé que me iba a dar un infarto. Solventé la papeleta vistiéndome a toda prisa y saliendo a correr, con la esperanza de que él ya no estuviera allí cuando yo volviera. A mi regreso, Gina y yo tuvimos una charlita en la que ella se comprometió a no traer hombres a nuestro dormitorio, y yo le prometí que algún día le contaría los motivos por los que ese asunto era tan importante para mí. Aunque reconozco que mantuve los dedos cruzados al prometerlo.

—Ya te queda libre el saco.

Todas mis cavilaciones se ven interrumpidas cuando el chico de los tatuajes y los ojos turquesa se dirige a mí. Balbuceo un poco, y hasta doy un pequeño respingo, pero confío en que él no se haya dado cuenta.

—¿Qué?

—Perdona, no quería molestarte. —Parece que, al final, no he sido tan discreta en mi reacción. «Maldita sea»—. Me he fijado en que siempre usas ese saco en concreto y... bueno, eso, que ya lo dejo libre.

Se aleja de mí con una sonrisa radiante y, por primera vez, reparo en lo que ha dicho. Se ha fijado en mí. Y, obviamente, yo me he fijado en él.

«Problemas, bienvenidos a mi vida».

3
Mi vida con Gina

El invierno nos golpea con fuerza hacia mediados de octubre. Los otoños suelen ser bastante suaves por aquí, pero parece que este año la ciudad ha decidido adelantar el invierno, y la bufanda, los guantes y el gorro se han convertido ya en uniforme obligatorio antes de entrar en noviembre.

Llego a mi dormitorio después de un día agotador, como casi todos, aún tiritando de frío. Por suerte, Gina ignora casi todas las normas dictadas por cualquier autoridad, entre ellas la recomendación de la residencia universitaria de mantener la temperatura de nuestros aparatos de calefacción por debajo de los veintiún grados. Así que, en cuanto abro la puerta, me golpea una especie de calor tropical que hace que me despoje de la mitad de mi ropa a la velocidad del rayo.

—Tú tienes un nulo respeto por el futuro del planeta, ¿no? —le pregunto, entre risas, cuando veo que está estudiando en su cama, «vestida» solo con una camiseta de tirantes y unas bragas, mientras se abanica con un par de folios.

—Si el futuro del planeta pasa por el calentamiento global, toda la población de Virginia me lo agradecerá los próximos inviernos.

—Estás como una cabra.

Y sí que lo está. Jamás pensé que una persona tan diametralmente opuesta a mí pudiera haberse convertido en la mejor compañera de habitación que podría desear en mi «nueva vida normal». Solo con echar un vistazo al dormitorio, es fácil deducir de qué estoy hablando. Mientras por su mitad parece haber pasado un tornado que ha lanzado sobre el suelo, la cama y cualquier superficie disponible ropa, bolsos, zapatos, libros y apuntes, en mi mitad el orden es tan pulcro que mi madre estaría orgullosa de mí.

Solo por ese pensamiento, me apetece darle una patada a un cajón, a ver si así consigo parecer humana y no una fanática del control. Lo mismo ocurre con nuestros escritorios. Gina estudia Derecho, y no le va mal, lo cual me parece incomprensible viendo el desorden que reina entre sus cosas. Yo, en cambio, tengo toda la materia de mis asignaturas dividida en bloques de estudio diario que jamás me salto, mis libros permanecen alineados y la cantidad de material escolar que puebla mis estanterías roza lo maníaco.

Pero, a saber cómo, la convivencia nos funciona de maravilla. Aparte del incidente con el chico rubio —del que, por cierto, nunca más he vuelto a oír hablar—, solo hemos tenido un pequeño desencuentro a causa de las llamadas de mi madre. Y hay que reconocer que, ahí, Gina tenía toda la razón. Una de las normas de obligado cumplimiento de mi progenitora es que debo tener siempre el móvil encendido y silenciarlo solo donde sea estrictamente necesario, como durante las clases. La tercera mañana en que Gina acabó despertándose por culpa del timbre de mi teléfono, con una llamada de mi madre a horas intempestivas, me dijo, no con demasiada diplomacia, que pensaba lanzar el teléfono por la ventana y que, si me quejaba, yo iría detrás. Al final, pacté con mi madre que seguiría manteniendo el teléfono como a ella le gusta, pero que no llamaría nunca antes de las doce del mediodía, hora del este. A regañadientes, pero aceptó.

Por lo demás, mi relación con Gina se define por la tolerancia. A mí me da igual que ella no pise la facultad, que se vaya con sus amigos de fiesta entre semana o que encuentre un nuevo compañero de cama cada vez que sale de la residencia. Ni que fuera asunto mío. Y ella asume que yo soy una fanática del control, una obsesa de los estudios y que no me interesa la fiesta, ni los chicos ni nada de lo que ella considera diversión. No se mete porque... tampoco es asunto suyo.

—¿Qué tal llevas el examen de mañana? —le pregunto mientras me siento en la cama para tomarme un respiro de un día que ha sido especialmente duro, y al que aún le quedan unas cuantas horas por delante.

—No es mañana. Es el viernes.

—Gina... —Me da la risa, sin que pueda hacer nada por evitarlo—. Mañana es viernes.

—No, tía —me rebate, aunque en su cara empieza a sembrarse la duda—. Hoy es miércoles, ¿no?

—Hoy es jueves —le confirmo, y ella empieza a pasar hojas de sus apuntes a un ritmo frenético—. Me voy a ver al doctor McIntyre. Qué pereza, joder.

Recojo de nuevo mi ropa de abrigo y me preparo para atravesar el campus en dirección a la Facultad de Psicología, que es donde se ubica el centro de terapia para alumnos. Tendré que caminar un buen rato, y con el cambio de hora ya ha oscurecido, así que me atacan un poco los nervios. Aunque me parecen increíbles todas las cosas que he ido normalizando en los últimos dos meses, aún hay algunas que me cuestan, y caminar por la noche por zonas del campus que están algo desiertas es una de ellas.

—Summer. —La voz de Gina interrumpe mis paranoias.

—Dime.

—¿Algún día me contarás por qué necesitas ir a terapia cada semana? —me pregunta, en un tono de voz tan bajo que me sorprende en ella.

—Sí —decido sobre la marcha—. Algún día te lo contaré.

4
Todos tenemos nuestros fantasmas

Hay dos opciones: o me he vuelto paranoica o el chico de los tatuajes, los ojos impresionantes y todas esas cosas que, de repente, me gustan tanto es omnipresente. En el campus de la Universidad de Regent hay ocho mil seiscientos treinta alumnos, lo he comprobado en la página de estadísticas del centro. Las probabilidades de encontrarme siempre a la misma persona deberían ser bastante bajas. En serio, la estadística es una de las materias que mejor domino; podría calcular el porcentaje exacto de opciones. Pero el caso es que ese chico, del cual ya me está apeteciendo saber el nombre, parece estar siempre en el mismo lugar que yo. O, al menos, al alcance de mi vista.

Los días que paso entrenando en el centro deportivo... allí está él, golpeando sacos de boxeo como si no hubiera un mañana o dejándose el alma en la elíptica. Cuando estoy estudiando y dejo caer la vista sobre el campo de béisbol que se extiende frente a mi ventana, allí está él, corriendo en las pistas que lo circundan. Y los jueves, todos y cada uno de los jueves desde que comenzó el curso, me cruzo con él en las escaleras del pabellón de Psicología, mientras yo subo y él baja.

Lo que no me esperaba era encontrármelo en una situación tan íntima y personal como la de hoy.

La Universidad de Regent presume de muchas cosas, pero su mayor motivo de orgullo es el centro de terapia psicológica para alumnos. Financiado por un empresario local cuyo hijo se suicidó el primer año de carrera, es uno de los centros del país con mayor prestigio en el tratamiento de trastornos de ansiedad, depresiones, adicciones y otras enfermedades más específicas. A todos los alumnos se nos recomienda pasar al menos una vez en cada curso por sus servicios de asesoramiento, y otros, como es mi caso, elegimos esta universidad justo por ese motivo, porque necesitamos la ayuda de profesionales para continuar con nuestra vida diaria.

El centro fue construido hace pocos años, así que todo tiene un aire muy moderno e innovador. A las consultas donde recibimos la terapia se accede a través de salas de espera privadas, para que los pacientes no nos crucemos y, así, asegurar la intimidad de todos los alumnos.

Pero hoy ha debido de haber algún error, porque, cuando una recepcionista a la que nunca he visto por aquí me indica que puedo pasar a la sala de espera de siempre, me encuentro con la sorpresa. Al abrir la puerta, distraída y convencida de que no habría nadie dentro, me topo con la figura del chico de siempre, del omnipresente, sentado en un sillón de la sala de espera, con los auriculares en las orejas y los ojos como platos en cuanto repara en mí.

—Hola... —me dice, haciendo al mismo tiempo un movimiento de saludo con la mano.

—Yo... yo... no deberías estar aquí. O... o no debería estar yo... Emmm —balbuceo.

—Tranquila. —Me sonríe—. Acabo de terminar mi sesión con el doctor McIntyre. Me ha pedido que espere aquí un momento mientras me imprime las conclusiones de hoy.

—Yo... yo tengo... tengo cita ahora —le explico, con la voz entrecortada, porque no me gusta que nadie sepa demasiado sobre mis sesiones de terapia. Tengo la idea, posiblemente errónea, de que eso va contra mi intento de llevar una vida «normal».

—La recepcionista es nueva. Se debe de haber confundido con el sistema este que nos hace invisibles. —Se echa a reír—. Tampoco creo que tengamos nada de qué avergonzarnos por estar aquí, ¿no?

—No... —le digo, casi en un susurro, aunque no estoy muy convencida de la respuesta que le he dado.

—Te veo mucho por el campus. —Su confesión me sorprende, y levanto la vista del suelo, lo que hace que me choque con esos dos ojos azules que se me han colado alguna vez en el pensamiento en este tiempo. Me quedo un poco paralizada porque... joder, porque es muy guapo. Y yo un poco boba, al parecer—. Me llamo Logan.

—Soy Summer —acierto a decir mientras le tiendo la mano para presentarme como Dios manda.

—Logan, ya tienes… ¡Summer! —El doctor McIntyre hace su irrupción en el momento exacto en que me estoy planteando que acaban de saltar chispas en ese roce de manos entre Logan y yo, o eso es lo que me ha parecido a mí—. Lo siento. No… No deberíais haber coincidido aquí. Hablaré con las recepcionistas para ver qué es lo que ha ocurrido.

—No se preocupe, doctor —le digo, aunque ni yo misma me habría creído hace unos minutos que haría algo así. Pero, no sé por qué, las palabras de Logan me han calado hondo y no siento ninguna vergüenza por haber coincidido con él aquí. Yo tengo mis demonios y siempre me costará hablar de ellos. Y él tendrá los suyos, sean cuales sean. Pero una buena decisión es ir apartando las vergüenzas y las culpabilidades de la ecuación—. No pasa nada.

5
Mi primera fiesta universitaria

Las Navidades llegan al campus casi sin que nos demos cuenta. El estrés del final del primer semestre me atropella un poco, y el día que Gina llega al dormitorio con un ultimátum sobre la fiesta de despedida prenavideña, yo casi ni me puedo creer que estemos a finales de diciembre. La cruda realidad me recuerda que mañana volaré a Kansas para reencontrarme con mi madre, a la que he conseguido esquivar durante estos cuatro meses, pese a que ha propuesto venir a visitarme más o menos en todas las llamadas que hemos compartido, que han sido muchas.

A ratos me siento culpable, pero la innegable verdad es que no la he echado de menos. Ni a ella ni su férreo control sobre mí. Ni siquiera me apetece volver a casa, a ese ambiente opresivo en el que siempre siento que estoy fallando en algo o que me puede ocurrir algo malo, y en el que atisbar una sonrisa es casi misión imposible. Lo siento en el alma, porque sé que mi madre sufre más que nadie —más que yo—, pero ha llegado un momento en mi vida en que prefiero ser egoísta, buscar mi propia salida del agujero, que seguir sufriendo junto a ella por algo que ocurrió hace casi quince años. Por muy horrible que fuera.

—No voy a aceptar un no por respuesta, Summer —insiste Gina.

—No pienso ir a esa fiesta. No me gustan las fiestas, ya lo sabes —le respondo, con una voz cansina un poco fingida, porque, en el fondo, tengo ganas de ir. Pero tengo mucho más miedo que ganas, esa es la verdad.

—Si no vienes, mañana hablaré con la directora de la residencia y le pediré que me cambie de habitación. Te asignarán otra compañera, que puede ser mucho peor que yo, y tendrás que explicarle tus taritas con el orden y todo eso.

—No serás capaz.

—Pruébame —me desafía.

—Ni siquiera tengo algo decente que ponerme —le digo, y con eso sé que ya he caído.

Las siguientes dos horas se convierten en una vorágine de Gina, convertida en estilista, peluquera, maquilladora y asesora de moda. Me obliga a probarme más de la mitad de su armario, y acabo descartando todos los modelitos porque creo que me sentiría más cómoda yendo en ropa interior, que vendría a ser más o menos lo mismo, en realidad. Al final, me decido por un vestido camisero vaquero, un poco por encima de la rodilla, y un cárdigan grueso de lana en color crudo que cae más o menos a la misma altura que el vestido.

Gina me echa un par de miradas escépticas, porque, según ella, llevo un *look* muy poco apropiado para una fiesta loca, pero se queda callada en cuanto sus ojos reparan en las cicatrices de mis antebrazos, que siempre disimulo con mucho ahínco y prendas de manga larga, pero que hoy he descuidado. Le agradezco hasta el infinito que no pregunte, porque aquel «incidente» en el que casi acabo con mi vida a los quince años es algo de lo que jamás he hablado con nadie que no sean mis terapeutas o mi madre. Ni siquiera con mi padre o mi abuela, más allá de algunos balbuceos de disculpa en el hospital, cuando mi mente aún no había acabado de despertar del todo. Rompo la tensión riéndome un poco del *look* que ha elegido Gina, un vestido blanco escotadísimo y tan ajustado que dudo que pueda respirar hondo con él. No sé cómo se las va a apañar para no congelarse, dado que hoy la temperatura no ha subido de cero grados y ella ha decidido que su cazadora de cuero negra es suficiente para «abrigarse».

Para evitar sus protestas, acepto calzarme unos tacones que, aunque son los más bajos de entre su poblada colección de calzado, a mí me siguen pareciendo unos zancos con los que no sé si seré capaz de mantenerme en pie. Completo mi indumentaria con un bolsito de mano en color gris claro en el que meto algo de dinero, mi móvil y la llave de la habitación.

Gina enchufa las planchas del pelo para ondularme un poco la melena. No sé muy bien por qué se esfuerza, porque tengo el pelo tan lacio que pocas veces me dura con forma más de media hora. El flequillo es innegociable; llevo tantos años con él cubriéndome la frente que ya no me reconozco sin que caiga recto casi hasta mis cejas. Gina lo respeta, no sin antes poner los ojos en blanco, claro, pero con el maquillaje se muestra inflexible y me hace un ahumado que, según ella, resaltará mis ojos verde claro y, según yo misma... me queda de muerte. No es que sea muy asidua a maquillarme. Apenas hay una máscara de pestañas y un par de brillos de labios en mi balda del baño, mientras que la de Gina parece la sección VIP de Sephora. Pero no puedo negar que ha hecho un trabajo fenomenal, así que le concedo el capricho de que me pinte los labios en un rojo mate, y juro que apenas me reconozco en el reflejo que me devuelve el espejo.

Salimos del edificio de la residencia de estudiantes casi a la carrera porque, con tanto tiempo dedicado al estilismo, ya llegamos tarde a la hora a la que Gina ha quedado con Samantha, Bryce y Leo. Atravesamos el campo de béisbol en dirección al de fútbol, donde se celebra la fiesta, que consiste, básicamente, en una enorme hoguera presidiendo el centro de un campo anexo y lo que parecen millones de personas bebiendo, riendo y bailando alrededor. Al parecer, los responsables de la ley seca en el campus hoy han hecho la vista gorda.

Nos encontramos con los amigos de Gina bajo las gradas, y los nervios empiezan a bullirme en el estómago de tal manera que creo que voy a vomitar.

—¿Qué bebes, Summer? —me pregunta Leo mostrándome la enorme selección de botellas que han traído hasta aquí.

—Emmm... Una Coca-Cola estará bien.

—¡Dios mío! ¿Y podrás soportar ese pelotazo de cafeína, loca? —se burla Samantha.

—No te pases, Sam —la reprende Gina—. ¿En serio no quieres algo un poco más fuerte? ¿Una cerveza?

—¡Yo qué sé! —protesto, porque empiezo a arrepentirme de haber salido del refugio seguro de mi cuarto—. Estoy un poco nerviosa, no sé muy bien ni lo que quiero.

—¡Cerveza para la señorita! —dice Bryce, pasándome una lata, con un guiño que creo que pretende ser de coqueteo, pero que le queda un poco ridículo—. Y, si sigues nerviosa después de bebértela, quizá esto pueda ayudarte.

Señala el porro que tiene en la mano, justo antes de pasárselo a Gina y que empiece a circular entre todos los presentes. Yo rechazo las dos primeras rondas, pero a la tercera acabo rindiéndome ante la insistencia de todos. Entre el ataque de tos que me entra y el sabor amargo de la cerveza, empiezo a plantearme qué gracia le ve todo el mundo por aquí a esta fiesta.

Nos movemos hacia la parte delantera de las gradas y me siento en una de ellas, cerca de Gina y Samantha, mientras que los chicos permanecen de pie frente a nosotras. La cabeza me da algunas vueltas, pero no es producto de la cerveza ni de la mínima cantidad de marihuana que me pueda haber entrado en el organismo antes de que mis pulmones protestaran. Más bien, está distraída, mi cabeza, en pensar una excusa que me permita irme rápidamente de vuelta a la residencia, porque es bastante complicado que me sienta más incómoda de lo que estoy ahora mismo, con todo el mundo pasándolo fenomenal y yo sin saber siquiera si aceptar o no la copa que me pone delante Bryce.

Justo cuando estoy intentando atisbar si las ondas de mi pelo siguen en su sitio o ya he pasado al liso habitual, mis ojos reparan en un grupo de chicos que se ríen y fingen pelear, unos cuantos metros más allá de donde estamos nosotros. Y allí, en medio, está él. El chico de los tatuajes. El chico de los ojos turquesa. El omnipresente. Logan.

En las últimas semanas, nos hemos encontrado más que nunca, o quizá solo ha sido que esos encuentros tienen un poquito más de relevancia que antes por el hecho de que ahora nos saludamos y, a veces, hasta intercambiamos algunas palabras, sobre todo cuando coincidimos en el gimnasio y nos damos consejos sobre máquinas o movimientos. O cuando, los jueves, entro en el edificio del centro de terapia y él siempre está allí, bajando las escaleras o fumando un cigarrillo en la puerta tras salir de su sesión. Gina ha presenciado un par de encuentros y dice que coqueteamos de forma descarada, pero no lo tengo yo tan claro. De hecho, yo no tengo ni idea de cómo se coquetea, por lo que, en mi caso, no es en absoluto intencionado, así que es posible que en el suyo tampoco y, simplemente, sea un chico educado.

Me doy cuenta de que me he quedado medio paralizada mirándolo en el momento en que él gira su cabeza hacia mí, como si hubiera detectado que mis ojos lo estaban escaneando en la distancia, y me dedica una sonrisa radiante de oreja a oreja. Me quedo un poco cortada, le respondo levantando la mano para devolverle el saludo y le doy un trago largo a la copa de *algo* con naranja que tengo en la mano.

Gina y el resto de los chicos deciden que vayamos a bailar alrededor de la hoguera y, no sé si por efecto del intercambio de sonrisas anterior o por qué, pero el caso es que me apetece. Volvemos a cargarnos las copas y nos dirigimos a la zona central de la fiesta, donde suena *Bad Romance*, de Lady Gaga, a todo volumen, mientras el humo, las partículas que se desprenden de la hoguera y el ambiente festivo en general crean una atmósfera que hace que me relaje casi de inmediato. La segunda y la tercera copa también ayudan.

Respondo con algo de desgana a una llamada de mi madre y le explico que la fiesta se está celebrando bajo mi ventana y que por eso escucha la música. También que mi voz algo pastosa y mis pensamientos deshilados se deben a que estaba dormida cuando ha llamado. Pienso durante un segundo que mi vida es bastante patética si mi madre ni siquiera se plantea que esté mintiendo. «Qué menos que sospechar que tu hija, a la que hace cuatro meses que no ves, se esté emborrachando y fumando marihuana, ¿no, mamá?».

Por los enormes altavoces del campo de fútbol suena ahora *That's What I Like*, de Bruno Mars, y yo levanto los brazos mientras me dejo llevar, quizá por primera vez en toda mi vida. Sé que el vodka tiene algo que ver en ello, y por un momento se me pasa por la cabeza que el cincuenta y siete por ciento de las agresiones sexuales en los campus universitarios tienen lugar cuando la víctima está bajo los efectos del alcohol.

«Para ya, Summer, sabes que la culpa nunca es de la víctima. Nunca. Diviértete y no dejes que el miedo gane».

Me tambaleo un poco, justo cuando mis ojos vuelven a cruzarse con los de Logan y, ahora sí, tengo que darle la razón a Gina en que estoy coqueteando con él. Unas cuantas sonrisas, alguna mirada e incluso una caidita de pestañas que espero no recordar mañana o estoy segura de que me avergonzaré de ella.

—Te estás viniendo bastante arriba, ¿no? —Gina se acerca a mí y se parte de risa en mi cara. Me coge de la mano y bailamos juntas al ritmo de Calvin Harris, Rihanna y otras mil canciones que ni siquiera acierto a reconocer.

—Me lo estoy pasando guay —le respondo, y yo misma me doy cuenta de que estoy más borracha de lo que pensaba, sobre todo porque se me escapa un hipido a mitad de la frase, que hace que ella se ría todavía más de mí. Bueno, y también porque, cuando Leo vuelve a repartir el alcohol en las copas, yo pongo mi vaso el primero.

Me lo bebo casi de un sorbo y, cuando me quiero dar cuenta, Bryce ha ocupado el lugar de Gina y estamos bailando cogidos de la mano. Durante un segundo, me quedo paralizada mirando nuestras manos, porque es muy posible que, si estuviera sobria, o si esto hubiera ocurrido hace unos meses, ahora mismo Bryce estuviera en el suelo con mi rodilla en la mitad de la espalda, y yo, hiperventilando, a pesar de haber demostrado que me tomo muy en serio la defensa personal.

Pero los meses han pasado, yo quiero ser normal, Bryce es un chico guapo y, aunque no pienso pasar de un ratito bailando, no quiero perderme la oportunidad de desinhibirme un poco más. Me acabo la siguiente copa, que ya no sé qué número hace de todas las que he bebido, y toda la fiesta se convierte en una nebulosa de humo, alcohol y música, en la que yo me limito a flotar.

Bryce se aparta un poco y estoy a punto de caer al suelo, así que refuerza su agarre sobre mí mientras se ríe por lo bajo. Justo entonces, empieza a sonar *Wildest Dreams*, de Taylor Swift, que solo soy capaz de reconocer porque es una de mis canciones favoritas. Bryce se mece al ritmo de la música, aunque yo siento más bien que me tambaleo. Me está diciendo algo al oído, pero ni siquiera lo escucho. O sí lo escucho, pero mi cerebro no es capaz de procesar sus palabras.

Siento sus labios en mi cuello, y no me gusta. De ahí pasan al lóbulo de mi oreja, y me gusta todavía menos. Todas mis alarmas internas se encienden, y hago amago de separarme, pero apenas soy capaz de mantenerme en pie, y dejo que él siga sujetándome. Echo un vistazo a mi alrededor, pero Gina, Samantha y Leo han desaparecido. Todo mi cuerpo se debate entre el pánico que me empieza a invadir y la impotencia de no poder siquiera sostenerme por mí misma, y es entonces cuando escucho una voz que, a pesar de que se deja oír poco, reconozco incluso en mi estado:

—Bryce, ¿por qué no pruebas a buscarte una chica sobria, para variar?

—Hartwell, piérdete —responde Bryce justo cuando yo me atrevo a levantar la vista y me encuentro a Logan con los brazos en jarras y cara de estar un poco enfadado.

—Está casi inconsciente, no me jodas. —Logan se acerca a mí, apoya su mano en mi hombro y siento que me mareo. Que me mareo de verdad, no es una exageración romántica. La cabeza se me va un poco, mi estómago da un par de volteretas sobre sí mismo y sé, sin necesidad de mirarme a un espejo, que debo de estar blanca como una hoja de papel—. Summer, joder. ¿Estás bien?

—No —acierto a responder mientras Bryce masculla una maldición y hasta yo me doy cuenta de que le lanza una mirada asesina a Logan.

—¿Quieres quedarte con Bryce? —me pregunta y, de repente, me parece la idea más disparatada de la historia. Es como si, con las náuseas y el mareo, hubiera reaparecido la consciencia de que Bryce ha intentado aprovecharse de la situación. Me recorre el cuerpo un escalofrío.

—Quiero irme a mi habitación.

—Ven, anda. Yo te acompaño.

Echo a andar muy segura de mí misma, pero un tacón clavado en el césped conspira con mi propia borrachera, y por poco no acabo con los dientes mordiendo el suelo. Logan se agacha rápidamente a mi lado, me ayuda a levantarme y, de nuevo, todo empieza a moverse a un ritmo que no es el mío, siento la boca como si la tuviera llena de algodón y mi cerebro parece querer emitir palabras que no le salen.

—Agárrate bien, ¿vale? Vamos caminando a tu ritmo —me dice Logan, en voz baja, aunque a él sí soy capaz de oírlo.

—Vale. —Es lo máximo que soy capaz de decirle.

—¿Sabes cuánto has bebido?

—Vodka. Y cerveza. Creo.

—No te he preguntado qué. —Se ríe, pero, a continuación, se pone serio—. Te he preguntado cuánto.

—No sé... Tres copas. O cuatro. Quizá cinco.

—Y no estás muy acostumbrada a beber, ¿no?

—¿Tanto se nota?

—Un poco. —Pasa su brazo por mi cintura y casi me levanta en volandas—. Ven, vamos a sentarnos un rato aquí.

Me conduce a la gran escalinata trasera de la residencia de estudiantes y me deja caer con delicadeza sobre uno de los peldaños. Se sienta a mi lado, y el alcohol hace un último canto de sirena y se apropia de todo mi organismo hasta provocar que empiece a balbucear y a decir estupideces.

—Eres muy guapo, ¿sabes? —«Summer, cállate. En serio, ¡cállate!»—. Lo he pensado desde la primera vez que te vi. Muy muy guapo.

—Toma, anda —me ignora y me alarga un vaso con un líquido ambarino—. Bebe un poco de esto.

—No pretenderás emborracharme, ¿verdad? Porque te advierto que ya tienes el trabajo hecho.

—Es té helado. Bebe.

Le hago caso, y él me pide que lo espere un segundo quietecita. Veo que entra corriendo en la residencia y escucho el sonido de monedas y una botella cayendo en la máquina expendedora del vestíbulo trasero. A continuación, vuelve a salir, me la tiende y se apoya contra la baranda de piedra de las escaleras.

—¿Por qué me ignoras cuando te digo que eres muy guapo? —«¡Summer! Por Dios, activa el filtro y ¡¡cállate!!».

—Porque sé por experiencia que mañana te vas a morir de vergüenza y trato de minimizarla —me responde, con una sonrisa burlona.

—Debes de pensar que soy una pringada.

—Un poco.

—¿Qué hacemos aquí? ¡Quiero irme a la cama! —protesto, intercalando frases incoherentes y gruñidos. Al menos, he dejado de ponerme en evidencia halagando a Logan.

—Bébetela toda.

—¿Un litro de agua? ¿Tú quieres que vomite o qué te pasa?

—Ese es básicamente el plan.

—¿Qué? ¿Estás loco?

—Créeme, no quieres meterte en la cama tal como estás. Mejor que vomites aquí que en cuanto tu cuarto empiece a dar vueltas.

—¿Y no puedo simplemente no vomitar?

—Me temo que eso tendrías que habértelo pensado entre la segunda y la tercera copa.

—Mierda.

Le hago caso y le doy un trago bien largo a la botella. Las náuseas hacen que tenga que escupir el último sorbo y, a continuación, empiezo a vomitar sobre el césped que hay junto a las escaleras. Los ojos se me llenan de lágrimas, la garganta me rasca y tengo la sensación de que no me podría encontrar peor. Logan me pasa un brazo por los hombros y, con la otra mano, me mantiene el pelo sujeto en la nuca. Cuando al fin cesan las arcadas, vuelvo con la cabeza gacha a las escaleras, aunque ahora me siento en la zona más alejada del lugar donde he depositado el regalito.

—¿Mejor? —me pregunta Logan, con un gesto a medio camino entre la prudencia y la burla.

—Mejor. —Me tapo la cara con las manos y evito mirarlo—. Dios... qué vergüenza.

—Tranquila. —Me sonríe mientras se enciende un cigarrillo y se aúpa para sentarse en el pasamanos de piedra—. A todos nos ha pasado alguna vez. Con que hayas aprendido la lección... me doy por satisfecho.

—¿Te parece que eres el más adecuado para dar lecciones?

—¿Qué? —Su gesto se crispa e incluso su tono de voz adquiere un matiz seco que no había escuchado antes—. ¿Por qué lo dices?

—Porque te estás jodiendo bien los pulmones con eso.

—¡Ah! Vale. —Su cara vuelve a dibujar una sonrisa, y yo me doy cuenta de que no tengo ni idea de lo que acaba de pasar—. Esto me jode los pulmones, pero la mierda del alcohol te jode la cabeza. —Se pasa una mano por la cara y me tiende la otra—. ¿Vamos? ¿Crees que podrás dormir?

—Sí, sí... —Me acompaña hasta el portal de acceso al edificio, y llega el incómodo momento de despedirnos—. Tú no vives aquí, ¿no?

—No. Tengo un estudio en la ciudad. No me gusta mucho el ambiente del campus. Ni siquiera sé por qué me he dejado liar por los de mi clase para venir hoy a la fiesta.

—Lo mismo digo. Aunque menos mal que lo has hecho... No sé muy bien cómo me las habría arreglado sin ti. Muchas gracias, de verdad.

—No hay de qué. —Logan parece dudar un momento, pero, al final, se decide a hablar—. Oye, Summer, no soy muy aficionado a meterme en la vida de los demás, pero... ten cuidado con Bryce, ¿vale? Llevo más de un año compartiendo facultad con él y... no es un buen tío.

—Vale, lo tendré en cuenta.

—No se ha propasado contigo, ¿verdad? Sé que en el campus hay un programa de apoyo a alumnas que quieran denunciar cualquier comportamiento abusivo por parte de sus compañeros.

—No, no. Es decir... Has aparecido antes de que hubiera tiempo a nada. Solo ha intentado besarme aprovechando que estaba borracha. Supongo que eso no es delito.

—No. Por desgracia. Solo convierte a quien lo hace en un cerdo.

—Pues sí.

—Bueno...

—Bueno...

No sé de dónde me sale el gesto, aunque culparé al alcohol que aún permanece en mi organismo, pero me pongo de puntillas y le doy un beso rápido en la mejilla. Salgo corriendo en dirección a las escaleras y, cuando estoy llegando al primer rellano, me doy la vuelta y compruebo que Logan sigue allí, parado frente a las puertas de cristal.

—¡Feliz Navidad, Logan! —le grito y, entonces sí, me meto en mi cuarto a todo correr.

«No te reconozco, Summer. No te reconozco».

6
La vuelta a casa

Un viaje de más de tres horas en avión con resaca puede ser muy muy largo. Larguísimo. Eso lo descubrí aquel día en que volví a Kansas, a casa de mi madre, para pasar con ella dos semanas de vacaciones de Navidad. Tenía el estómago como una lavadora en pleno centrifugado, la cabeza emitiendo un dolor sordo que se centraba en las sienes y un montón de mariposas revoloteándome en el pecho.

Pensaba en la noche anterior y me invadían tantos sentimientos que necesitaba uno de mis cuadros de Excel para organizarlos.

Casilla 1: resaca. Así, en general.

Casilla 2: un cabreo muy creciente con Gina por haber desaparecido después de haberme convencido para ir a una fiesta a la que no quería ir y acabar dejándome abandonada en el peor momento.

Casilla 3: un cabreo incluso mayor conmigo misma por haber bebido sin control y no haber hecho ni el menor esfuerzo por mantenerme a salvo.

Casilla 4: ganas de matar a Bryce por comportarse como un cerdo conmigo.

Casilla 5: vergüenza extrema por haberle dicho a Logan lo que en mi cabeza fueron trescientas veintiséis veces que era muy guapo. Y por haber vomitado delante de sus narices. Y por haberme atrevido a darle un beso de despedida, por muy inocente que fuera.

Casilla 6: enamoramiento de Logan en curso.

Ese habría sido más o menos el resumen.

Me había levantado a media mañana, y Gina no estaba en la habitación. Mejor. Me limité a acabar de meter las últimas cosas que necesitaría durante las vacaciones en el equipaje de mano, y a coger un taxi al aeropuerto, cruzando los dedos para que no hubiera tráfico y acabara perdiendo el vuelo.

Mi madre me recogió, horas después, en el aeropuerto internacional de Kansas City y nos dirigimos a aquella anodina zona residencial en la que, según supe hace algunos años, mis padres habían decidido instalarse de forma temporal después de tomar la decisión de huir de Brownsville, y que había acabado convertida, tras su divorcio, en una especie de hogar familiar para mi madre y para mí durante casi tres lustros.

Mi abuela se unió a nosotras el día de Nochebuena, y me invadió un poco la culpabilidad por lo poco que las había echado de menos. Me sentía ingrata, pero solo me hicieron falta un par de días para entender que no es que no las hubiera añorado a ellas, sino que mi huida había sido de aquel lugar en concreto. De esa casa en la que me había sentido casi tan encerrada como en aquella otra en la que había empezado la pesadilla.

Me propuse firmemente que las vacaciones transcurrieran en paz, así que no quise sacar temas peliagudos en esos trece días, pero apunté en mi cabeza hablar con mi madre sobre la posibilidad de que se mudara. Yo había probado en carne propia los beneficios de cortar con un entorno que dolía solo con mirarlo y me encantaría que ella fuera capaz de hacer lo mismo. Por suerte, con mi abuela en casa, el ambiente siempre ha sido más distendido. Ella fue, en su momento, la que asumió con mayor entereza todo lo que había ocurrido y nunca me trató como si fuera a romperme o como si todo el mundo exterior fuera una amenaza. Se había mudado siguiendo a su única hija y a su única nieta desde su Oregón natal hasta Kansas, pero había decidido instalarse en un estudio en el centro de la ciudad un par de años después, en el que había empezado de cero pasados los cincuenta, cosa que las dos generaciones siguientes no fuimos capaces de lograr.

Las navidades transcurrieron de una forma bastante plácida. Dedicamos mucho tiempo a ir de compras por la ciudad, a pasear por el centro y a vivir un poco el ambiente navideño. También pasamos horas cocinando, una tarea que a mí no se me da mal, a mi madre se le da bastante bien y en la que mi abuela es una auténtica maestra. Celebramos las fiestas sacando a relucir nuestras mejores sonrisas, esas que a veces nos ha costado esbozar, y hasta pudimos disfrutar de una gran nevada, durante la cual mi abuela nos convenció para salir al jardín en plena noche con nuestra ropa de lana y la cámara de fotos al cuello.

Cuando faltaban un par de días para mi regreso a Virginia, mi padre me llamó para felicitarme el nuevo año y, como siempre que hablamos, me pidió que nos viéramos. En contra de lo esperado, sobre todo por él, decidí aceptar, creo que porque mi nuevo estatus de universitaria independiente me tiene en un estado mental tan zen que no me apetecen malos rollos ni situaciones que me generen ansiedad. Y, aunque muchas veces haya hecho un esfuerzo por negármelo a mí misma, rechazar a mi padre me provoca mucha más ansiedad que quedar con él.

Nos vimos en una cafetería del centro de Shawnee, la pequeña ciudad de las afueras de Kansas City donde vive él desde que volvió a casarse y rehízo su vida. No fue cómodo, pero tampoco fue terrible. Mi padre se ha convertido en un desconocido para mí, y hace ya tiempo que asumí que las culpas eran compartidas. No fue fácil aceptarlo. Durante años, me invadió la culpabilidad por saber que mi rapto había sido la causa del distanciamiento de mis padres, de la depresión de ambos —necesité mucho tiempo y mucha terapia para darme cuenta de que esa era su condición— y de mi propio distanciamiento de él. Porque sí, mi padre puso tierra de por medio porque, después de mi liberación, no era capaz de mirarme a la cara, a la cara de aquella niña que estaba siempre aterrorizada, sin que lo invadiera la sensación de haber fallado como padre, como protector. Y, cuando se fue recuperando, yo me encontraba en plena pubertad, con la sensación de que me había abandonado para formar una nueva familia sin mácula, sin traumas y sin drama. Y lo rechacé de forma sistemática.

Los dos fuimos culpables y los dos fuimos inocentes. Y los dos sabemos que es un camino sin vuelta atrás. No volveremos a ser el padre y la hija que se adoraban, ni reconstruiremos una relación en la que él sea la primera persona a la que llame cuando me ocurra algo. Pero podemos comportarnos como adultos una tarde, como dos personas que han compartido un vínculo difícil y que se respetan.

Poco más nos queda, ni siquiera la unión que podrían haber supuesto «mis hermanos». Yo nunca he tenido interés en conocerlos, más que nada porque no los considero parte de mi familia. Tienen siete y cinco años, y solo los he visto un par de veces en mi vida, al igual que a su madre, la mujer de mi padre. No tengo nada contra ellos, pero no hemos convivido y, así, es muy difícil que los considere algo tan cercano como debería ser un hermano.

Al final, mi padre y yo nos quedamos casi dos horas tomando café y charlando de temas banales. Mi nueva vida en la universidad, su trabajo, algún viaje que ha hecho en los últimos meses, el clima de mi nueva ciudad... Me fui a casa contenta por haber sido capaz de asumir con madurez lo que había, que no era demasiado, la verdad, en cuanto a mi relación con él. Y, cuando se lo conté a mi madre, sé que ella también se alegró, por más que todo lo relacionado con mi padre y su nueva vida siempre le haya producido un sentimiento agridulce.

Esta mañana, mi madre me ha acompañado de nuevo al aeropuerto de Kansas City, para coger el vuelo de vuelta a la universidad. Sé que le dolía despedirse de mí, sé que para ella seguirá siendo difícil cada separación, pero, esta vez, ha luchado por contener las lágrimas y las frases que pretendían hacerme dudar de mi decisión de marcharme al otro lado del país. O, quizá, algo está cambiando también en ella y ni siquiera ha tenido que hacer el esfuerzo.

—¿Me llamarás cuando llegues? —Nos hemos despedido frente a la cola del control de seguridad, un poco apuradas porque nos ha costado encontrar un sitio en el aparcamiento del aeropuerto.

—Sí, no te preocupes. —Le he echado un brazo por los hombros y le he dado un beso fuerte en la mejilla—. Me tengo que ir ya.

—¿Sabes, Summer?

—Dime, mamá. —Me avergüenza un poco reconocer que esperaba que hubiera dejado las súplicas para el final, pero me he equivocado. Radicalmente.

—Creo que fue una buena idea que te marcharas.

—¿Qué?

—Te noto... distinta. No sé. No sé lo que estás haciendo en Regent, pero... sigue haciéndolo.

—Cuídate, mamá. —Ha sido lo último que le he dicho antes de buscar mi puerta de embarque con una sonrisa de oreja a oreja y un nudo de emoción en la garganta.

Entre el vuelo, la misión de búsqueda de mi coche en el aeropuerto de Norfolk y el trayecto hasta el campus, entro en mi dormitorio cuando son casi las ocho. Gina está tumbada en la cama, distraída con su *tablet*, así que tarda un segundo en reparar en mi presencia.

—Hola.

—Hola, Gina. Feliz año nuevo, por cierto —le digo, con un puntito de sarcasmo, porque me alucina un poco que, después de todo lo que pasó en la fiesta del último día antes de las vacaciones, ni siquiera me haya enviado un mensaje ni nada.

Subo mi maleta a la cama y me dedico a colocar mis cosas en silencio, hasta que ella lo rompe con su versión particular de una disculpa.

—Mira, Summer, supongo que estarás cabreada por lo que pasó en la fiesta, pero... yo soy así, ¿vale? Si salgo y me tomo unas copas, pierdo un poco la noción del tiempo. Bryce nos pidió que os dejáramos solos y...

—Gina, ¿te has parado a pensar si yo me quería quedar sola con él? Y ni siquiera es ese el tema. Es que estaba borracha como una cuba y ni te preocupaste por saber si había llegado a la habitación. Y no he sabido nada de ti en dos semanas.

—Ni yo de ti —me reprocha.

—No me jodas, ¿vale? Estaba cabreada contigo. *Sigo* cabreada contigo. La culpa de lo que pasó fue mía, pero te pasaste días convenciéndome para ir a la fiesta y aún no he entendido por qué.

—¡Pues porque somos amigas! Aún lo somos, ¿no?

—Sí, sí, no te preocupes. —Me la saco de encima con un gesto de la mano, porque no me apetece seguir discutiendo, pero tampoco le voy a reconocer una amistad que, la verdad, no acabo de sentir.

—Además —se le escapa una risita—, llevo todas las vacaciones aguantando el cabreo de Bryce por que te marcharas con Logan. No me apetece entrar en la misma dinámica contigo.

Me la quedo mirando fijamente, reprimiendo las ganas de decirle lo que pienso de Bryce, que es algo así como su mejor amigo, y vuelvo a guardar el pijama que ya había sacado del cajón. Cojo en su lugar la ropa del gimnasio, me la pongo en el cuarto de baño y decido ir a sacarme el mal cuerpo que me ha dejado la conversación con Gina.

—¿Te vas?

—Sí. No he entrenado nada en todas las vacaciones, quiero ir recuperando el ritmo.

Sin explicarle nada más, salgo del cuarto y llego en apenas cinco minutos al gimnasio. Y sí, es cierto que en todas las vacaciones apenas he entrenado. También es cierto que quiero recuperar la forma física cuanto antes. Por supuesto, estaba deseando huir de la conversación con Gina y poner un rato la mente en blanco para ver si consigo que se me pase ese rastro de decepción que tengo hacia ella. Pero... ¿a quién quiero engañar? Desde que he entrado en el recinto del campus, no he podido dejar de pensar en reencontrarme con Logan, pedirle disculpas por el espectáculo lamentable de mi borrachera en la fiesta y... no sé. Verlo. Creo que con eso me llega, al menos de momento.

—Pero mira quién está aquí.

No me hace falta darme la vuelta para saber de quién proceden esas palabras. Esbozo una sonrisa enorme incluso antes de girarme, y Logan se acerca a saludarme con un amago de beso en la mejilla. En realidad, se queda a medio camino y se señala la cara con una mueca de excusa porque está sudando copiosamente.

—Feliz año nuevo —le digo—. Y... emmm... creo que te debo una disculpa.

—Si es por lo de la fiesta... ni hablar. Son gajes del oficio. —Echa un vistazo a mi ropa de entrenamiento, que hace que me sienta un poco cohibida—. Oye, ¿te apetece salir a correr?

—¿Ahora?

—Sí. Al fin la lluvia nos ha dado una tregua. Llevo días sin poder salir.

—Emmm... Vale. ¿A las pistas del campo de béisbol?

—Sí, perfecto.

Salimos del gimnasio y el viento helado nos golpea la cara. Echamos a correr sin estirar demasiado, porque la temperatura es muy baja. Cuando llevamos un rato trotando, decido saber un poco más sobre su vida.

—¿Te has quedado aquí durante las fiestas?

—No. Me he ido a casa, pero regresé antes de Fin de Año.

—¿De dónde eres?

—De Baltimore. ¿Tú?

—Mi familia vive en Kansas City.

—Una chica del interior.

—Bueno, más o menos —le respondo, sin aclararle que, en realidad, soy una chica de la costa oeste, pero que hui de allí hace demasiados años como para acordarme.

Me echa una mirada que me deja claro que se ha dado cuenta de que he ocultado algo, pero nos sonreímos mutuamente. Seguimos corriendo durante unos veinte minutos más, hasta que Logan protesta, entre jadeos, y me dice que volvamos al gimnasio.

—Ay, amigo... el tabaco —me burlo y me sorprendo de lo cómoda que me siento en su compañía.

—O igual tiene algo que ver el hecho de que llevaba más de una hora entrenando en el gimnasio antes de que llegaras.

Nos separamos, entre risas, en el pasillo que divide los vestuarios de chicos de los de chicas y, cuando salgo del recinto ya duchada y vestida, me encuentro a Logan esperándome en la puerta, con esa pose algo macarra que tiene siempre: una pierna apoyada en la pared, el pelo largo cayéndole sobre los ojos y un cigarrillo entre los labios.

—Te estaba esperando. Para... acompañarte a la residencia. Está bastante oscuro —se justifica, aunque mi sonrisa de gratitud debería dejarle claro que ha tenido una buena idea.

Caminamos en silencio y, cuando alcanzamos la parte alta de las escaleras, él se acerca a darme un beso rápido en la mejilla, antes de dar media vuelta y marcharse. Subo a mi cuarto aún un poco nerviosa, pero me paro en el rellano de la primera planta para observar a través del gran ventanal cómo regresa al lugar donde había aparcado su moto, la arranca, se sube a ella y se marcha en la oscuridad.

7
Conociéndonos

Han pasado cinco semanas desde que volví a Regent después de las Navidades, y no me puedo creer hasta qué punto Logan se ha colado en mi vida. En todas y cada una de mis rutinas. Mi guerra fría con Gina continúa. Nos hablamos y somos cordiales la una con la otra, pero aquel buen rollo que tuvimos los primeros meses ha desaparecido, así que, en cierto modo, me he apoyado en Logan para no sentirme tan sola en Regent. La verdad es que él tampoco tiene demasiados amigos aquí, a pesar de que ya es su segundo año, así que supongo que somos dos almas solitarias que, por alguna razón, se encuentran cómodas en compañía.

Por las mañanas, las clases siguen teniéndome tan absorta que no me da tiempo a nada más. Pero, por las tardes… creo que nunca he estado tan en forma, gracias a las mil horas que pasamos en el gimnasio y a nuestros retos y competiciones internas. Los jueves, vamos juntos al centro de terapia y nos esperamos el uno al otro durante las respectivas sesiones. Los fines de semana coincidimos a veces en el gimnasio o corriendo en las pistas de atletismo y, cuando nos encontramos en el comedor central de la universidad, compartimos mesa y un buen rato de charla.

Así, me he enterado de que Logan ha vivido toda su vida en Baltimore, que tiene una relación muy cercana con su familia, que su padre es juez y su madre cirujana, que no tiene hermanos, que estudia Educación Social, que le gusta el pop británico de los sesenta y setenta, que es vegano y que adora su moto sobre casi cualquier cosa.

Yo le he contado la escasa parte de mi vida que se puede contar sin cruzar líneas rojas de traumas y miedos. Porque eso, nuestros fantasmas y los motivos que nos llevan cada jueves a pasar más de una hora con el doctor McIntyre… eso seguimos guardándolo dentro.

Hoy Logan tenía un examen a última hora de la tarde, así que estoy sola entrenando en el gimnasio. Yo acabé mis exámenes la semana pasada y, para Logan, el de hoy es el último. Como no nos hemos podido ver tanto estas últimas semanas, porque hemos estado los dos hasta arriba de horas de estudio y de entregas de trabajos de última hora, me ha dicho que mañana me invitará a cenar. Yo no le respondí cuando me lo propuso, porque ni siquiera a mí, con mi absoluta inexperiencia en la materia, me pasó desapercibido que ese plan se parecía bastante a una cita. Me limité a asentir cuando él insistió, y la idea lleva dando vueltas en mi cabeza tres días.

Es jueves, así que lo de machacarme en el gimnasio no entraba en mi estricto *planning* semanal. Pero ha sido un día complicado en mi sesión de terapia, y necesitaba descargar adrenalina a patadas contra algo. Mejor el saco que una pared. Y ha sido un día complicado precisamente porque el tema que ha decidido tocar el doctor McIntyre ha sido el de mis relaciones con los hombres. Y no me ha gustado lo que he escuchado, no de su voz, sino de la mía. Mis miedos, mis traumas, el pavor extremo a la intimidad... todo entremezclado con los nervios normales de que me guste un chico por primera vez en mi vida —porque ya he asumido de forma rotunda que Logan me encanta—, esos nervios que la gente «normal» pasa a los catorce o a los quince y que se solucionan, supongo, a los pocos minutos de la primera cita.

Salgo del gimnasio casi a las once de la noche, y el campus está desierto. Aunque incluso a mi terapeuta y a la doctora Klein, con la que sigo en contacto de vez en cuando por email, les ha sorprendido la facilidad con la que me he desprendido de mis miedos, situaciones como caminar sola por un lugar oscuro como la boca de un lobo siguen impresionándome bastante. Apuro un poco el ritmo cuando me parece escuchar pasos detrás de mí, pero me aterra darme la vuelta. La residencia parece alejarse por momentos, y el pánico hace que tenga la visión hasta borrosa. Recuerdo todas las noticias que he leído en mi vida sobre agresiones sexuales en los campus universitarios, y me maldigo a mí misma por haber decidido entrenar a esas horas intempestivas.

Cuando ya soy consciente de que estoy escuchando la respiración de la persona que me sigue, y que no es todo una paranoia fruto del miedo, dedico dos segundos a intentar mantener la cabeza fría y recordar todo lo aprendido en las clases de defensa personal.

Aunque las plantas de los pies me ordenan a gritos que salga corriendo, sé que no es una buena idea. Sería la situación ideal para que, con apenas un movimiento de su brazo, el agresor me derribara. La solución, teniéndolo tan cerca, es detenerme de repente, casi haciendo que choque contra mí, y levantar el codo para pegarle con él en el lugar donde más duela, a poder ser en la nariz. Si con ello consigo sorprenderlo —y por Dios que sea así—, sí será el momento para salir corriendo e intentar alcanzar el edificio de la residencia sin peligro.

Respiro hondo un par de veces, me preparo para mi misión y, cuando clavo los pies en el suelo, siento el brazo de mi perseguidor rodeándome la cintura. Y, entonces, ¡zas!

—¡Aaaaaaaaah! —grita Logan. Porque... sí. La persona que me seguía era Logan.

—¡Logan!

—¡Jodeeeeeeer! ¡Me cago hasta en mi alma! —Aparta un momento las manos de su cara y veo la sangre cubriéndole el labio superior.

—¡Dios mío!

Cuando consigo reaccionar, me saco la sudadera y la acerco a su nariz para limpiarla. Él me aparta la mano con delicadeza, y yo me siento todavía peor cuando veo las gotas de sangre que han caído sobre la tela blanca.

—Dios, Logan. ¡Perdóname! Pensé que alguien me estaba siguiendo y...

—Es que te estaba siguiendo, en realidad. —Contra todo pronóstico, a Logan le da un poco la risa, y yo me contagio, porque, aunque no tengo ninguna gana de reír, los nervios toman el control de la situación.

—Ya, bueno, yo pensaba...

—No, no. Si ya me ha quedado claro lo que pensabas. —Resopla sonoramente y esboza una sonrisa—. Perdona. Siento mucho haberte asustado.

—No, joder, Logan... Soy yo quien lo siente. ¿Me dejas...? —Lo tanteo un poco, hasta que me permite tocar con delicadeza su nariz.

—No está rota —me dice, aunque su mueca en cuanto lo rozo me deja claro que eso no significa que duela menos.

—Ya lo sé. —Le limpio los restos de sangre y compruebo que ya se ha detenido la hemorragia.

—¿Y tú cómo lo sabes?

—Porque he roto narices antes —le respondo, y se me escapa la risa—. ¿Y tú?

—Porque me han roto la nariz antes.

—Pues sí que estamos bien... ¿Mejor?

—Más o menos. ¿Me dejas que te acompañe a la residencia o esto anula nuestra amistad para siempre?

—Si no la anulas tú...

—Claro que no. Y, por cierto —hace una pausa, justo cuando llegamos al portal—, tampoco anulo nuestra cita de mañana.

Y, dicho eso, se marcha.

8
Nuestra primera cita

La tarde de mi cita con Logan no ha empezado exactamente como a mí me habría gustado. Tenía la esperanza de que Gina hubiera decidido dedicar la tarde del viernes, como casi siempre, a salir por ahí de fiesta, pero... no ha habido suerte. Sigue actuando como si nada se hubiera estropeado entre nosotras, pero a mí cada vez me cuesta más confiar en ella, no tanto por lo que pasó en la fiesta de Navidad, que, al fin y al cabo, ya es agua pasada, como por la manera en que veo que trata al resto de sus amigos, o, mejor dicho, cómo se tratan todos ellos entre sí. Siempre criticándose por la espalda, siempre preocupándose solo de que haya alguien disponible para ir de fiesta, pero sin cortarse un pelo en dejarse tirados unos a otros si aparece un plan mejor.

El caso es que esta tarde no solo ha decidido pasar el rato en nuestro cuarto, sino que Bryce la acompaña. Cuando he llegado de las clases de la mañana, estaban los dos compartiendo un porro, descolgados por la ventana de encima de su escritorio, y llevan desde entonces dormitando en la cama de Gina y riéndose como imbéciles cuando están despiertos.

Con ese panorama, no me apetece demasiado ponerme a elegir atuendo para la cena con Logan, además de que sigo sin tener ropa de fiesta y de que, en el fondo, no me apetece nada disfrazarme para quedar con él, porque algo dentro de mí me dice que es de las pocas personas del mundo con las que me puedo permitir ser yo misma. O todo lo *yo misma* que me permito ser, claro.

Al final, cojo unos pantalones vaqueros con un par de rotos en las rodillas, un jersey negro con lentejuelas plateadas y unas deportivas blancas. Me meto con todo ello en el cuarto de baño y me permito una ducha algo más larga de lo habitual. Como no sé hacerme grandes milagros en el pelo, me limito a recogérmelo en un moño bajo y me maquillo un poco los ojos y los labios.

Son casi las ocho cuando salgo de nuevo al dormitorio y, para mi desgracia, Gina y Bryce están despiertos.

—¿A dónde vas tan guapa, Summer? —me pregunta él, con un tono burlón que no me gusta nada. Bueno, en realidad, desde la fiesta de Navidad y la advertencia de Logan sobre él, no me gusta nada de Bryce—. ¡No me digas que tienes una cita!

—Huy, si tiene una cita, ya me imagino yo con quién será. —Como los ignoro, han decidido montarse la conversación ellos solos. Yo me limito a mirar mi móvil, cruzando los dedos para que Logan me envíe cuanto antes un mensaje para decirme que ya ha llegado.

—No será con el gilipollas de Logan Hartwell, ¿no?

—¿Os importa dejar de analizar mi vida, por favor? —Me cabreo un poco y, justo cuando decido bajar al vestíbulo de la residencia y esperar allí a Logan, Bryce vuelve a intervenir.

—Deberías tener cuidado con ese tipo.

—¿Ah, sí? —le pregunto arqueando una ceja, pero al momento me arrepiento por haberle dado la menor importancia a su comentario.

—Sabes que es un yonqui, ¿no? —Me deja completamente descolocada y me doy cuenta de que, por instinto, estoy agarrando el asa de mi bolso con todas mis fuerzas—. Y un borracho. No solo eso, es que va presumiendo por ahí de serlo.

—Vete a la mierda, Bryce.

Salgo del cuarto dando un portazo que puede que haya resquebrajado algún cimiento del edificio. Bajo las escaleras cabeceando de incredulidad, recordando que jamás he visto a Logan beber ni una simple cerveza, pero, en el mismo instante, caigo en la cuenta de que quizá eso sea lo raro en sí mismo. Además de que, recordemos, hay fantasmas en armarios.

Lo curioso del caso es que, mientras lo espero, no me cruza la cabeza ni una sola vez la idea de cancelar la cita ni se siembra en mí ninguna desconfianza. Al contrario, me indigna lo que ha hecho Bryce, porque solo hay dos opciones: o me ha mentido, o ha privado a Logan de la posibilidad de contarme lo que quisiera cuando quisiera.

Me despierta de mis cavilaciones el sonido del motor de la BMW de Logan. Desmonta delante de mí, se quita el casco y me saluda con una sonrisa.

Con su cazadora de cuero (sintético, claro), ese pelo largo y los tatuajes que se asoman tímidos por una de sus muñecas, tiene un aire de chico malo que no se corresponde para nada con la realidad que yo he podido vislumbrar en estos meses. De hecho, es en ese momento, no sé por qué, cuando siento por primera vez que puedo confiar en él mucho más que en el resto de las personas que me rodean.

—Estás guapísima. —Me saluda con un beso en la mejilla que acaba de llevarse todas mis preocupaciones—. Tengo una pregunta.

—Dime. —Le devuelvo la sonrisa.

—¿Te da miedo la moto? Porque me he dado cuenta de que no tengo otro vehículo disponible. —Sin dejarme responder, esboza una mueca de disculpa y continúa hablando—. Así que he reservado mesa en un restaurante en la ciudad, y en otro aquí al lado, por si prefieres ir andando.

—¿Puedo fiarme de ti?

—Sí —me responde mirándome fijamente a los ojos, y tengo la sensación de que estamos hablando de algo más que de un paseo en moto.

—Pues entonces... al que tú prefieras.

—Vámonos a la ciudad. No tengo muy claro que en el restaurante de aquí haya algo para mí.

Me subo detrás de él, me agarro con un poco más de fuerza de la necesaria a su cintura, y recorremos a poca velocidad los escasos veinticinco kilómetros que separan el campus de Regent del paseo marítimo de Virginia Beach. Me sorprende, como casi siempre que estoy con él, el poco reparo que me da el contacto físico, cuando con otras personas me parece mucho más complicado.

Aparca junto a la puerta de un local precioso, a escasos metros del mar, junto a esa playa kilométrica que es casi lo único que conozco de la localidad. Está todo revestido en madera clara, con grandes vigas a la vista, azulejos antiguos de color blanco y grandes lámparas industriales de acero sobre las mesas.

Entramos en silencio y nos dirigimos al lugar que nos indican. Echo un vistazo a la carta y me decido por una ensalada de rúcula, queso de cabra, nueces y pasas, mientras que Logan opta por unas berenjenas rellenas de soja, cebolla y tofu. Yo pido una Coca-Cola y él, una jarra de limonada con hierbabuena.

—¿Hace mucho que eres vegano? —le pregunto cuando el silencio empieza a resultarme un poco incómodo, después de unos minutos en los que lo único que he hecho ha sido picotear el pan con pipas de calabaza que nos han puesto como entrante.

—Mmmm... un par de años. Desde que entré en la universidad, más o menos.

—¿Por algo en concreto?

—Sí, bueno... Una especie de apuesta por la vida sana. —Me roba mi panecillo, pero no opongo resistencia porque me hace al mismo tiempo un guiño que amenaza con dejarme tonta—. Para que descubras todo de golpe y salgas corriendo si lo consideras necesario, tampoco tomo azúcar, ni café ni bebidas gaseosas ni casi ningún alimento que no sea de origen ecológico. Mi único vicio es el té helado.

—Y el tabaco —me burlo.

—Vale, sí, ese también. —Se ríe—. Por lo demás, estoy limpio.

—Ya...

Me quedo en silencio unos minutos. El camarero nos sirve la comida y, aunque nos tanteamos con la mirada, seguimos sin dirigirnos la palabra. Yo no paro de darles vueltas a sus palabras. A esa apuesta por la vida sana, a ese «estoy limpio» que tanto contrasta con lo que me dijo antes Bryce. La tensión se ha instalado en la mesa y creo que los dos nos damos cuenta perfectamente.

—¿Pasa algo, Summer?

—No... No, no —le respondo, porque no sé muy bien cómo afrontar el tema. Ni siquiera si hay un tema que afrontar.

—Vale... A ver... ¿He dicho algo que no debía?

—No, en serio, Logan.

El silencio vuelve a tomar el mando, y ahora es aún más largo y espeso que los anteriores. Logan se pasa un par de veces la mano por la cara, con gesto de frustración, hasta que al final sentencia con una frase que, sin duda, no es una pregunta.

—Lo sabes.

—¿Qué?

—¿Quién te lo ha contado? ¿Bryce?

—Logan...

—¡Joder!

—Lo siento. Lo siento muchísimo, de verdad. Bryce...

—Bryce es un gilipollas. No tengo ningún problema en hablar de ello. De hecho, Bryce lo sabe porque compartimos algunas asignaturas el curso pasado y, en una de ellas, hice una exposición sobre adicciones en la que hablé del tema.

—No hace falta...

—Ya, ya sé que no hace falta. Pero es que no tengo nada de qué avergonzarme. O sea, sí lo tengo. Me avergüenzo la hostia de la época en la que era un borracho y un yonqui. Pero también estoy muy orgulloso de llevar mil sesenta y ocho días sin beber y sin meterme absolutamente nada.

—Salvo té helado.

—Y cigarrillos. Muchos cigarrillos —reconoce, con una sonrisa enorme, que tarda una milésima de segundo en convertirse en un gesto serio—. ¿Cambia algo que ahora sepas esto? ¿Quieres marcharte?

—Ya lo sabía antes de venir. Y en una versión mucho más desagradable.

—Te dije que no te fiaras de ese tipo.

—Y no lo hago. Ojalá no me lo hubiera dicho. Me habría gustado saberlo de primera mano por ti.

—Cuando quieras, te cuento la versión completa. Aunque ya te advierto que no es agradable.

—Gracias.

—¿Por qué?

—Por la confianza.

—No. Gracias a ti.

—¿Por qué?

—Por no marcharte.

Le sonrío en silencio y nos acabamos la cena en medio de una atmósfera tranquila, a la que contribuye también el *soul* que suena bajito por el hilo musical del local. Distingo *Sittin' On The Dock Of The Bay* y *When a Man Loves a Woman*, y sonrío al ver que Logan tamborilea con los dedos sobre el mantel al ritmo de la música. Cuando acabamos el postre, un increíble helado de té verde que hemos compartido, me atrevo a acercar mi mano a su cara para comprobar el estado de su nariz.

—Se te ha puesto un poco morada.

—¿*Se te ha puesto*? —Se ríe—. Diría más bien que *tú* me la has puesto.

—Jo... Me siento fatal.

—Olvídalo. ¿Nos vamos?

Salimos del restaurante y caminamos en silencio por el paseo marítimo. La verdad es que, en el tiempo que llevo viviendo en Virginia, apenas he salido del entorno del campus. De Virginia Beach solo he visitado las cuatro cosas más conocidas, sobre todo este gigantesco paseo marítimo, pero es diferente descubrirlo junto a Logan, que me va contando anécdotas y no deja de proponer planes para próximas salidas. O citas. O lo que sean. No sabré ponerles nombre, pero tengo tan claro como parece tenerlo él que, aun sin habernos despedido hoy, ya estoy deseando que se repita.

La noche no es demasiado fría, pero la brisa del mar hace que nos estremezcamos un poco. Logan se detiene en un puesto ambulante y vuelve con un vaso de chocolate caliente para mí y un té rojo para él. Seguimos paseando, ahora en un silencio que ya no es incómodo en absoluto.

—Summer, yo... —Logan es el primero en hablar—. No se me dan demasiado bien estas cosas, pero... bueno... tú...

—¿Yo? —le pregunto, y se me escapa un gallito en la voz que creo que a él no le pasa desapercibido.

—Tú... me gustas.

Me quedo paralizada ante su confesión. Tan paralizada que creo que lo asusto.

—¿No vas a decir nada? —me pregunta, tras unos segundos de tensión en los que no he levantado la mirada del suelo.

—Yo... Logan... Yo...

—Vale. —Me coge la mano y solo es entonces cuando me atrevo a enfrentar su mirada. Me dirige hacia el murete que separa el paseo marítimo de la playa, y casi tiene que indicarme que me siente, porque yo sigo sin saber qué decir. Qué hacer. Qué sentir—. Voy a hablar yo, ¿te parece bien?

—Sí. —Mi voz es débil, pero él sonríe a mi gesto de asentimiento.

—Me gustas. Eso está claro, creo. De hecho, si no lo tienes claro después de estos meses, es que eres muy poco perspicaz. —Se me escapa una sonrisa que parece tranquilizar a Logan, aunque su gesto me transmite que lo que va a decir a continuación es serio—. Me he imaginado cosas, Summer.

—¿Cosas?

—Sí, *cosas*. He estado muy jodido por dentro. Mucho tiempo. El suficiente como para reconocer cuándo alguien está tan roto como lo estuve yo.

—¿Crees que yo estoy rota? —Los ojos se me abren como platos y no puedo evitar que las lágrimas hagan un esfuerzo por salir—. ¿Es lo que te parezco? ¿Una chica rota?

—No. —Logan aprieta su agarre sobre mi mano—. Me pareces una chica lista. Y fuerte. Y preciosa. Me pareces un montón de cosas que no voy a confesar en la primera cita. Pero sé que una parte de ti está rota.

—¿Es porque coincidimos en el centro de terapia? —le pregunto, porque me da pavor que la gente vea en mí lo que veían en Kansas, a una pirada a la que es mejor no acercarse.

—No. O no solo. Te he visto en el gimnasio, golpeando el saco de boxeo como si te fuera la vida en ello. Como lo golpeo yo. Vi cómo reaccionaste el otro día cuando me acerqué a ti por la espalda —baja la voz hasta convertirla casi en un susurro—. Veo el pánico que te da que esto pueda acabar como acabaría una cita entre dos personas que no estuvieran rotas.

—Yo... A mí... —Me trago las lágrimas e intento hablar, pero me doy cuenta enseguida de que no voy a ser capaz de contarle a Logan ni una millonésima parte de lo que he vivido—. Me han pasado cosas.

—Créeme, Summer. Me he imaginado lo peor.

—Ni en un millón de años podrías empezar a hacerte una idea.

—Joder... —susurra.

—No me lo pidas, por favor.

—¿El qué? —me pregunta, con la incertidumbre pintada en la cara.

—Que te lo cuente. No todavía. No... ni siquiera sé si podré hacerlo algún día.

—De acuerdo. Escúchame, Summer. —Lo miro a los ojos, con las lágrimas cayendo despacio de los míos—. Nunca te presionaré para que me cuentes nada, ¿vale? A mí me ayudó con lo mío y, si algún día quieres hablar, yo estaré aquí para ti. No tengas dudas de eso, por favor. Pero lo que tenga que ser... será a tu ritmo.

—Gracias. En el fondo, yo... —solo al decirlo en voz alta soy consciente de algo que jamás se me habría pasado por la cabeza— supongo que necesito que alguien de aquí sepa lo que me ocurrió. Quiero decir... Por una parte, no había nada más atractivo en venirme a vivir a Virginia que empezar de cero. Vivir en un lugar donde la gente no supiera nada de mi pasado, ni de las tonterías que hice en la adolescencia. Pero no había pensado en los días malos. En los días en que sería mucho más fácil seguir adelante si tuviera a alguien a quien abrazar que supiera por lo que he pasado. —Acabo mi confesión con la voz rota, porque quizá Logan aún no lo sepa, pero acabo de confiar en él más de lo que lo he hecho en nadie que no fueran mi madre o mis terapeutas. Acabo de decirle en voz alta lo que ni siquiera me he atrevido a decirme a mí misma.

—¿Puedo? —Logan se acerca a mí con los brazos abiertos, y yo me hundo en su abrazo sin cuestionarme siquiera que pocas veces en mi vida he tenido un contacto físico tan cercano con nadie—. Vamos a hacer un trato, ¿vale?

—Vale.

—A mí siempre podrás abrazarme —me dice, y vuelvo a romper a llorar, porque sus palabras me emocionan tanto que no soy capaz de contener las lágrimas—. Aunque no sepa lo que te pasó. Da igual. Sabré que lo necesitas, y eso es suficiente.

—¿Por qué eres tan bueno conmigo? —le pregunto, porque de veras no entiendo que no salga corriendo a buscar a otra chica, una que no venga con una mochila cargada de drama.

—Porque conmigo lo fueron. Porque, si todos mostráramos un poco más de empatía con los demás, el mundo sería un lugar mejor.

—Eres un *hippy* terrible —se me escapa, y a los dos nos da la risa, creo que no tanto porque mi comentario haya sido muy gracioso como porque los nervios nos están consumiendo. Al menos a mí.

Volvemos paseando hasta el lugar donde dejó Logan la moto aparcada, y en poco más de un cuarto de hora estamos de regreso en el campus de Regent. Me bajo junto a la puerta de acceso a la residencia, le devuelvo el casco que me ha prestado y me doy cuenta de que la noche ha sido liberadora en algunos sentidos, pero también ha dejado abiertas muchas preguntas que, con mi férrea necesidad de control y de que todo esté siempre muy claro, no soy capaz de dejar así.

—Logan...

—¿Sí?

—¿Tú... tú quieres volver a verme?

—¿Y tienes que preguntarlo? —Me sonríe, y parte de los nervios se me evaporan—. Claro que sí.

—Yo... Me ha gustado mucho salir contigo. Y me gustaría repetirlo. Si tú... si tú...

—Sí que quiero, pesada.

—Vale. —Me río y, no sé por qué, agarro su mano antes de seguir hablando—. No sé cuánto tardaré en ser capaz de... de compartir... de hacer...

—Tú marcas el ritmo, Summer. Ya te lo he dicho. Vayamos poco a poco. Sin promesas, sin exigencias, sin... presión. Creo que ninguno de los dos responderíamos demasiado bien a la presión.

—No. Gracias por entenderlo.

—No te creas que soy tan altruista. Es que me gustas un huevo, joder.

Los dos estallamos en una carcajada liberadora y, guiada por la fuerza que me da la compañía de Logan, soy capaz de acercarme a él y dejar un beso suave en su mejilla, pegado a la comisura de sus labios, antes de salir corriendo a refugiarme en el silencio de la residencia de estudiantes, en el que solo se escuchan los latidos frenéticos de mi corazón.

9
Y las mil que vinieron después

Logan se ha inventado un juego. Un juego para conocernos mejor, según dice, aunque yo sé que, en realidad, es un juego para ayudarme a que confíe más en él. No me ha contado cuál es la verdadera intención de su *invento*, y yo tampoco le he dicho que no hace falta ningún subterfugio para conseguir mi confianza, que es suya al cien por cien.

El juego consiste en que cada uno de nosotros piensa en dos preguntas para el otro, mientras intentamos adivinar las respuestas que dará. Yo requiso sus cigarrillos durante todo el juego, y solo se los devuelvo si acierta al menos una de las respuestas. Para mi desgracia, el segundo o tercer día del juego, Logan descubrió mi adicción a las nubes de golosina, así que también él las mantiene lejos de mi alcance durante el tiempo que dedicamos a intentar adivinar detalles sobre la vida del otro. Todas las noches, antes de que él abandone el recinto del campus para irse a su apartamento en la ciudad, nos vemos durante un rato, a veces más largo, a veces más corto, y... jugamos.

Así, yo he adivinado que su color favorito es el verde, que no soporta el puré de patata, que cuando era pequeño tenía dos perros enormes llamados Beavies y Butthead, que pasó un verano de intercambio en Europa cuando era un adolescente que aún no tonteaba con el alcohol, que su coche soñado sería un Toyota Prius y que ha visto más de cincuenta veces *Apocalypse Now*. Bueno, solo adiviné algunas de esas cosas (lo del Prius era muy obvio). El resto, junto con otros temas mucho más delicados en los que aún me duele pensar, me las ha ido confesando él.

—Hoy te toca empezar a ti —lo informo mientras alcanzo su paquete de Marlboro del bolsillo trasero de sus pantalones vaqueros.

—Cuidado con lo que tocas, Summer, que uno no es de piedra.

—No te flipes. ¡Venga! ¡Empieza! —lo apremio, porque, en el fondo, me encanta este juego. No será lo que una pareja de veinteañeros «normal» hace en sus primeras citas, ni se le parecerá, pero a nosotros, precisamente, nos devuelve parte de la normalidad perdida.

—La combinación de comida más asquerosa que hayas probado jamás... y que te haya gustado.

—Mmmmm... ¿Puedo usar una línea roja?

—Ni de coña. —Las líneas rojas son un código que nos hemos inventado para cuando una pregunta toca aquellas partes de nuestros pasados que queremos mantener aún en secreto. Bueno... que *yo* quiero mantener en secreto, porque Logan no ha tenido ningún pudor en mostrarse transparente conmigo y, aunque no hemos hablado a fondo del problema de sus adicciones, sí ha ido dejando caer detalles que me han dado una idea de lo grave que llegó a ser su situación.

—Paté de sardina con galletas Oreo.

—Tienes que estar de coña, Summer. Joder, ¡qué asco!

—¿Qué habías apuntado?

—Nutella con salchichas. ¡Yo qué sé! Por decir algo. —Me muestra uno de los papeles en los que tratamos de averiguar la respuesta del otro—. No me puedes requisar el tabaco por esto. Era imposible adivinar semejante guarrada.

—¿Qué quieres que te diga? Mi abuela se rompió una pierna, mi madre tuvo que salir disparada hacia el hospital y no había nada en casa. La otra opción era algo así como leche con palitos de cangrejo.

—¿Y leche con galletas Oreo? ¿Esa combinación no la barajaste?

—Tenía antojo de algo salado.

—¿Y pedir una pizza? —consigue decir Logan en medio de sus carcajadas y las mías, pero se le crispa el gesto cuando ve que yo me he quedado muy seria—. ¿Qué pasa?

—Yo... Yo no... Yo...

—¿Línea roja? —me pregunta, cogiéndome la mano con fuerza.

—No —le respondo, después de exhalar un suspiro—. Mi madre no me dejaba abrir la puerta si estaba sola en casa. Bueno, en realidad... a mí misma me daba miedo hacerlo.

Bajo la mirada, no sin antes fijarme en el gesto de Logan, a medio camino entre la compasión y la comprensión.

—Venga, te toca. —Rompe la tensión cediéndome el turno, y decido olvidar la vergüenza que me ha dado mi confesión para saciar mi curiosidad sobre algo que llevo tiempo deseando que Logan me cuente.

—¿Qué significan tus tatuajes?

Por lo que he podido atisbar desde que lo conozco, Logan solo tiene tatuajes en los brazos. Bueno, sobre todo en el brazo derecho, donde destacan tres grandes rosas, en diferentes tonos de gris, en medio de una profusión de hojas y ramas en color más oscuro. En el brazo izquierdo, dos finas líneas negras atraviesan su antebrazo, a modo de brazaletes, perdidas en el mar de pulseras de cuero que siempre lleva puestas.

—¡Sabía que me ibas a preguntar eso justo hoy!

—¿Ah, sí? ¿Y eso por qué?

—Porque, aunque no me lo hubieras preguntado, pensaba contártelo. Venga, te prometo que te voy a decir la verdad, pero tengo curiosidad por saber qué es lo que habías anotado. Tu predicción.

—La verdad es que no tengo demasiadas pistas. Sobre las líneas esas negras... ninguna. Sobre las flores, ¿tiene algo que ver con una chica? —me atrevo a preguntarle, aunque nunca hemos hablado de nuestros pasado amorosos. Bueno, del suyo, que yo de eso no tengo.

—Nada que ver con una chica. Me parece que no vas a comer nubes esta noche.

—Te recuerdo que tu tabaco sigue en mi poder. Cuéntamelo, anda.

—Las rosas fueron una puta gilipollez que hice a los dieciséis. Empezaba a tontear con las drogas un poco más de la cuenta y a moverme en ambientes que no tenían demasiado que ver con el barrio en el que vivía. En aquellos lugares no me tomaban en serio, me veían como el niño pijo que se metía unas rayas para hacerse el machote... así que decidí darles la razón haciéndome el machote con más rayas de coca y un tatuaje que me cubriera todo el brazo.

—¿Te arrepientes?

—Al menos elegí un diseño que significara algo para mí. Por poco no acabo con un dragón subiéndome por el cuello. —Nos reímos, y Logan me mira con unos ojos de cachorrito que consiguen su objetivo: que le devuelva el tabaco. En otro momento me pelearía con él por eso, pero ahora supongo que lo necesita. Se enciende un cigarrillo, expulsa el humo hacia el lado contrario a donde estoy yo, y sigue contándome—. Son tres rosas: la más oscura representa mi infancia; la intermedia, mi adolescencia; y la que no está sombreada, la que es transparente, lo que soy hoy.

—Pero... te lo hiciste hace años, ¿cómo sabías lo que serías hoy?

—Es más complejo que eso. Hay... hay algo que no te he contado. Bueno, hay muchas cosas en realidad. —Da una calada honda a su cigarrillo y se revuelve el pelo antes de seguir hablando—. Mis padres me adoptaron cuando era un crío. Mi familia biológica me maltrataba. Mucho. Pero no sé más que eso, no recuerdo nada de mis años con ellos.

—Lo siento, Logan. No tenía ni idea. Pensaba que habías tenido una infancia feliz.

—¡Y la tuve! Mis padres son... Dios, son maravillosos. Fui muy feliz de niño, al menos... al menos por el día. Por la noche, tenía unas pesadillas horribles. En parte, esa fue la razón por la que empecé a beber. Cuando estaba borracho, dormía como nunca lo conseguía sobrio.

—La flor oscura representa esa época con tus padres biológicos que no recuerdas —afirmo, porque no me hace falta preguntarlo.

—Exacto. Cuando fui creciendo, las pesadillas se convirtieron en un problema. Tenía unos terrores nocturnos espantosos y seguía durmiendo con mis padres con trece o catorce años. Fue entonces cuando me contaron que mi familia biológica me había maltratado. Los terapeutas determinaron que en esas pesadillas salían a la luz los recuerdos de aquellos primeros años que bloqueaba durante el día. Trabajamos mucho para reducirlas y funcionó, en parte, pero nunca llegaron a desaparecer del todo.

—¿Y las otras rosas?

—La gris de en medio representa lo que era en el momento en que me hice el tatuaje. O lo que yo creía que era, mejor dicho. Un capullo floreciendo. Solo acerté en lo de *capullo*. No estaba floreciendo, estaba haciendo lo posible por matarme.

—Sin embargo, esperabas ser otra cosa cuando te hicieras mayor —le digo, acariciando con las yemas de los dedos la flor de color más claro de su muñeca.

—Sí, no está sombreada porque quería ser transparente. Solo que... significaba una cosa distinta en aquel momento. Era un gilipollas de impresión, Summer. Soñaba con poder beber y meterme coca cuando y como me diera la gana, sin tener que esconderme de mis padres, como hacía entonces. Vivir la vida al máximo. Así era como lo llamaba en aquella época. Ahora prefiero interpretarlo de otra manera.

—¿De cuál?

—Está limpia. Esta flor —la señala— está limpia, sin tinta. Como yo. Limpio.

—Me gusta la nueva interpretación. —Me acerco a él y le doy un beso en la mejilla. Uno de esos que cada vez más me apetece acercar a sus labios, a pesar de que aún no me atrevo—. ¿Y los brazaletes negros del otro brazo?

—Me hice el primero el día en que cumplí un año limpio. El aniversario de mi entrada en el centro de rehabilitación. Y el segundo, el año pasado. Por eso las líneas son tan finas, porque pienso hacerme una cada año. Y espero que llegue el día en que tenga el brazo tan lleno de líneas que ni se me vea la piel. Significará que he ganado la batalla.

—La ganarás —le digo, porque estoy convencida de ello.

—Y, con respecto a eso...

—¿Qué?

—El sábado se cumplen tres años. Veinticinco de febrero. ¿Me acompañarás a por la tercera línea?

—Será un honor.

Logan me pasa un brazo por el hombro, y yo me acurruco un poco contra su pecho. La noche empieza a caer sobre el campus, y nuestras palabras se convierten en susurros.

—Te toca preguntar —le recuerdo.

—Aún no. Vamos a dar un paseo, te acompaño a casa.

—No llames *casa* a la residencia, por favor. Empiezo a odiar vivir ahí.

—Esa Gina... no me gusta un pelo.

—Ya. A mí tampoco.

Seguimos caminando y comentando mi precaria relación con mi compañera de habitación. Logan me cuenta que Bryce se ha ganado una fama realmente mala en su facultad y que ha estado varias veces a punto de la expulsión, pero que es bastante más listo de lo que parece y siempre consigue evitarla. Se indigna al no comprender por qué Bryce eligió una carrera como Educación Social, que se supone que está pensada para ayudar a los demás, cuando él es una especie de egoísta sin moral ni principios. Logan se enzarza en un monólogo consigo mismo sobre los motivos por los que eligió él esa carrera que lo apasiona. Me encanta escucharlo, aunque ya me ha contado otras veces cómo los educadores sociales que conoció en la clínica de rehabilitación fueron los que lo inspiraron para tomar la decisión.

Cuando llegamos a mi residencia, se disculpa por haber acaparado la conversación, pero yo le recuerdo lo mucho que me gusta escucharlo hablar sobre sus estudios con la misma pasión con la que yo lo hago sobre los míos. Como todos los días, al despedirnos, nos quedamos mirándonos a los ojos durante más tiempo del recomendable para mi salud mental. Debe de ser por eso que las parejas se besan al despedirse, para evitar estos incómodos momentos en los que no sabemos muy bien qué hacer.

—Si prometo devolverte todas tus nubes, ¿me dejas hacerte la segunda pregunta de hoy? —me dice, en voz tan baja que tengo que pegarme mucho a él para oírlo.

—Yo te he devuelto tu tabaco y ni siquiera me has dejado hacerte la segunda pregunta —protesto—, pero... vale.

—¿Alguna vez...? —Su cuerpo se pega más al mío, y estoy segura de que tiene que estar oyendo los latidos de mi corazón o, como mínimo, lo estará viendo latir en mi garganta—. ¿Alguna vez has besado a un chico?

—Logan...

—Te estás jugando todas tus nubes, Summer —me dice, con sus labios casi rozando los míos, con un tono entre burlón y excitado que hace que pierda por completo los nervios.

Literalmente. Pierdo los nervios. La parte irracional de mi cerebro, esa que siempre consigo mantener a raya con un gran esfuerzo, decide salir a la superficie en el momento más inoportuno y me instala el pánico en medio del pecho.

Y salgo corriendo.

Solo acierto a gritar un «lo siento» mientras alcanzo las escaleras y me lanzo en la cama en cuanto entro en mi cuarto, sin importarme la mirada curiosa de Gina, ni estar todavía vestida y calzada ni nada que no sea el dolor que siento por no ser capaz de conseguir esa normalidad con la que sueño. La normalidad de besar a la persona de la que estás enamorada. Porque... a quién quiero engañar. Estoy tan enamorada de Logan Hartwell que solo me queda suplicar que él tenga paciencia suficiente para esperarme.

10
Sí puedo, sí quiero

Lloro en la cama durante dos horas, hasta que Gina vuelve de cenar y se acerca a mí con lo que parece una preocupación genuina, para variar. Evito darle explicaciones sobre mi relación con Logan, pero creo que ella se imagina que lo que me ocurre tiene algo que ver con él. Aunque, en realidad, Logan solo es un personaje secundario en esta historia. No es una lucha entre Logan y yo. Es una lucha entre mi cerebro y mi corazón, entre mi subconsciente y mi consciente, entre mi pasado y mi futuro. Y en esa lucha, Logan es mi aliado, no mi enemigo.

—Te he traído un sándwich de la cafetería. Estaban cerrando cuando yo he subido y no quería que te quedaras sin cenar —me dice, al tiempo que me acerca un plato y yo me incorporo y me quedo sentada en la cama.

—Gracias, Gina.

—No soy mala tía, en el fondo.

Le sonrío como respuesta, y le doy un par de mordiscos al sándwich con desgana. Gina saca un paquete de tabaco de su mochila de clase y me dirige una mirada que busca mi aprobación para que se descuelgue por la ventana a fumar. Nunca pide permiso, así que supongo que debo de dar una imagen bastante penosa para que hoy lo haya hecho.

—¿Ese que corre por las pistas como un desquiciado no es Logan? —me pregunta, y la simple mención de su nombre hace que dé un respingo en la cama. Bueno, que dé un respingo, que me ponga en pie de un salto y que corra hacia la otra ventana, la que queda encima de mi escritorio, para comprobar si la agudeza visual de Gina ha acertado.

Ni siquiera le respondo. Recupero del suelo las deportivas que me saqué a puntapiés en algún momento de lucidez de mi llorera anterior, me echo el primer abrigo que encuentro por encima del pijama que me debí de poner sin ser muy consciente de ello, y salgo corriendo de la habitación como impulsada por el resorte de toda una vida negándome a sentir.

Bajo las escaleras escuchando el resonar de mis pasos contra la piedra, en una melodía acompasada a la perfección con los latidos que me golpean el pecho. Siento una fina capa de sudor cubriendo mi frente, pero no me detengo en mi objetivo. El gran portalón de la residencia chirría cuando lo abro, pero yo sigo caminando sin mirar atrás. Veo que la carrera de Logan lo ha llevado en este momento al extremo opuesto de las pistas que rodean el campo de béisbol, así que echo a correr en su dirección.

No se percata de mi presencia hasta que estoy a escasos metros, y la sorpresa se pinta en su cara cuando se da cuenta de que la loca desquiciada en pijama que lo persigue a las once de la noche por estas pistas desiertas... soy yo.

—¡Summer!

—La respuesta es no —empiezo a hablar, y ya nada puede detenerme—. No. Nunca he besado a un chico. Nunca he salido con nadie. Nunca me he atrevido a mirar a un chico siquiera. Hasta que apareciste tú, y lo cambiaste todo. Me cambiaste a mí. Hiciste que confiara en ti con una cena vegana, un juego improvisado y un montón de nubes de gominola. Y ahora no consigo sacarte de mi cabeza, y llevo llorando desde que te dejé antes, porque mi cerebro se asustó. Porque he crecido teniendo pánico a los hombres, y tú eres uno, y se me cruzó un cable, pero...

Tengo que parar de hablar porque, en algún momento de mi monólogo, las lágrimas han empezado a salir y, entre eso y la carrera anterior, mi voz se ha convertido en un jadeo que no tengo claro que sea inteligible.

—¿Pero...?

—Pero nunca, en toda mi vida —miro a Logan a los ojos y veo que él también está haciendo un esfuerzo por respirar—, nunca en toda mi vida he deseado nada como deseo besarte a ti.

Logan acorta la distancia antes de que pueda darme cuenta, posa su mano en mi nuca y, en un gesto que ni se imagina cuánta gratitud me produce, me pide permiso con la mirada en el último momento. Yo asiento, con los ojos acuosos, y lo siguiente que noto son sus labios sobre los míos.

Y, entonces, olvido que estoy en pijama, olvido que el impredecible clima de Virginia decide descargar un diluvio sobre nosotros, olvido lo que es el miedo, lo que son las dudas, olvido catorce años de encierro, de temores, de no sentirme normal. Lo olvido todo perdida en su sabor, en su olor, en sus manos acariciándome con prudencia, en su lengua enredándose con la mía, en las ganas de que el mundo deje de girar y solo quedemos nosotros, besándonos en las pistas de atletismo de este campus en el que, al fin, he descubierto a la persona con la que soñaba incluso antes de saber que era posible encontrarla.

Y esa persona no es Logan. Esa persona soy yo.

11
Un tatuaje y otras marcas más permanentes

—Yo no me subo contigo a la moto si sigues en este estado. —Me río sin rubor en la cara de Logan, que lleva toda la mañana histérico, dando vueltas por el campus sin ningún sentido y fumando de forma compulsiva—. Pero ¿qué te pasa?

—Me pone muy nervioso tatuarme. Me ha pasado siempre que lo he hecho.

—Por Dios... No puedes ser tan blandengue.

—Duele de cojones, eh, bonita —me dice, con una sonrisa—. Además, siempre me entra la paranoia de que no quede como yo espero o... yo qué sé. Me pongo nervioso.

—Vámonos, anda, que solo falta que encima llegues tarde.

En apenas veinte minutos, llegamos a un estudio de tatuajes medio escondido en una de las calles paralelas al paseo marítimo. Logan me explica que es el mismo lugar donde se hizo el segundo brazalete en su brazo, hace justo un año, así que no tiene que darle apenas explicaciones al tatuador. Me siento en una silla de la sala de espera, un poco alucinada por las fotografías de *piercings* y tatuajes que llenan las paredes del local. Yo ni siquiera tengo agujeros en las orejas, así que no me imaginé nunca a mí misma en un lugar como este. Escucho el sonido metálico de las máquinas de tatuar, pero, como hay varias cabinas en el local, no sé si están tatuando ya a Logan o no.

—¿Summer? —La cortina de la cabina donde ha entrado Logan se abre, y el tatuador asoma la cabeza—. Dice Logan que pases.

—¿Yo? —pregunto, por inercia, pero me levanto enseguida a acercarme al lugar. Logan está tumbado en una camilla, con el brazo izquierdo extendido y la nueva línea que rodea su antebrazo dibujada en azul, a la espera de convertir el diseño en permanente—. ¿A ti qué te pasa?

—Quédate conmigo, anda —me pide, y yo me acerco a él con una sonrisa entre burlona y comprensiva.

En apenas diez minutos, la línea cubre la parte frontal de su antebrazo, perfectamente paralela a las que ya tenía, y a mí se me pone la piel de gallina al recordar el significado de esos tres tatuajes, de esos tres años. Pero, cuando Logan gira su brazo para que el tatuador continúe por la cara interior, me quedo paralizada ante la visión que me ofrece.

Cuatro cicatrices cruzan el interior de su antebrazo, cerca de las muñecas, justo en la zona que siempre le he visto tapada por esas pulseras de cuero que no sospeché que tuvieran otra finalidad que la decorativa. Cicatrices oscuras. Dolorosas. Tan iguales a las que tengo yo en mis dos brazos que un estremecimiento me atraviesa la columna vertebral y está a punto de llevar las lágrimas a mis ojos. Comparto una mirada con Logan que dice más cosas que conversaciones que podrían durar días. Permanecemos en silencio mientras el tatuador acaba su diseño, Logan paga en la recepción del local y bajamos las escaleras hacia la calle.

—¿Te apetece dar un paseo en la moto? —me pregunta, sin levantar la mirada del suelo.

—Claro. Lo que tú quieras.

Conduce durante algo más de una hora, y yo me limito a aferrar mis brazos alrededor de su cintura, acariciando a ratos su abdomen por encima de la cazadora, como si pudiera transmitirle con mis manos mi apoyo, mi comprensión. Como si pudiera decirle que yo he estado ahí, que sé lo que se siente cuando la vida pesa tanto que deshacerte de ella parece la única opción posible.

Logan aparca en cuanto llegamos a Williamsburg. Es una pequeña población histórica sobre la que había leído algo cuando me mudé a Virginia, pero que no había tenido la oportunidad de visitar. El mundo parece haberse detenido en pleno siglo dieciocho, con coches de caballos por las calles, antiguas edificaciones coloniales y muchos turistas que han aprovechado el sábado para visitar la ciudad. Paseamos en silencio durante un rato, hasta que encontramos un jardín en el que no hay demasiada gente, y nos sentamos en el césped sin que sea necesaria más que una mirada de asentimiento para ponernos de acuerdo.

—Lo siento. —Logan es el primero en hablar. Apoya la cabeza contra el tronco de un árbol y cierra los ojos, con una expresión de pesar que me rompe el alma—. Por eso estaba tan nervioso esta mañana, porque sabía que las verías. *Quería* que las vieras. Pero... Mierda, lo he hecho fatal.

—No lo has hecho fatal. —Le sonrío y alargo la mano para acariciarle la mejilla. Él se acerca a mí y me da un beso suave y lento en el que parecemos dejarnos todas las preocupaciones. Aunque solo sea una sensación ficticia y haya todavía muchos fantasmas de los que hablar—. ¿Me lo quieres contar?

Logan se queda un rato en silencio, suspira un par de veces en voz alta y me coge la mano con una fuerza que me da hasta miedo. Miedo a su dolor, no al mío.

—Fue... a los diecisiete, más o menos. Un par de meses después de darme cuenta de que estaba enganchado de verdad. Aún me gustaba beber y drogarme, pero odiaba no poder hacerlo solo cuando yo quería. Me pasé semanas negándomelo a mí mismo. Me decía que no podía parar porque me gustaba mucho, no porque fuera un adicto. Hasta que una noche me quedé sin dinero, ya nadie me fiaba porque había pedido favores demasiadas veces y...

—¿Y...? —le pregunto, acariciando el dorso de su mano con la yema de mi pulgar.

—Y le robé dinero a mi madre. Era un día entre semana, les dije a mis padres que tenía que irme a acabar un trabajo a casa de un amigo, y en realidad me fui al peor barrio de la ciudad a emborracharme y meterme toda la droga que mi cuerpo fue capaz de soportar. Me escabullí dentro de casa cuando mis padres se fueron a trabajar, con un subidón que me comía las paredes. Cuando llegó el bajón, lo hizo con la misma fuerza. Supongo que nunca has tomado coca, ¿no?

—No. Salvo mi nefasta experiencia en la fiesta de Navidad, nunca he bebido ni he tomado drogas.

—Mejor. Vale... es un poco difícil de explicar el bajón de la coca. Un momento estás en lo más alto y, al siguiente... Es jodido. Sientes que todo es una mierda y, normalmente, ni siquiera sabes por qué. Pero estás deprimidísimo. Mucho más si manejas las cantidades en las que me movía yo en aquel momento. Y, si a ese bajón le añades que acabas de darte cuenta de que eres un puto yonqui y que le has robado dinero a tu madre, que confía en ti con los ojos cerrados...

—... acabas en la bañera rodeado de tu propia sangre.

—No fue en la bañera... ¿Qué...? ¿Por qué has dicho eso?

Ahora soy yo quien se queda en silencio. Veo desfilar todos mis fantasmas antes de decidirme a hablar. O, mejor dicho, a levantar las mangas de mi camiseta y enseñarle las cicatrices que, en mi caso, cubren el interior de los dos antebrazos.

—Summer...

Logan me aplasta contra su cuerpo y a mí se me caen las lágrimas a borbotones, aunque aún no he sido capaz de emitir ni una palabra. Nos quedamos así un rato largo, pero entro en un estado semiinconsciente en el que no tengo demasiada noción de cuánto tiempo ha pasado.

—Toma. —La voz alegre de Logan me despierta de mi letargo y veo que me está tendiendo su paquete de tabaco.

—Creo que empezar a fumar no es la solución a lo que me pasa —le respondo, con una sonrisa amarga.

—¡No, tonta! Juguemos —me responde, riéndose, pero con la mirada clavada en mis ojos, con una actitud que no sé si me suplica que juegue o me advierte que no aceptará un no por respuesta.

—No tenemos nubes. Ni papel y lápiz.

—Tecnicismos.

Los dos nos reímos, y Logan me acerca a su cuerpo, porque el frío ha empezado a arreciar y porque los dos necesitamos la presencia del otro.

—Empieza tú —le digo, porque imagino sobre qué quiere hablar y, como no saque él el tema, yo no seré capaz de hacerlo.

—¿A qué edad? —No se molesta en aclarar a qué se refiere porque no hace falta.

—A los quince.

—¿Por qué?

—Porque la vida... me pesaba.

—¿Iba en serio, entonces? ¿No fue un intento de llamar la atención?

—No. Yo ya tenía toda la atención del mundo sobre mí.

—¿Quién te salvó?

—Sabes que te estás saltando todas las normas del juego, ¿verdad? No te voy a devolver el tabaco jamás —bromeo, pero él alarga la mano y yo le entrego el paquete. Enciende un cigarrillo y espera a que yo responda su pregunta—. Mi madre. Ella me encontró cuando ya estaba casi inconsciente. Supongo que... tuve mucha suerte. ¿A ti?

—Mi padre, afortunadamente. No me habría perdonado jamás que mi madre se encontrara aquello. Ya le he hecho demasiado daño en mi vida.

—¿Lo tuyo tampoco fue por llamar la atención?

—Yo qué sé. Es que, hoy en día, aún no lo sé del todo. Mira. —Vuelve a mostrarme las cicatrices de su antebrazo y yo casi tengo que apartar la mirada porque, por muy acostumbrada que esté a las mías propias, las suyas me duelen demasiado—. Solo me corté el brazo izquierdo porque no quise estropearme el tatuaje en el derecho. ¿Te parece normal? Quería morirme, pero me preocupaba joderme un tatuaje.

—¿Por qué no te las has tapado? Hasta yo, que no soy muy fan de los tatuajes, he pensado en hacerme uno para esconder las cicatrices y no tener que vivir con manga larga todo el año.

—Yo quiero verlas. Que estén ahí, no vaya a ser que se me olvide. Suelo usar manga larga o cubrirlas con pulseras o lo que sea, porque tampoco es que me apetezca que los demás las vean, claro. —Asiento, porque es algo que yo también llevo haciendo más de cuatro años. He llegado a interiorizar tanto la rutina de que la piel de mis brazos nunca esté al descubierto si hay alguien cerca que ya lo hago sin darme cuenta—. Hasta mi madre me ha propuesto que me las tapara... Creo que a ella le duelen más que a mí.

—¿Tus padres sabían... lo tuyo? —le pregunto, y me doy cuenta de que el turno de averiguar cosas del otro ha cambiado de bando. Estas primeras semanas saliendo, entre el juego que nos hemos inventado y las casualidades de la vida, hemos acabado indagando en el pasado del otro de una manera en que quizá otras parejas lo hagan cuando ya llevan mucho tiempo juntos.

—Tardaron mucho en darse cuenta. Muchísimo. Ellos se lo han reprochado durante años, pero... no tienen ninguna culpa. Yo lo hice muy bien. —Esboza una mueca sarcástica y suspira antes de seguir hablando—. Era muy buen estudiante y no bajé las notas, nunca tuve mala actitud en casa... Al principio, me emborrachaba los sábados, como la mayoría de mis amigos. Empezamos también a fumar marihuana, ya no solo los fines de semana, también muchos días después de clase. En un viaje de fin de curso, un par de amigos llevaron coca y también la probé. Pero fue todo muy paulatino. Muy poco a poco, pero, al mismo tiempo, cuando me quise dar cuenta, estaba metido hasta los ojos. A los dieciséis ya guardaba botellas de vodka debajo del colchón y tenía un camello fijo en el peor barrio de la ciudad. Lo primero que hacía por las mañanas era meterme un par de rayas, para aguantar las clases del día. Ahora me parece increíble, pero seguía yendo a clase y haciendo vida «normal», así que, cuando mis padres se dieron cuenta... ya era muy tarde.

—¿Te ingresaron después del intento de suicidio?

—No. Al principio todos pensaban que estaba deprimido. Incrementamos la terapia a la que ya iba a causa de los terrores nocturnos y yo me controlé un poco las primeras semanas. Pero eso causó un efecto rebote y, cuando volví a descontrolarme, acabé sufriendo una sobredosis.

—Logan...

—Ahí sí me encontró mi madre. En un callejón de mierda, medio muerto entre dos contenedores de basura. Me libré por muy poco.

—Dios mío.

—Cuando desperté en el hospital, estaba con un mono de la hostia, pero, no sé cómo, tuve la lucidez de confesarles todo a mis padres y suplicarles que me encerraran. Donde fuera, pero que no me permitiera volver a acercarme a una botella de alcohol o a marihuana, cocaína, meta... A nada.

—¿Cuánto tiempo estuviste dentro?

—Once meses. —Logan me mira de nuevo, y un estremecimiento me hace prever su siguiente pregunta—. ¿Y tú?

—¿Yo?

—Has estado encerrada también, ¿verdad?

—Siete meses. Después del incidente en la bañera.

—Pues sí que estamos bien. ¿Te apetece volver a la ciudad? Se me ha quedado poco cuerpo para hacer turismo por aquí.

—Claro. Lo que quieras.

Deshacemos el camino que recorrimos esta mañana, antes de tantas confesiones, antes de tantas revelaciones. El atardecer cae sobre Virginia Beach cuando entramos en la ciudad, y Logan me sorprende enfilando una calle del centro en la que nunca había estado antes. Cuando para su moto, me desmonto sin saber muy bien a qué atenerme, pero él se adelanta con unas disculpas que, sin duda, no necesita.

—Lo siento, joder. He sido un egoísta. Te he llevado a un sitio precioso, pero al final no hemos visto nada...

—Logan, tranquilo.

—No, joder, no estoy tranquilo. Me siento fatal por haberme puesto tan mustio y...

—¿Qué estamos haciendo aquí? —le pregunto, porque quiero saberlo, pero, sobre todo, porque necesito que deje de disculparse.

—Sí, eso... Yo... —Deja escapar el aire entre dientes en una exhalación sonora, se enciende un cigarrillo y se apoya en la pared del edificio que tiene detrás—. Nada. Déjalo. Me acabo esto y te llevo a la residencia.

—Logan, en serio. Háblame. ¿Vives aquí o algo?

—Vivo aquí. ¿Quieres... subir?

—¿Qué me estás pidiendo, Logan? —le pregunto, en voz algo baja, porque me da un poco de vergüenza la pregunta y también porque un grupo de chicos se ha parado cerca de nosotros y no me apetece demasiado tener testigos de la conversación.

—Nada. Yo... no quería estar solo esta noche. Pero, si quieres volver a la residencia, te llevo volando.

—Pues... sería mejor que me llevaras por tierra, pero —le sonrío— prefiero quedarme en tu casa, si no te importa.

Él se limita a asentir, asegura el candado de su moto y saca las llaves del portal del bolsillo trasero de sus vaqueros. Subimos por una escalera estrecha de aspecto industrial hasta un entresuelo.

—No te esperes una gran mansión, ¿vale? —Se le escapa un poco la risa—. Es un estudio muy pequeñito.

Logan sigue hablando y justificándose, pero la verdad es que el estilo de su apartamento a mí me encanta. Me cuenta que es la parte de arriba de un taller, que alguien reconvirtió en estudio hace tiempo, y que se enamoró de él en cuanto puso un pie en el umbral por primera vez. Él había elegido la Universidad de Regent por ser un campus con una supuesta ley seca, pero, aun así, prefirió asegurarse de no tener tentaciones y vivir lejos de un ambiente en el que imaginó, con acierto, que los alumnos no tendrían demasiado problema en conseguir alcohol y drogas. Me habla de que vio decenas de pisos durante un fin de semana que pasó con sus padres buscando alojamiento para el curso, pero que nada acababa de convencerlo, además de que aún estaba en una fase de culpabilidad por todo lo ocurrido, y no quería que sus padres gastaran demasiado dinero en mantenerlo en Virginia Beach. No encontró su lugar hasta que dio con el estudio que ahora me muestra.

Es una vivienda en dos niveles. La planta baja la ocupa un pequeño salón, con un sofá bastante grande para el tamaño del piso, una mesita baja en madera natural y un par de lámparas de pie de aspecto industrial, como el del resto del apartamento. Una pared está cubierta hasta el techo por una librería dividida en cuadrículas y con una escalera antigua que se apoya en la parte superior. Atisbo algunos de los títulos, aunque tardaría días en leerlos todos. En una esquina, una cocina de aspecto retro en color blanco le da un punto un poco *vintage* y muy estiloso a todo el espacio. Unas pocas escaleras de madera oscura dan acceso a un altillo en el que está su dormitorio, muy sobrio, con una pared revestida de ladrillo sobre la que se apoya el cabecero, formado por listones de palés de madera sin tratar. En el desnivel entre las dos plantas se ubica un gran armario empotrado y un cuarto de baño muy pequeño, pero completo y moderno.

—No hay mucho más que ver. ¿Te apetece que prepare una merienda-cena? Con todo lo que ha pasado hoy... ni siquiera hemos comido.

—Vale. ¿Qué tienes?

—Un montón de opciones veganas y deliciosas. ¿Te gusta el puré de verduras?

—Me gusta todo. —Me río—. En serio, puedo comer cualquier cosa, como dejó claro la anécdota del paté de sardina con Oreo.

—Sí, no sé ni por qué pregunto. Tengo bastante congelado, lo pondré a calentar. ¿Quieres beber algo?

—Lo que tú bebas está bien.

Lo escucho trastear un poco en la cocina mientras me pongo cómoda en el sofá. Más cómoda de lo que jamás creí que estaría en el apartamento de un chico con el que salgo, sin más compañía que la de él. Cuando regresa, deja una jarra de lo que parece ser té helado y dos vasos sobre la mesa de centro y se acerca a un pequeño aparador lateral a colocar un vinilo sobre el tocadiscos. Una música pop sesentera que no alcanzo a reconocer inunda toda la estancia, justo cuando reparo en un detalle que me había pasado desapercibido.

—¿¿No tienes tele??

—¡Ja! No... —Se echa a reír—. Ya te dije que mis manías acabarían por asustarte. Solo libros y música. No me interesa nada la tele.

—¿Qué es esto que has puesto?

—Small Faces. ¿Los conoces?

—No.

—Es un grupo inglés de los sesenta. Esto es *Itchycoo Park*, me encanta esta canción.

—¡Este té está buenísimo! No me digas que lo haces tú.

—Pues sí. Los embotellados llevan azúcar o edulcorantes artificiales, así que... me paso el día preparándolo en casa.

—Eres una mezcla bastante extraña entre un hípster y una abuela sureña.

—Idiota.

Me golpea el brazo con un paño de cocina que se ha dejado metido en la cintura de los pantalones, y se levanta a servir la cena. Todo el apartamento huele muy bien, a comida casera, a té, a limón. A primeras veces. Comemos en silencio, solo con el disco de Logan como banda sonora. El puré de verduras está muy rico, y lo acompaña con una macedonia de frutas con zumo de naranja como postre.

—Estaba todo buenísimo. Necesitaré una sobredosis de azúcar y proteína animal cuando no estés cerca para compensar las cenas contigo, pero cocinas muy bien.

—Así que estás dispuesta a repetir, ¿no?

—Claro. El apartamento es muy bonito y... y yo estoy muy cómoda aquí —le confieso, porque sé que él entenderá todo lo que eso significa.

—Me alegro. Con respecto a esta noche... puedo dormir en el sofá, si lo prefieres.

Me pienso un poco mi respuesta porque sé que todavía no estoy preparada para acostarme con él. Hace días decidí que no lo estaré hasta que sea capaz de contarle todo lo que me ocurrió, y eso... no sé cuándo llegará. Pero dormir no es lo mismo que tener sexo. De hecho, en algunos sentidos me parece algo incluso más íntimo, pero esa es una intimidad que sí soy capaz de tener con Logan. Es una intimidad que deseo con fervor.

—Me encantará dormir contigo, si a ti te parece bien.

—Me parece maravilloso. Avísame cuando te quieras ir a dormir. Yo... —Logan se levanta, abre la ventana de la cocina y se fuma un cigarrillo junto a ella—. Necesito tomarme una pastilla justo antes de irme a dormir para controlar los terrores nocturnos y esas cosas.

—¿Una pastilla? —Lo miro extrañada, porque no me cuadra ese dato con su inclinación hacia la vida natural.

—No me gusta, pero... supongo que es necesaria. Yo me descontrolé con el alcohol porque fue la mala solución que encontré a mis pesadillas. Cuando estaba en rehabilitación, los somníferos fueron la manera de luchar contra ellas, y mis terapeutas consideraron que lo mejor era que siguiera con una dosis pequeña que me ayudara a dormir.

—Pero... ¿no generan...? ¿No...?

—¿Adicción? —Me ayuda a terminar mi pregunta, porque aún hay temas de los que me cuesta hablar con fluidez.

—Sí.

—Estas que tomo ahora son bastante suaves. Básicamente, si estoy tranquilo... si todo va bien, me quedo dormido en cuanto la cabeza me toca la almohada. Si estoy nervioso me cuesta más, pero prefiero eso que tomar algo más fuerte.

—De acuerdo. ¿Podemos quedarnos un rato, simplemente aquí, escuchando música antes de dormir?

—Nada me gustaría más.

Logan se recuesta en el sofá y me ofrece una mano para que vaya a su lado. Dejo caer mi cuerpo contra el suyo y ni siquiera se me altera el pulso cuando sus brazos me rodean y sus manos se entrelazan sobre mi estómago. Bueno, claro que se me altera el pulso. Pero no es del miedo que siempre pensé que sentiría en una situación así, sino fruto de una excitación que un día creí que estaría vetada para mí. Pasan los minutos en un silencio tan cómodo que podría quedarme a vivir en él para siempre.

—¿Estamos tan rotos como parece? —le pregunto, en un susurro, sin saber muy bien de dónde ha salido la cuestión.

—Lo estuvimos, quizá aún lo estemos. La clave es dejar de estarlo algún día. Yo creo que vamos por buen camino.

—Sí, yo también lo creo. ¿Vamos a la cama?

—Vamos.

Es muy temprano, apenas las nueve de la noche, cuando, de la mano de Logan, subo las escaleras de camino a su dormitorio. Logan alcanza una botella de agua del taburete de madera que hace las veces de mesilla en su lado de la cama y se toma una pastilla. Me ofrece algo de ropa deportiva y se da la vuelta, sin necesidad de que yo se lo pida, mientras me pongo cómoda para dormir. Nos metemos juntos en la cama, entre risitas nerviosas, y reparo en dos fotos enmarcadas sobre la otra mesita de noche.

La primera de ellas trae una sonrisa a mis labios. Es una foto un poco formal, como de una celebración, de una pareja de mediana edad con un adolescente en medio. La mujer lleva un vestido verde esmeralda precioso, largo y con un escote en pico ribeteado con volantes. El hombre viste un esmoquin negro con pajarita incluida. Y el adolescente... es Logan. Un Logan de unos trece o catorce años, con ese aspecto que tienen los chicos a esa edad cuando sus padres les plantan un traje y una corbata, con algo de acné y aparato en los dientes, pero con el mismo pelo negro y esos dos ojos azules que fueron lo primero que me llamó a gritos de él.

—Odio esa foto.

—¿Por qué? —le pregunto, escandalizada, porque a mí me ha encantado.

—En serio. Mírame. Estaba a medio hacer o algo así. ¿Por qué las chicas sois guapas en la pubertad y nosotros parecemos monos con partes sin acabar de crecer?

—¿Y por qué la tienes aquí?

—Mi madre me la regaló y...

—Los niños y sus madres. Ya.

Nos reímos, porque en el tiempo que hace que lo conozco me ha quedado claro que Logan adora a sus padres, pero sobre todo a su madre. Cojo la otra foto y siento cómo se me atraviesa en el pecho. Es un primer plano de Logan, una foto tomada desde muy cerca y algo desenfocada, en la que apenas se distingue más que su cara, en la que destaca una barba un poco crecida, más que ahora, que apenas es una sombra. Pero, sobre todo, llaman la atención sus ojos color turquesa inundados de lágrimas, dos de las cuales se escapan bajando por sus mejillas.

—Es preciosa —le digo, con la voz tomada, porque me ha impactado de una manera profunda ver al Logan roto que muestra la imagen.

—Es de mi segunda o tercera semana en la clínica de rehabilitación. Yo estaba destrozado. ¿Sabes lo que te conté antes del bajón de la coca? —Asiento, y él continúa hablando—. Pues, cuando lo dejas definitivamente, es ese bajón multiplicado por mil. Añádele el mono físico, el psicológico, la sensación de haberle fallado a todo el mundo, el pánico a salir de allí siendo un bicho raro que jamás volverá a ir a una fiesta o a tomarse una cerveza tranquilo... Lloré mucho. Lloraba todo el puto día, en realidad.

—¿Y por qué te hicieron esa foto?

—Me la hizo uno de los educadores sociales del centro y me la dio el día que recibí el alta. Me dijo que algún día estaría orgulloso de todas esas lágrimas y, bueno... sí. Es una de mis fotos favoritas hoy en día. Una especie de símbolo de que sigo ganando la lucha. Y de muchas cosas más. De que llorar y tener pene son cosas compatibles, que parece que aún hay gente que se asusta cuando ve a un tío llorar. Y de que se puede estar roto, no pasa nada. Solo... hay que buscar el camino para volver a unir las piezas.

—Dios, Logan...

—Y ahora no me pidas mucho más porque la pastilla me está haciendo efecto y se me cierran los ojos.

Me río, pero compruebo que es cierto. No pasa ni un minuto antes de que se quede dormido, y yo alargo el brazo por encima de él para apagar la lámpara de su mesita de noche. Él ni se entera. Y creo que tampoco lo hace cuando pego mi cuerpo al suyo, me acurruco contra él y no puedo evitar susurrarle las palabras que me queman dentro.

—Te quiero, Logan Hartwell. Te quiero muchísimo.

12
Caer y volver a levantarse

Despertamos el domingo muy temprano, cuando el sol apenas acaba de salir. No sé si Logan me ha despertado a mí o yo a él, pero, en cuanto abrimos los ojos, nos quedamos atrapados en la mirada del otro, con nuestras cabezas ladeadas sobre la almohada y una sonrisita tonta que no somos capaces de borrar de los labios.

—Buenos días —me susurra Logan, aún con la voz un poco tomada—. ¿Has dormido bien?

—Muy bien. —Es cierto, y me sorprende, porque no esperaba que la primera vez que durmiera con un chico todo se desarrollara de forma tan fluida y tan... normal.

—¿Tienes algo que hacer hoy?

—No. ¿Y tú? ¿Tienes planes?

—Algo tengo en mente —me responde, con una sonrisa de medio lado que me hace perder la cabeza, justo antes de atraerme hacia él y darme un beso lento que acaba la tarea de volverme loca—. ¿Te acerco a la residencia para que te cambies de ropa y nos vamos?

—Y no me vas a decir a dónde, ¿verdad?

—Quizá si insistes un poco...

Me levanto de la cama y me llevo una palmada en el culo de camino. Lo miro con cara un poco sorprendida, y veo que su gesto se crispa por el miedo a haber metido la pata pasándose de confianza, pero le dedico una sonrisa incluso un poco exagerada porque no me ha molestado, ni me ha dado miedo ni me ha despertado ningún fantasma, y necesito que lo sepa. Para que él no se sienta mal y para que yo me pueda sentir normal.

Me pongo mi ropa de ayer con prisa, porque Logan no para de consultar en su móvil *algo* que no quiere decirme y me apremia para que nos vayamos cuanto antes al campus.

En apenas diez minutos, subo a mi habitación, me pego una ducha a la velocidad del rayo y me visto con tres o cuatro capas de ropa de abrigo, que es la única pista que Logan me ha dado antes de que subiera. No hay ni rastro de Gina, pero tampoco es muy habitual que un domingo antes de las nueve de la mañana esté por aquí, así que no me preocupo. Salgo de la residencia envuelta en un plumas negro que más bien parece un edredón, con un jersey de lana marrón clarito y mis vaqueros negros. Logan me da su aprobación con una mirada, y nos subimos de nuevo a la moto en dirección a la ciudad.

Aparca casi al comienzo de la gran playa, en una calle perpendicular pegada al mar. El único edificio que hay abierto a estas horas en los alrededores es la terminal de embarque de algunos cruceros cortos que salen de aquí y recorren los alrededores de Virginia Beach. Logan me da la mano y nos dirigimos hacia allí.

—¿Vamos a ir a uno de esos cruceros por la costa de Virginia? —le pregunto, emocionada, dando saltitos mientras camino.

—No. Mejor.

—¿Mejor?

—Mira.

Señala un cartel que hay justo sobre nuestras cabezas y que anuncia que, durante los meses de enero y febrero, una empresa local organiza travesías por la costa de Virginia Beach para avistar... ¡ballenas! ¡Y delfines! Y yo estoy tan alucinada que me cuelgo del cuello de Logan, y él tiene que plantar sus dos manazas en mi culo porque, de un salto, me aúpo a sus brazos.

—Parece que he acertado con... —empieza a decir, pero lo callo con un beso, porque me encanta el plan y... porque me encanta él.

—Sí, sí que has acertado.

Logan compra los billetes para la excursión en la oficina de la compañía, pese a que yo me peleo para que los paguemos a medias. Queda aún un rato para que tengamos que embarcar, así que nos acercamos a la cafetería de la terminal a desayunar. Me dedico a comer huevos revueltos con beicon, como si tuviera que reunir calorías para luchar yo sola contra las ballenas, y me burlo de Logan, de su té rojo y su manzana. Él me dice que moriré de un ataque al corazón antes de los treinta, y así se nos pasan los minutos, en medio de una conversación cómoda, risas y mucha calma.

Nos subimos al barco, que parece una antigua embarcación de pescadores, y enseguida empieza la travesía. Noto los nervios en la boca del estómago, esa emoción de la anticipación, como supongo que sienten los niños en un parque de atracciones, aunque esa sea una experiencia que yo nunca viví. Por la megafonía del barco nos informan de que, asomándonos por la cubierta de babor, podremos empezar a observar delfines. Corremos hacia allí, yo me sujeto a la barandilla metálica y Logan me abraza desde atrás y apoya la cabeza sobre mi hombro.

Vemos los delfines muy cerca del barco, saltando y sumergiéndose en el mar, como ajenos a nuestra presencia. Logan saca su cámara de fotos de la mochila y se dedica a hacer vídeos de los delfines en movimiento mientras yo me limito a sonreír tanto que la mandíbula amenaza con desencajárseme. Al cabo de un rato, nos sentamos en uno de los bancos de la cubierta, y no puedo evitar seguir abrazando a Logan, porque su idea ha convertido este domingo en uno de los días en que más feliz he sido en mi vida.

—¿Cómo se te ocurrió esto? —le pregunto.

—Me dejaron un folleto de publicidad en el buzón y supe que quería traerte. Este es el último fin de semana que lo organizan, así que... No sé, Summer, creo que los dos necesitábamos desconectar un poco de tanto drama.

—Sí, sin duda, lo necesitábamos.

Iba a seguir hablando, pero nos anuncian ahora que, mirando hacia el horizonte, ya podemos empezar a divisar las enormes ballenas blancas alzando sus colas sobre la superficie del mar. Tardamos un rato en ser capaces de ver alguna, pero, cuando lo hacemos, nos quedamos maravillados. Las caras de sorpresa de ambos dejan muy claro que no podíamos ni imaginarnos el enorme tamaño de las ballenas, ni la cantidad de agua que desalojan por los orificios nasales, ni lo magnífico del espectáculo que se desarrolla ante nuestros ojos. Logan capta unas fotos preciosas con su cámara, y yo, por pura suerte, consigo un *selfie* de los dos en el que se puede ver perfectamente la cola de una ballena emergiendo, con el sol de invierno brillando al fondo.

En cuanto el barco emprende el camino de regreso hacia la costa, tomo una decisión un poco impulsiva, pero que lleva tiempo rondándome la cabeza. Abro mi foto con Logan desde la aplicación de WhatsApp y decido enviársela a mi madre, acompañada de un mensaje explicativo para evitar que le dé un infarto al verla.

Summer: «Hoy he ido a ver ballenas. Mamá, te presento a Logan (es el chico, no la ballena)».

Le enseño a Logan el mensaje, con un poco de miedo a que se asuste o se agobie, pero reacciona dándome un beso que me deja claro que no ha sido así. De hecho, me sorprende contándome que hace ya un par de semanas que les habló a sus padres de mí, en una escapada a Baltimore que hizo un fin de semana a principios de febrero.

Cuando el barco arriba a puerto, miro el móvil sorprendida por no haber tenido noticias de mi madre, pero entonces recuerdo que debe de estar en la iglesia con mi abuela y me olvido por un momento del tema. Nos subimos a la moto y, sin necesidad de que me pregunte si me apetece, Logan enfila el camino hacia su casa. Llegamos en pocos minutos, subimos y nos pasamos un rato decidiendo qué queremos comer. Convenzo a Logan para que pidamos unas pizzas (la suya vegana, la mía bien a tope de queso), aunque me advierte de que mañana me hará quemar el exceso en el gimnasio.

Antes de que llegue nuestra comida, recibo una llamada de mi madre, a medio camino entre alucinada y escandalizada.

—Summer, cariño, pero ¿quién es ese chico? —me pregunta, sin siquiera molestarse en saludarme antes.

—Mamá, pensé que te llamaría más la atención el hecho de que tengo una ballena de tonelada y media a mi lado.

—De eso ya hablaremos. Summer, ¿qué está pasando?

—He conocido a un chico —susurro, porque en realidad me da una vergüenza horrible que Logan me escuche hablar de él, pero también creo que se merece saber cuánto me importa. Lo suficiente para hablarle de él a mi madre, algo que es bastante más difícil en mi caso que en el de cualquier otra persona de mi edad.

—Pero... pero...

—Mamá, estoy con él ahora, así que no me puedo enrollar mucho. Se llama Logan, es un compañero de universidad y somos amigos. Bueno... algo más que amigos.

—¿Es tu novio?

—Algo así. —Se me escapa una risita, pero me pongo seria, porque me imagino a mi madre entrando en barrena—. Lo pasamos bien juntos, me trata bien y... me protege. —Aunque odio utilizar el recurso, sé que esa palabra calmará a mi madre.

—Bueno... —la escucho dudar.

—Mamá, ahora tengo que dejarte; estamos a punto de comer. Pero quiero que estés tranquila, ¿vale? Todo va a salir bien. Te llamo mañana.

—De acuerdo. Un beso, cariño.

—Un beso, mami.

El repartidor llega con nuestras pizzas y, cuando las terminamos, nos quedamos un poco adormilados en el sofá, con la música de *The Who de fondo*. Cuando abro los ojos, veo que apenas ha pasado media hora, pero Logan no está ya en el salón. Me acerco al cuarto de baño, a ponerme un poco más cómoda, con una camiseta que Logan me ha prestado, y a lavarme los dientes con un cepillo que también ha dejado para mí en el lavabo. Esos pequeños detalles de familiaridad me aceleran más el corazón que los grandes gestos. Me aventuro por las escaleras hacia su dormitorio y me lo encuentro tumbado en la cama, boca abajo, leyendo un libro cuyo título no atisbo a ver. Se le ve tan inmerso en la lectura que ni repara en mi presencia, así que me puedo permitir recrearme en observarlo. Está guapísimo, vestido aún con el jersey beige clarito que se puso esta mañana para nuestra aventura con las ballenas y unos pantalones vaqueros. Lleva unas gafas con las que nunca lo había visto, de pasta, redondas y muy modernas. Va descalzo. Tiene el pelo alborotado. Me apoyo en la pared, aún con las escaleras a medio subir, y no puedo evitar morderme el labio del puro deleite que me provoca su visión.

—Me siento observado —susurra, con una media sonrisa, pero sin levantar la vista de su libro.

—Emmm... Esto... —Me da la risa y decido ser sincera—. La verdad es que me estaba dando el gustazo.

—Ven aquí, anda.

Sin cambiar de postura, me hace un sitio a su lado en la cama y me tumbo yo también boca abajo.

—¿Ginsberg? —le pregunto, tomando su libro en mi mano.

—*Sip*. Me gusta. ¿Lo has leído? —Asiento, y él me sigue explicando—. Es oscuro y transgresor, eso me gusta. Me recuerda a otras épocas de mi vida; eso no me gusta tanto. Pero *Aullido* es demasiado buena, la leo cada cierto tiempo.

—Estás muy guapo con este *look* de intelectual —me burlo un poco, aunque no creo que a Logan le haya pasado desapercibido el tono de coqueteo.

—¿*Look* de intelectual? —Se ríe—. En mi mundo se llama hipermetropía.

—Yo qué sé. —Se me escapan también a mí las carcajadas—. Déjame en paz.

—Me parece que no.

Me pasa un brazo por la cintura y me aprieta contra su cuerpo. Nos giramos un poco y quedamos frente a frente. Logan me mira y, joder, parece que me desnuda cuando lo hace. Y lo que es más increíble de todo: a mí me gusta sentirme desnuda ante sus ojos. Me gusta sentirme deseada. Me gusta desearlo.

Lo atraigo hacia mí, y sé que mi ímpetu lo deja sorprendido. Nuestros cuerpos se enredan y nos perdemos cada uno en los labios del otro. Ya no suena música en el apartamento, sino que son nuestros jadeos y nuestra piel acariciándose los que ponen banda sonora al atardecer. Solo abrimos los ojos para decirnos con ellos cosas que aún no nos atrevemos a escucharnos en voz alta. Logan me pide permiso cuando sus acercamientos son más intrépidos, cuando su mano se atreve a colarse por debajo de mi camiseta o cuando sus piernas se entrelazan con las mías y me quedan pocas dudas de que está disfrutando. Yo me sorprendo a mí misma cuando mis manos recalan en los bolsillos traseros de su pantalón y las utilizo para acercarlo más a mí. O cuando se me escapan jadeos contra la comisura de sus labios. O cuando mis manos deciden, temerarias, desabrochar los primeros botones de sus vaqueros.

—Summer... me matas —me dice Logan, con voz torturada.

—¿Ah, sí? —Vuelvo a coquetear, aunque ahora un poco nerviosa, porque puedo ser la mayor inexperta del mundo, pero tengo bastante claro a dónde se dirige todo esto.

—¿Estás segura? —me pregunta, cuando arrastro sus pantalones hacia abajo y estos se llevan consigo su ropa interior.

—Totalmente —le respondo.

«Sí, estoy segura. Esto es lo que quiero hacer. Es lo normal».

Logan me saca la camiseta con cuidado y su gesto se vuelve algo turbio cuando se da cuenta de que no llevo sujetador. Su mirada me halaga y me incomoda, como dos sentimientos incongruentes que se mezclan en ese lugar oscuro que aún existe en mi cerebro. Sus manos me acarician, me hacen sentirme querida y deseada, pero también despiertan recuerdos que creía tener olvidados. Que quería tener olvidados. Noto que empiezo a hiperventilar, pero no quiero parar. No quiero que Logan pare.

«Sal de mi cabeza. Sal de mi puta cabeza y déjame ser normal. Déjame disfrutar de Logan. Déjame vivir».

Logan sigue besándome, pero yo ya solo puedo responderle en modo autómata. Mi cabeza, mi corazón o quienquiera que debería estar tomando el control de la situación se niegan a colaborar. Mis manos recorren su piel casi sin sentirla, y mis músculos se quedan rígidos ante sus avances.

—¿Está todo bien, Summer? ¿Quieres seguir? —escucho su voz como lejana, pese a que sus labios están casi rozando el lóbulo de mi oreja.

—Sí, sí —jadeo, aunque no sé si es de la excitación que aún recorre mi cuerpo o del pánico paralizador que me atenaza.

«No se puede estar excitada y aterrorizada a la vez, imbécil. Estás a punto de follar con tu novio. Lo quieres. Te quiere, aunque aún no te lo haya dicho. Pero tú lo sabes. Sé normal, Summer. Por Dios, sé normal».

—Summer, cariño... Paremos.

Logan se aparta de mí con delicadeza, y en ese momento me doy cuenta de la humedad que recorre mi entrepierna. Pero ahora sí sé, sin ningún género de dudas, que no es la excitación lo que la ha provocado. Las lágrimas empiezan a brotar de mis ojos cuando me doy cuenta de la terrible realidad de que, en pocos minutos y muchos recuerdos, he pasado de estar a punto de perder la virginidad con el único hombre del que me he enamorado a hacerme pis en su cama.

—Tengo que irme —acierto a balbucear, casi sin saber lo que digo ni lo que hago, mientras salgo corriendo escaleras abajo con mi ropa en la mano y una necesidad imperiosa de esconderme.

—Bajo ningún concepto. —Logan tarda unos segundos en reaccionar, pero me alcanza cuando estoy en el salón cogiendo mi mochila y me agarra por un brazo, con delicadeza, pero sin dejarme opción a escapar.

—Por favor, Logan…

—No, Summer. No huyas, por favor. —Suelta su agarre de mi brazo y su voz se convierte en un susurro suave—. No tienes por qué hacerlo.

—Pero, Logan, lo que acaba de pasar…

—¡Ah! Sí… Eso. —Me mira fijamente y el corazón amenaza con salírseme del pecho de los nervios que me consumen—. No pensarás que me voy a encargar yo de limpiarlo todo, ¿no?

Abro los ojos como platos ante su comentario, pero una media sonrisa de Logan hace que me relaje de inmediato —todo lo que soy capaz de relajarme, claro, que no es demasiado.

—Sí, sí… Por supuesto.

—Venga, vamos arriba. Y luego cenamos algo tranquilos, ¿vale?

Asiento, aunque creo que los dos sabemos que no voy a ser capaz de ingerir bocado. Quitamos las sábanas en silencio, sin que yo me atreva a mirarlo y sin que él me presione para que lo haga. Logan las mete en la lavadora de la cocina y la pone en marcha. El colchón no se ha manchado demasiado, pero Logan coge un estropajo, lo empapa en agua y jabón y lo frota durante unos minutos. Después, me pide ayuda para bajarlo al ventanal del salón, para que seque más rápido de lo que lo haría a través de los pequeños tragaluces del dormitorio.

Cuando acaba la actividad, los nervios vuelven a tomar el control de mi cuerpo y estoy a punto de decirle que ahora sí me marcho, cuando él parece adivinar mis intenciones y se adelanta.

—No tengo cama en la que dormir esta noche, así que espero que no me dejes solo en el sofá.

Me sonríe y, como siempre ocurre, siento que con ese gesto se esfuman mis preocupaciones. O, al menos, una parte de ellas. Pero lo que ha ocurrido hace menos de una hora es la mejor prueba de que la sensación es irreal. Mis fantasmas están vivitos y coleando, quizá no tan presentes como hace unos años, pero tampoco superados. Y hoy han decidido asomar sus garras fuera de ese armario en el que los he mantenido siempre escondidos de la vista de los demás. Siento que le debo a Logan una explicación o, si no se la debo, al menos sí quiero dársela.

—No es la primera vez que me pasa —reconozco. Él se acerca a la cocina y vuelve con un vaso lleno de un líquido espeso y verde, que deja sobre la mesita de centro frente a mí—. De hecho, durante años, me pasaba con cierta frecuencia.

—A mí también.

—¿A ti? —Me sorprende tanto su confesión y la naturalidad con la que la ha hecho que casi se me resbala el vaso de las manos—. ¿En serio?

—Terrores nocturnos, ya te hablé de ellos. Hasta los trece o catorce años, o dormía con mis padres o me despertaba la mitad de las mañanas bañado en mi propio pis. No fue fácil.

—Ya me imagino. —Bebo un sorbo del batido y su sabor me sorprende—. ¿Qué es esto? ¡Está buenísimo!

—Es un *smoothie* casero. Lleva kale, manzana, tila y melisa. Nos vendrá bien para relajarnos un poco.

—Tienes un montón de cualidades escondidas —bromeo un poco, aunque me doy cuenta de que la bebida tiene que sortear un enorme nudo en mi garganta para llegar al estómago.

—¿Quieres contármelo? —se atreve a preguntar Logan al fin.

Yo no soy capaz de contestarle con palabras, pero asiento frenéticamente con la cabeza. No sé si es una necesidad absurda de justificar lo que ha pasado antes o que no aguanto más sin sacármelo de dentro, pero sé que hoy es el día en que mi historia, mi horrible, desgarradora y cruel historia infantil va a dejar de ser solo mía, de mi familia y de una sección pasada de la hemeroteca.

—¿Has oído hablar del monstruo de Brownsville? —le pregunto, tanteando el terreno. Bueno, y porque no soy capaz de entrar al tema de forma directa, claro.

—Emmm... No. —Frunce el ceño, preocupado—. ¿Qué es eso, Summer?

—*Eso* es el nombre de la persona que me hizo esto. Que me convirtió en esto. No en la chica que conoces, con la que vas a ver ballenas o con la que juegas a esconderle las nubes. Él fue el que me convirtió en la chica que rompe narices cuando tiene pánico, que entrena en el gimnasio para no volver a sentirse vulnerable o que se hace pis cuando está a punto de perder la virginidad con su novio.

—¿Qué ocurrió?

—El día que cumplía cinco años, Joseph J. Boone, al que después bautizaron como «el monstruo de Brownsville», me secuestró en el jardín de mi casa. —«Lo has dicho, Summer. Sigue. Sácalo de dentro»—. Estuve cinco meses encerrada en su sótano, sin ver la luz del día, sin cambiarme de ropa ni nada, junto a otros seis niños. Una de ellas, la más pequeña de todas, Mona... —la voz se me rompe, pero me obligo a reponerme, porque sé que, si no lo digo ahora, no lo diré nunca—, murió. Tenía una enfermedad crónica, por lo que supe después, y murió a los pocos días. Convivimos días con su cadáver, aunque en aquel momento no nos dimos cuenta. Había otras tres niñas y dos niños. Lily, Natalie, Marcia, Ben y Ron. Es curioso... Durante los cinco meses que estuve allí, llegué a olvidar las caras de mis padres, pero no he sido capaz de olvidar las voces de aquellos niños, sus nombres... Tantas cosas... Daría cualquier cosa por saber qué ha sido de sus vidas.

—Summer, yo... Perdona. Necesito... —Logan se levanta, enciende un cigarrillo y se acerca a abrir la ventana, pero no se queda allí, sino que vuelve a mi lado—. No me puedo creer lo que me estás contando. Ni siquiera sé qué decir.

—No hay mucho que decir. No por tu parte, al menos. —Me permito sonreírle brevemente y le doy otro sorbo a mi bebida—. Pasaron cosas horribles en ese sótano. Pasó de todo, de hecho. Nos daba poco de comer, éramos niños y... nos pegábamos por la comida. Hacía que compitiéramos por algunas chucherías que traía, pero solo para algunos, para que acabáramos odiándonos entre nosotros. Algunos de los niños me daban miedo, sobre todo la mayor de todos, Marcia. Llorábamos mucho, todo el tiempo. Y nos moríamos de miedo. Él venía dos o tres veces al día, a dejarnos la comida y el agua, a asearnos... Y aprovechaba para... pegarnos y... otras cosas.

—¿Abusó de vosotros?

—Soy virgen —le digo, porque su pregunta me ha puesto muy nerviosa, a pesar de que el concepto «abusos sexuales» ha sido una constante en mis terapias durante años—. Quiero decir... que no llegó a... a...

—No importa, Summer. Cuéntame lo que quieras contarme. O lo que puedas. No quiero que lo pases mal. —Se acerca a mí y me acaricia la mejilla. Y yo me permito perderme un poco en su tacto, en su cariño, en su comprensión.

—Lo paso mal desde hace demasiado tiempo. Contigo... es mejor. —Lo miro a los ojos—. Me tocaba. Con la mano y con... Bueno, ya te lo imaginarás. Nos obligaba a tocarnos entre nosotras, solo a las niñas. A los niños los hacía mirar. Fue un infierno, Logan.

—Ya me imagino. —Se acerca a la ventana a fumarse otro cigarrillo, pero antes deja un beso prudente sobre mis labios—. Bueno, no. Qué gilipollez. Por supuesto que no puedo ni imaginármelo. ¿Cómo saliste de allí? Si no te importa que te lo pregunte.

—Nos rescató la policía. Algún día, si quieres, te cuento todos los detalles de la investigación. Dediqué unos cuantos años de la adolescencia a aprendérmela de memoria. Pero hoy no. Salí de allí en muy mal estado. Deshidratada, algo desnutrida... Estuve un par de semanas en el hospital, aterrorizada. Creía que los policías que nos habían rescatado iban a abusar de nosotros. Creía que los médicos iban a hacerme daño. Todo me daba miedo; al principio, incluso mis padres y mi abuela. Cuando me dieron el alta, mis padres ya habían organizado todo para mudarnos.

—¿No eres de Kansas, entonces?

—No. Toda mi familia es de Oregón, pero nos mudamos para huir de allí. No hemos vuelto nunca ninguno. Intentamos empezar una vida de cero en Kansas, pero nos funcionó regular. Yo estuve mucho tiempo sin apenas hablar, muerta de miedo siempre. Mi padre se fue de casa porque no soportaba habernos fallado, según él. Mi madre se volcó en protegerme hasta niveles enfermizos... Acabamos las dos mal de la cabeza, Logan, te lo juro. Nos daba miedo todo.

—¿Te llevas bien con ella?

—Ni siquiera sé contestarte a eso. Cualquier cosa que diga sonará ingrata. Ella ha sacrificado toda su vida por mí. No ha vuelto a salir, no ha conocido a nadie desde el divorcio, no ha hecho otra jodida cosa en toda su vida que cuidar de mí. De forma equivocada, quizá, o de la única forma que la vida nos permitió. Sobre esto no hay normas, ¿sabes? Puede haber muchas formas de tratar a víctimas de violación o a personas que han perdido a un ser querido o cosas igual de dramáticas que esa, pero no hay una fórmula infalible para curar a alguien a quien le pasó lo que a mí. Hay ayudas, y las he tenido, pero el trauma siempre seguirá ahí, de uno u otro modo. Es demasiado increíble, como de película.

—Quizá tu madre hizo lo único que supo hacer.

—Sí. Y quizá yo hice lo único que podía. Largarme de allí para intentar rehacerme a mi manera.

Nos quedamos en silencio; yo, porque me he vaciado; Logan, porque supongo que no sabrá qué decir. Con mucha prudencia, se va acercando a mí, hasta que quedamos abrazados en el sofá, con una de sus manos sujetando las mías y la otra acariciándome el pelo.

—Deberíamos dormir. Mañana tenemos que madrugar para que pase por la residencia antes de ir a clase.

—No vayas a clase mañana.

—¿Cómo que no vaya a clase mañana? —Me revuelvo entre sus brazos para mirarlo a la cara y descubro una media sonrisa que me hace reír, lo cual tiene mucho mérito después del día de hoy.

—Como que no vayas. Venga, Summer, no te has saltado una clase en seis meses. Creo que te has ganado un respiro después de este fin de semana.

—Vale.

—¿Vale?

—Sí. ¡Pero no empieces a convencerme para hacer estas cosas!

—Solo mañana, te lo prometo. El martes ya volveremos a ser buenos chicos.

—¿Y qué haremos mañana? Te juro que no sé qué se hace un lunes si no es ir a clase.

—¿Dormir hasta el mediodía y vaguear en casa te parece un buen plan?

—Me parece un gran plan.

Nos acomodamos en el sofá y, poco a poco, nos vamos quedando dormidos. No soy apenas consciente del momento en que Logan alcanza una manta gruesa de un baúl de madera antigua y nos tapa con ella. Solo sé que, después de un día horrible y de sacar a mis fantasmas de paseo durante un rato, consigo quedarme dormida entre sus brazos, sin pesadillas, sin miedos y con el corazón lleno de esperanza.

13
Hasta que llegaste tú

Me despierta el olor del zumo de naranja recién exprimido y el sonido de unos huevos revueltos batiéndose sobre la sartén. Abro un ojo con timidez y me encuentro a Logan en calzoncillos, cocinando y mirándome con una media sonrisa.

—Buenos días, dormilona. Te habrás quedado a gusto...

—¿Qué hora es?

—Más de las once. —Se acerca con un plato lleno de comida y me lo planta delante, sobre mis rodillas, en el sofá—. Te he preparado un poco de todo, que ayer, con todo lo que ocurrió, no nos acordamos de cenar.

—¿Huevos? —le pregunto extrañada.

—He bajado a comprar para ti. Con que haya un loco vegano en la casa, creo que es suficiente.

—No me digas que me has preparado beicon también.

—Por ahí no paso. Aquí no se come nada que haya tenido cara.

Nos reímos, y Logan se sienta a mi lado con su desayuno en un bol. Comemos en silencio, sin hablar de lo que ocurrió anoche, aunque es un enorme elefante rosa que flota en medio del apartamento. Decido que tengo que ser yo quien coja el toro por los cuernos, porque siento que Logan no se merece cargar con todos mis traumas, además de con los que él trae ya de fábrica.

—Logan, yo...

—¿Tú? —me pregunta arqueando una ceja en un tono un poco burlón.

—Yo... no sé cuándo voy a ser capaz de... de...

—Ni se te ocurra acabar esa frase —me dice, con la boca medio llena y señalándome con el tenedor—. Tú no tienes que darme explicaciones de cuándo estarás preparada para follar o no. Si eso fuera lo que estoy buscando, sabría dónde encontrarlo.

—No sé si tu sinceridad brutal me encanta o te asesinaría por ella —le respondo, con el corazón en la mano, porque sus palabras me han emocionado, pero también me han dejado un poco de congoja en el cuerpo.

—Lo siento. Pero, vaya... que lo que he dicho es así. Me gusta estar contigo, Summer. Me gustas... mucho. Más de lo que pensé que podría volver a gustarme algo.

Su voz se va apagando poco a poco, como si su propia confesión lo hubiera cogido por sorpresa. A mí se me dibuja una sonrisa sin que pueda hacer nada por evitarlo.

—Eso ha sido bastante bonito.

—Así soy yo.

—Oye... Así que, si solo quisieras sexo, sabrías dónde encontrarlo, ¿no? —me burlo, porque no quiero que hoy la conversación siga en la línea de intensidad de ayer, pero mi espíritu cotilla quiere saber algo más sobre el pasado de Logan. No sobre las partes oscuras, sino sobre todo él, en general.

—Ya sabía yo que esa frase me iba a costar un disgusto. —Se abalanza sobre mí, en una especie de ataque de cosquillas, del que me defiendo con manotazos—. Vas a volver a romperme la nariz.

—¡Yo no te rompí la nariz! Lo intenté, solo. —Nos da la risa a los dos, pero yo sigo insistiendo—. Cuéntamelo. ¿Has estado con muchas?

—Joder, Summer... ¡Yo qué sé! No me gusta hablar de eso.

—¿Más de diez?

—Pero qué pesada eres... Sí, más de diez. Bastantes más. Fin del tema.

—¡No! Fin del tema, no. ¿Más de cien?

—Que te digo que no lo sé... A ver, Summer, es que no sé cómo explicártelo. Digamos que... no recuerdo a la mitad. Y cuando digo *la mitad*, es el noventa por ciento.

—Muy bonito —le digo, pero enseguida me doy cuenta del motivo por el que probablemente no recuerda nada y me arrepiento de haber hablado—. Lo siento, yo...

—No, no. Solo falta que tengas que pedir disculpas. La verdad, Summer, es que creo que nunca he estado con una chica estando sobrio. Así de triste. Supongo que, con la mayoría, ni siquiera cumplí. La dinámica era emborracharme, meterme de todo, hacer alguna jugada patética para conseguir una chica, tirármela, me imagino que de forma lamentable, y olvidarlo todo en medio de la resaca.

—¿Y después de salir de la clínica? —le pregunto, con prudencia, aunque creo que imagino la respuesta.

—No... no he estado con nadie. Es... complicado. La reintegración en la vida *normal*, digamos. Estás un año encerrado, sales, ya no vas de fiesta porque te cagas de miedo a recaer y tienes demasiada necesidad de conocerte a ti mismo como para pensar en conocer a otra persona.

—Sí, creo que lo entiendo.

—Hasta que llegaste tú.

Se me escapa la sonrisa entre los labios, y Logan me da un beso que creo que nos devuelve al estatus anterior al desastre que ocurrió ayer en su cama. Al de besarnos, acariciarnos, tocarnos... pero no dejar que las cosas se descontrolen.

Después de comer un par de sándwiches rápidos, decido volver a la residencia, porque, aunque no parece que Gina esté demasiado preocupada por mí, me parece que debería hacer acto de presencia por la habitación. Logan me lleva en su moto, sin oponer resistencia, lo que me hace pensar que los dos tenemos un poco de necesidad de quedarnos a solas, tras más de cuarenta y ocho horas de mucha intensidad emocional. De alegrías y de penas. Y de desnudarnos por dentro de una forma que puede llegar a agotar.

El silencio me recibe en mi cuarto. Gina no anda por aquí, supongo que porque estará en clase, así que me tiro en la cama y decido llamar a mi madre. Cuando estoy marcando su número, me doy cuenta de que es un gesto que no habré hecho más de dos o tres veces en todo el tiempo que llevo viviendo aquí. Ella me llama con tanta frecuencia que yo solo lo hago cuando tengo alguna urgencia —generalmente doméstica— que preguntarle.

Me responde con una voz que me parece algo más animada que de costumbre y, después de las preguntas de rutina sobre cómo me encuentro yo, cómo están ella y la abuela y sobre mis clases, mi madre acaba confesándome que no me ha querido llamar demasiado por si estaba con Logan «e interrumpía algo». Su confesión hace que el rubor se me suba a las mejillas, pero también me invade la ternura sin que pueda evitarlo. Me apunto en la cabeza una visita a casa, quizá aprovechando el *spring break*, para el que queda algo menos de un mes.

Cuando Gina regresa, lo hace cargada con chocolate caliente y nubes de malvavisco, así que la tentación es más fuerte que yo y decido renunciar a mi sesión de entrenamiento en el gimnasio de hoy. Le envío un mensaje a Logan para decírselo y él me responde que hoy es mi día de saltarme las obligaciones, así que hago muy bien en quedarme comiendo guarrerías y disfrutando un poco del tiempo libre, que no es algo que me haya sobrado desde que empezó el curso.

Gina me interroga sobre dónde he estado el fin de semana, y decido contarle la versión que a mí me parece aceptable de lo ocurrido en las últimas horas. Que he pasado el fin de semana con Logan, que hemos ido a ver ballenas, que he dormido en su casa y que soy muy feliz. La parte fea... mejor no nombrarla. No es que me la quite de la cabeza, pero sé que tendré suficiente ración de eso el jueves en la terapia con el doctor McIntyre. Y no sé si estoy deseando que llegue ese momento o quiero detener la semana para que no sea jueves jamás.

14
El sueño de mi vida

—Log... No podemos jugar a esto mientras conduces.

—No, claro. Porque es un juego tremendamente peligroso.

—¡No! Pero ¿cómo vas a apuntar tus respuestas? ¿Eh, listillo?

—Se da la circunstancia —rebusca en el bolsillo de sus pantalones y saca seis o siete trozos de papel con palabras garabateadas que no acierto a vislumbrar— de que me he traído todo preparado.

—Pero... ¡si ni siquiera sabías si te iba a dejar conducir!

—Pensaba insistir hasta conseguirlo.

—Sabes que estás un poquito obsesionado con *nuestro juego*, ¿no?

—Empieza tú.

Logan me tira su paquete de tabaco y echa una mano hacia el asiento trasero para requisar la bolsa de gominolas con la que me aprovisioné antes de salir de viaje. Hoy empieza mi primer *spring break* universitario, pero ya hace semanas que decidí que los grandes viajes a Florida llenos de alcohol, chicos y desfase en general no eran para mí. Para ninguno de los dos, en realidad. Logan no quiere ni oír hablar de esas vacaciones, así que, cuando hace un par de semanas me atreví al fin a proponerle que se viniera conmigo a Kansas, aceptó encantado. En realidad, su respuesta fue «pensé que no me lo ibas a pedir nunca».

Así que... aquí estamos. En mi coche, con él al volante y yo como copiloto y compañera de juego. Con un viaje de diecisiete horas y la perspectiva de seis días en casa de mi madre por delante.

—Mmmmm... —Me lo pienso un poco mientras escribo en mis propios papeles las respuestas a las preguntas que se me van ocurriendo—. Mejor viaje de tu vida.

—Disneyland. El de Orlando. Cuando tenía once o doce años.

—Premio para la señorita. —Me carcajeo mientras le enseño el papel en el que he dibujado un Mickey Mouse un poco mediocre.

—¿Cómo lo has sabido?

—Eres el típico niño Disney. Se te ve a la legua.

—No sé muy bien cómo tomarme eso, pero... vale. Me toca. Lo que más odias del doctor McIntyre.

«Que se haya pasado las tres últimas sesiones sacando recurrentemente el tema del sexo». «Que sepa que me hice pis en la cama contigo delante». «Que insista en que ese es un tema que debo superar, como he ido haciendo con todos los demás».

—Esas babitas resecas que se le quedan en las comisuras de los labios —respondo, en realidad—. Las tiene siempre y son tan asquerosas...

—¡Mierda! Tendría que haberlo imaginado.

—Por Dios, ¿qué habías pensado tú?

—La forma en la que pronuncia *seso*. «Logan, el *seso* es una parte importante de la vida». «Tienes que plantearte la reintroducción a las citas y el *seso*».

Me río a carcajadas porque la única puñetera cosa salvable de mis últimas sesiones de terapia ha sido esa forma de pronunciar extraña que tiene nuestro terapeuta y que siempre olvido comentar con Logan, pese a que durante la sesión apenas puedo pensar en otra cosa. Pero, cuando las risas cesan, reconecto con lo que ha dicho y decido dejar el juego un poco de lado.

—¿Hablas mucho de sexo con el doctor?

—Bueno... De *seso*, más bien. —Volvemos a reírnos, pero el rictus de Logan cambia pronto—. Sí, bastante. En los últimos tiempos... más.

—Sabe que estamos juntos, ¿no?

—Supongo. Yo nunca le he dicho tu nombre, pero... no creo que sea tan tonto como para no darse cuenta de que le contamos la misma historia con diferente narrador. Entiendo que, si no ha dicho nada, será porque no ha visto conflicto de intereses en atendernos a los dos. Lo que sí me ha aclarado es que cree que paso demasiado tiempo con «mi nueva novia».

—Creo que, entonces, podemos confirmar que sabe lo nuestro. A mí me ha dicho lo mismo.

—Lleva año y medio insistiendo en que tengo que hacer amigos, conocer gente... Pero esto tampoco le vale. —Resopla frustrado—. Dice que no puedo poner todas mis esperanzas de futuro en una relación de pareja.

—¿Haces eso?

—¿Qué?

—Poner todas tus esperanzas de futuro en nuestra relación.

—Sí. —Suelta una carcajada y me mira un segundo sin desatender la carretera—. Y me importa una mierda lo que diga el psiquiatra. Pienso seguir haciéndolo.

—A pesar de que ni siquiera puedes acostarte con tu novia...

—¿Cómo estás? Con ese tema, quiero decir. —Se pasa los dedos por el pelo, en un gesto de frustración que ya he aprendido a reconocer—. No sé... no sé cómo preguntártelo sin parecer interesado. Quiero decir... me interesa, pero no por un interés egoísta. Me estoy explicando fatal, ¿verdad?

—Sí —me burlo—. Pero te he entendido perfectamente.

—Vale. ¿Y bien?

—Bien. Es decir... mejor. Por mucho que me queje, supongo que la terapia me está ayudando. Y contártelo todo fue... liberador.

—¿De verdad?

—Claro que sí.

Sí que lo fue. Logan y yo hemos hablado mucho de lo que me ocurrió. Y de los años que vinieron después. Conoce todos los detalles que recuerdo de mi cautiverio real, y del emocional que lo siguió. Y conoce la mayoría de los sentimientos. Esos... me cuesta más expresarlos. Siempre que hablamos, me resulta más fácil hacer una horrible crónica negra con todos los datos y las vivencias de aquellos meses terribles que expresar con palabras cómo me sentí. Cómo me siento aún muchas veces.

—Pasará —le confieso—. Pasará pronto. Te lo prometo.

—Summer, no tienes que prometerme nada. Pasará cuando tú quieras que pase. No cuando estés preparada ni nada de eso. No es obligatorio. Cuando quieras. Cuando te apetezca. Y punto.

—Es que... ya me apetece. Mucho.

—Me alegra oír eso. Venga... te toca la siguiente pregunta.

—Qué pesadito eres con el juego.

—Quiero fumar. Necesito acertar algo pronto.

—Vas listo si crees que te voy a dejar fumar en mi coche.

—No pensaba. Pero falta media hora para llegar al motel, así que... ¡pregunta!

—¿Qué superpoder te gustaría tener?

—¿Disculpa?

—Ya sabes: invisibilidad, telepatía, mover cosas con la mente...

—Ah, claro, ya sé. Una cosa en la que se piensa muy a menudo, sí. ¡Yo qué sé!

—Como digas que la invisibilidad para colarte en los vestuarios de las chicas, me tiro en marcha, ya te aviso.

—Emmm, no sé por quién me tomas, pero creo que prefiero ver desnudas a las mujeres que me lo permitan, gracias. —Logan tamborilea con los dedos sobre el volante un segundo, hasta que en su cara se ilumina la respuesta—. Viajar en el tiempo. Sí, sin duda.

—¿Y a dónde irías? O a *cuándo*...

—Eso ya es más de una pregunta. Dame el tabaco y te lo perdono.

—Vaaaaale. —Le tiro su paquete de Marlboro—. Yo había pensado en lo de la invisibilidad, por cierto.

—No creerías en serio que me colaría en los vestuarios de las chicas, ¿no?

—Claro que no. Pero a veces... no sé, a veces me da la sensación de que te gustaría pasar aún más desapercibido.

—Bueno... no te equivocas demasiado. Pero no, me quedo con los viajes en el tiempo. Estaría bien viajar al París de la *belle époque* o a la Italia del Renacimiento o algo así, pero... yo iría al puto día en que Clay Paterson me dio mi primera cerveza cuando acabábamos de entrar en el instituto. Para no tomármela, se entiende.

—Ya, ya. Lo había pillado. ¡Un momento! —Miro por la ventanilla y compruebo el mapa—. Creo que nos hemos pasado la salida del motel.

Después de un par de maldiciones y vueltas alrededor de una estación de servicio, llegamos al aparcamiento del motel que hemos reservado para esta noche, a unas seis horas de camino de Kansas City. Decidimos hacer la mayor parte de los kilómetros en la primera jornada del viaje y así llegar mañana a una hora decente a casa de mi madre, que está tan emocionada con la visita de Logan que casi hasta me ha parecido detectar un rastro de alegría en su voz cuando la he llamado para decirle que ya estábamos instalados en nuestras habitaciones. En realidad, como es lógico, solo hemos reservado una habitación, pero me pareció que debía decirle a mi madre que dormiríamos separados. Claro que ella me sorprendió pidiéndome por favor que durmiera con Logan, ya que le da más miedo la idea de verme sola en un cuarto de un motel de carretera que pudor el hecho de que duerma con mi novio. «Que viva la disfuncionalidad».

Logan y yo nos acurrucamos en la cama, con el cuerpo medio dolorido por las once horas que nos hemos pasado conduciendo, aunque la mayor parte del tiempo ha sido él quien ha estado al volante. Dice que echa de menos conducir un coche, por más que no cambiaría su moto por ningún otro vehículo del que pudiera echar mano. Antes de dormir, Logan abre la puerta de la habitación, que da al aparcamiento, y se fuma un cigarrillo allí, vestido solo con el pantalón liviano de su pijama y con un hombro apoyado contra el marco de madera blanca. El cambio de temperatura le provoca un escalofrío. Me mira fijamente y a mí se me dibuja una sonrisa tonta en la cara.

—¿Qué?

—Como premio por darte tus golosinas, ¿puedo hacerte una última pregunta?

—Vale.

—¿Cuál es el sueño de tu vida? Uno solo. Si pudieras cumplir un sueño, ¿cuál sería?

«Ser normal». Esa es la primera respuesta que me viene a la mente, pero prefiero ser realista. Sí, estamos hablando de sueños, pero, si algo aprendí en la terapia, es que no se pueden desear imposibles. Que es mejor soñar con objetivos que, aunque se antojen lejanísimos, algún día se puedan cumplir.

—Saber qué ha sido de los niños que estuvieron allí conmigo —bajo la voz hasta el tono de un susurro y no puedo evitar que los ojos se me llenen de lágrimas—. No sé... Me conformaría con saber si están vivos o muertos.

—¿Nunca has intentado buscarlos? —me pregunta mientras se mete de nuevo en la cama. Sus manos están frías, pero se calientan al contacto con las mías.

—Alguna vez he buscado en Google. Pero solo tengo los nombres y la primera inicial de sus apellidos. Al ser menores, tanto la prensa como la fiscalía mantuvieron nuestro anonimato.

—¿Quieres que lo hagamos juntos?

—¿Qué? —le pregunto, boquiabierta, porque creo que he entendido lo que me está proponiendo.

—Se me ocurren varias formas de empezar a buscar. Ahora mismo estoy demasiado cansado como para pensar con claridad, pero podemos hablarlo estos días, ¿vale?

—No, Logan. Mejor... mejor lo hablamos cuando volvamos a Virginia. Delante de mi madre, mejor no mencionar nada relacionado con todo esto.

—De acuerdo. Me he tomado ya la pastilla para dormir, así que no voy a durar mucho más tiempo despierto —me susurra con cara de fastidio.

—No te preocupes.

—Pero aún tengo tiempo para una petición. —Me dedica la mejor versión de su sonrisa más pícara—. ¿Puedo?

—El día que aprenda a decir que no a tus peticiones...

—Pregúntame si hay algo importante que aún no te haya dicho. —Sus palabras se cuelan en mi oído sin pedir permiso. Sus manos se aferran con fuerza a mi cintura y, no sé por qué, pero siento la importancia de lo que va a decir antes incluso de hacer la pregunta.

—¿Hay algo importante que aún no me hayas dicho?

—Sí —suspira—. Que te quiero. Te quiero, Summer Scott. Duérmete, pequeña.

15
Mamá, este es Logan

Después de un madrugón que tardaré años en perdonarle a Logan, y de poco más de seis horas, entramos en Kansas City después del mediodía. El último tramo lo he hecho conduciendo yo, y me ha recordado, sin que pudiera evitarlo, a aquel interminable trayecto en coche que me llevó a Virginia Beach hace siete meses. Sonrío al pensar en cómo el miedo que sentía ha ido quedando atrás. Cómo la inseguridad de pensar en si sería capaz de tener una vida social se ha convertido, por obra y gracia de Logan, en una relación que ni en mis mejores sueños habría imaginado. Que anoche me dijera que me quiere, de la manera en que lo hizo, además, se pareció mucho a un sueño de los que se cumplen.

Aparco el coche delante de la casa de mi madre y no puedo evitar reparar en el Mustang azul oscuro que me impide el paso hacia el garaje. El coche de mi abuela. «Genial, Logan, prepárate para conocer a la familia al completo».

—¡Summer! —Mi madre sale corriendo por la puerta principal y está a punto de tropezar con la mosquitera. Yo ignoro mi maleta y me acerco a ella. Nos abrazamos un momento, pero ella enseguida me suelta para observar a Logan sin cortarse un pelo.

—Señora Scott. —Logan se acerca a mi madre y le ofrece su mano, pero ella lo atrae en un abrazo un poco torpe.

—Llámame Sarah. Vamos dentro, chicos. La abuela está dormida delante de la tele, se va a llevar una buena sorpresa.

Pasamos todos al interior de la casa y recibimos saludos, besos, abrazos y achuchones. Mi madre nos obliga a sentarnos a comer, aunque hemos estado picoteando patatas y otros alimentos que Logan desaprueba, pero que no le ha quedado más remedio que tomar durante el viaje si no quería morir de inanición.

Me sorprende ver cómo mi madre ha dispuesto todo para que estemos a gusto. Parece como si se hubiera dado cuenta de que incluso yo me he sentido siempre incómoda entre estas paredes. Hasta la casa parece tener un aspecto diferente. No son grandes cosas. Los muebles son los mismos, las fotografías que cuelgan de las paredes también. Pero unas flores adornan la cocina, dentro de un jarrón que nunca había visto. Unas cortinas nuevas le han dado un aire diferente al salón. Unas velas adornan la mesa del comedor. Y mi madre parece sonreír más de lo habitual.

—Logan, Summer nos ha comentado que eres vegano. Espero que la comida esté a tu gusto. Hemos preparado un poco de todo...

—Dirás más bien que os habéis vuelto locas en la cocina —la interrumpo, señalando el arsenal de comida que hay dispuesto sobre la mesa del comedor, en el que no habrá un solo producto de origen animal, pero puede que estén todos los vegetales del estado de Kansas y los limítrofes.

—Seguro que está todo perfecto, Sarah. Muchísimas gracias —le dice Logan, con una carita de niño bueno y yerno perfecto que me hace poner los ojos en blanco de inmediato.

La comida transcurre cómoda, entre un poco de charla superficial y algo así como un millón de miraditas muy significativas entre mi madre y mi abuela. Acabamos pronto de comer, pese al despliegue de platos, y mi madre nos sorprende dando por hecho que dormiremos los dos en mi habitación. Delante de la puerta, nos quedamos dubitativos.

—Supuse que ya habréis dormido juntos alguna vez... —El rubor sube a las mejillas de mi madre y empieza a titubear—. Quiero decir... Logan podría dormir en el sofá del despacho de tu padre, pero es un poco pequeño. O... o podríamos dormir tú y yo en mi dormitorio y dejarle el tuyo a Logan. O...

—Mamá... Está bien. Si a ti te parece bien, dormiremos aquí.

—Vale, vale. Sí. Perfecto. Os he dejado toallas sobre la cama. Podéis... bueno, descansar ahora, o ir a dar un paseo o lo que queráis.

—Creo que iremos a dar una vuelta al centro.

Para evitar seguir en esa dinámica de nervios y titubeos, cojo a Logan de la mano y me lo llevo fuera. Nos subimos al coche y le ofrezco a Logan una panorámica de la ciudad, de los ríos Missouri y Kansas y de la población gemela de Kansas City, situada en el estado de Missouri. Le voy explicando un poco la historia de la ciudad, de las dos ciudades, en realidad, además de lugares que significan algo en la historia de mi vida: mi colegio, los dos institutos a los que fui, el pueblo donde vive mi padre. Conduzco durante tres o cuatro horas mientras me doy cuenta de que la historia de mi vida es más bien escasa. Creo que ya hay más lugares en Virginia Beach asociados a momentos especiales para mí de los que jamás habrá en Kansas City. Bueno, no es que lo crea. Lo sé.

Antes de regresar a casa, le prometo a Logan que visitaremos la ciudad en profundidad en los próximos días, pero lo cierto es que hoy me apetece pasar algo más de tiempo con mi madre y mi abuela. Siento que, ahora que la presión de mi madre sobre mí se ha aflojado, los hilos de cariño y confianza que siempre nos unieron se han fortalecido. Y, no sé por qué, pero me apetece que conozcan más a Logan, que lleguen a conocerlo como lo conozco yo... o casi.

Cenamos en familia y, pese a que hablamos de mil temas, en ningún momento se menciona lo que me ocurrió de niña ni cómo afectó a los años posteriores. Mi madre siempre ha creído que hablar de ello solo sirve para que el dolor aumente, y no se da cuenta de cuántas veces yo necesité poder hablar sin llevar el drama al extremo, sin referirnos al rapto como «aquello» o sin que las lágrimas acaben tomando el control de las palabras. Mi madre sabe que Logan está informado de todo lo que me ocurrió, de cada pequeño detalle, pero ha elegido ignorarlo y jamás lo mencionará delante de él. No es que yo pretenda que sea un tema normal de conversación durante una cena, pero tan incómodo como mencionarlo sin venir a cuento me parece fingir que nunca ocurrió cuando la conversación va por ese camino.

—Estoy agotada —digo, reprimiendo un bostezo, mientras me como la última cucharada de mi bol de fresas con zumo de naranja porque, al parecer, como Logan no toma lácteos, en mi casa se han extinguido las fresas con nata.

—Yo también, la verdad —añade Logan.

—Quizá si no me hubieras despertado al alba, podríamos hacer algo esta noche.

—Acostaos temprano y así podéis aprovechar el día mañana, chicos —nos aconseja mi abuela, a la que hace tiempo aprendí a hacer caso siempre.

Ya en mi habitación, aprovechamos para deshacer las maletas y colocar un poco la ropa y el resto de cosas que hemos traído en mi armario. Me pongo el pijama, y Logan duda un poco antes de ponerse el suyo.

—¿Qué te pasa?

—Mmmm... Me estaba preguntando... ¿Hay alguna posibilidad de que pueda salir a fumar?

—No me lo puedo creer. —Pongo los ojos en blanco y cojo una sudadera para echármela sobre el pijama—. Vamos fuera. Pero ya puedes ir pensando en fumar un poco menos, para variar.

—No seas mala —me susurra mientras caminamos por el silencioso pasillo en dirección al porche delantero de la casa—. Te aseguro que fumo mucho menos desde que estamos juntos.

—Pues a ver si ese *menos* se convierte en *nada*.

—No sueñes con verlo.

Me sorprende comprobar que no están activadas las dos alarmas que demuestran el nivel de paranoia en el que vivimos mi familia y yo, pero encuentro la respuesta al salir a la fresca noche de Kansas City. Mi abuela, ya pasados los setenta, nos echa una mirada burlona recostada en una silla mientras fuma tranquilamente uno de sus cigarrillos extralargos.

—Mira a quién tenemos por aquí. —Se carcajea—. No me digas que has empezado a fumar en la universidad, Summer. A tu madre va a darle un infarto.

—Pues claro que no. Es él. —Señalo a Logan con el pulgar y me aúpo para sentarme en la barandilla de madera del porche. Él se queda un poco cortado y esboza un gesto de disculpa a mi abuela.

—Mira tú por dónde. Toda la vida dándome el coñazo a mí con el tabaco y te echas un novio fumador.

—Bueno, estamos negociándolo.

—No tiene ninguna posibilidad —le dice Logan a mi abuela en tono de confidencia, y yo le respondo con una colleja.

—Qué bien ha hecho tu madre lo de evitar temas peliagudos durante la comida y la cena, ¿no? Debe de estar ahora en la cama pensando de qué hablar durante la semana.

—Abuela... —la reprendo, aunque no puedo evitar que se me escape la risa.

—¡Vamos, Summer! Te fuiste de aquí hace poco más de medio año. Vuelves con novio, duermes con él, todo es lo más normal del mundo... y ella ni pregunta cómo te va con la terapia o qué demonios te ha hecho para que tengas una cara de felicidad que no te veía desde que tenías cuatro años.

—Sabes que es difícil para ella, abuela.

—¿Y cree que para los demás no? Tu madre tiene que superar eso de una puta vez.

—¡Abuela!

—Por Dios, qué puritana es, ¿no, Logan?

—Quizá —responde él, sin mojarse, pero entre carcajadas.

—¿Podéis acabar de una vez para que volvamos dentro? —les pregunto en tono de fastidio, aunque en realidad podría quedarme toda la noche aquí fuera, con mis dos personas favoritas del mundo.

Nos metemos en la cama apenas cinco minutos después y solo me da tiempo a sentir los brazos fuertes de Logan alrededor de mi cintura y su «te quiero» en mi oído, antes de quedarme dormida. Dos palabras que no había escuchado hasta hace veinticuatro horas, pero que se han convertido ya en la banda sonora de mi felicidad.

16
Estamos en Kansas, Logan

Casi sin darnos cuenta, llega el último día de nuestro *spring break* en Kansas. La semana se nos ha pasado al mismo tiempo volando y a cámara lenta. Como esas vacaciones que sabes que, dentro de unos meses, te parecerá que aún puedes tocar con las yemas de los dedos, pero también que ocurrieron hace siglos. Como esos momentos en que parece que el tiempo se ha detenido, pero ha seguido corriendo a más velocidad que nunca. Logan dice que estoy loca cuando se lo explico, así que voy a dejar de intentarlo.

Hemos hecho tantas cosas en estos días que creo que podríamos escribir una guía de Kansas City a cuatro manos antes de volver a Virginia. Hemos visitado dos veces el Museo de la Primera Guerra Mundial, porque Logan se quedó con las ganas de ahondar más en él después de una visita rápida. Hemos ido al fútbol y al béisbol. Hemos hecho picnics en la mitad de los parques de la ciudad y los alrededores, o casi. Hemos ido al teatro. Hemos paseado de la mano entre las fuentes de la ciudad, bajo el anochecer y, algunos días, antes del amanecer. Hemos comido con mi madre y mi abuela, que, si no se han licenciado estos días en cocina vegana, no lo harán nunca. Hemos salido a correr y a montar en bici para compensar un poco todo ese exceso de comida. Y hasta he encontrado un momento para quedar con mi padre para cenar y presentarle a Logan.

La noche en que nos vimos fluyó cómoda y tranquila, ellos conectaron y yo me emocioné de una forma que no esperaba al ver que se llevaban bien. Cuando nos despedimos, mi padre me dijo, con unos ojos acuosos en los que preferí no fijarme demasiado, que estaba muy feliz de ver que al fin había conseguido encontrar mi camino. Y sé que no se refería a Logan —me habría indignado que pensara que mi plenitud aparecería por conocer a un chico, la verdad—, sino que hablaba de tener la independencia que significaba una vida plena y sin miedos. Antes de subirme al coche, le prometí a mi padre que lo llamaría de vez en cuando desde Virginia Beach y supe, por primera vez en años, que en esta ocasión sería verdad.

Mi madre ya está llorosa antes siquiera de que nos sentemos a cenar la última noche. Apenas son las seis de la tarde; Logan y yo queremos irnos temprano a dormir para emprender el camino de regreso mañana lo antes posible. Dice que me tiene preparada una sorpresa y muero de ganas por descubrirla.

—Me tenéis que prometer que regresaréis pronto. ¿Podrás venir en verano, Logan?

—Mamá, aún no nos hemos ido.

—Claro que sí. Tiene pinta de que Kansas en verano es un lugar fresco y agradable —bromea Logan, y mi madre le da un golpecito en el hombro con la servilleta. Alucino mucho con la confianza que han cogido uno con el otro en solo seis días—. En serio, vendremos.

—Vete pensando en llenar la piscina, mamá.

—Yo... Esto... Hay algo que tengo que contarte, cariño.

—...y solo le ha costado toda la semana echarle narices a sacar el tema —dice mi abuela por lo bajo, aunque habría que tener un problema muy grave de audición para no oírla.

—Mamá, por favor —suplica mi madre, que se ve que está pasando un momento un poco incómodo. Me preocupo, pero de inmediato doy por hecho que, si mi abuela bromea, por muy políticamente incorrecta que sea ella, será que el asunto no es grave.

—¿Qué pasa? —me atrevo a preguntar.

—He decidido que... bueno... yo...

—¡Que va a vender esta casa!

—¡Mamá, por Dios! Quería contárselo yo.

—Sí, pero parecía que te ibas a decidir a hablar cuando ellos ya estuvieran a mitad de camino hacia Virginia.

—¿Vas a vender la casa? —las interrumpo, porque no me puedo creer lo que acabo de oír. Logan pasea su mirada entre nuestras caras, como si estuviera en un partido de tenis dialéctico.

—Sí. —Mi madre deja escapar un suspiro y guarda silencio unos segundos antes de decidirse a hablar—. No me voy a engañar diciendo que puede ser la solución a todos mis males, pero llevo dándole vueltas desde que tú te marchaste. Eres otra persona desde que saliste de aquí; y perdona, Logan, pero no creo que sea solo por ti.

—Estoy de acuerdo y encantado de que no sea solo por mí —reconoce él, con sinceridad.

—Pues... eso. Que quizá salir de esta casa en la que hemos sufrido tanto ayude. Además, es una casa demasiado grande para mí sola.

—¿Y a dónde te vas? —le pregunto, contentísima por la decisión que ha tomado.

—Se vende un apartamento en el mismo edificio del de tu abuela. Bueno, ya no se vende en realidad porque... ya lo he comprado. Me mudaré en un mes, más o menos.

—Pero... pero...

—Sí, debería haberte consultado, pero creo que ya era hora de cortar el cordón umbilical, ¿no? En ambos sentidos.

—Salvo en la parte de tener a mi hija vigilándome dos plantas más arriba de mi apartamento —protesta mi abuela y consigue que todos nos riamos.

—Me alegro muchísimo, mamá. De verdad. —Me levanto a abrazarla y no puedo evitar que se me escapen las lágrimas por lo que tiene toda la pinta de acabar convirtiéndose en un nuevo comienzo—. Pero deberías habérnoslo dicho antes, para que te ayudáramos a embalar las cosas.

—No te preocupes. Está todo controlado. De tu cuarto ya te llevaste todo lo importante al trasladarte a Virginia. El despacho de tu padre ya está embalado y le he pedido que venga a recoger cuanto antes lo que se dejó aquí. Me faltan solo mis cosas y las de la cocina y el salón. Poca cosa.

—Sí, poquísima —le digo, con ironía, aunque mi cerebro conecta con algo que acaba de decir y me dispongo a hacerle a mi madre una de las preguntas más difíciles que me podría imaginar—. Mamá... yo... ¿podría llevarme las cajas del despacho de papá? Si quieres, puedo hablar con él para preguntárselo.

—Summer...

—Por favor.

Logan me mira con incomprensión, mi abuela —milagrosamente— guarda silencio y mi madre, al fin, asiente. Yo le doy un beso de agradecimiento y le pido a Logan con un gesto que me acompañe a guardar las cajas en el coche. Son seis cajas de oficina de tamaño mediano, pero conseguimos encajarlas en el maletero de mi coche después de un par de esfuerzos. Las maletas tendrán que ir en el asiento trasero, pero lo doy por bien empleado porque el contenido de ese maletero puede acercarme a esa idea loca de encontrar a mis compañeros de cautiverio.

Me quedo un rato pensativa, y Logan aprovecha que hemos salido fuera para fumarse un cigarrillo. Mi madre echa un vistazo por la ventana, en un gesto del que quizá nunca sea capaz de desprenderse: comprobar que está todo bien en cuanto alguien tarda un segundo más de lo previsto en volver a casa.

—Summer... —Sale a la calle y se acerca a nosotros—. ¿Estás segura de querer llevarte todo esto?

—Mamá, aunque a ti no te guste hablar de ello... es parte de la historia de mi vida. Quiero tener todos esos recortes que acumuló papá y cerrar algunas lagunas. Nada más.

—¿No es reabrir la herida, cariño?

—¿Crees que no es una herida si la ignoramos?

—No lo sé —reconoce—. Logan, ¿estarás con ella cuando revise todo esto?

—Claro que sí.

Logan acaba su cigarrillo, lo apaga contra la suela de sus zapatillas y tira la colilla en una papelera. Mi madre se queda pensativa un momento, así que me acerco a preguntarle qué le ocurre mientras Logan nos deja intimidad y entra en casa.

—¿Qué pasa, mamá?

—¿Crees que fue un error irnos de Oregón? Lo he pensado muchas veces desde que decidí vender la casa. Tu padre y yo, en aquellos días horribles en que aún estabas en el hospital, llegamos a pensar que, huyendo, olvidaríamos lo que había pasado. Y he dudado muchas veces si fue una buena idea.

—No había una solución fácil, mamá. Lo hicisteis lo mejor que pudisteis, sobre todo tú. Quedarnos allí... habría sido un desastre —le digo mientras entramos en casa. Logan y mi abuela nos miran, casi como si supieran lo que hablamos. Puede que ellos estuvieran hablando de algo parecido.

—Quisimos que te criaras como una niña normal. Lo más normal posible teniendo en cuenta lo que te había pasado. Aún recuerdo las miradas de la gente de Brownsville, entre la pena y el alivio por que no les hubiera tocado a ellos. Pero creo que no lo hicimos mucho mejor aquí.

—Olvídalo, mamá. De veras. Pasemos página de una vez. En serio, de una puta vez.

—¡Summer!

—Muy bien hablado, cariño. —Mi abuela sale en mi defensa y hasta a mi madre acaba dándole la risa.

Logan me hace un gesto hacia el reloj, aunque con fastidio, pero tiene razón: es tarde y deberíamos irnos a la cama. Nos despedimos con muchos abrazos y algunas lágrimas, pese a que sé que mi madre estará mañana al amanecer esperando para prepararnos el desayuno, un termo de café y una nueva despedida. Mi abuela no, claro; a ella no la he visto levantada antes de las diez de la mañana en toda mi vida.

Logan y yo nos metemos en la cama poco después de las once. Como siempre, me abraza, pero, a diferencia de otros días, hoy siento sus manos diferentes. Llevamos toda la semana durmiendo juntos, pero entre el cansancio con el que hemos llegado cada día a la cama y el hecho de que solo una pared nos separa del cabecero de mi madre, no ha habido demasiados gestos íntimos. Hasta hoy. Hoy noto sus manos subir hasta que casi rozan mi pecho, bajar hasta colarse por el elástico de mis bragas. Su respiración profunda en mi oído. Su cuerpo pegándose al mío, dejando clara su excitación.

—¿Estás bien? —me pregunta, y sé que se refiere a su acercamiento.

—Muy bien.

Sigue acariciándome en silencio y me fascina comprobar que no hay nervios, que no hay tensión. Que mi cuerpo responde a su tacto, que lo reconoce como propio. Que ningún fantasma sale de ningún armario. Que la clave de todo ha sido dejar de intentar ser normal y, simplemente, permitir que la vida fluyera. Que Logan conociera mi historia, que me apoyara, que matara mis demonios con su sonrisa, con la fuerza que he encontrado en su debilidad. En esos fantasmas del pasado que nos duelen, que nos hacen diferentes y nos hacen iguales.

—Logan...

—Dime, nena —me responde, con esa voz pastosa que ya sé que significa que está a punto de quedarse dormido.

—No va a ser hoy, más que nada porque mi madre tiene un oído supersónico y mi abuela es capaz de venir a comentar la jugada. —Me da la risa, y Logan se contagia—. Pero ya. Quiero que pase. Contigo. Lo quiero todo contigo.

17
El camino de regreso

A las seis de la mañana me ha obligado Logan a estar ya sentada en el coche. En el asiento del copiloto, claro, que no tengo todavía las neuronas suficientemente despiertas como para distinguir el acelerador del freno, pese al termo de café que, por supuesto, mi madre nos ha entregado antes de despedirnos, cuando el sol apenas empezaba a despuntar en Kansas City.

A Logan, en cambio, las primeras horas de la mañana parecen despertarle el buen humor. A pesar de mis protestas, echa un vistazo a su móvil mientras conduce y conecta a los altavoces del coche una lista de reproducción de música *de la suya*, pop setentero a tope, un estilo que no conocía demasiado y al que me estoy haciendo adicta por su culpa. Le quito el móvil de un manotazo y acabo yo el proceso. Se me dibuja una sonrisa de oreja a oreja cuando veo que el nombre de la *playlist* es «Canciones para escuchar con Summer». Suena *My Sharona*, de The Knack, y mi cuerpo empieza a despertar al ritmo de la música.

—¿Cuándo me vas a decir a dónde me llevas?

—Qué impaciente eres.

—Ya, pero dímelo.

—Está bieeeen. Qué pesada —refunfuña por lo bajo, pero sé que he ganado la batalla, así que recorto el espacio que nos separa y lo recompenso con un beso—. A las cuevas de Bluespring.

—¿En serio? ¡No he estado nunca! —Aplaudo emocionada en el asiento, y Logan me dedica una sonrisa de medio lado que me calienta a unos niveles que hacen que no me reconozca. Bueno, me calienta esa sonrisa, el brazo tenso con el que sujeta el volante, esos ojos color turquesa que me enamoraron antes incluso de saber que podía ocurrir y todo él, en general.

—Yo tampoco, pero llevo un par de semanas haciendo gestiones y... creo que nos va a gustar.

Las cuevas de Bluespring están en el sur de Indiana, a pocos kilómetros de nuestra ruta, así que no perderemos demasiado tiempo del viaje de vuelta a Virginia. Es un gran sistema de cuevas subterráneas que no fue descubierto hasta el siglo XIX y que incluye el mayor río subterráneo del país, que, además, es navegable. Todo esto no lo sé por mi gran cultura general, claro, sino porque me paso una buena parte del viaje buscando información en Google e ignorando a Logan, hasta que protesta lo suficiente como para que vuelva a hacerle caso.

Pasan cinco largas horas de viaje desde que Logan me desvela el secreto hasta que llegamos a la entrada del Parque de las Bluespring Caverns. Salimos del coche, y Logan me obliga a ponerme mucha ropa de abrigo y a llevarme el neceser en la mochila, porque el hotel donde vamos a alojarnos está dentro del propio complejo. Yo ni protesto ni pregunto más, porque estoy emocionada como una niña pequeña, así que me limito a seguirlo hacia la recepción para visitantes, donde me deja algo apartada, sin que llegue a entender muy bien por qué.

Cuando regresa, me dice que nos da tiempo a comer en la pequeña cafetería del parque, que, por suerte, no es demasiado turística y nos ofrece un menú típico de Indiana que disfrutamos hasta casi rebañar el plato. Un enorme sándwich de solomillo de cerdo rebozado, con lechuga y tomate para mí; una barbacoa de mazorcas de maíz con pepinillos y ensalada para Logan. Cuando estoy degustando un pedazo delicioso de tarta Hoosier, el orgullo culinario del estado, una empleada del parque viene a buscarnos, y yo alucino un poco con este servicio tan personalizado, aunque es cierto que no hay demasiados turistas hoy aquí, a pesar de ser domingo.

Nos adentramos por un pasadizo rodeado de cuevas y la luz deja poco a poco paso a la oscuridad. Caminamos un buen rato por las galerías, observando las formaciones rocosas y escuchando las explicaciones de la guía sobre el descubrimiento de ese lugar y las características geológicas del terreno, hasta que llegamos a un pequeño embarcadero en el que subimos a un bote que nos llevará a recorrer el río navegable. Logan me confiesa que ha contratado una especie de visita privada, así que nos acomodamos en la popa de la lancha, solos. La guía solo nos da unas breves indicaciones sobre lo que vamos a poder ver durante el recorrido y nos recomienda que echemos un vistazo a las rocas, por si conseguimos ver alguna de las brillantes salamandras que habitan este mundo subterráneo o a los pequeños cangrejos propios de las cuevas. Pero, en general, pilla la indirecta de que, más que seguir aprendiendo sobre este paraíso geológico, queremos disfrutar de las luces y sombras del recorrido, de un lugar que parece casi de ensueño. Que es en realidad de ensueño visto con el brazo de Logan rodeando mi cintura y sus labios posados en la piel de mi cuello.

Hace frío en las cuevas, unos once grados, según nos han dicho al entrar, pero apenas lo noto, gracias a la ropa de abrigo y, sobre todo, a la presencia de Logan a mi lado. Ya debe de haber anochecido en el exterior cuando el viaje por el río acaba, pero aquí dentro estamos en una especie de limbo en el que no existen el día, la noche, el frío ni el calor. Solo la belleza del entorno natural que nos rodea y la felicidad de estar el uno junto al otro.

—Ahora viene la sorpresa de verdad —me susurra Logan al oído, haciendo que la frecuencia cardíaca se me multiplique, porque difícilmente me imagino algo que vaya a mejorar lo que ya hemos vivido durante todo el día.

—¿En serio?

—Mira.

Logan señala con el dedo hacia el fondo de la galería en la que acabamos de desembarcar, justo en el momento en que veo cómo la empleada del complejo le guiña un ojo y desaparece con bastante poca sutileza. Tardo un segundo en ubicarme lo suficiente como para entender qué está pasando, pero es entonces cuando veo lo que hay al fondo. Una especie de dormitorio común, lleno de literas y catres, apenas iluminado por un par de luces indirectas en puntos estratégicos de las paredes.

—¿Qué es esto, Logan? —le pregunto, girando sobre mí misma para abarcar todo el espacio.

—Esto... —Logan mira al suelo y se pasa una mano por la nuca mientras hace una mueca de timidez con la boca—. Esto me parecía una idea la hostia de bonita y romántica cuando la planeé, pero, ahora que estamos aquí, no sé... esos camastros y tal. ¿No es todo muy cutre?

—¿Vamos a pasar la noche aquí? —le pregunto, aún alucinada por esa posibilidad.

—Sí.

—¿Solos?

—Sí, sí, claro. Lo he reservado entero, para nosotros solos.

—¿Cutre? ¿En serio crees que esto me parece cutre?

—Es que me imaginaba que el alojamiento quizá sería...

—Logan. Estaremos tú y yo. Solos. En un lugar subterráneo que parece un sueño. Es perfecto.

—¿De verdad?

—De verdad. Muchísimas gracias. Yo... te quiero. Te quiero muchísimo. No sé cómo darte las gracias por esto.

—¿Qué tal si me ayudas a reorganizar esos camastros para que no tengamos que dormir separados?

Después de echar un par de vistazos a las opciones disponibles, al final, decidimos que lo mejor será montar una cama improvisada en el suelo uniendo dos de los colchones de las literas, que son bastante gruesos. Cogemos unas cuantas mantas, porque los sacos de dormir nos mantendrían separados y eso... no es una opción esta noche.

Logan abre su mochila y saca un par de sándwiches, refrescos y el termo de mi madre, en el que todavía queda bastante café. Lo dispone todo sobre las sábanas y cenamos en silencio, solo intercalando besos y gestos cariñosos. Logan lo recoge todo al terminar y maldice, medio en broma, medio en serio, por no poder fumar aquí abajo.

—Te lo pregunto en serio. ¿Cómo puede alguien tan obsesionado con la vida sana seguir fumando?

—Es una larga historia. —Logan suspira, y se lanza en el colchón, justo a mi lado.

—Me gustan las historias largas.

—A ver... Cuando entré en la clínica de desintoxicación, tenía que dejar un montón de cosas. La marihuana, la cocaína y el alcohol. Era adicto a las tres cosas y, obviamente, también al tabaco. Supongo que podría haberlo dejado también, pero... joder, habría sido todo mucho más difícil. Y no puedo ni imaginarme algo más difícil que lo que tuve que pasar.

—¿En el centro os dejaban fumar?

—Sí. Cada clínica tiene una política diferente sobre el tabaco, pero, en la que yo estuve, son tolerantes. La prioridad era deshabituarnos del consumo de las sustancias que nos alteraban la conducta. El tabaco es una mierda, pero no te vuelve loco, como el alcohol o la coca. Ni te aleja de tu familia o te descontrola. Te jode los pulmones, pero no la cabeza.

—Esa frase me la dijiste el día que nos conocimos.

—En la fiesta de Navidad.

—Sí.

—Pensé que no recordabas nada de ese día.

—Recuerdo algunas cosas. Te recuerdo a ti —le digo, en un susurro, justo antes de dejar mis labios sobre los suyos y dar comienzo a una noche que sé que cambiará muchas cosas.

Logan no me responde con palabras. Lo hace con su cuerpo acercándose a mí, con sus manos colándose bajo el improvisado pijama que me he hecho con mi camiseta y mi ropa interior, con sus ojos fijos en los míos, sin dejar de preguntarme a cada paso si está yendo demasiado lejos. Él aún no sabe que «demasiado lejos» es un concepto que ya no existe para mí cuando se trata de él. Que él está al final de mi camino y lo único que deseo con toda mi alma es que lleguemos juntos, de la mano.

Sus besos se pierden en mis labios, en mi mandíbula, en mi cuello. Siento su aliento sobre la piel cuando baja y atrapa entre sus dientes uno de mis pezones, luego el otro. Su mirada ya no busca mi aprobación, sino que se deleita en comprobar cómo los jadeos se escapan de entre mis labios. Su cuerpo se amolda al mío, antes incluso de que la ropa empiece a volar sobre las rocas de la cueva porque, esta noche, no la necesitamos para nada.

—¿Estás nerviosa? —me susurra Logan, cuando no soy capaz de levantar la vista del suelo, y no sé si es porque me da pudor mi propia desnudez o porque me impresiona la de él.

—Sí —reconozco.

—Si quieres parar...

—No quiero parar. Estoy nerviosa, pero estoy más segura de esto de lo que he estado de nada en toda mi vida.

Los dedos de Logan se cuelan entre mis piernas e incluso a mí me sorprende no sentir miedo. En realidad, lo que siento es que he nacido para que él le haga el amor a mi cuerpo como hace ya meses que se lo hizo a mi alma. Que sus manos conocen mis formas antes incluso de tocarlas y las mías aprenden los secretos de las suyas sin necesidad de que me los cuente.

Logan me besa lento, suave, mientras su cuerpo se cierne sobre mí y nuestros sexos se tocan por primera vez. Aunque los dos tenemos los ojos cerrados, sé que nota mi asentimiento mudo. Y lo sé porque, de inmediato, siento un dolor sordo y una presión que tarda pocos segundos en ser sustituida por un placer que va creciendo en intensidad hasta convertirme en un amasijo de instintos y pulsiones que solo piden liberarse.

Logan pasa sus brazos por mi cintura y se incorpora, conmigo sobre su regazo, hasta que quedamos los dos sentados, con nuestras espaldas arqueadas, y mi cuerpo sobre el suyo, que se mueve con un ritmo delicioso que hace que desee que esto dure para siempre y, a la vez, llegar al final cuanto antes.

—Logan...

—Lo sé. Lo sé... —jadea él, y ese sonido, junto con sus dedos acariciándome, me lanza sin freno hacia un orgasmo que, aunque no tenga nada con qué compararlo, presiento que ha sido más intenso de lo normal—. Me corro, Summer... Yo...

Sus propios gritos lo interrumpen y nos unimos en una sinfonía de placer que resuena bajo la cúpula de piedra del que se ha convertido ya en el lugar más especial del mundo para mí. Logan tarda unos segundos en apartarse, y yo tardo incluso menos en echar de menos el contacto de su piel. Se deshace del preservativo, nos limpia con mimo a ambos y, sin dejar de susurrarme palabras al oído, me tumba contra su cuerpo, nos tapa con las mantas y me abraza con fuerza.

Y es en esta cueva subterránea de Bluespring donde me doy cuenta de la maravillosa paradoja de mi vida: que, buscándome a mí misma, lo haya encontrado a él.

18
Mataré demonios por ti

—¿Otra vez te vas a ir a casa de Logan? —me pregunta Gina, con tono cansino, cuando llego del centro deportivo y recojo rápidamente cuatro cosas para irme a dormir a su apartamento.

—Ya sabes que sí —le respondo, un poco borde, porque, en el fondo, sé que el único motivo por el que quiere que me quede es porque es lunes, sus amigos aún deben de estar con resaca del fin de semana y yo soy el plan que tiene más a mano.

—Pues nada. Pásalo bien.

Ignoro su mala cara y salgo corriendo de mi habitación, porque hace ya un rato que he oído la moto de Logan abajo y, como siempre, nada me apetece más que reencontrarme con él después de un día lleno de clases, deporte y obligaciones varias.

—Mochila con ropa para pasar la noche —me dice en cuanto nos encontramos—. Me gusta.

Le respondo con una sonrisa y nos subimos juntos a la moto, que nos lleva en pocos minutos hasta su apartamento, un lugar en el que me siento ya más en casa que en mi dormitorio de la residencia.

Han pasado un par de semanas desde que regresamos del *spring break* y, aunque dos semanas solo sean catorce días, para nosotros han sido todo un mundo. Ahora las jornadas transcurren entre desayunos compartidos, la mayoría de las veces en su cama, mensajes cuando las clases nos separan, entrenamientos cuando cae la tarde y noches que se nos pasan entre las sábanas como si lleváramos toda la vida haciendo el amor.

—Tendremos que revisar todo eso en algún momento —me dice Logan, con prudencia, cuando tropieza por enésima vez en los últimos días con las cajas que trajimos de Kansas.

—Sí —suspiro—. ¿Después de cenar?

—Cuando tú quieras.

Logan se hace cargo de la cocina, como siempre, y prepara unas hamburguesas de soja con vinagreta de manzana que están para chuparse los dedos. Aunque él se ha empeñado en comprar algunos de los productos que no entran en su dieta para que yo tuviera más opciones, al final, me he acabado acostumbrando a sus hábitos.

Cuando volvemos al sofá, soy yo esta vez quien casi se mata contra las cajas, y esa es exactamente la señal que necesito para dejar de posponer lo inevitable: enfrentarme a ese pasado que da miedo hasta mencionar.

—¿Por dónde quieres empezar?

—Ni siquiera sé qué metió mi padre en cada caja. Hubo una época en la que cotilleaba todas las noches sus carpetas, pero hace muchos años ya que no las veo.

—Pues... por esta. —Logan coge un cuchillo de la cocina y corta la cinta de embalar que la mantiene cerrada. Que mantenía cerrada esa parte del pasado. Siento un escalofrío muy real, e incluso se me pone la piel de gallina cuando Logan empieza a sacar archivadores del fondo de la caja.

Durante horas, comprobamos recortes de periódicos de la época del rapto, de aquellos meses horribles en los que yo permanecí ajena al mundo, pero una gran parte de mi mundo tenía los ojos puestos en mi desaparición. Veo a Logan un poco desbordado por la información, y él mismo me reconoce que da igual cuántas veces le cuente lo que me ocurrió, siempre seguirá sobrecogiéndolo, y que es incluso más duro ver las noticias negro sobre blanco en recortes de periódico que contado de mi propia voz. Como si ver todo esto lo hiciera real.

La segunda caja contiene sobre todo informes médicos posteriores a mi liberación, y celebro que pasemos por ella un poco de puntillas. No es agradable leer informes forenses sobre exploraciones ginecológicas a una niña de cinco años. Mientras nos pasamos el uno al otro la documentación, vamos creando tres nuevas cajas. Una, con las cosas que he decidido que quiero quedarme; otra, con lo que considero que es mejor tirar para no volver a ver jamás; y la última, con los documentos que yo tiraría, pero que sé que a mi padre le gustará conservar y que pienso enviarle cuando acabemos de revisar todo.

Son casi las dos de la mañana cuando decidimos que mañana nos daremos un respiro y no iremos a clase, en parte porque estaríamos cansadísimos por la falta de sueño, pero, sobre todo, porque los dos estamos impacientes por acabar de revisar todo el contenido de las cajas. Como si hacerlo y volver a cerrarlas diera algún tipo de carpetazo al pasado.

—¿Quieres abrir una más? —me pregunta mientras se saca las gafas y se frota los ojos con ahínco.

—No. Creo que no. No he descubierto nada nuevo, la verdad, aunque me alegro de haberlo visto con ojos de adulta y no de la adolescente depresiva que cotilleaba a escondidas hace años.

—¿Y qué piensas hacer con esa información?

—Logan, quiero hacerte una pregunta y... la respuesta es importante para mí.

—Dime.

—¿Crees que es un poco psicótico querer saber más sobre el secuestrador y sobre los niños con los que estuve allí?

—¿Lo has hablado con alguno de los terapeutas?

—Sí. A la doctora Klein, la psiquiatra que me trataba en Kansas City, le parecía un horror la idea, pero creo que era más bien por la manera en que yo lo hacía, colándome de madrugada en el despacho de mi padre a leer noticias que, debido a mi edad, muchas veces ni entendía.

—¿Y al doctor McIntyre?

—Con él he hablado poco del tema, pero, *a priori*, no le pareció mala idea. Pero... no te he preguntado por su opinión, sino por la tuya.

—Mi opinión es que, si a ellos no les parece que pueda afectarte en tu recuperación, debes hacer lo que a ti te parezca mejor. Yo no te voy a considerar mejor ni peor, ni más psicótica ni menos, hagas lo que hagas. Cada uno tenemos nuestra forma particular de lidiar con nuestros demonios. A mí me encantaría matar a los tuyos, pero prefiero estar a tu lado cuando lo hagas tú.

Asiento, porque necesito unos segundos para asimilar sus palabras y lo que significan. Que él estará a mi lado, pero me dejará mi independencia. Justo lo que necesito, lo que quería oír, lo que más puede ayudarme. Ni el alejamiento de mi padre ni el exceso de protección de mi madre ni el aislamiento al que yo misma me sometí en algunos momentos de mi adolescencia.

—¿Te importa si...?

—Dime. —Logan debería patentar la sonrisa tranquilizadora, porque siempre consigue que los titubeos desaparezcan en cuanto me fijo en su expresión.

—Querría buscar algo de información sobre... él.

—¿Sobre el monstruo?

—Nosotros lo llamábamos «el Hombre Malo». Cuando estábamos secuestrados, quiero decir. —Se me escapa una mueca que casi podría parecer nostálgica—. Prefiero llamarlo por su nombre. Por su apellido. Boone. Punto. Lo otro... parece que lo mitifica.

—Vale. ¿No sabes nada sobre él?

—Sí. Sé algunas cosas. Tenía unos cuarenta años cuando ocurrió. Cuarenta y dos, si mal no recuerdo. Era de Dakota del Norte, o del Sur, no me acuerdo bien. Se había instalado en Oregón poco tiempo antes de empezar a raptar niños. Había estado casado y tenía un par de hijos, creo, pero su mujer lo había dejado poco tiempo antes. No sé... Recuerdo retazos de las cosas que leía cuando era adolescente y estaba obsesionada con matarlo.

—¿Con... matarlo?

—Sí. —Emito un sonido que se parece a una carcajada, pero que, en realidad, es la pura representación de la amargura—. Supongo que era una fantasía de adolescente. Más que nada porque está encerrado en una cárcel de máxima seguridad; no creo que me resultara fácil. Pero, en el fondo, soñaba con que se escapara, viniera a por mí y matarlo con mis propias manos. Estaba muy loca, ¿no?

—Estabas destrozada. ¿Ya... ya no...?

—¿Si aún lo pienso?

—Sí.

—No. Pero no te voy a decir que lo he perdonado o que no le deseo el mayor sufrimiento imaginable. Lo siento, pero eso del perdón incondicional... no es para mí.

—Normal. —Logan coge su portátil y lo deja en el sofá, entre nosotros—. ¿Google?

—Google —le confirmo.

No tardo en encontrar noticias sobre él. Y lo que leo me duele, me hace feliz y me deja descolocada al mismo tiempo. Joseph J. Boone, el monstruo de Brownsville, murió hace dos años y medio, en la penitenciaría de máxima seguridad de Pelican Bay, California. Me quedo paralizada, porque soy incapaz de dilucidar cuál de mis sentimientos prima sobre los demás. Sí, a alguna gente puede parecerle horrible, pero me alegra que esté muerto. Creo que el mundo es un lugar mejor sin él. Pero me duele que haya dejado de sufrir, porque me caben pocas dudas de que, cuando cumples una condena de ocho cadenas perpetuas en una cárcel de máxima seguridad rodeado de los peores delincuentes del país, la muerte puede ser más liberadora que seguir viviendo. Y, además, está el hecho de haberlo ignorado, de haber permanecido casi tres años ajena a esa información.

—¿Cómo estás? —me pregunta Logan, con su mano sobre mi rodilla, apoyándome.

—No lo sé.

—¿No sabías nada?

—No. En estas cajas solo hay recortes de los seis primeros años. Luego, mi padre se fue de casa y supongo que dejó de obsesionarse con recabar información.

—¿Crees que él lo sabe?

—Ni idea. No he tenido una relación muy fluida con él desde que se divorciaron. No hemos hablado nada sobre el rapto.

—¿Quieres seguir buscando?

—No. Llévame a la cama, Logan.

Él entiende mis palabras y me hace caso. Al pie de la letra. Me coge en brazos, sube las escaleras sin soltarme y me deja sobre su cama. Me hace el amor como cada noche de las últimas dos semanas, como cada día desde aquel primero en Bluespring. Los problemas se suspenden temporalmente en el placer compartido, en la confianza, en... en el amor.

Me despierto pocas horas después, rumiando en la cabeza la información que obtuve anoche sobre Boone. Logan baja las escaleras desperezándose, con el pelo revuelto y las gafas torcidas sobre su nariz.

—Has madrugado.

—No podía dormir —reconozco—. Demasiada información en la cabeza.

—¿Qué quieres hacer hoy? ¿Seguimos con las cajas o prefieres desconectar?

—Por muy tentadora que suene esa segunda opción... creo que prefiero dejar esto cerrado cuanto antes.

—Perfecto. Voy a preparar el desayuno, ¿vale?

Aprovecho que Logan se pierde entre los fogones para enviar un mensaje a mi padre. Desde que hemos recuperado un poco la relación, después de las vacaciones de Navidad, he descubierto que se nos da mejor hablar por escrito que a la cara. Es un poco triste, pero no me parece mal que cada relación entre dos personas desarrolle la forma de comunicación que mejor le funciona.

Summer: «¿Estás despierto?».

Papá: «Sí. ¿Estás bien, Summer? Son las seis de la mañana».

Summer: «Bueno, aquí son las siete ;) Estoy bien, sí. Supongo. Quería hacerte una pregunta».

Papá: «Dime».

Summer: «¿Tú sabías que Joseph Boone había muerto?».

Papá: «Sí».

Mi padre sigue en línea, pero ni él escribe ni yo encuentro las palabras para responder. Hasta que él empieza una batería de mensajes que me demuestra, una vez más, lo difícil que será siempre hablar de este tema.

Papá: «Lo siento».

Papá: «No sabía cómo contártelo. Ni siquiera sabía si debía hacerlo».

Papá: «Creo que en aquel momento no estabas preparada para recibir la noticia. Y tampoco teníamos una relación demasiado cercana».

Summer: «¿Mamá lo sabe?».

Papá: «Sí».

Summer: «Vale».

Papá: «¿Cómo te has enterado?».

Summer: «Google».

Papá: «¿Y cómo estás?».

Summer: «No lo sé».

Papá: «¿Necesitas algo?».

Summer: «No. Bueno… sí. Necesito a Logan, y lo tengo aquí conmigo, así que… estaré bien».

Papá: «Me alegro mucho».

Summer: «¿Puedo hacerte otra pregunta?».

Papá: «Claro».

Summer: «¿Qué hiciste cuando te enteraste?».

Papá: «Llorar».

Papá: «Y beberme media botella de Jack Daniel's».

Summer: «Papá…».

Papá: «¿Qué?».

Summer: «Te quiero, ¿vale?».

Papá: «Y yo a ti, pequeña. Muchísimo, aunque me haya equivocado tantas veces. Llámame si necesitas cualquier cosa, ¿de acuerdo?».

Summer: «De acuerdo».

El desayuno me sorprende con una sonrisa en los labios. Abro una caja mientras bebo mi café con leche, pero no encuentro nada *interesante* en ella. Son noticias de los primeros días del rapto, de las pesquisas de la prensa, de los diferentes investigadores privados que participaron en el caso y hasta de médiums que quisieron aportar sus especulaciones.

—¿Has hablado con tu padre?

—Sí. Lo sabían los dos, él y mi madre. Pero estoy bien.

—¿Sí?

—Sí, Logan. Es un tema demasiado complicado. Soy incapaz de juzgar a nadie por cómo lo haya gestionado. He tardado años en aceptar esto, pero es que ya ni juzgo que mi padre se marchara, ni que mi madre se traumatizara a ese nivel ni... nada. En serio.

—Es más sano pensar así.

—Lo sé.

—¿Qué quieres hacer ahora?

Me quedo un momento en silencio, tratando de meterme en el cuerpo un par de trozos de fruta que Logan me ha obligado a comer. Sé lo que quiero hacer, claro que lo sé. Sé cuál es el paso que quiero dar, por muy enfermizo que pueda parecerles a otras personas. Y sé que Logan es el único a quien me atrevo a confiárselo.

—Quiero encontrar a los otros niños.

—¿Estás segura?

—Sí.

—Pues vamos a ello.

Ya está anocheciendo cuando damos por cerrada la última caja. La que contiene los documentos que quiero conservar se quedará en casa de Logan; no me sentiría cómoda guardándola en la habitación que comparto con Gina. De la que me quiero deshacer ya está a buen recaudo en el contenedor de basura. Y mañana mismo enviaré a mi padre la restante, después de que él me haya confirmado que sí quiere conservarla.

Durante las horas en las que prácticamente no hemos hecho otra cosa que revisar documentos, hemos estado apuntando todos los datos que hemos encontrado sobre mis pobres compañeros de cautiverio. La mayoría de la información la conocía ya, aunque estuviera enterrada en algún lugar de mi memoria, pero ha habido algunos datos nuevos que me han sorprendido, la mayoría de ellos fruto de búsquedas en Google que me han aportado detalles de los que carecían los recortes de periódico y documentos que acumuló mi padre.

Lily W. y Natalie D. eran hermanas de acogida. Tenían seis años en el momento del rapto y llevaban desde los dos viviendo en preadopción con una familia de Brownsville. Fue el único rapto de los cometidos por Boone que implicó a más de un niño. Jugaban en un parque infantil, con sus padres preadoptivos cerca, cuando desaparecieron sin dejar rastro.

—Ahora entiendo por qué estaban siempre juntas.

—Creo que va a ser muy difícil encontrar a estos niños, Summer. —Logan se pasa las manos por la cara, en un gesto de frustración, aunque yo no puedo evitar estar ilusionada por los pequeños detalles que he ido conociendo sobre ellos, por muy tristes que sean—. Tienen que estar protegidísimos por la ley; su intimidad, me refiero. ¿Tú querrías que te encontraran a ti?

—¿Ellos? Me encantaría que me buscaran.

—Ya. Ellos. Pero, si tus datos hubieran sido públicos y tus padres no se hubieran ido de Brownsville, ¿te gustaría que te encontrara la prensa, por ejemplo?

—No, claro que no. Dios mío, sería horrible.

—¿Y no te has planteado que quizá estos chicos no quieran que los encuentres?

—No lo sé. Quizá sí, quizá no. Si lo hago, me acercaré a ellos y, si no quieren saber nada, desapareceré y no volveré a molestarlos.

—Lo único que quieres es saber que están bien, ¿verdad?

Asiento mientras sigo repasando la información que tenemos. Mona W. es Mona Wilmington. Su apellido sí es público porque... está muerta. Qué ironía. Descubrimos que está enterrada en Brownsville, la misma ciudad en la que fue secuestrada por Boone en un descuido de su padre, que la dejó sola dentro de su coche mientras pagaba en una gasolinera.

—Qué horror —reconoce Logan—. No sé, es todo tan horrible que estaría todo el día diciendo eso.

—Pobrecita. Me acuerdo de ella. Era tan pequeña...

—Acababa de cumplir tres años.

—Puto monstruo, joder. —Doy un manotazo sobre la mesa, en uno de los pocos momentos de pérdida de control que me he permitido en todo el día—. Si pudiera...

—¿Qué?

—Si pudiera volver a Brownsville, esta investigación sería más sencilla.

—Pero no puedes. —Logan no me pregunta, pero es precisamente su afirmación la que hace que me replantee algo que jamás fue una duda en mi cabeza.

—Bueno... Poder... podría. No sé, jamás me lo he planteado. Me he criado pensando en Brownsville como un infierno al que es mejor no volver a acercarse.

—¿Y ya no?

—Podría... Me gustaría ir a ver a Mona. O sea, su... su tumba. Dejarle unas flores o algo así.

—Cada vez que creo que no puedes ser más maravillosa, dices algo que me sorprende.

Me acerco a darle un beso a Logan, y él me dice que no pretendía hacer una declaración de amor. Que solo... le ha salido así.

—Con respecto a las dos niñas de acogida... Creo que mi padre podría ayudarnos. Puede que haya que saltarse todas las leyes del mundo, pero es juez. Seguro que conoce...

—No, Logan. —Niego con la cabeza para reafirmar mi postura—. No quiero que tus padres sepan nada. ¿Se lo has contado?

—No, no. No se lo habría contado sin preguntarte antes.

—Pues no lo hagas. —Bajo la voz hasta convertirla en un susurro—. Por favor.

—No lo haré, pero... Sabes que no es nada de lo que debas avergonzarte, ¿verdad?

—No es eso. Es que... No sé cómo explicarlo. Quiero... quiero que estén tranquilos respecto a la novia de su hijo.

—¿Cómo?

—¿Por qué no le contaste tú a mi madre que has tenido problemas con las drogas?

—Porque...

—Porque querías que estuviera tranquila y no pensara que podías ser una amenaza para mí en algún sentido, ¿no?

—Algo así.

—Pues eso.

—Pero, Summer, no es lo mismo. Tú...

—Logan, déjalo. Pasará el tiempo y acabaremos contándoselo. O no me importará que se lo cuentes, ¿vale? Pero, ahora mismo, sin que me hayan conocido siquiera...

—Está bien. Olvídalo. —Logan se acerca a darme un beso y me revuelve el pelo—. Algún otro método encontraremos para conseguir información.

Más documentos. Ronald M., Ron, fue el primero de los secuestrados. Eso lo sabía. Se perdió en un supermercado cercano a su casa y pasó ocho meses en aquel sótano. Es el único de todos mis compañeros de cautiverio al que volví a ver después de que nos liberaran. Vislumbré su cara en el hospital, en una habitación cercana a la mía, el día que me dieron el alta. Es curioso cómo no recuerdo casi nada de aquella época. No recuerdo la mudanza, no recuerdo el largo viaje entre Brownsville y Kansas City, ni recuerdo mis primeros días en aquella casa nueva en la que mis padres tardaron meses en conseguir que me sentara en las sillas en lugar de esconderme debajo de ellas. Sin embargo, no consigo que de mi cabeza se borre la mirada de aquel niño rubio en cuyos ojos se reflejaba el mismo miedo que en los míos.

—Marcia me daba pavor —le confieso, con una sonrisa llorosa—. O sea, en aquel sótano, evidentemente, me daban más pavor otras cosas. Pero Marcia era mandona. Nos gritaba todo el tiempo.

—Era la mayor de todos. Cumplió nueve años durante el secuestro.

—La raptó cuando volvía del colegio sola. ¿Sabes? Con lo protegida que crecí después de aquello, me parece increíble que haya niños que van solos al colegio, o a los que sus padres pierdan de vista en el supermercado.

—Queda solo el último. Ben —me dice Logan, leyendo el último folio. Hemos hecho una pequeña ficha de cada uno de ellos, con los datos que conocemos apuntados en la parte superior y un montón de espacio en blanco que confiamos en ir rellenando con nuestra pequeña investigación—. ¿En serio no sabías que era hijo de Boone?

—No. ¿Cómo iba a imaginar que alguien le puede hacer algo así a su propio hijo?

—¿Cómo ibas a imaginar que alguien le puede hacer algo así a cualquier niño?

—Sí. Tienes toda la razón. Pero... es tan extraño. Lo trataba igual que al resto de nosotros. Mal, básicamente. Y él nunca lo llamó papá, nunca hizo nada diferente de lo que hacíamos todos nosotros, que era morirnos de miedo.

—Supongo que a él será todavía más difícil localizarlo. O más sencillo, quizá, si se quedó con algún familiar de Boone. Puede que a ellos sea más fácil rastrearlos.

—Logan... ¿No nos estaremos pasando un poco? Quiero decir... ¿Estamos jugando a *C.S.I.* sin tener ni idea de cómo investigar?

—*Sip*. Eso es justo lo que estamos haciendo.

Los dos nos miramos un segundo antes de echarnos a reír. Logan me abraza y caigo sobre él en el sofá. Poso la mano en su pecho y se me llenan los ojos de lágrimas de pura gratitud. Él insiste en que está en esto conmigo y que no hay nada que agradecer, pero yo no puedo evitar pensar que lo he metido de cabeza en algo que no tengo muy claro que vaya a salir bien.

—Nena, yo... estoy dándole vueltas a todo esto y...

—¿Y?

—Yo creo que es imposible que podamos encontrar nada sin ir a Brownsville.

—Ya. Yo también lo he pensado.

—¿Estás preparada?

—No. No llegaré a estarlo nunca. Pero... deseo encontrar a esos niños, Logan. Y, si ese es el precio que tengo que pagar, iré a Brownsville.

—Iremos a Brownsville.

—No podría hacerlo sin ti.

—No tendrás que intentarlo. —Logan me coge la mano para que nos vayamos a la cama, pero sigue hablando—. ¿Recuerdas dónde era tu casa allí? ¿O la casa donde... donde ocurrió todo? ¿Podrás preguntárselo a tu madre?

—¡No! Logan, mi madre no puede saber nada de todo esto.

—¿Segura?

—Sí. Ahora... empieza a levantar cabeza. Con la mudanza y todo eso, la veo más animada de lo que la he visto nunca. No quiero reabrir heridas.

—Está bien. ¿Dormimos? Si yo estoy así de agotado emocionalmente, no quiero pensar cómo estarás tú.

—Pues... estoy bien. Como siempre. Contigo.

Y es que esa es la mayor certeza de mi vida. Con él a mi lado, siempre estoy bien.

19
No lo fui, lo soy

El fin de curso se acerca y, con él, la locura de los exámenes finales. Tanto Logan como yo llevamos el curso bastante bien, porque los dos somos unos pequeños obsesos del control, por más que él crea que solo yo respondo a esa definición. De todos modos, sabemos que nos esperan unas semanas de encierro total y de renuncia a todos los planes de ocio posibles. Después, llegará un verano lleno de planes compartidos y, también, de la incertidumbre por esa investigación que, quién sabe, puede que me lleve a volver a saber algo de aquellos niños con los que compartí infierno. Pero, por el momento, todo eso tendrá que esperar a que el curso acabe.

Desde que mi relación con Logan se empezó a consolidar, sobre todo después del viaje a Kansas City, mi convivencia con Gina ha ido mejorando poco a poco. Quizá sea porque cada vez paso menos tiempo en el dormitorio que aún compartimos o quizá porque yo estoy más liberada y ella más prudente en su relación conmigo. El tiempo que compartimos antes de dormir, las escasas noches que yo no paso en el estudio de Logan, ha vuelto a llenarse de bromas, risas y confidencias.

No soy tonta. Sé que Gina nunca podrá ser mi mejor amiga; somos demasiado diferentes, no tanto en la manera de entender la vida como la propia amistad. Pero, al menos, hemos conseguido volver a aquella relación de respeto que tuvimos los primeros meses que compartimos residencia, antes de la nefasta experiencia de la fiesta de Navidad. Le he contado a grandes rasgos mi relación con Logan, sin entrar en todos esos detalles sobre mi vida que, por el momento, no quiero que conozca alguien de quien no me acabo de fiar al cien por cien.

Entre unas cosas y otras, el último viernes en que todavía podemos permitirnos un respiro antes de entrar en la vorágine loca de los exámenes, decidimos organizar una salida improvisada con Logan y Leo, que parece haberse convertido en algo así como su novio. Leo siempre me ha caído mejor que Bryce, para lo que no hace falta demasiado esfuerzo, pero tampoco es exactamente mi estilo de persona. Pero a las dos nos apetece salir, y ella ha insistido en que una salida en parejas es una buena opción. Logan ha refunfuñado un poco, porque ni Gina ni ninguno de sus amigos son santo de su devoción, pero al final ha dado el brazo a torcer.

Quedamos en la puerta de la residencia y, aunque los saludos son un poco tensos, pronto encontramos en la proximidad de los exámenes un tema común de conversación. Tardamos un poco en decidir a dónde vamos, pero al final nos decidimos por una hamburguesería cercana al campus que a Gina le encanta. Logan me mira y sé que quiere decirme que no intente disuadirlos de ir a otro lugar en el que él pueda encontrar algo más de su estilo.

Entramos en el local, localizamos una mesa libre y nos sentamos, aún con una conversación un poco forzada flotando en el ambiente. Logan consigue encontrar un plato más o menos vegano en la carta y los demás nos decidimos por unas hamburguesas. Gina y Leo piden unas cervezas, que hacen que a mí se me escape una mirada instintiva hacia Logan, pero atajo pidiendo una jarra de té helado para nosotros.

Los planes para el verano son el tema favorito de los universitarios en época de exámenes, así que a eso dedicamos una buena parte de la conversación. Logan y yo todavía no hemos decidido cómo vamos a organizarnos para vernos durante esos casi tres meses sin clase, pero tenemos claro que habrá un tiempo en Kansas, un tiempo en Baltimore y mucho tiempo en Virginia Beach, que de algo nos tiene que servir vivir en una de las ciudades veraniegas por excelencia del país. Y, por mucho miedo que me dé ahora mismo pensar en ello, también un hueco imprescindible para la visita a Brownsville.

Cuando estamos terminando de cenar, todo fluye de forma cómoda. Leo me ha parecido mejor chico de lo que tenía almacenado en mi imagen mental de él, y Gina no ha podido estar más encantadora. Sé que Logan no acaba de sentirse cómodo, así que espero que, tras terminar los postres que hemos pedido, nos marchemos a su apartamento a disfrutar un poco de esa soledad que tanto nos gusta compartir. En algún momento, tendremos que hacernos mirar esta asocialidad que hemos desarrollado y que tanto preocupa a nuestro terapeuta.

Pero, entonces, justo entonces, cuando todo iba bien, empiezan los problemas. Por la cara de Leo se cruza una expresión extraña que hace que me dé la vuelta y me encuentre, de frente, con Bryce.

—Madre mía, Leo... ¿Cena de parejitas con Gina ya? —Al parecer, ha decidido que sus amigos sean el blanco de sus bromas, pero algo me hace pensar que no tardará en cambiar de objetivo.

—Vete a la mierda, Bryce —le espeta su amigo, aunque a continuación se acerca a él y le da un cariñoso puñetazo en el hombro que, para mi desgracia, él interpreta como una invitación a sentarse a nuestra mesa.

—Summer, Hartwell... —nos saluda (o algo así) mientras le da un sorbo largo a su cerveza—. No esperaba veros por aquí.

—Ya ves, sorpresas te da la vida —le responde Logan, en su peor tono borde, fingiendo una media sonrisa.

—¡Venga, va! ¿Unas copas? —propone, ignorando a Logan.

—¡Sííí! —Gina se viene arriba, y yo no puedo evitar sentirme incómoda. Es la primera vez, con la excepción de la fiesta navideña que apenas recuerdo, que estoy con Logan en un contexto en el que el alcohol está presente y, la verdad, no tengo ni idea de cómo actuar.

—¿Vodka para todos?

—Nosotros vamos a pasar. Gracias, Bryce —le respondo sin apartar la vista de Logan, que, a su vez, no la aparta de un punto fijo indeterminado sobre la mesa.

—Anda ya, Summer. No me digas que... —Bryce se queda callado un momento, pero a continuación se le escapa una risita odiosa—. No me había dado cuenta. ¿Un vasito de leche para ti, Hartwell?

Logan se levanta de la mesa como una exhalación, juraría que buscando pelea. Yo me apresuro tras él y agarro su mano con cariño, creo que más para que sepa que estoy a su lado que para evitar cualquier enfrentamiento. Desde que Bryce ha llegado, estaba claro que nuestros minutos en el local estaban contados, pero decido que no puedo aguantar ni un segundo más ahí cuando escucho que Gina, encima, le ha reído la gracia al imbécil de su amigo. Por desgracia, con los movimientos bruscos que hemos hecho tanto Logan como yo, una gran parte del *bock* de cerveza de Bryce acaba derramada sobre la camiseta blanca de Logan.

—Me cago en la puta, joder. —Es lo último que dice antes de abandonar el bar a la carrera, soltándose de mi mano y sin mirar atrás.

Lo sigo, abriéndome paso entre la gente como buenamente puedo, ya que la hamburguesería se convierte a partir de las nueve o diez de la noche en una especie de local de copas, y la mitad de los habitantes del campus de Regent han decidido hoy celebrar también su último fin de semana previo a los exámenes.

Localizo a Logan sentado en las escaleras de acceso a un edificio cercano, con la cabeza enterrada entre las piernas y los dedos tirando de los mechones de su pelo negro. Como si pudiera intuir mi presencia, levanta la mirada justo cuando echo a caminar hacia él. Como no sé si hay mucho que decir, me limito a sentarme a su lado, apoyar mi mano en su rodilla y dejar que sienta mi apoyo, mi cercanía.

—Lo siento —me susurra—. Tenía que salir de ahí.

—No hay nada que sentir. ¿Nos vamos a tu casa?

—No sé —me dice, con un hilo de voz, después de un silencio eterno.

—Pues nos quedamos aquí. Lo que quieras. Tú decides.

Logan se levanta y, sin mediar palabra, me ofrece su mano. Se la doy y echamos a andar por el campus, en dirección a mi residencia, donde Logan ha dejado su moto. Nos subimos a ella, y conduce algo más rápido de lo habitual hasta que enfilamos el paseo marítimo de Virginia Beach y aparcamos frente al edificio de su apartamento.

—No voy a ser una gran compañía esta noche —me confiesa cuando ya estamos en su estudio. Él, sentado sobre la encimera de la cocina, fumando un cigarrillo con el brazo descolgado por la ventana abierta. Yo, acurrucada en una esquina del sofá, esperando que alguna pista suya me indique cómo puedo ayudarlo.

—Bueno... Yo seguiré aquí hasta que lo seas.

Él asiente y, casi como si se hubiera dado cuenta en ese momento de que todavía lleva puesta la camiseta mojada en cerveza, se la quita —casi se la arranca— y la tira al fondo del cubo de basura.

—Odio que me pase esto —me dice en voz tan baja que tengo que levantarme del sofá y acercarme a su lado. Me aúpo a la pequeña barra de la cocina y nuestros pies descalzos se rozan.

—Fuiste alcohólico, Logan. Es normal que...

—¿Sabes la primera cosa que te dicen cuando entras en rehabilitación? —Niego con la cabeza tras su interrupción, y él me lo explica—. Que no estamos allí para dejar de ser alcohólicos, solo para dejar de consumir. Yo no fui alcohólico, Summer. Yo *soy* alcohólico. Y es muy jodido saber que lo voy a ser toda mi vida.

—¿Y las drogas? —le pregunto, no sé por qué. Quizá porque Logan acaba de dar voz a algo que me da pavor.

—El alcohol es una droga.

—Ya, ya lo sé...

—Sí, todos lo sabemos, pero no somos conscientes de ello. Una de las primeras preguntas que me hizo mi terapeuta fue si en mi casa había visto a alguien consumir drogas cuando era niño. Le contesté que no, que por supuesto que no. Entonces, me preguntó si nunca había visto a mis padres beber alcohol o fumar. Y claro que lo había hecho.

—Yo también habría contestado que no —le digo después de reflexionar un poco sobre ello—. Y mis padres no bebían demasiado, pero siempre tomaban vino los fines de semana. Y ya viste a mi abuela, que fuma más que tú.

—Es que el alcohol es parte de nuestras vidas, desde siempre. Es lo más normal del mundo, e incluso eres un raro si no te emborrachas de adolescente. Yo tengo muy claro cómo mantenerme alejado de la coca o incluso de los porros. Con no volver a relacionarme con mis antiguos amigos de Baltimore y no acercarme a la gente de la facultad que se nota a la legua que le pegan al tema, no tengo problema. Pero el alcohol... está en todas partes.

—¿Aún te apetece beber?

—¡Claro! —Su voz se convierte en una carcajada amarga—. No es una cuestión de apetecer, en realidad. Es... raro. Es como si me llamara a gritos. Creo que no sé explicarlo.

—Inténtalo. Por favor —le suplico, porque sé que no seré capaz de quedarme tranquila hasta que lo comprenda del todo.

—Odio el alcohol, te lo juro. Lo odio, pero... no. A ver... Me gusta la cerveza, ¿vale? El sabor, quiero decir. Pero me gusta más el té helado. Muchísimo más. Sin embargo, si alguien me hubiera tirado un litro de té helado sobre la camiseta, no estaría deseando arrancármela y chuparla. O mandar a tomar por el culo los tres últimos años, pedirme un botellín y metérmelo de golpe hasta el fondo de la garganta.

—Logan...

—Y te aseguro que me repugna todo lo que tiene que ver con el alcohol. No controlar lo que hago, convertirme en una persona que no soy yo, perder la dignidad y acabar vomitando en cualquier esquina... Por no hablar de la resaca. Nunca he sido precisamente moderado. Ya lo ves con esto —me dice mientras señala el nuevo cigarrillo que se acaba de encender—. Siempre fui muy compulsivo bebiendo y... drogándome, así que me enganché rápido. Y sé que nunca dejará de apetecerme beber o meterme un par de rayas de coca si alguien me las pone delante.

—Pero llevas tres años sin hacerlo.

—Sí. Y créeme que estoy muy orgulloso de ello. La solución ha sido mantenerme alejado de ambientes con alcohol, fiestas y demás. Y, sobre todo, llenar mi vida de un montón de cosas que no tenía cuando bebía. Que no podría tener si siguiera haciéndolo.

—¿Por ejemplo?

—Mucho deporte. Mi moto. Los estudios. Leer, escuchar música. Tener una buena relación con mis padres. Tú.

—¿Yo?

—Hacía casi tres años que no bebía cuando te conocí, Summer, pero hacerlo fue el paso definitivo, el que me demostró que había algo maravilloso ahí fuera que solo podría conseguir si seguía manteniéndome limpio.

—Ven aquí.

Cojo su mano para ayudarnos mutuamente a bajar de la encimera, y me duele ver que tiembla y que está helada. La uno a las mías, para tranquilizarlo y darle mi calor, y él me lo agradece con una sonrisa triste. Nos quedamos un momento quietos, uno frente al otro, mirándonos a través de la escasa luz que entra por la ventana abierta de la cocina. Le doy un pequeño tirón en el brazo para acercarlo más a mí y dejo que mis labios acaricien los suyos un segundo.

A Logan se le escapa un suspiro sonoro, casi un jadeo, y, pese a todo lo extraño que ha sucedido esta noche, pese al dolor y el miedo que se han filtrado en mis preguntas y sus respuestas, no puedo evitar que ese sonido me encienda. Deslizo mi lengua por su labio inferior, y el temblor que noto ahora en el cuerpo de Logan es muy diferente al de hace solo unos minutos. Su pecho desnudo está caliente, casi febril, y las yemas de mis dedos repasan cada uno de sus músculos marcados. Su mano se cuela por debajo de mi camiseta, por debajo de mi sujetador, y siento cómo el calor me invade desde las plantas de los pies hasta las puntas del pelo.

—Hazme el amor, Summer —me susurra, con su lengua perdida en el lóbulo de mi oreja—. Hazme adicto a ti.

Sus palabras me espolean y tiro de su mano hasta que cae en el gran sofá de su salón. Me subo a horcajadas a su cuerpo, hinco las rodillas sobre el cojín y me voy despojando de la ropa durante el proceso. Él levanta las caderas para deshacerse de sus pantalones y sus bóxer grises, y su mano roza mi vello púbico casi de forma casual. El gemido que se me escapa le da una pista a Logan sobre cuánto me ha gustado, así que dedica unos minutos a acariciarme hasta que estoy tan húmeda que puedo deslizarme sobre su erección sin dificultad.

Me cuesta reconocerme a mí misma en la mujer que cabalga sobre los muslos de Logan, que se siente poderosa sabiendo que su placer lo provoco yo, que el mío lo provoca él. Que no hay nada de malo en el sexo cuando son dos adultos de mutuo acuerdo los que hacen lo que les da la gana entre las sábanas. O sobre el sofá.

Sus manos vuelan a mi pecho, y se mueve, aún conmigo encima, hasta que su espalda reposa sobre el respaldo y su boca se cierne sobre mis pezones. Cuando sus dientes se clavan en la piel blanca de mi pecho, siento que no voy a poder aguantar mucho más, e incremento el ritmo de mis movimientos.

—Summer, vas a volverme loco.

—Más... —le suplico, en un jadeo lloroso, porque él ha tomado el mando de la situación por un momento, y el simple hecho de observar cómo sus caderas se mueven frenéticas y chocan contra mi cuerpo amenaza con precipitarme al orgasmo.

—Vas a matarme, joder.

Los dedos de Logan se hunden en la piel de mis caderas y creo que los dos sabemos que el final está cerca. Siento el calor subiendo por mis muslos, bajando por mi vientre, hasta que mis gemidos ahogados le anuncian a Logan que estoy a punto de correrme.

—Yo... yo también... —me dice Logan, justo antes de echar la cabeza hacia atrás y cerrar los ojos, mientras los jadeos se escapan, sibilantes, entre sus dientes. Desde mi postura, puedo afirmar que esa visión, con la nuez marcada subiendo y bajando por su garganta y el pecho agitándose al ritmo de su respiración fuerte, es lo más excitante que he visto en toda mi vida.

Nos corremos entre gritos, sin pensar en quien pueda escucharnos. Sin que nos importe nada más que desahogarnos del dolor que un día sentimos, ese que a veces regresa y nos da un susto, pero que no es una amenaza seria si estamos juntos para enfrentarnos a él.

—Eres lo más bonito que me ha pasado en la vida.

Las palabras de Logan se cuelan en mi corazón, mientras él me alza en brazos, y mi cuerpo desnudo se acurruca contra el suyo de camino a la cama.

Despertamos poco después del amanecer. Bueno, despierto yo, porque Logan parece que ya lleva un rato en ello, y ha decidido que yo lo acompañe, acariciando mi pelo con ternura y observándome con una expresión indescifrable en la cara.

—¿Por qué me miras así?

—Así... ¿cómo?

—No lo sé. Raro.

—No me he puesto las gafas, así que supongo que te miro con ojos borrosos.

—Qué romántico —me burlo, y le hago cosquillas por debajo del edredón nórdico.

—O a lo mejor es que estoy a punto de pedirte algo y me da pánico tu respuesta.

—¿Qué ocurre, Logan? —Me incorporo en la cama, preocupada de repente por lo que acaba de decir—. ¡Habla! Me vuelves loca cuando te pones tan misterioso.

—Vente a vivir conmigo, Summer.

—¿Qué? Pero ¿has perdido la cabeza?

—Probablemente. Pero... piénsalo. Gina es... ¿A que ni siquiera te ha llamado para ver si estás bien después de lo de anoche?

—Pues... —Consulto mi móvil, que dejé en la mesilla anoche después de mandarle a mi madre un mensaje para decir que había salido y que iba a pasar la noche en casa de Logan—. No.

—Es un mal bicho, joder. Y siempre está metiendo en tu cuarto a esa banda de imbéciles que tiene por amigos. No me gusta que vivas allí.

—Eso suena un poquito paternalista, ¿no?

—¡No! Joder, no me malinterpretes. Es solo que... ¿No nos ves? Estamos tan bien, así...

—Pero, Logan, llevamos poquísimo tiempo juntos —rebato, porque trato de buscar en mi cabeza todos los argumentos en contra de la idea de Logan, a pesar de que ya me estoy visualizando mudándome a su piso y pasando con él cada día, cada noche.

—¿Y qué? Hemos vivido más en estos meses que otras parejas en toda su vida.

—Mi madre se va a morir.

—No se lo digas como que te vas a vivir con tu novio. Dile que es más... compartir piso con un amigo.

—¿Incitándome a mentirle a mamá, Logan?

—No. Es que lo digo en serio. Claro que eres mi novia, y claro que te quiero, y claro que estoy enamorado de ti. —Me acerca a su cuerpo y sella su declaración con un beso de esos que me dejan sin respiración—. Pero creo que también somos amigos. Los mejores amigos. Yo nunca he confiado en nadie, en toda mi vida, como confío en ti.

—Ni yo. Yo apenas me puedo creer cuánto confío en ti.

—¿Entonces...?

—¿Qué van a decir tus padres, Logan?

—Si supieras lo felices que son mis padres con que al fin haya dejado de ser un amargado de mierda, no tendrías ni que preguntarlo.

—Pues...

—¿Sí?

—Sí. ¡Dios! ¡Por supuesto que sí!

—Estamos locos... —A Logan le da un ataque de risa que se me contagia, y nos abrazamos bajo las sábanas, con su cara hundida en el hueco de mi cuello y mis labios besando su pelo.

—¿Nos vamos? Habrá que pasar por la residencia a recoger mis cosas.

—¿Hoy? ¿Ya?

—¿Te estás echando atrás, Logan Hartwell?

—¡No! Joder, ¡claro que no!

Entre carcajadas, abrazos, besos, alguna caricia subida de tono y muchos planes de convivencia, empieza mi mudanza a un lugar donde espero que Logan y yo consigamos lo que durante tiempo nos fue negado, lo que nos negamos a nosotros mismos: la felicidad. Y, sobre todo, la esperanza.

20
Mi casa, tu casa, nuestra casa

Al final, ni mis padres ni los de Logan enloquecieron con la idea de que yo me trasladara a su apartamento. Al contrario, a todos les ha parecido una buena idea. Mi madre solo repite que lo importante es que yo esté cómoda y protegida, mi padre ha insistido en que no descuide los estudios con este cambio de vida y a los padres de Logan solo parece preocuparles que encontremos un hueco en nuestras apretadas agendas para viajar a Baltimore a visitarlos, aunque aceptan que es un plan que tendrá que esperar al verano, ya que los exámenes se van a llevar cada minuto de nuestro tiempo libre en las próximas semanas.

Gina no se tomó tan bien mi deserción de nuestra deficiente experiencia de convivencia. Ha insistido hasta la saciedad en que soy demasiado joven para atarme al primer novio que me encuentro, sin que yo haya llegado a comprender por qué le importa tanto. Al fin y al cabo, mi cuota está pagada hasta fin de curso y ella dispondrá de una habitación doble para ella sola. O para ella y los imbéciles de sus amigos. Aunque pretendí que la despedida entre nosotras no fuera desagradable, cuando se atrevió a mencionar los problemas de Logan con las drogas, acabé marchándome con un portazo de por medio y la firme convicción de mantenerme alejada de ella.

Los primeros días transcurren con la ilusión de ir descubriendo las pequeñas manías de cada uno y con la tranquilidad de darnos cuenta de que nos sentimos como en casa, de que no hay esas incomodidades tan inoportunas de cuando se empieza a convivir con alguien. Creo que no llevaba ni dos días en su estudio cuando me di cuenta, descalza, con los pies sobre la mesa de centro y un pijama no demasiado nuevo ni especialmente sensual, de que daba igual donde viviéramos. Mientras Logan estuviera a mi lado, mi hogar estaría con él.

—¿Paramos un rato? Necesito un respiro. —Logan protesta, después de tres o cuatro horas de estudio seguidas, que creo que a ambos nos han parecido doscientas.

—Sí, por favor.

—Voy a bajar a la calle a fumar, ¿vale? —Logan me da un beso breve que no tarda en subir un poco de temperatura, coge sus llaves y se dirige hacia la puerta.

—¡No hace falta que bajes a la calle! Te lo he dicho mil veces. No me importa que fumes en la ventana.

—¿En serio? No quiero molestarte. Y en época de exámenes fumo demasiado.

—Siempre fumas demasiado —refunfuño.

—¿Ves cómo sí te molesta?

—Que noooo. —Tiro de su mano para llevarlo hasta la ventana de la cocina, y él se deja hacer—. Es tu casa, Logan. Puedes hacer lo que te dé la gana en ella.

—No, Summer. Esta no es *mi* casa. Es *nuestra* casa, ¿vale?

—Vale. —Se me escapa una sonrisa breve, pero me cambia el gesto cuando él enciende su cigarrillo y me mira con unos ojos inescrutables—. ¿Qué pasa?

—Hay un par de cosas que quise comentarte antes de que te vinieras a vivir aquí, pero...

—¿Pero...? —Me asusta un poco su tono, aunque hay algo dentro de mí que tiene claro que nada de lo que Logan diga podrá hacerme daño.

—Pero no me atreví. —Me mira, con la timidez reflejada en sus ojos, y no puedo evitar dejar una caricia sobre su mejilla—. El caso es que... es sobre el alcohol.

—¿Qué ocurre?

—Que... sé que no es justo para ti, pero... aquí, en casa... no puede entrar alcohol.

—Pero, Logan...

—No, no, no digas nada. Tú eres una chica normal de diecinueve años, que querrá tomarse algún día una cerveza, o invitar a sus amigos a casa y poder tomar unas copas con ellos, pero...

—Logan. —Aunque sé que es el momento más inoportuno de la historia, se me escapa una carcajada, y él me mira como si me hubiera salido una segunda cabeza—. Yo soy cualquier cosa menos una chica *normal*. Tampoco tengo amigos a los que pueda invitar a casa. Y, desde luego, no tengo ninguna intención de tomarme unas copas o unas cervezas, muchísimo menos en tu presencia.

—Pero...

—Venga, suelta lo otro, Logan, que esto era una gilipollez importante.

—Ya... Lo otro me ha obligado mi madre a decírtelo, pero resulta que al doctor McIntyre también le ha parecido buena idea, así que...

—¿Tu madre y el doctor McIntyre? Ahora sí que estoy aterrorizada.

—Deja de hacer bromas, que esto va en serio —me regaña, pero a él también se le escapa una risita—. A ver, me encantaría que pudiéramos tener una relación de confianza ciega, ¿sabes? Y, créeme, yo confío plenamente en ti, pero... no lo hago en mí mismo. Nunca confiaré al cien por cien en mi capacidad para mantenerme sobrio, por más que ahora mismo lo esté haciendo muy bien. Así que...

—¿Sí? —le pregunto, con un hilo de voz, porque ahora sí que tengo miedo de lo que pueda decirme. O, mejor dicho, de lo que él pueda estar sintiendo.

—No quiero tampoco que tú confíes en mí con los ojos cerrados. Si algún día sospechas que he vuelto a beber, o notas cosas raras o... no sé, lo que sea... quiero que actúes. *Necesito* que actúes. Y sé lo injusto que es que te carguemos con esa responsabilidad, pero...

—Cargaré encantada con esa responsabilidad. —Me aúpo a la encimera junto a él, cojo su mano y le doy un beso en la palma.

—Hablo en serio.

—Lo sé.

—Summer, yo... fui un cerdo cuando era alcohólico. Mentía a todo el mundo y... lo hacía muy bien. Si algún día tienes la más mínima sospecha de que pueda estar bebiendo de nuevo, haz lo que tengas que hacer. Cotillea mis cosas, róbame el teléfono, llama a mis padres... En serio, cualquier cosa. ¿Me lo prometes?

—Te lo prometo. Claro que te lo prometo.

Logan me toma por la cintura y me baja de la barra de la cocina. Yo me cuelgo como un koala de su espalda, y él me dirige al sofá entre acusaciones de que soy una pesada y risas supuestamente resignadas.

—Hoy no vamos a estudiar más, ¿verdad? —me pregunta.

—Por favor —le suplico—. Empiezo a estar agotada de tantos números y fórmulas.

—Pero vas muy bien, ¿no?

—Bah. No sé. Eso creo. —Me tumbo en el sofá y acurruco mi cabeza contra su pecho—. ¿Tú?

—Creo que bien. Me preocupan más los trabajos que tengo que exponer que los exámenes en sí.

—Con el tiempo que te has pasado encerrado en la facultad en las últimas semanas, espero que tu media no baje del nueve. Como mínimo.

—Sí, sobre eso... Es otra de las cosas de las que tenía que hablarte.

—Por Dios, Logan, ¿es que no vas a dejar de asustarme en toda la noche?

—Me temo que no. ¿Quieres una infusión o algo?

—¿Tan grave es?

—Bueno... —El gesto de Logan es serio de nuevo, y ya no sé muy bien a qué atenerme.

—¿Qué pasa? —le pregunto mientras me levanto yo misma a encender el hervidor y preparar dos tés de camomila. Logan me sigue, se sube de nuevo a la encimera y fuma en silencio antes de decidirse a hablar.

—No he dedicado a asuntos académicos todo el tiempo que he pasado en la facultad.

—¿Ah, no? —le pregunto, y noto que se me pone la piel de gallina antes incluso de que él empiece a confesar.

—Mi profesor de Pedagogía Social trabajó diez años en el sistema de acogidas y preadopciones de California.

—¿Qué...? ¿Qué quieres decir? —Mis manos comienzan a temblar de tal manera que tengo que dejar la taza de mi infusión sobre la encimera para evitar derramarla.

—Pensé que él podría ayudarnos a saber algo más sobre Lily y Natalie. Me explicó cómo son los procedimientos y...

—Me estoy mareando —le digo, con un hilo de voz, porque siento que me está bajando la tensión a un ritmo vertiginoso.

—Vamos, vamos.

Logan me pasa un brazo sobre los hombros y, con el otro, me rodea la cintura. Casi cogiéndome en volandas, me acompaña hasta el sofá y se tumba a mi lado. Me desabrocha los primeros botones de la camisa; al principio, no entiendo por qué lo hace, pero pronto me doy cuenta de que me estaba costando respirar.

—¿Estás bien? Me estás asustando, Summer.

—No, no, no te preocupes. Cuando algo me impresiona mucho, siempre me mareo, ¿no te lo había dicho?

—Creo que no. ¿Mejor?

—Sí, sí. —Me incorporo un poco en el sofá, pero él me empuja con delicadeza para que siga tumbada. Le pido que me traiga una Coca-Cola, porque ese suele ser el mejor remedio para subirme la tensión.

—Summer... ¿Tú crees que es buena idea que sigamos con esto? Mira cómo te has puesto sin que tengamos nada todavía.

—¿No tenemos nada? —le pregunto, con un hilo de voz, a medio camino entre la decepción, porque ya me había imaginado grandes noticias, y la emoción de escuchar a Logan utilizar el plural.

—A ver... ¿Quieres que te lo explique? ¿Estás segura?

—Logan, llevo con esta idea en la cabeza muchos años. No podía hablar de ello con nadie, y quizá eso contribuyó a que me obsesionara más, pero... hasta al doctor McIntyre no le ha parecido mala idea, siempre y cuando no interfiera en las vidas de los otros chicos.

—Está bien. Donald, mi profesor, me ha explicado que el sistema en Oregón es prácticamente igual que en California. Existe el modelo de adopciones abiertas, es decir, que los padres biológicos saben a dónde van a parar sus hijos y pueden pactar alguna visita con los padres adoptivos. Las cosas se complican un poco cuando hay acogidas de por medio, o sea, cuando los padres biológicos pierden la custodia, o renuncian a ella y los niños pasan por casas de acogida antes de ser adoptados.

—Supongo que ese era el caso de Lily y Natalie.

—Lo era.

—¿¿Lo sabes?? —El corazón amenaza con salírseme del pecho, así que me obligo a mantener la respiración constante para no volver a caer en un episodio de ansiedad, desmayos, o sabe Dios qué.

—Hemos tenido mucha suerte. Las dos vienen de hogares más o menos normales. Fueron sus padres biológicos los que renunciaron a sus custodias. En el caso de Natalie, por problemas económicos graves. En el de Lily, su madre biológica era apenas una adolescente y no tenía apoyo familiar. Después del rapto, la familia que las tenía en acogida decidió adoptarlas.

—¿Siguen en Brownsville? —le pregunto, con un tono de voz en el que no me pasa desapercibida la esperanza.

—No. Se mudaron a Seattle, pero nunca cambiaron los términos de la acogida al adoptarlas, supongo que porque no los asesoraron bien, y ha sido realmente fácil conseguir sus datos. Cualquier periodista con ganas de carnaza podría haber dado con ellas.

—¿Las has localizado?

—Más o menos. Tengo sus nombres originales. Lily Ann Webber y Natalie Daniels. Las adoptó la familia Nilsen, así que deduzco que ahora serán Lily Ann y Natalie Nilsen. No pensaba decirte nada hasta que las tuviera localizadas del todo.

—Pero, Logan... —No me doy cuenta de que estoy llorando hasta que me seca las lágrimas con las yemas de sus dedos—. Quedamos en investigarlo todo juntos. ¿Por qué no me habías dicho nada hasta ahora?

—Te prometo que pensaba hacerlo, pero te he visto tan agobiada con los exámenes estas últimas semanas que me prometí posponerlo todo hasta que acabáramos el curso. Pero tenía ya medio encaminada la investigación y no me pude resistir a seguir averiguando cosas. Ha sido bastante fácil, mucho me temo que ha sido la suerte del principiante y que con el resto de los chicos lo tendremos bastante más difícil.

—Gracias, Log... —Me pongo de rodillas en el sofá y me lanzo a sus brazos—. Muchas gracias por hacer todo esto por mí.

—Aun a riesgo de parecer un cliché de película adolescente... creo que hay muy pocas cosas que no haría por ti, Summer.

21

Qué malito estoy y qué poquito me quejo

—Tráeme otro vaso de batido, por favor —me pide Logan, con la voz tan ronca y débil que apenas soy capaz de escucharlo.

—¿De verdad no crees que es mejor que vayamos al médico, Log?

—No, en serio. Se me pasará. Solo es un —su discurso se interrumpe por un ataque de tos un poco aterrador— catarro. O gripe, yo qué sé. Solo necesito el batido de mi madre.

—Está bien —suspiro.

Uno de los días en que jugábamos a averiguar cosas el uno sobre el otro, Logan me advirtió de que uno de sus peores defectos es que se pone insoportable cuando está enfermo. No lo creí. Maldito el momento en que el amor me cegó y su repentino resfriado me ha pillado desprevenida.

Bajo a la cocina de casa sin saber muy bien si reírme o reservar un vuelo a Hawaii para escapar lo más lejos posible de Logan y su catarro. Meto en la licuadora dos naranjas, una zanahoria, un kiwi, tres hojas de espinaca y dos de menta. Vierto el contenido en un vaso y añado cuatro cucharadas de sirope de arce y dos de jengibre en polvo. Mientras remuevo todo para que forme una mezcla uniforme, y algo menos asquerosa de lo que parece a simple vista, pienso en que no era exactamente esto lo que teníamos planeado para los últimos días del curso.

Después de mi último examen, Logan me sorprendió con una visita sorpresa a mi facultad. A él ya solo le quedaban dos trabajos por exponer, así que había planificado una tarde un poco especial, sin saber que, para mí, todos los minutos con él son especiales. El caso es que, menos de una hora después de montarnos en su moto, y tras una pasada relámpago por mi cuarto a coger un bañador, me encontré poniéndome un traje de neopreno, dispuesta a estrenarme en la práctica del *paddle surf*.

Fueron dos horas emocionantes y cargadas de adrenalina. Nos reímos el uno del otro cuando nos caíamos de la tabla, celebramos orgullosos la primera vez que nos mantuvimos firmes sobre ella y nos besamos en las muchas zambullidas que nos llevaron a darnos los primeros baños del año en el Atlántico; y, en mi caso, los primeros de mi vida en la playa de Virginia Beach. Salimos del agua con la emoción haciéndonos cosquillas bajo la piel y decidimos, sobre la marcha, comprar unos sándwiches en un local cercano a la playa y merendar viendo cómo el horizonte iba cambiando de un azul luminoso a los tonos rosados del atardecer. Yo tuve la prudencia de aceptar una de las toallas que nos ofrecieron los instructores del *paddle surf*, pero Logan consideró una idea genial quedarse en bañador el resto de la tarde, a pesar de que el calor se está haciendo un poco de rogar y la temperatura no estaba para esas alegrías.

En resumen... ya empezaba a estornudar cuando llegamos a casa y se ha pasado las últimas cuarenta y ocho horas entre quejica, mimoso, irascible y... abiertamente insoportable.

Subo al dormitorio mientras lo escucho hablar por teléfono en un tono enfurruñado que me deja claro que la persona al otro lado de la línea debe de ser su madre, porque nadie sin vínculo familiar directo aguantaría tanta tontería. Le paso el vaso a Logan, que se abalanza sobre él sin molestarse en agradecérmelo. Estoy a punto de dejarle clara sin palabras la gracia que me está haciendo su actitud, cuando me pasa el teléfono.

—Dice que quiere hablar contigo —me comenta poniendo los ojos en blanco.

—¿Quién es?

—Mi madre —me responde haciendo un mohín, bastante encantador, por cierto, antes de darse la vuelta y llevarse el edredón con él.

—Ho... Hola, señora Hartwell —saludo, con un montón de vergüenza apropiándose de mi voz. Nunca he hablado con los padres de Logan, y esa famosa visita a Baltimore ha quedado pospuesta para este verano.

—Hola, Summer, cariño. Encantada de saludarte. —Sus palabras y el tono cálido en el que las pronuncia me tranquilizan un poco—. ¡Ah! Y llámame Andrea.

—Vale.

—Escucha... Hay algo que quería comentarte —baja la voz a un tono de confidencia que me hace sonreír, porque es imposible que Logan la escuche.

Más que nada porque lo oigo roncar desde la cocina, a donde me he venido escapando un poco de su drama—. ¿Has estado preparándole a Logan el famoso batido contra el catarro?

—Sí, desde hace dos días. —Se me escapa un tono cansino, pero estoy segura de que, si su madre ha tenido que sufrirlo enfermo, entenderá que no es precisamente fácil aguantarlo—. ¿Por qué?

—Porque mi hijo no tiene ni la menor idea de los ingredientes de ese batido, así que toma nota. —Nos da la risa a las dos a la vez, y rebusco un bloc de notas y un lápiz en un cajón de la cocina para apuntar lo que ella me va dictando—. Dos naranjas, una zanahoria, un kiwi, tres hojas de espinaca, dos hojas de menta, cuatro cucharadas de sirope de arce, dos cucharadas de jengibre...

—Sí, sí, eso es lo que él me dijo.

—Sí, es que esa parte es la que él se sabe. Añade tres cucharaditas de jarabe Tylenol sin codeína. Lo dejará KO unas horas y despertará como nuevo.

—Pero Logan...

—Sí, lo sé, Logan odia los medicamentos y solo cree en la medicina natural y todo eso. Bastante nos costó convencerlo del tema de los somníferos. Soy médica, Summer, hazme caso. O le das eso y conseguimos que se le pase el catarro en un par de días o tendré que recetarte a ti unos ansiolíticos.

—Está bien. —Suelto una carcajada, porque me da bastante igual en este momento traicionar a Logan con tal de que se ponga bien cuanto antes. Echo un vistazo al dormitorio, lo veo profundamente dormido y me preparo para salir sigilosa de casa, con su madre aún al teléfono, para buscar una farmacia cuanto antes.

—Summer... esto... —Las dudas en su voz me envaran un poco, justo cuando cojo las llaves y atravieso el umbral de camino a la calle—. Logan está bien, ¿verdad? No me refiero al resfriado, sino a...

—Sé a qué te refieres. —Me pongo seria, porque he captado a la primera las preocupaciones de Andrea, no tanto porque yo sea una persona muy intuitiva sino porque él me ha hablado muchas veces de esa angustia de la que su madre no consigue deshacerse ante la posibilidad de que él recaiga en sus adicciones—. Está bien, muy bien. No es que yo sea una experta en problemas como el suyo, pero creo que está lo mejor que se puede estar tras haber pasado por algo así. Por si tienes dudas, jamás lo he visto beber ni tomar nada que no debería.

—No sabes lo feliz que me hace oírte decir eso. Dejarlo en Virginia el curso pasado, después de los años anteriores y todo lo que vivimos... fue duro. No conocemos a sus amigos ni a nadie ahí, así que...

—No os queda más remedio que confiar en él.

—Exacto. Lo hacemos, pero... no es fácil. Creemos que tú le has hecho mucho bien. —Su voz se rompe un poco, y a mí se me instala un nudo en la garganta al pensar en cuánto habrán sufrido a causa de un Logan que me cuesta imaginar—. No lo veíamos tan feliz desde... Ni siquiera recordamos la última vez que lo vimos tan feliz.

—Él también me hace muy feliz a mí, te lo aseguro. Perdona... —Carraspeo un poco porque, al fin y al cabo, esta es la primera conversación que mantengo con mi *suegra*, y se nos ha ido un poco la mano con la intimidad—. Perdona que no hayamos podido conocernos antes de... antes de que me mudara con Logan, pero...

—No pasa nada. De este verano no pasará, ¿verdad?

—Claro que no. Estamos ya cuadrando el calendario para pasar en Baltimore al menos una semana.

—Genial. No te voy a decir que no me sorprendiera que Logan nos dijera, de sopetón, que iba a pedirte que te mudaras con él, pero creo que fue la mejor decisión que pudisteis tomar.

—Sí. A ver... somos muy jóvenes y no hace tanto tiempo que nos conocemos. —Lo que le digo es verdad, pero, al mismo tiempo, me parece increíble la poca relación que hay entre los escasos seis meses que han transcurrido con la profundidad del conocimiento que tenemos el uno del otro—. Tenemos un compromiso de amigos mucho más profundo que el de pareja.

Andrea y yo nos despedimos justo cuando entro en la farmacia, y mi mente no deja de darle vueltas a ese último pensamiento. Logan y yo somos una pareja, sí. Más pareja de lo que jamás pensé que llegaría a ser con alguien, mucho menos en mi primer año fuera de casa. Pero somos amigos. Muy amigos. No quiero ni pensar en que algún día nuestra relación pueda acabarse, pero, si fuera así, querría que la amistad perdurara para siempre. Querría seguir teniéndolo en mi vida, poder llamarlo cuando los fantasmas del pasado me visitaran, apoyarlo cuando los suyos se rebelaran contra él... Y es que pocas cosas he tenido claras en la vida sobre las relaciones de pareja, pero siempre he pensado que, si algún día tenía un novio, querría que fuera mi mejor amigo. Y con Logan lo he conseguido de la mejor forma que podía imaginar.

Cuando abro la puerta de casa, me apresuro a esconder el jarabe en el bolso, porque Logan está levantado, aunque pronto me doy cuenta de que es él el que ha sido pillado en falta. Y es que la imagen que da me hace poner los ojos en blanco, los brazos en jarras y la peor cara de mala leche que soy capaz de conseguir: Logan subido a la encimera de la cocina, envuelto en el edredón nórdico, con una tez macilenta que da miedo, pero con un cigarrillo entre los dedos. Y un ataque de tos bastante asqueroso en cuanto se da cuenta de que lo he descubierto en plena faena.

—Te parecerá normal... —le reprocho.

—Llevo casi dos días sin fumar —se defiende, con un tono de niño pequeño que es cualquier cosa menos adorable.

—Tú mismo. Si esa tos no te da una pista, no creo que yo pueda convencerte de nada. —Lo señalo con el dedo índice—. Apaga eso y vuelve a la cama.

Refunfuña un poco antes de hacerlo, pero al fin me quedo sola para prepararle el remedio curativo que espero que acabe con esta pesadilla. Lo hago a toda velocidad y consigo que se lo beba antes de empezar a roncar. Y es en ese momento cuando el resfriado de Logan queda en segundo plano y afronto la tarea que llevo días posponiendo. Cuatro días, para ser exactos. Dos, porque el último examen del curso impidió que pensara demasiado en cualquier cosa que no fuera aprobarlo; y dos, por estar intentando no ahogar a Logan con una almohada, cosa que, dada su capacidad pulmonar actual, habría conseguido en tres segundos.

Juego con el papel que Logan me pasó hace días entre los dedos. Son los teléfonos de Lily y Natalie. No ha querido contarme exactamente cómo los ha conseguido, aunque sí me ha dicho que es una tarea que le ha llevado mucho tiempo y que no todos los cauces que ha usado son los más éticos.

Dejo de darle vueltas a la cabeza y me decido al fin a marcar uno de los dos números. Lily. Solo porque es el primero que aparece en el papel. Mientras suenan un par de tonos, escucho mi corazón golpeándome el pecho e intento —sin conseguirlo del todo— recordar sus caras, las de las dos, siempre juntas, siempre tristes. Como todos.

—¿Sí?

—Li... Lily... ¿Lily Ann Nilsen?

—Sí, soy yo. ¿Con quién hablo?

—Yo... yo...

—¿Sí?

—Me llamo Summer Scott.

—¿Summer?

Solo necesito escuchar el tono agudo que adquiere su voz y el denso silencio que viene a continuación para saber que Lily ha entendido perfectamente quién soy. No solo porque mi nombre no sea demasiado común, sino porque el azar me ha llevado a llamar a alguien que comparte conmigo esa obsesión, quizá no del todo sana, por tener más noticias sobre aquel grotesco grupo de niños con la infancia truncada que formamos casi quince años atrás.

Son dos horas de conversación. Dos horas en las que reímos, lloramos y nos contamos nuestras vidas. Sin tapujos. Sin secretos. Ni siquiera con Logan o con mi madre me siento capaz de hablar con tanta soltura de aquello que nos ocurrió. Eso es algo que siempre compartiremos solo los que estuvimos en aquel sótano, porque, en ocasiones, las palabras no son suficientes para expresar los sentimientos, y el horror que vivimos durante aquellos meses de encierro trasciende todo lo que se podría describir con palabras a alguien ajeno.

Lily estudia Enfermería en la Universidad de Seattle y aún vive con sus padres. Como yo, ella también ha seguido yendo a terapia desde nuestra liberación, y siento que tenemos en común más de lo que imaginaba cuando me cuenta que siempre protesta por tener que acudir a sus sesiones quincenales, pero en realidad sabe que la ayudan. Ha logrado tener una vida normal o, como ella misma dice, «todo lo normales que algún día podremos ser». Asiento en silencio cuando escucho sus palabras, y tengo la sensación de que ella sabe que lo estoy haciendo.

Lily consiguió sobrellevar las consecuencias de lo que nos ocurrió aferrándose a su familia y al entorno que construyeron tras la liberación y el traslado a las afueras de Seattle. Natalie, en cambio, hizo todo lo contrario. Por lo que me cuenta Lily, su hermana se volvió esquiva hasta un punto patológico tras el rapto. Después de mucho tratamiento, han conseguido construir una relación familiar más o menos estable, pero siempre manteniendo las distancias. En cuanto se graduó, se marchó a estudiar Literatura Clásica a California, y apenas saben de ella más de un par de veces al mes, cuando llama a casa a regañadientes. A Lily se le rompe la voz al decirme que, en el fondo, ella sabe que su hermana la quiere, aunque se esfuerce tanto por demostrar lo contrario.

Cuelgo el teléfono entre promesas de mantenernos en contacto y lágrimas por todo lo que ha salido a la luz durante nuestra conversación. Yo le he contado todos mis avatares adolescentes, la aventura maravillosa que supuso trasladarme a Virginia Beach y no he podido resistirme a hablarle también un poco de Logan. Ha sido el único momento de la charla en el que realmente nos hemos reído a gusto. Lily me ha confesado que ella se siente todavía muy insegura en lo referente a las relaciones íntimas, aunque está trabajando en ello con su terapeuta.

Lily lleva muchos más años que yo obsesionada con encontrar al resto de nosotros; o, al menos, ha sido más persistente en su investigación. Ella sí sabe cosas sobre los demás. Y ojalá nunca hubiera tenido que oír lo que me ha contado. Ojalá nunca hubiera ocurrido. Nunca ha llegado a conocer datos sobre Ben, pero sí sabe algo sobre Marcia y sobre Ron.

Marcia pasó su adolescencia entrando y saliendo de centros de menores y, casi como guiada por la inevitabilidad de esa trayectoria, acabó haciéndolo también de diferentes cárceles desde que había cumplido la mayoría de edad. Con poco más de veinticinco años, acumula un historial de adicciones, pequeños delitos y agresiones con violencia.

Y ojalá eso hubiera sido lo peor que he escuchado hoy.

La historia de Ron no solo ha traído lágrimas a mis ojos, sino también muchos recuerdos y esa sensación aterradora de tomar conciencia de lo que podría haber sido mi vida si una o dos circunstancias puntuales no le hubieran dado un giro. Porque Ron se pegó un tiro en la cabeza con el revólver de su padre el día que cumplía quince años. Justo en la misma fecha señalada en que yo me había sumergido en una bañera con el agua teñida por mi propia sangre. Nadie pudo hacer nada por él, como sí lo hicieron por mí. Dos vidas paralelas cuando éramos unos niños que jamás podrían entender lo que les ocurría; dos vidas cuyos destinos se separaron porque mi madre llegó de trabajar un par de horas antes de lo habitual para prepararme una tarta el día que yo cumplía quince años.

No sé cuánto tiempo paso con mi móvil en la mano, mirándolo fijamente, después de pulsar el botón que desconecta mi conversación con Lily. Me distraigo con el ligero rumor del tráfico de la calle que se cuela a través de la ventana abierta y con la respiración rítmica y fuerte de Logan, que sigue dormido. Como una autómata, me levanto del sofá y camino hasta el frigorífico. Me sirvo un vaso grande del batido relajante de Logan, ese que lleva un montón de infusiones naturales mezcladas y cuyo sabor me tiene enganchada. Percibo casi de forma simultánea el temblor de mi mano al servirlo y mis lágrimas mojando la encimera de madera blanca de la cocina. Me dejo caer contra la pared intentando poner orden en mis pensamientos. En mis sentimientos. Y, entonces, me doy cuenta de que es demasiado. De que ese pequeño mareo que siempre me sobreviene cuando las emociones me sobrepasan está a punto de atacarme. De que la ansiedad va a hacer aparición. Y de que solo hay una persona en quien puedo refugiarme en un momento así.

Subo las escaleras hasta el dormitorio y mis labios se curvan en la primera sonrisa en muchas horas. Logan duerme abrazado a una de las almohadas, con sus piernas enredadas en el edredón nórdico y, milagrosamente, con mejor cara que en los últimos días. El aliento se le escapa entre los labios y mueve un poco un mechón de su pelo que le cae sobre la mejilla. Lo más sigilosa que puedo, recoloco las sábanas y me pongo el pijama. Me acurruco a su lado y, al girarme, sus ojos se abren una rendija.

—¿Estás bien? —le pregunto entre susurros, aunque con la voz entrecortada aún.

—Mejor —me responde mientras su brazo se cuela por debajo de mi cuerpo para estrecharme contra el suyo—. ¿Tú lo estás?

—¿Has escuchado algo?

—No. Pero te he oído hablar... y llorar. Así que supongo que has usado los teléfonos que te pasé.

—Sí.

—¿Quieres contármelo?

—Quiero que me abraces.

—Eso está hecho.

—Fuerte, Logan. Muy fuerte.

Y así, entre el refugio seguro de sus brazos, consigo quedarme dormida, con una decisión muy firme en la cabeza.

22
Retorno a Brownsville

El final de curso llegó de repente. Después de semanas esperándolo, de largas jornadas de estudio en que lo anhelábamos con fervor y de noches entre conversaciones susurradas y besos con los que Logan conseguía que olvidara por un rato la pena que me provocaba lo que había descubierto tras mi conversación con Lily, al final, las vacaciones casi casi nos sorprendieron.

Logan tuvo que exponer los dos proyectos que le quedaban para acabar el curso aún con su épico resfriado dando sus últimos coletazos. Por suerte, la mayor parte del trabajo duro la habíamos hecho durante los meses anteriores, así que el principio de junio fue bastante plácido. Las calificaciones que nos iban llegando eran buenas y, cuando nos quisimos dar cuenta, Logan ya estaba en el ecuador de su carrera y yo había superado con más éxito del esperado mi primer curso universitario.

Los planes para el verano nos ocuparon las primeras noches de libertad. Con un calendario y un lápiz en la mano, marcamos las semanas que pasaríamos en Baltimore, las que nos llevarían a Kansas City y las que nos quedaríamos en Virginia Beach. Nos divertía planearlo, imaginar lo que haríamos en cada ciudad, cómo aprovecharíamos cada día, cada hora, cada minuto. Pero, antes, había algo que teníamos que cumplir.

Los ojos me viajan compulsivamente del reloj de mi muñeca a las pantallas que indican los horarios en la terminal de salidas del aeropuerto de Norfolk. El vuelo a Portland lleva algo más de una hora de retraso, y eso no ha hecho más que aumentar mi ansiedad. Logan me mira de reojo y de vez en cuando se le escapa una sonrisita, aunque los dos sabemos que el tema no es de broma.

—¿Quieres que vaya a buscarte una infusión o algo? —me ofrece.

—No, no. Gracias. Se me pasará, supongo.

Embarcamos dos horas después y, para entonces, yo ya casi he perdido el juicio. Logan deja que me aferre a su mano, dibuja círculos con su pulgar en mi muñeca y me repite entre susurros que haremos en todo momento lo que yo quiera, que si esta idea de volver a Brownsville deja de parecerme buena en algún momento, cogeremos el primer avión que nos devuelva a Virginia Beach... o a donde nos apetezca estar. Juntos.

Aunque el hormigueo en mis dedos no llega a desaparecer del todo, para el momento en que aterrizamos en el aeropuerto de Portland y buscamos la oficina de alquiler de coches en la que hemos reservado un utilitario pequeño, mi respiración ya casi sigue un patrón normal.

Casi tres horas después, nos registramos en el hotel en el que nos quedaremos dos noches. El cansancio que nos ha provocado la tensión acumulada a lo largo del día, de los últimos días, hace que caigamos sobre la cama ya casi dormidos, y no despertamos hasta que el sol entra con ganas a través de la ventana.

Tengo muy claro cuál es el primer destino al que quiero que nos dirijamos. El cementerio en el que están enterrados Mona y Ron se encuentra a las afueras de la ciudad, y dejo que sea Logan quien conduzca, porque a mí los nervios no me permiten centrarme en nada que no sea la caja que llevo sobre las rodillas, la misma que trasladé con todo cuidado dentro de mi maleta desde Virginia. Ni siquiera encendemos la radio del coche, dejamos que el silencio sea el protagonista. En mi caso, porque tengo demasiados pensamientos que rumiar, demasiados retazos de conversaciones con Logan, con el doctor McIntyre, con Lily y con mi padre. A mi madre no he sido capaz de contarle que pensaba visitar Brownsville, no creo que le hiciera bien saberlo.

Localizamos las tumbas gracias a la ayuda inestimable de Lily, que siempre parece ir unos cuantos pasos por delante de mí y conoce detalles que a mí me dolería tener que investigar por mí misma. Logan me ayuda con la caja, no tanto porque sea demasiado pesada como porque creo que se da cuenta de que me pesa en otro sentido.

La respiración me falla un poco cuando encontramos las tumbas y, aunque no he sido capaz en estos últimos días de predecir qué me iba a pedir el cuerpo hacer cuando estuviera ante ellas, al final me limito a dejar lo que he traído para ellos junto a las lápidas con sus nombres.

La memoria es un curioso mecanismo del cerebro. Yo nunca bloqueé de mi mente los peores momentos de mi vida, como sí le ocurre a Logan con esos primeros años de su infancia de los que es incapaz de recordar ni un mínimo detalle. Por suerte, tampoco recuerdo todo lo que me ocurrió en aquel sótano, pero sí es cierto que en los últimos días antes del viaje a Brownsville me han atravesado la mente retazos de imágenes en las que no había pensado en años, como la de Mona entrando en aquel infierno, por primera y última vez, con un chupete en su boca. En mi cabeza, ni siquiera recuerdo muy bien su cara, pero sí los dibujos de aquel chupete.

Dejo el que he comprado sobre su tumba y lo acompaño del pequeño ramo de flores secas de color rosa. No quise traerle flores frescas, quise algo que durara tiempo, que se opusiera a esa paradoja del poco que ella estuvo en el mundo, de las pocas oportunidades que tuvo cuando apenas había comenzado a vivir.

Dejo también una pelota de béisbol sobre el césped junto al lugar donde leo el nombre de Ron. El día que Lily me recordó las conversaciones que Ron y Ben mantenían a veces sobre deporte, no pude evitar que las lágrimas se me atravesaran en la garganta. Era capaz de recordar cuando Boone bajaba a ensañarse con nosotros sin que se me alterara demasiado el pulso. Pero ese recuerdo concreto, el de dos niños que eran capaces por unos momentos de olvidar el horror en el que estaban inmersos para comportarse, simplemente, como niños, me destrozó. Hablar de béisbol, de sus jugadores favoritos, de los deportes que practicaban en el colegio. Retarse a jugar un partido en un futuro que no podía ser más incierto y que, al final, fue imposible. Eso sí me rompió.

Salimos del cementerio en silencio, pero nos dura poco.

—¿Estás bien?

—Estoy bien. Dios, Logan... Estoy *muy* bien.

—¿De verdad? —Su cara refleja la estupefacción lógica después de lo que acabo de decir. De lo que acabo de darme cuenta.

—Sí. Es como... como si esto fuera un capítulo que siempre he necesitado cerrar.

—¿Volverás?

—No —le respondo, tras pensármelo un poco—. En realidad, hablé de esto con la doctora Klein. De la posibilidad de volver.

—¿Y?

—Ella nunca ha estado segura de si esto, todo esto, era una buena o una mala idea. El doctor McIntyre sí me lleva apoyando bastante tiempo. Lo considera una espina que necesito sacarme. Pero ambos coinciden en que recrearme en esto o convertir en una especie de rutina venir aquí sería... un poco enfermizo.

—¿Y tú estás de acuerdo?

—Sí. No lo he visto claro hasta hoy. Hasta ahora. Pero me he dado cuenta de que no quiero volver a entrar en ese cementerio. Mañana quiero pasar por delante de la casa en la que viví y de... de la otra.

—Y luego vuelta a Virginia.

—Sí. A nuestra casa. A la de verdad.

—¿Y cerrar todo este tema para siempre?

—Más o menos. Sí, está cerca de cerrarse.

Es curioso cuánto tiempo dediqué durante mi adolescencia a fantasear con encontrar a mis compañeros de cautiverio, lo difícil que creía que sería... y lo *fácil* que ha resultado en realidad. Le debo tanto a Lily que no sé ni cómo darle las gracias, pero comienzo por enviarle un mensaje rápido desde el coche diciéndole que la llamaré más tarde. Con ella, sé que el contacto durará. Algo me dice que para siempre. A través de ella, sabré cómo trata la vida a Natalie, que le dejó muy claro a su hermana que no quería saber nada de retomar el contacto con cualquier persona que tuviera que ver con Brownsville o el rapto. Me dolió, pero la comprendí y, además, me lo esperaba. Lily y yo estamos de acuerdo en intentar encontrar alguna manera de ayudar a Marcia, aunque ambas lo hemos pospuesto tácitamente, creo que porque nos da demasiado miedo la tarea.

—Ya solo queda Ben. —El último pensamiento se me escapa en voz alta.

—Sí. —Logan me mira y aparta su mano derecha del volante para agarrar la mía con fuerza.

—Después del verano.

—¿Qué?

—Que pensaré en ello después del verano. Seguiré hablando con Lily y, si ella encuentra algo, iremos adelante con ello, pero...

—¿Pero...?

—No quiero pensar en esto durante un tiempo. Lo único que quiero en estos momentos es pasar el verano contigo. Ir a Baltimore a conocer a tus padres. Ir a Kansas City a ver cómo mi madre y mi abuela te idolatran. —Los dos sonreímos—. Volver a hacer *paddle surf*, bañarnos en el océano, cocinar juntos esas cosas extrañas que comes. Vivir, Logan. Nos lo hemos ganado.

—Amén.

Volvemos a casa menos de veinticuatro horas después, tras una pasada rápida por la casa de mi infancia, que no me produjo ninguna emoción, ya que fui incapaz de localizar en mi cabeza un solo recuerdo concreto asociado a ella, y después de descartar la visita al escenario del rapto porque, sin necesidad de que Logan me dijera nada ni de que tuviera que rescatar los consejos del doctor McIntyre, me di cuenta de que ese regodeo en el dolor solo podía hacerme más daño.

Me subo al avión con la decisión tomada. Trataré de localizar a Ben y cerraré esa etapa. Para siempre. Con siete llaves. Boone está muerto. La visita a Brownsville, esa asignatura pendiente, liquidada. Lily se ha convertido en un apoyo de hierro, en una amiga sincera. Natalie está bien, a su manera. Marcia, mal... a la suya.

¿Y yo? Yo sé que, al fin, tengo en mi mano la oportunidad para ser feliz.

23
El verano de nuestras vidas

Por momentos, tengo la sensación de que me he pasado el último mes metida en un avión. Tras nuestro retorno de Brownsville, pasaron solo cuatro días antes de que nos embarcáramos en otro, esta vez con destino a Kansas. Tocaba visitar a mi madre y a mi abuela, y la ciudad decidió recibirnos con una ola de calor que hizo que odiáramos un poco a mi madre por vender nuestra antigua casa con piscina y mudarse a un apartamento en el centro de la ciudad.

Nos quedamos casi dos semanas en Kansas City. En nuestra anterior visita, ya habíamos conocido casi todo lo que ofrece la ciudad a sus visitantes, así que, en esta, nos dedicamos sobre todo a la vida familiar. Como yo había previsto, mi madre y mi abuela se enamoraron más todavía de Logan, que no dudó en cocinar con ellas, jugar al póker con ellas, salir a pasear con ellas... A ratos llegué a pensar que, si yo me hubiera quedado en Virginia Beach, mi familia ni siquiera se habría dado cuenta. Puede que Logan tampoco.

Y ahora me encuentro de nuevo sentada en un avión, de camino a Baltimore, después de dos semanas maravillosas en que hemos tenido lo que Logan llama «nuestras verdaderas vacaciones». O sea, tiempo para nosotros solos, sin padres, sin pensar demasiado en esa investigación que esperamos retomar en septiembre, sin exámenes, sin responsabilidades. Solo... queriéndonos.

Aunque tengo ganas de conocer a los padres de Logan y su ciudad natal, en el fondo ya estoy deseando que llegue agosto, cuando volveremos a disfrutar de unos cuantos días sin más obligaciones que la de disfrutar el uno del otro.

Han sido dos semanas de mucha playa por las mañanas, mucho deporte por las tardes y... bueno, de mucho sexo por las noches. Hemos aprendido a vivir con calma, despacio, sin esas prisas que durante el curso nos imponían las obligaciones académicas. Hemos pasado tardes enteras sentados en el sofá, con un vinilo de fondo, de esos grupos que Logan insiste siempre en descubrirme, con la única responsabilidad de levantarnos a cambiarlo cuando la aguja dejaba de moverse. Ha habido noches en que hemos hablado sin parar, contándonos cosas que todavía nos quedaban por descubrir al uno sobre el otro, aunque a ratos nos parezca imposible que haya todavía detalles desconocidos. Ha habido otras en las que, en cambio, el único sonido que se ha escuchado en el apartamento ha sido el de la ropa cayendo al suelo y nuestros jadeos ahogados. Algunas mañanas nos hemos levantado antes del amanecer y hemos visto salir el sol sobre los tejados del barrio a través de la ventana abierta en la que él se fumaba su primer cigarrillo del día mientras yo refunfuñaba por ello. Otras, las sábanas se nos han enredado entre las piernas y nos han atrapado en la cama hasta más allá del mediodía.

Y, sobre todo, hemos descubierto lo bonito de lo cotidiano: ver una película con argumento tonto en el ordenador, porque Logan no cede en mi propuesta de comprar una tele... todavía; leer un libro a medias y quejarnos de lo lento o rápido que avanzaba el otro; Logan extendiendo crema en las leves quemaduras que el sol dejó sobre mis hombros. La vida. La magia.

Con todas las emociones que vivimos con la investigación sobre el paradero de los niños que compartieron conmigo el rapto, he llegado a acostumbrarme a tener una pelota de tensión instalada en el estómago, así que intento no darle demasiada importancia a la que hoy me impide hasta comer por los nervios de conocer a los padres de Logan. Por suerte, apenas son cincuenta minutos de vuelo, así que, antes de que me dé tiempo a darle demasiadas vueltas a la cabeza, me veo abrazada por Andrea, la madre de Logan, en la terminal de llegadas del aeropuerto internacional de Baltimore-Washington.

Para cuando llegamos a su casa, toda posibilidad de sentirme incómoda ha desaparecido. Tanto Andrea como Bruce han estado muy habladores y cercanos. Es evidente que Logan les ha hablado de mí más de lo que esperaba, y eso me deja claras dos cosas: que ha conseguido reconstruir una relación preciosa con sus padres, tras una adolescencia que estuvo a punto de destrozarla, y que no acaba de ser justo que tenga que mantener con ellos el secreto de todo lo que me ocurrió a mí. Evidentemente, es mi secreto y la decisión de cuándo contarlo a cada persona es solo mía, pero él ha tenido que mentirles en algunas cosas para tapar mis coartadas sobre el viaje a Brownsville, y sé que eso le ha hecho daño.

La casa de los padres de Logan está situada en un barrio residencial de Baltimore con aspecto de albergar a bastantes vecinos de clase alta. Seguridad privada, coches de lujo aparcados frente a las puertas y casas que son más bien mansiones. Ellos nos preguntan si queremos instalarnos en la vieja habitación de Logan, a pesar de que la cama es bastante pequeña, y nosotros asentimos con esa vergüenza tan adolescente de saber que estás reconociendo ante los padres de tu novio que es probable que practiques sexo bajo su techo.

La habitación está decorada en maderas oscuras y tonos azules, como con un aspecto muy masculino y algo anticuado. Veo muchos libros desperdigados aquí y allá, sobre diferentes repisas, sobre el alféizar de la ventana y sobre casi cualquier superficie disponible. Algunas fotos decoran la habitación, sobre todo de la infancia de Logan, y también una actual, tomada en la playa de Virginia Beach, en la que los tres sonríen en lo que parece ser un *selfie*. No me pasa desapercibido el hecho de que no hay una sola foto de su adolescencia, como entre los quince y los dieciocho años, y me duele pensar en todos los significados implícitos de ese detalle. De alguna manera, instalarme en esta casa junto a Logan me ha hecho conectar de una forma más profunda con el chico que fue, el que se vio envuelto por su pasado y por sus propios errores en una situación que estuvo a punto de devorarlo.

—¿No es como un poco de viejo matrimonio que sepamos sin preguntar cuál es nuestro lado de la cama? —me pregunta Logan, entre risas, en el momento en que yo me dirijo a la parte derecha, justo al mismo tiempo que él se acomoda en la izquierda.

—*Muy* de viejo matrimonio —le confirmo, aunque su comentario no me ha hecho sentir mal. Al contrario, me encanta la idea de que tengamos esas pequeñas rutinas pese a conocernos desde hace más o menos poco tiempo.

—Se me hace raro. —Logan apoya el codo en su almohada y me observa tumbado sobre su costado. Yo frunzo el ceño ante su comentario, porque algo me dice que no sigue con el mismo tema, pero tampoco he entendido a qué se refiere. Él se queda en silencio un rato, pero, al final, se decide a hablar—. Se me hace raro que estés aquí. Estar aquí contigo.

—¿Eso es bueno o malo? —le pregunto, con un poco de miedo tiñéndome la voz.

—Creo que... bueno. —Me sonríe, al tiempo que me pasa un dedo por la mejilla—. Se me hace raro porque esta casa me trae recuerdos de otra época, y es como si tú fueras un nuevo comienzo en mi vida. El reinicio que necesitaba.

—Pero habrás vivido muchos momentos bonitos en esta casa, Logan —rebato su argumento, porque lo que ha dicho sobre mí es precioso, pero me importa mucho más que sus fantasmas no reaparezcan por culpa de unos recuerdos que me encantaría borrar—. Cuando eras pequeño, con tu familia...

—Nos mudamos aquí cuando yo tenía catorce años. Antes vivíamos en el centro de la ciudad. Casi todo lo que asocio a esta casa son borracheras, bajones y toda la mierda que hice desde los quince años.

—No lo sabía. —Le dedico una sonrisa un poco triste y, por un momento, estoy a punto de sugerirle que nos traslademos mañana a un hotel, pero yo soy el mejor ejemplo de que cambiar el escenario de una pesadilla no es la solución milagrosa para hacerla desaparecer. El traslado con mi familia a Kansas no sirvió de nada. El mío a Virginia Beach supuso un mundo de diferencia. Cada circunstancia es diferente, eso lo he aprendido bien a lo largo de mi vida.

—No pasa nada. Supongo que es solo el *shock* inicial de que estemos aquí, juntos. Te prometo que se me pasará.

—No tienes que prometerme nada. Ni siquiera se te tiene que pasar. Si estás mal, yo estaré aquí. Creo que te debo eso y mucho más.

—No me debes nada. Esto no va de deudas, amor.

—¿*Amor*? —me burlo, aunque no puedo negar que me ha pegado un latigazo el corazón al escucharlo referirse así a mí.

—Te ha encantado. —Y él, por supuesto, se da cuenta perfectamente.

Nos quedamos dormidos pronto, porque el día ha sido algo agotador entre los preparativos del viaje, el vuelo y la breve cena con sus padres de camino a casa.

Me despierto porque Logan no deja de hacer ruido en la habitación, y lo descubro llenando una mochila con objetos de lo más diverso: una botella de agua, su cámara de fotos con un par de objetivos diferentes, el cargador portátil del móvil... Aún no ha amanecido del todo y él ya parece espabiladísimo.

—¿Qué estás haciendo? —le pregunto.

—Levántate. Nos vamos a Washington.

Logan me informa de que sus padres ya estaban enterados de nuestros planes —de *sus* planes, en realidad—, así que salimos de la casa en silencio para no despertarlos y cogemos el coche de su padre, un todoterreno más o menos del tamaño de nuestro apartamento. Washington está a poco más de cincuenta kilómetros de Baltimore, pero Logan se toma el camino con calma y paramos para ver el Pentágono, desde lejos, a causa de las restricciones de seguridad, y también el famoso monumento que representa el alzado de la bandera en Iwo Jima.

En el National Mall nos comportamos como dos auténticos turistas. Con gorras de visera incluidas, que el calor aprieta y la botella de agua que hemos traído nos ha durado apenas un suspiro. Visitamos el Lincoln Memorial, los monumentos a los veteranos de las guerras de Corea y Vietnam, y paseamos bordeando el gran estanque, con el monumento a Washington al fondo. Logan me lo explica todo con la precisión de un guía turístico y, cuando le pregunto si tendré que examinarme al terminar la visita, me cuenta entre risas que su padre es un apasionado de la historia de Estados Unidos y que han visitado Washington cientos de veces.

Entramos a la biblioteca del Congreso, cogemos algo de comida para llevar en un puesto callejero y disfrutamos del sol de primera hora de la tarde en el césped que hay delante del Capitolio. Yo no le hago demasiado caso a la charla de Logan, porque tengo la cabeza puesta ya en el siguiente lugar que visitaremos. El museo Smithsonian del Aire y el Espacio. Logan se ríe —no ha dejado de hacerlo en todo el día, y me encanta verlo así— cuando se da cuenta de hasta qué punto él es un chico de letras, apasionado por la historia y las humanidades, y yo una chica de ciencias, mucho más interesada en ver el avión de los hermanos Wright o el módulo del Apolo XI que en toda su charla sobre historia.

Pasamos casi tres horas dentro del museo, hasta que anuncian que van a cerrar, por más que yo me hubiera quedado allí toda la noche. Al salir, recuperamos el coche del carísimo aparcamiento público en el que lo hemos dejado y hacemos una pasada por la Casa Blanca antes de enfilar el camino hacia Arlington, donde visitamos el cementerio en el que están enterrados varios expresidentes y muchos de los soldados que perdieron su vida en las diferentes guerras de las últimas décadas.

Son casi las nueve de la noche cuando emprendemos el regreso a Baltimore, y Logan conecta la que dice que es su emisora de música favorita de la zona. Suena *Norwegian Wood*, de los Beatles, y no puede haber una canción mejor para poner el broche de oro a un día que ha sido algo más que perfecto. No hablamos demasiado, pero se nos salen las sonrisas de la cara, canturreamos un poco en voz alta y no nos soltamos la mano en todo el trayecto.

Los siguientes días siguen la misma dinámica. A Logan parece habérsele pasado el mal cuerpo que le trajo su regreso a la ciudad y solo se tensa cuando en un par de ocasiones coincidimos con algún conocido suyo. Me explica que le cuesta mucho ver a sus amigos, a quienes lo eran de verdad, porque no se le olvida lo mal que se portó con ellos y cuánto los decepcionó. Apenas ha tenido trato desde que salió del centro de rehabilitación con ninguno de sus compañeros de colegio. Culpabilidad y vergüenza, esos son los dos términos que más utiliza para explicármelo, y a mí se me rompe un poco el alma cada vez que los escucho.

Peor es el momento en que nos encontramos con un tipo del que no necesito demasiadas explicaciones para darme cuenta de que es uno de sus antiguos compañeros de correrías, de los de la época más negra de su pasado. Logan se deshace rápido de él y se queda unas cuantas horas con el humor sombrío, hasta que me confiesa que le dan pánico los recuerdos que le despiertan esas personas. No hacía falta que lo hiciera, pero me gusta que se sincere así conmigo.

Salvo esos encuentros casuales, pasamos la mayor parte de nuestro tiempo solos o con sus padres. Celebramos con ellos el cincuenta y nueve cumpleaños de su madre; a Logan le extrañó que no organizara una gran fiesta, como solía ser su costumbre otros años, pero ella nos aclaró que, con tenernos a nosotros allí, juntos y felices, no necesitaba más celebración. Tanto Andrea como Bruce están siendo encantadores conmigo, y hasta se han atrevido a proponer un futuro encuentro con mi madre. Logan y yo hemos echado balones fuera, claro, que tampoco es plan que con apenas veinte años ya seamos una pareja tan tradicional y tan... pareja.

La última noche, los Hartwell nos despiden con una cena por todo lo alto. Escucho anécdotas de la infancia de Logan que ya conocía, pero que no me importa oír unas cuantas veces más. Nos hablan de sus trabajos, de unas carreras profesionales de las que ambos se sienten particularmente orgullosos; Andrea, como jefa de cirugía en el principal hospital del estado; Bruce, al frente de un juzgado de familia, después de rechazar un puesto más importante en Washington. Nosotros les hablamos un poco sobre nuestros estudios y un mucho sobre los deportes que practicamos en el gimnasio del campus. Es todo tan fácil con ellos que me parece increíble que haga solo unos días que nos conocemos.

—Nena, ¿te importa si me quedo un rato con mis padres? —me pregunta Logan cuando yo ahogo mi tercer o cuarto bostezo en la sobremesa.

—Claro que no. —Le sonrío encantada de que quiera pasar un tiempo a solas con ellos y un poco arrepentida de haberlo acaparado tanto durante nuestra visita.

Me meto en la cama ya casi dormida. Se me escapa la sonrisa por todos los poros de la piel al pensar en qué se ha convertido este verano. En los viajes aquí y allá, en los días en familia, en las tardes al sol de Virginia, en los momentos compartidos, las excursiones...

En Logan.

En todo.

24
¿Qué ha pasado, Logan?

Me despierto a las ocho de la mañana con la alarma de mi móvil atronándo-me los oídos. Anoche la programé, a pesar de que nuestro vuelo no sale hasta primera hora de la tarde, porque quería despedirme con calma de los Hart-well y preparar las cosas para volver a casa sin las prisas habituales de mis días de viaje. Como me pasa a menudo con Logan, cuando abro los ojos, me encuentro la cama vacía. Lo que no esperaba era comprobar que el lado iz-quierdo está intacto. Que Logan no ha pasado la noche en él.

Me quedo unos minutos en la cama, no disfrutando de ser una remolona como hago tantas veces, sino preguntándome qué puede haber pasado. La parte racional de mi cerebro me repite sin parar que se habrá quedado ha-blando con sus padres hasta tarde, que quizá se haya quedado dormido en el sofá... pero se me instala la preocupación dentro de una manera que no al-canzo a comprender del todo.

Decido no darle más vueltas a algo que no se va a solucionar por mucho que lo medite, y que en realidad es posible que sea solo una paranoia fruto de ese momento tonto entre la vigilia y el sueño, y me levanto de la cama. Me pongo una sudadera de Logan por encima del pijama, porque me sigue dan-do un poco de vergüenza eso de bajar a desayunar con sus padres sin vestir.

Cuando entro en la cocina, no necesito ni fijarme en las caras de Andrea, Bruce y Logan para sentir la tensión. Se huele. Se respira. Me saludan, claro, pero lo hacen sin establecer contacto visual, sin esa calidez que ha teñido su voz en estos días. Andrea me sirve una taza de café, Bruce pone ante mí unas galletas y Logan ni siquiera me mira. No me mira, y yo no puedo dejar de pre-guntarme qué ha podido cambiar en menos de doce horas, desde la fantástica cena de anoche hasta este desayuno del que me encantaría poder evaporarme.

Logan se levanta casi de inmediato, en cuanto da un último sorbo a su infusión, que podría apostar a que le ha abrasado el esófago. Se pierde escaleras arriba y baja un cuarto de hora después con su maleta ya preparada y, ¡sorpresa!, sin dirigirme tampoco la palabra. Yo consigo tragar mis galletas con dificultad, tras un amago de conversación con los padres de Logan del que he desistido después de unas quince respuestas monosilábicas.

El trayecto en coche hacia el aeropuerto, con casi cuatro horas de antelación al vuelo, transcurre en silencio y vuelve a ser violento. Aunque nada comparable a la despedida en el aeropuerto, que supera todos los niveles conocidos de incomodidad. Logan se muestra esquivo con sus padres, y me siento un poco mal por respirar aliviada, ya que asumo que habrán discutido o algo se habrá torcido entre ellos, por difícil que me resulte imaginar ese escenario después de más de una semana conviviendo con ellos y viendo la relación que tienen. Ellos se esfuerzan por abrazarlo, le susurran palabras al oído. Da la sensación de que temen que se les escape entre los dedos.

Y yo me muero de miedo.

De mí se despiden con dos abrazos tan sentidos que no me parecen las mismas personas que parecían evitarme hace apenas una hora, en la cocina de su casa. A Andrea se le escapan las lágrimas, pero con solo un gesto percibo que no quiere que le pregunte qué ocurre. Bruce nos mira, a Logan y a mí, alternativamente, como queriendo dilucidar algo que se me escapa.

La espera por el vuelo y los apenas cincuenta minutos que pasamos dentro del avión se convierten en una sucesión constante de «¿qué te pasa?», por mi parte, y «nada», por parte de Logan. Bueno, en su caso hay varias alternativas: «Nada, joder». «Te he dicho que no me pasa nada». «No insistas, Summer». Soy pesada, lo sé, pero no dejo de preguntarlo hasta que llegamos al apartamento y Logan se instala debajo de la ventana de la cocina, con su paquete de Marlboro en la mano y la mirada perdida entre los tejados de Virginia Beach.

Me voy a la cama cuando ya asumo al fin que no voy a conseguir arrancarle ni una sola palabra, aunque sé que dormir no va a ser una opción. Cojo un libro de sus estanterías, una comedia de ciencia ficción un poco extraña que él lleva semanas recomendándome, pero tampoco consigo perderme en sus páginas lo suficiente como para olvidar lo que me atormenta.

Despierto sin ser demasiado consciente de en qué momento me he dormido, pero teniendo muy claro que no he descansado más de dos o tres horas. Y de que he vuelto a hacerlo en una cama vacía. Me asomo sigilosa a la pequeña barandilla de madera que impide que nos despeñemos desde el dormitorio y que ofrece una panorámica de lujo del resto del apartamento. Veo que Logan está tumbado en el sofá, con un libro en el regazo, las gafas puestas y la mirada perdida en el techo del piso. Nuestros ojos hacen contacto visual por un segundo, el tiempo justo para que él aparte la vista de mí y finja dormir.

—No sabía que ahora dormías con gafas —le digo, porque sigo preocupada, sí, muchísimo, pero el enfado empieza a subirme por el cuerpo después de veinticuatro horas en que todo parece haber cambiado entre nosotros sin que tenga ni idea de la razón.

Logan ni siquiera me responde. Se limita a sacarse las gafas, dejarlas encima de la mesita del salón junto con el libro, y girarse en el sofá hasta que su cara queda contra el respaldo.

—¿No piensas hablarme? ¿En serio?

—Summer, déjalo. —Su voz suena ahogada, y no sé si es porque los cojines hacen ese efecto o porque ese es su tono actual para dirigirse a mí, pero, si algo tengo claro en esta vida, es que no lo voy a dejar.

—Logan, cariño... —Decido utilizar mi tono más suave, porque está claro que por las malas no voy a conseguirlo—. Si he hecho algo mal, por favor, dímelo.

—Esto no tiene nada que ver contigo.

—Pues, si no tiene nada que ver conmigo, no entiendo por qué lo estoy pagando.

—Summer, te lo pido por favor. —Logan se levanta, sin mirarme, para variar, y se dirige a su lugar favorito del mundo: la puñetera ventana de la cocina—. No insistas.

—Esto es increíble —murmuro, aunque sé que él me ha oído, porque su mirada atormentada se clava en mí, por primera vez en lo que me parecen siglos—. ¿Es algo que te ha ocurrido con tus padres? Si tienes algún problema con ellos, sabes que podemos hablarlo, sabes que siempre hemos hablado...

—¡¡Déjame en paz de una puta vez!!

Con ese grito atronador, me quedo congelada en el suelo. Ni siquiera reacciono cuando lo veo pasar ante mí, con su casco en una mano y las llaves de la moto en la otra, como una exhalación que, en vez de darme vida, parece quitármela. No sé ni cómo, en algún momento, consigo moverme hasta el sofá y caigo en él hecha un ovillo, con las lágrimas saliendo a borbotones de mis ojos y un sentimiento de incomprensión contra el que no sé cómo luchar.

Paso horas y horas intentando encontrar la lógica a lo que está ocurriendo, pero no lo consigo. Y mi aislamiento no ayuda. Por momentos, llego a arrepentirme de no haber conservado la amistad con Gina para, al menos, tener a alguien con quien hablar de esto. No quiero involucrar a mi madre, no quiero que la imagen de yerno perfecto que ella se ha formado en la cabeza vuele por los aires. Tengo la esperanza de que esto se arregle, de que lo arreglemos. Estoy segura de que será así. Y no quiero que mi madre tenga en el futuro deudas con él. Con mi padre tampoco tengo la confianza suficiente aún como para hablarle de algo así. Pienso en llamar a Lily, pero me siento un poco idiota por mi falta de experiencia en las relaciones. Puede que esta sea una típica discusión de pareja, de las que le ocurren a todo el mundo y de esas sobre las que hablan las canciones de amor, así que quizá me esté alarmando más de la cuenta.

Pero algo me dice que no.

No consigo comer ni dormir en todo el día. Subsisto a base de infusiones relajantes, aunque no acaban de lograr su objetivo. Que Logan haya dejado su móvil, apagado, sobre la encimera de la cocina, hace imposible que pueda localizarlo, y él ni se ha molestado en ponerse en contacto conmigo en todo el día, así que me limito a irme a la cama a medianoche, sin sacarme de la cabeza que algo muy grande, y muy malo, está ocurriendo a mi alrededor, sin que yo sepa siquiera de qué se trata.

Escucho la puerta de casa abrirse a las dos de la mañana. Logan entra en silencio, quizá porque cree que estoy durmiendo. Hasta ese detalle me enfada, el hecho de que él pueda creer que sería capaz de dormir en este estado. Este estado a medio camino entre la rabia, la preocupación y la tristeza.

Sube las escaleras despacio, aunque con paso seguro, y se desnuda en la penumbra de la habitación. Siento el colchón hundirse en el lado izquierdo, y una lágrima asoma a mi mejilla solo de pensar en cuánto he echado de menos que compartiéramos este espacio que, por momentos, se convirtió en el único lugar del mundo en el que quería estar.

—Lo siento. —Antes de darme cuenta, siento los brazos de Logan rodeando mi cintura, su mentón apoyado en mi hombro y sus lágrimas cayendo antes incluso de darme cuenta de lo rota que está su voz—. Lo siento muchísimo, Summer. Ojalá algún día llegues a entender cuantísimo siento haberte hecho daño.

—Pero, Logan... —Me giro hasta quedar cara a cara con él, cara a cara con su dolor—. ¿Qué es lo que ha pasado?

—No me preguntes eso. Solo... solo quiéreme, por favor. Quiéreme como nos hemos querido siempre. No tengo ningún derecho a pedírtelo, pero te necesito. Te necesito más que nunca.

Prefiero no pensar en sus palabras, en que no cierran lo que ha pasado entre nosotros, sea lo que sea. En que suenan a despedida de una manera que se me enreda en el estómago. Me limito a besar sus labios, al principio con una intención que jamás confesaré: no, no sabe a alcohol. Solo un poco a tabaco y un mucho a culpa. Sus manos vuelan a mi pijama, las mías se posan en su pecho, nuestros cuerpos se funden y olvidamos entre gemidos y jadeos que hemos estado a punto de perdernos. Al menos, durante un tiempo.

Los días transcurren con apariencia de normalidad. Solo apariencia. Logan *parece* haber vuelto a ser el de antes. Por las mañanas, bajamos a la playa, tomamos el sol, nos bañamos en el océano. Un día, alquilamos unas tablas y volvemos a repetir la experiencia del *paddle surf,* aunque esta vez nadie acaba resfriado y quejica en una cama. Me estremece pensar que echo de menos incluso aquellos días en que estaba insoportable porque... insoportable o no, era él.

Y este que tengo ante mí no es Logan. No es *mi* Logan. Es su cara, es su cuerpo, son esos ojos turquesa de los que me enamoré antes de saber que me permitiría a mí misma esa licencia. Es su piel, la que he acariciado tantas veces, la que decoran esos tatuajes que cuentan tanto sobre la historia de su vida. Es incluso su voz, pero ya no me susurra palabras que le salen de lo más hondo sin que las piense, sino «te quieros» mecánicos.

No es Logan, o no lo es del todo, quien se sienta conmigo cada tarde en el sofá mientras vemos una película o escuchamos música. Y sé que no es él porque ya no insiste en que pongamos su vinilo favorito, el que sostiene con pasión que nunca volverá a haber una música como la de los sesenta. Ya no es él cuando elijo en Netflix por tercer día consecutivo una comedia romántica y ni siquiera protesta. O cuando le cuento que al fin he terminado la novela que llevaba siglos recomendándome y no muestra ningún interés en que la comentemos juntos.

Y tampoco es Logan quien me hace el amor cada noche. Quien me besa, me toca y me acaricia como siempre lo ha hecho... pero diferente.

Es él, pero es muchos otros.

Es un Logan que todavía no ha sido capaz de contarme qué ocurrió en esas cuarenta y ocho horas en que se convirtió en un extraño, y que me ha respondido con silencio las dos únicas veces en que me he atrevido a sacar el tema.

Es un Logan que no me ha querido responder a una pregunta tan simple como si ha hablado con sus padres desde que volvió de Baltimore.

Es un Logan que tarda más de la cuenta cada vez que baja al supermercado o a comprar tabaco, y que nunca se molesta en darme una explicación de por qué.

Es un Logan al que no le brillan ya los ojos de alegría cuando me besa, y al que me cuesta mirar fijamente porque sus gestos ahora siempre tienen un aire de despedida.

25
El final

Hoy hace una semana que volvimos de Baltimore. Y no puedo más. Sé que Logan se está esforzando por que volvamos a la normalidad. O, mejor dicho, se está esforzando por fingir que no ocurre nada. Quizá a otra persona podría engañarla, pero a mí no. Y es muy triste darme cuenta de algo tan bonito como que lo conozco tanto como me conozco a mí misma, precisamente por una razón tan horrible como esta.

Logan se ha marchado temprano esta mañana. No eran ni las ocho cuando me ha despertado, agachado junto a la cama y acariciándome el pelo. Me rendí a ese contacto durante un rato, hasta que reparé en la tristeza de sus ojos y reaccioné apartándome. Él fingió no darse cuenta y me comentó, sin darle mayor importancia, que tenía que acercarse a la facultad para hablar con un par de profesores sobre las optativas que elegirá para el próximo curso.

Asentí, sin saber si creerlo o no. Y me he pasado dos horas en la cama, paralizada, decidiendo si debería hablar con alguien sobre lo que está ocurriendo. En verano, pactamos con el doctor McIntyre acudir a su consulta cada dos semanas, con algo de flexibilidad para adaptarnos a tanto viaje. A él le pareció una buena idea, ya que veía una verdadera evolución positiva en nuestros tratamientos. Logan tendría que ir mañana —a saber si lo va a hacer o no—, y a mí no me toca hasta la semana que viene, pero estoy tentada a pedirle que me cambie el turno. O no. Quizá a él le haga más falta que a mí. Quizá con el doctor sí se decida a afrontar lo que sea que le está pasando, pero algo me dice que no será así.

Salgo de mi parálisis a media mañana y consigo que el desayuno se me mantenga en el estómago a duras penas. Estoy en tal estado nervioso desde hace una semana que apenas como, ni duermo, ni... nada. La ansiedad acaba venciéndome y entro en un estado de actividad frenética que hace que un pensamiento se abra paso de forma obsesiva en mi cabeza: esto se tiene que solucionar hoy. *Esto*. Sea lo que sea. Pero no aguanto ni un solo día más con esta tensión. De hecho, es que *no quiero* aguantar ni un solo día más con esta tensión.

Comienzo por lo que me parece más obvio, y que me dibuja una carcajada amarga en la cara antes incluso de comprobar que mis sospechas son ciertas. Para ensañarme un poco más conmigo misma, le envío un *whatsapp* a Logan para que me confirme que está en la facultad. Me responde casi de inmediato. Que sí, claro. Y que volverá tarde. Que vaya pesadez lo que está hablando con los profesores. Y un montón de emoticonos cariñosos.

Cojo mi teléfono y marco el número de la facultad de Educación Social del campus de Regent. Suena y suena, pero nadie responde, hasta que una locución automática me informa de que la facultad permanecerá cerrada hasta el veinte de agosto.

Me rindo al llanto durante un buen rato, porque ahora sí que *hay algo*. Ya lo había, yo lo sabía, pero no había tenido una prueba tan tangible como una mentira delante de mis ojos, por escrito y con unos emoticonos y unas palabras cariñosas que ahora ya me parecen una burla a la cara.

Me repongo y me tomo unos minutos para calmarme, porque estoy a punto de hacer una llamada que llevo toda esta semana posponiendo. Me siento en el sofá y marco el número de la madre de Logan.

—Hola, Summer. —Aunque solo haya dicho dos palabras, percibo que el tono es frío. Al menos, teniendo en cuenta cómo fue su trato conmigo en Baltimore hasta aquella aciaga última mañana.

—Hola, Andrea. Quería... —Carraspeo—. Quería hablar contigo un momento, si puede ser.

—Sí, claro, dime.

—Yo... me gustaría saber si ocurrió algo... —Hago una pausa y reformulo mi frase—. Me gustaría saber *qué* ocurrió la última noche que pasamos en Baltimore.

—¿A qué te refieres? —Ha sido casi imperceptible, pero he oído un ligero temblor en su voz.

—Creo que sabes a qué me refiero. —La frase es dura, pero he intentado utilizar el tono más dulce que he sido capaz de encontrar en medio de mi enfado por todo este asunto y, sobre todo, por sentirme tan tonta al no saber qué está ocurriendo en mi vida, cuando todo el mundo parece tenerlo claro—. Ocurrió algo esa noche, mientras yo dormía, y Logan no ha vuelto a ser el mismo desde entonces.

—Summer, yo... Creo que esta es una conversación que deberías tener con Logan, no conmigo.

—¡¿Crees que no lo he intentado?! —estallo—. Llevo una semana preguntándole, intentando que se abra, que me cuente. Y ya no sé si prefiero al Logan de los primeros días, que me ignoraba y me trataba fatal o al de ahora, que está más raro que nunca y es evidente que me miente, se larga todo el día fuera de casa y me oculta cosas.

—¿Se va todo el día de casa? —El tono de Andrea adquiere un matiz de alerta que es imposible que pase desapercibido.

—Sí.

—Y, cuando vuelve...

—¿Me estás preguntando si sospecho que pueda haber vuelto a beber? —le pregunto, con el tono firme, porque esa es una opción que yo me he planteado cientos de veces en estos días.

—Sí.

—No he olido nada, ni he notado un solo indicio de que pudiera ser eso, pero, claro...

—Siempre supo ocultarlo bien. Nosotros tardamos mucho tiempo en darnos cuenta de que había un problema.

—Andrea, ¿es eso? ¿Os contó algo esa noche sobre sus adicciones? Si tenía tentaciones o algo... ¿Salió esa noche de casa? —No se me había ocurrido esa opción, pero ya no me queda más remedio que quemar todos los cartuchos.

—No, no... Creo que no... Summer...

—Dime. —No sé en qué momento de la conversación se me han empezado a caer las lágrimas, pero ahora ya sé que no puedo hacer nada por evitarlas. ¡Joder! Me da la sensación de que no he hecho ninguna cosa en esta semana aparte de llorar.

—Si encuentras algún indicio, si sospechas por un momento que puede haber recaído... ¿Me llamarás, por favor?

—Si eso ocurre, Andrea, todos tendremos que trabajar para que lo supere de nuevo. Y, por favor, si en algún momento se te ocurre qué le ha podido pasar para estar así...

—Tengo que colgar, Summer, lo siento. Entro a quirófano en dos minutos —me corta, aunque no tengo claro si creerme o no su excusa.

—De acuerdo —digo, y es evidente mi tono de fastidio, porque esta era mi última oportunidad de averiguar algo, y tampoco ha servido.

—Cuídate, Summer. Cuídate mucho.

Me quedo un buen rato mirando la pantalla del teléfono después de que la comunicación se corte. No he entendido demasiado bien esta llamada, pero, sobre todo, no he entendido esa última frase de Andrea, con la voz rota y unas palabras que, como todo en estos días, han sonado a despedida.

Salgo un rato del apartamento para que me dé el aire, porque el ambiente es tan sofocante dentro que creo que me voy a ahogar. El calor aprieta en estos días, pero no es eso lo que hace que el aire se haya convertido en irrespirable para mí. Me compro un helado de pistacho en un puesto callejero y me lo como despacio, recorriendo ese paseo marítimo por el que tantas veces hemos caminado Logan y yo con calma, con las manos enlazadas y la vista puesta en el horizonte, en un horizonte común.

Me siento en el murete que separa el paseo de la playa y me pierdo en los recuerdos. Se me saltan las lágrimas cuando me doy cuenta de que yo también he entrado en el modo despedida, y que ya pienso en nuestras vivencias de los últimos meses con un deje de nostalgia por lo perdido. Y yo solo quiero luchar. Quiero luchar por nosotros, por nuestra historia, por recuperar a una persona que me hizo sentir comprendida por primera vez en mi vida, que me devolvió unas ganas de vivir que no sabía que había estado ignorando más de catorce años.

Vuelvo al apartamento con la cabeza gacha, porque esa es la postura corporal que me pide el estado de ánimo y porque no quiero que los cientos de turistas que en estos días pueblan las calles de Virginia Beach me vean llorar. Abro la puerta y ya ni me sorprende que Logan no esté en casa. Incluso me alegro, porque la conversación con su madre me ha dejado muy mal cuerpo y la paranoia de si Logan habrá vuelto a caer en algunas de sus antiguas adicciones.

«Si algún día sospechas que he vuelto a beber, o notas cosas raras o... no sé, lo que sea... quiero que actúes. *Necesito* que actúes».

Recuerdo las palabras que Logan me dijo cuando me mudé a su casa. En aquellos días locos en los que nos moríamos de amor y ni siquiera compartir piso con apenas veinte años nos parecía una mala idea. Logan me pidió que actuara, que si en algún momento se comportaba de forma extraña, buscara indicios. Que espiara sin piedad.

Pienso en todas las veces que él me contó, con una culpa que probablemente nunca pierda del todo, cómo escondía botellas y droga en los lugares más insospechados de la casa de sus padres. Aquí lo tendría más complicado. Doy una vuelta de trescientos sesenta grados en el centro del salón y me planteo que es casi imposible que en este estudio, compartido entre dos personas, alguien pueda ocultar algo. Pero no voy a perder la oportunidad de comprobarlo.

Empiezo por la cocina, abriendo y cerrando alacenas y cajones. Huelo todos los productos de limpieza con cuidado, por más que me parezca una opción bastante surrealista que alguien esconda algo que va a ingerir en esas botellas. En el frigorífico, compruebo las pocas bebidas que solo toma Logan, pero no son más que lo que parecen: zumos naturales, batidos, purés... Cojo una silla del salón para comprobar la parte de arriba de los muebles, pero solo encuentro un paquete de tabaco y un mechero que alguna vez Logan me ha confesado que tiene escondido para emergencias, aunque yo lo había olvidado, quizá porque no es esa la adicción que me preocupa en este momento.

En el salón, rebusco por todos los rincones, y hasta me convierto en una paranoica al comprobar con el talón de mi pie que ninguna tablilla del suelo de madera esté suelta, dando lugar a un escondite. Me sitúo delante de la enorme librería y voy abriendo los libros uno a uno para asegurarme de que Logan no esconde nada entre sus páginas. Por un momento pensé que solo tendría que buscar botellas, aunque fueran de pequeño tamaño, pero no he tardado en darme cuenta de que una bolsita de cocaína podría estar en cualquier lugar.

Después de más de dos horas, comienzo la misma operación con las fundas de los vinilos. Nada. Son casi las nueve de la noche cuando doy por terminada la planta baja del estudio. Cocina, salón, cuarto de baño y también el gran armario ropero, en el que he comprobado bolsillo a bolsillo, no solo de la ropa de Logan sino también de la mía.

Antes de empezar la inspección del dormitorio, me siento un momento en uno de los peldaños de las escaleras de madera. Me duele el cuerpo del esfuerzo de casi desmontar nuestro piso y volver a dejarlo como estaba. Por simple orden, que conste. Me da exactamente igual que Logan sepa que he estado investigando. Él me lo pidió, él quiso que nos entregáramos el uno al otro con una confianza que no fuera ciega, sino muy consciente de los fantasmas que habíamos vivido en el pasado.

«Si algún día tienes la más mínima sospecha de que pueda estar bebiendo de nuevo, haz lo que tengas que hacer. Cotillea mis cosas, róbame el teléfono, llama a mis padres... En serio, cualquier cosa. ¿Me lo prometes?».

Subo al dormitorio sin demasiadas esperanzas de encontrar algo, y con una sensación muy extraña en el cuerpo. Porque no encontrar nada es una buena noticia y, a la vez, la constatación de que sigo sin saber qué demonios está pasando. No espero dar con nada en la parte superior del apartamento porque, en realidad, allí hay poco más que la cama. Levanto las sábanas, las almohadas y compruebo que en el espacio entre el colchón y el somier, así como debajo de este, no se esconden más que unas bolas de polvo que ahora mismo no tengo ni ganas ni fuerzas para limpiar. Supongo que lo de esconder secretos debajo del colchón es algo que solo ocurre en las películas.

Las mesillas son dos pequeños taburetes sin espacio para esconder nada, pero compruebo, de todos modos, los dos marcos de fotos que las decoran, por si hubiera decidido meter *algo* en la parte posterior. Me derrumbo un momento en la cama, con la foto de Logan llorando en mi mano. Me destroza pensar que esos ojos se parecen mucho más a los que he visto en los últimos días que los que he conocido durante los meses en que hemos sido felices. *Hemos sido*. Otra vez en pasado. Vuelvo a llorar cuando ya soy consciente de que asumo un adiós como la salida más probable a toda esta locura.

Ya solo me quedan dos cajas por comprobar. En la parte más abuhardillada del apartamento, apenas se puede estar de pie, así que me acerco en cuclillas a ese lugar en el que nos limitamos a acumular cosas que nos estorbarían en el resto del piso. Una de las cajas es muy familiar para mí. Es la que contiene todos los documentos, recortes de periódico y otros recuerdos de mi rapto, acumulados durante años por mi padre y que yo decidí quedarme hace unos meses. La abro y compruebo carpeta por carpeta, pese a que me niego a creer que Logan pudiera hacer algo tan infame como ocultar en ella alcohol o drogas.

La siguiente caja es un poco más grande, de cartón color azul, y contiene los apuntes y trabajos de Logan de sus dos cursos de carrera. La abro con cuidado, con la consciencia de que es el último lugar que me queda por mirar en toda la casa. Con la sensación de que he perdido todo el día y que sigo en la casilla de salida. Saco carpetas, archivadores y simples papeles sueltos, y los sacudo un poco con mi mano para comprobar que no oculten nada. En realidad, empiezo a sentirme imbécil, porque, si de verdad Logan ha recaído en sus adicciones, es muy posible que esté ahora mismo bebiendo en cualquier local de la ciudad mientras yo me convenzo de que elegiría nuestra casa para esconder sus secretos.

Paso documentos, uno tras otro. «Psicología del desarrollo I», «Historia de la educación», «Pedagogía social»... Las letras bailan ante mis ojos, dibujando asignaturas que no significan nada para mí, hasta que llego a la carpeta marrón que lo cambia todo.

Cambia mi vida.

Cambia la vida de Logan.

Lo cambia todo.

Y, al fin, lo entiendo.

Me levanto, tambaleándome, y me dejo caer en la cama con el papel todavía en la mano. Es la partida de nacimiento de Logan. Bueno... algo así. No es la partida de nacimiento de Logan Hartwell, del chico que conocí cuando acababa de llegar a la universidad, del que me enamoré jugando a descubrir secretos el uno del otro, sin saber que el mayor secreto de todos estaba oculto en algún registro civil, quizá en alguna parte de la casa de sus padres, muy lejos de la relación idílica que nosotros teníamos. O creíamos tener. O creíamos que podríamos tener.

Es la partida de nacimiento de alguien diferente. De alguien a quien conocí en otro mundo y otra vida. En una dimensión paralela en que siete vidas se rompían cuando apenas habían brotado.

Escucho cómo se abre la puerta de entrada, aunque mi mente consciente no acaba de procesarlo. Solo cuando una nube de olor a tabaco asciende por mi nariz me doy cuenta de que Logan ha llegado a casa. Me levanto para enfrentarme a él, para decirle que lo sé, que he descubierto el secreto. Para intentar explicarle, y explicarme a mí misma, que no sé si me está matando el rencor, la pena o la absoluta ira al ser consciente de que aquello que me ocurrió a los cinco años reaparece en mi vida cada vez que me permito la posibilidad de ser feliz.

—Eres tú...

Logan se sorprende al escuchar mi voz desde la parte inferior de las escaleras, junto a la puerta de entrada en la que acaba de dejar su casco. No necesito más que esas dos palabras para que en su gesto se haga evidente que lo sé. Que lo sé todo. Que ya no tiene sentido seguir mintiendo.

—Summer... —Sus ojos se llenan de lágrimas, y el efecto es contagioso, porque en menos de un segundo estamos los dos llorando.

—Ben... ¿Eres...? ¿Eres Ben?

—Summer, yo...

—¡No! Deja de repetir mi nombre. ¿Esta partida de nacimiento...? —No soy capaz de terminar la frase porque no quiero oír la verdad. Y porque el sabor salado de mis propias lágrimas hace que se me atasque la voz en la garganta. Y porque empiezo a sentir que la cabeza me da vueltas y sé que estoy a punto de marearme.

—Me la dieron mis padres en Baltimore. Hasta la última noche no supe nada. Te juro que, ni en la peor de mis pesadillas, podía imaginarme algo así.

—Logan, yo...

Quiero decirle que me encuentro mal, que estoy a punto de vomitar, que necesito que me ayude, aunque sea por última vez.

Quiero correr a sus brazos, tocarlo, acariciarlo, besarlo y dejar que me abrace, aunque sea por última vez.

Pero no hago nada de todo eso. Porque reconozco el miedo en los ojos de Logan una milésima de segundo antes de entender el porqué. Y es entonces cuando siento que me desvanezco y pierdo pie en la escalera.

Y todo se vuelve negro.

Summer cumple veinte años

—Summer, cariño. ¿Te apetece que te prepare una tarta de cumpleaños? —Mi madre se asoma al cuarto de invitados de su nuevo apartamento con prudencia y con ese gesto de compasión que lleva pintado en la cara desde hace un par de semanas.

—Mamá, no...

Y, entonces, ocurre. Mi cerebro se zambulle en el *déjà vu* más bestial que jamás he vivido y me retrotrae a tantos otros cumpleaños, a tantas otras fechas en que, amargada y tirada sobre mi cama, le dije a mi madre que no quería celebrar mi cumpleaños. A días en los que me odiaba a mí misma por tener miedo, a ella por haberme protegido demasiado, al mundo por no haberme protegido lo suficiente. A la vida por haberme puesto en el camino el mayor horror imaginable cuando no tenía edad ni para saber montar en bicicleta.

Recuerdo a la Summer que fui, a la Summer que perdió su infancia, su pubertad y su adolescencia y, como una visita inesperada, se planta en medio de mi pensamiento la Summer en que me convertí durante los nueve meses que viví en la Universidad de Regent. La Summer que sabía defenderse de las amenazas, que sabía plantarse delante de la persona a la que quería y darle un beso bajo la lluvia en unas pistas de atletismo.

El recuerdo de Logan me atraviesa como una bala a la altura del corazón. Me he prohibido pensar en él, pero mi subconsciente no siempre me obedece. Me he prohibido recordarlo. Y me he prohibido seguir intentando dilucidar cuál es el sentimiento que me provoca su recuerdo.

A ratos lo odio. Lo odio por ocultarme la verdad y no ser lo suficientemente cuidadoso como para que no la descubriera por mí misma.

A ratos me compadezco de él. Porque hace ya muchos días que me di cuenta de que el hecho de que sea el hijo de Joseph J. Boone es un drama mucho más dantesco para él que para mí. Para él que para cualquier otra persona del mundo.

A ratos lo desprecio. Por huir. Por no luchar. Por no quedarse. Por no intentar que lo perdonara por comportarse como un imbécil en los últimos días. Por no plantearse que lucháramos juntos contra un fantasma cuyo tamaño se había multiplicado por mil con ese descubrimiento.

A ratos me preocupo. Me preocupo por dónde estará, con quién, cómo... Me angustia pensar que pueda intentar buscar alivio a sus demonios en el fondo de una botella de ginebra. Cruzo los dedos en mi interior, una vez más, para que sus padres se hayan hecho cargo de él y esté a salvo.

Y, por encima de todo, lo añoro. Añoro a mi mejor amigo, a mi confidente, a quien me hacía reír a carcajadas, a quien secaba mis lágrimas y a quien me arrancaba gemidos que nunca pensé que emitiría. Añoro quererlo. Añoro que me quiera.

Pero no he olvidado lo que aprendí junto a él. No lo que me enseñó, ni lo que yo pude enseñarle a él, porque la única lección válida es la que aprendemos por nosotros mismos. Y junto a Logan yo aprendí a no rendirme. A luchar. A unir un paso a otro hasta que formaran un camino.

Y quizá el primer paso para volver a vivir, a sonreír y a intentar ser feliz aunque su ausencia me pese dentro del corazón tenga forma de tarta de chocolate.

—Sí, mamá. Prepara la tarta. Saldré dentro de un momento.

Veo cómo disimula un gesto de sorpresa y lo convierte en una sonrisa mientras me inclino sobre el cajón de la mesilla de noche para rescatar una vez más lo último que me queda de él. Su carta. La carta que dejó sobre nuestra cama antes de evaporarse. Y la leo una vez más.

Lo siento.

No puedo empezar esta carta de ninguna otra manera que pidiéndote perdón. Siento muchísimo lo que nos ha pasado, siento muchísimo no habértelo contado en cuanto lo supe y siento más que ninguna otra cosa que lo descubrieras como lo hiciste y que eso haya acabado contigo en el hospital. Un «lo siento» ni siquiera se acerca a expresar todo el horror que tengo dentro desde hace una semana.

Como ya habrás imaginado, fue en Baltimore donde descubrí de dónde procedía. Sabía que para ti era importante descubrir algo sobre Ben, sobre mí, por muy loca que me parezca todavía la idea de ser él. Así que pedí ayuda a mi padre, aunque te había prometido que no lo haría. Quizá ese fue mi primer error. Quizá podríamos haber vivido para siempre en la ignorancia. Felices, como todos estos meses juntos. Mis padres me explicaron la realidad sobre mi adopción, supongo que llevaban años con ese secreto quemándolos por dentro, y te juro por Dios, Summer, que entiendo cómo te sentiste el viernes en mi casa porque descubrir la verdad es lo más duro que me ha pasado en la vida.

Bueno... quizá no. Tardé muy poco en darme cuenta de que lo más duro estaba por llegar. Tendría que decírtelo. Y tendría que alejarme de ti. Volví de Baltimore destrozado pero convencido de sincerarme contigo en cuanto nos quedáramos solos. Pero no lo hice. Y, al día siguiente, tuve que huir de casa para intentar reunir el valor suficiente. Entonces, al regresar, te vi en la cama, esperándome, vestida con ese pijama mío de cuadros que dices que te horroriza, pero que siempre te pones para dormir. Con los pies descalzos y el móvil en la mano, supongo que esperando noticias de mi regreso. Y no pude hacerlo.

Te pido perdón también por la semana de horror que te he hecho pasar desde que volvimos de Baltimore. Supongo que ahora entiendes el motivo. Yo sabía que lo estaba haciendo mal, que no tenía sentido prolongar la agonía, pero, al mismo tiempo, necesitaba esos últimos momentos contigo. Pelearnos por elegir el vinilo que sonaría después de cenar, verte probar esos platos imposibles que como y fingir que no te horrorizan, abrazarte antes de quedarnos dormidos, hacer al amor, sentir el amor.

Me marcho. Hablaré con mis padres y buscaremos una solución a todo lo que me está pasando. Por mi salud mental, para empezar, pero también por intentar salvar mis estudios. Pero lejos de Regent. Nunca te obligaré a convivir con el hijo del monstruo que destrozó tu vida, ni tengo fuerzas para verte a lo lejos y fingir que no hubo un día en que eras todo mi mundo.

Supongo que no querrás saber nada de mí, y lo entiendo. Pero, si no fuera así, por favor, Summer, no me busques. Necesito aprender a *convivir conmigo mismo, con la idea de que la sangre que me corre por las venas está infectada de unos genes abominables. Necesito olvidar que hubo un día en que todo lo que necesitaba para ser feliz era ver tus ojos verdes por la mañana. Ninguno de los dos hemos tenido suerte en la vida, pero no dejo de pensar que mis desgracias, de algún modo, las he generado yo, mientras que tú has sido una víctima de la maldad del mundo.*

Sigue adelante, Summer. Sé que puedes. Creo que nunca te lo he dicho, pero eres la persona más fuerte que he conocido en toda mi vida. La que en pocos meses pasó de vivir entre unos muros infranqueables a ser la chica con la sonrisa más brillante de todo el campus. No te atrevas a pensar ni por un momento que yo era el causante de eso. Fuiste tú sola quien aprendió a brillar, y lo hiciste con tanta fuerza que iluminaste tu vida y la mía. Usa esa energía para salir adelante después de esto. Sé que lo conseguirás.

Te quiero. Probablemente te quiera el resto de mi vida.

Adiós, Summer. Sé feliz, por favor.

Logan.

SEGUNDA PARTE:
Logan

Descubrí que Joseph J. Boone había sido mi padre biológico cuando llevaba doscientos veintiséis días enamorado de Summer.

Descubrí que me iba a enamorar de Summer cuando no hacía ni doscientos veintiséis segundos que había hablado con ella por primera vez.

Hubo un tiempo en que pensaba que nunca, jamás, tendría que pasar en mi vida por algo tan duro como la rehabilitación. Que nada volvería a provocarme sudores fríos, temblores, vómitos, pánico, ansiedad, angustia y unas ganas intensas de quedarme dormido y no volver a despertar.

Me equivocaba.

La primera vez que vi a Summer, supe que estaba rota. No sé por qué tuve esa intuición, tan real, tan tangible, y, sin embargo, nunca pude imaginar lo que vendría después.

No fue una sorpresa enamorarme de ella. Dios mío... Ni siquiera entiendo cómo podría haberlo evitado. Tampoco pude evitar perderla.

Y, con ella, me perdí yo.

1
Perderme para intentar encontrarme

—¡¡Summer!!

Corrí hacia ella con la esperanza de que lo que acababa de ocurrir fuera solo el epílogo de la pesadilla en que se había convertido mi vida en los siete días anteriores. Por momentos, me costaba creer que en un espacio de tiempo tan corto se pudiera haber condensado tanto dolor. Un dolor que no me daba tregua, que parecía atenuarse cuando pasaba tiempo con Summer, cuando fingía que seguíamos siendo los de siempre, que no había volado todo por los aires. Pero que volvía con más fuerza en cuanto veía en sus ojos que ella sabía que era una farsa, por más que jamás hubiera podido imaginar la magnitud de lo que le ocultaba.

Pero no. No hubo epílogo a mi pesadilla, porque ver a Summer desvanecerse y caer por las escaleras del apartamento fue solo el comienzo de un nuevo episodio, del peor de todos. De lo que esperaba que fuera ya tocar fondo, porque, si había algo más profundo que aquello, yo no sobreviviría para conocerlo. Me daba pánico pensar en cuántas veces en mi vida había creído tocar fondo solo para descubrir a continuación que siempre, siempre se podía llegar más abajo. El día en que fui consciente de que era un adicto, el intento de suicidio, la sobredosis, la confesión a mis padres de todo lo que llevaba tiempo ocultándoles, las primeras semanas en la clínica de desintoxicación. Todas palidecían ante la imagen de Summer inconsciente a mis pies, con la sangre saliendo de una herida junto a su ceja derecha.

Ni siquiera pensé en llamar a una ambulancia, a pesar de que habría sido la decisión más inteligente. No llevaba yo una racha caracterizada por las decisiones inteligentes, precisamente. La cogí en brazos mientras las lágrimas seguían cayendo de mis ojos, y de mi boca se escapaba sin cesar su nombre, entre susurros.

Tampoco recuerdo cómo llegamos al hospital, que, por suerte, estaba a pocas manzanas de mi casa. Mi cuerpo había entrado en una especie de estado autómata en que fui capaz de dejarla en mejores manos que las mías y de dar sus datos personales a la recepcionista de la clínica. Y poco más. Me dejé caer en una silla de la sala de espera, de la que solo me moví para salir al aparcamiento a fumar cada poco rato, hasta que, cerca ya de las cuatro de la madrugada, un doctor me informó de que Summer estaba bien, que le habían dado unos puntos en la ceja y que la mantendrían en observación hasta el día siguiente para asegurarse de que el golpe de la cabeza no tuviera consecuencias.

Creo que ni yo mismo era consciente de hasta qué punto el aire se me había quedado atascado en los pulmones, pero lo cierto es que lo exhalé con fuerza cuando supe que a Summer no le había pasado nada.

—Ahora está dormida. Creo que lo mejor será que te vayas a casa a descansar. Mañana podrás verla —me informó el doctor, con una mirada compasiva, porque a nadie se le había escapado la angustia que me consumía.

Pero yo sabía que no volvería. Ni en el peor de los escenarios que había planeado en mi cabeza sobre nuestra despedida habría podido imaginar que la última imagen que me llevaría de Summer sería la de dejarla sobre una camilla, inconsciente y sangrando por la cabeza.

Salí al aparcamiento de la clínica y me aposté en un banco de madera destartalado bajo un árbol. Las primeras luces del día empezaban a vislumbrarse en el horizonte y decidí hacer lo único que me permitían las pocas fuerzas que me quedaban en aquel momento: esperar a ver llegar a Sarah, la madre de Summer, sabiendo que ella se haría cargo de su hija. Yo ni siquiera había sido capaz de llamarla para darle la noticia en persona, pedí en la recepción del hospital que lo hicieran, y ese detalle se sumaría a la nómina de todo lo que no me perdonaría.

En algún momento, dejé de contar el tiempo en minutos y empecé a hacerlo en cigarrillos. Eran casi las ocho de la mañana cuando la vi aparecer, en un taxi, acompañada de Martin, el padre de Summer. Sus caras de preocupación eran evidentes y, por un momento, estuve a punto de acercarme a ellos, explicarles lo que había ocurrido —*todo* lo que había ocurrido— y contarles mis planes. Pero no reuní el valor suficiente. Llevaba una semana en la que no estaba haciendo demasiados méritos para una medalla al honor.

Me fumé un último pitillo apoyado en un árbol, después de tener que hacer un esfuerzo incluso para conseguir ponerme de pie. Eché un vistazo hacia la fachada del hospital, casi como si así pudiera despedirme de Summer, que estaría en alguna de aquellas habitaciones, esperaba que ya recuperada. Me aseguraría de ello más tarde.

Me fui caminando hacia mi apartamento, deshaciendo el camino que había hecho unas horas antes con Summer en brazos. Miré la hora y me di cuenta de que, si quería seguir con los planes que parecían tan claros en mi cabeza, tendría que darme prisa. Subí las escaleras metálicas casi a la carrera y cogí las dos únicas bolsas de viaje que sabía que cabrían en las maletas de mi moto, además de la mochila con la que me movía habitualmente.

Guardé en ellas parte de mi ropa, que tampoco era mucha, y el resto la metí en un par de bolsas de basura y la tiré al contenedor. No quería dejar demasiado atrás, aunque no me quedaría más remedio que abandonar muchos de mis libros favoritos, de mis vinilos, de recuerdos que dolerían. Es lo que tiene huir, que nadie lo hace cargado de objetos con valor sentimental. Solo me permití un último canto a la nostalgia al dejar el viejo pijama de cuadros que Summer solía usar, aunque le quedaba enorme, debajo de su almohada.

Encendí el portátil, solo para cerrar mi cuenta de correo y de esas redes sociales que apenas usaba, y para borrar todas las fotos de los tiempos felices, y lo guardé también en una de las bolsas. Bajé a la calle para meter mi exiguo equipaje en la moto y aproveché para comprar un par de cajas en una papelería cercana. Metí en ellas un par de vinilos, dos o tres libros que siempre querría releer y los apuntes y trabajos de la universidad. Escribí la dirección de mis padres en el exterior y adjunté la única nota que me salía de dentro escribirles en aquel momento en el que aún pugnaban dentro de mí la rabia por haber convertido mi vida en una mentira y la preocupación por lo que sabía que estarían sufriendo:

Papá, mamá...

Os envío algunas de mis cosas para que las guardéis en vuestra casa hasta que me sienta preparado para volver. Me marcho un tiempo. No sé cuánto tardaré en regresar, pero sí sé que no lo haré hasta que consiga aprender a convivir con quien he descubierto que soy. Por favor, no me busquéis ni me presionéis. No serviría de nada y solo me alejaría más. Prometo mantenerme en contacto. Y no os preocupéis: no haré nada que pueda dañaros.

Os quiero,

Logan.

Necesité aclararles que no iba a beber. No lo había dicho así, con todas las letras, porque no quería ni mencionarlo. Porque sabía que ese sería el mayor miedo de mis padres, pero también era el mío. Recordaba lo fácil que era ahogar el dolor en whisky, pero, por suerte, aún tenía mucho más presente el infierno multiplicado por mil que era el día siguiente.

No fue la única carta que escribí. Después de darme una vuelta por el apartamento, comprobando que no me dejaba nada importante y despidiéndome del lugar en el que fui capaz de vivir un nuevo comienzo, antes de saber que no era eso lo que el destino me tenía reservado, me dejé el alma en una carta para Summer. Mi despedida. Nuestro adiós.

La apoyé bien visible sobre la almohada, y cerré la puerta. Tenía tres meses de alquiler pagados por delante y me alegré de que Summer contara con ese margen para mudarse a otro lugar. Dejé las llaves dentro e ignoré la que siempre dejábamos escondida junto al macetero de la entrada. Summer la necesitaría para volver a entrar en el piso, y yo había aprendido una lección muy valiosa a lo largo de once meses de rehabilitación y más de dos años sobrio en libertad: la mejor forma de evitar una tentación es alejarla. Y, si me llevaba alguna de esas llaves en el bolsillo, no tardaría en tener la tentación de volver a por Summer. Y eso no era una opción.

Bajé a la calle y alejé mi moto de la vista de los transeúntes. La aparqué en el garaje subterráneo de un supermercado cercano, donde compré agua, algunos zumos y un poco de fruta, que guardé en el poco espacio que quedaba ya en mi moto. Me senté en una cafetería desde la que se divisaba el portal de mi casa y llamé por teléfono al hospital, para confirmar si a Summer le habían dado el alta. Aún no me había dado tiempo a colgar cuando la confirmación de que ya estaba bien, de que gracias a Dios que lo estaba, llegó en un taxi a pocos metros de mí.

Su padre se bajó del asiento delantero e intentó ayudarla a salir, pero ella ya estaba fuera antes de que pudieran darse cuenta. Tenía buen aspecto, a pesar de que un apósito le cubría parte de la frente. Suponía que estaría agotada, aunque estaba demasiado lejos para poder comprobarlo en su cara. Entraron en el portal y supe que aquello sí había sido la despedida definitiva. No habría podido irme sin verla bien, de pie, no inconsciente, como unas horas antes.

Me bebí los restos de mi té, que se había quedado frío, me levanté para pagar y, entonces, volvió a aparecer ante mis ojos. Con mi carta en la mano, la mirada desolada y moviendo la cabeza a un lado y a otro, como si intuyera que yo andaba cerca y quisiera encontrarme. Me giré, en parte para que no me localizara, aunque habría sido difícil a través de los cristales tintados del bar, y en parte para no seguir viéndola. «Mantener las tentaciones lejos», repetí en mi interior, como un mantra.

Cuando me di la vuelta de nuevo, ya no estaba.

Recuperé mi moto del aparcamiento, comprobé una vez más que mi móvil estaba apagado, aceleré y, simplemente, me perdí.

2
Rumbo al sur

Enfilé rumbo al sur porque sí. Porque era una de las opciones. La que más cerca me quedaba en la rotonda de salida de Virginia Beach. Conduje todo lo que el depósito, que estaba casi lleno, dio de sí. No corrí demasiado, pero tampoco fui despacio. La única forma que se me ocurrió en aquel momento de poner la mente en blanco fue tener que prestar atención a las curvas de la carretera, a los coches con los que me cruzaba y a las condiciones del tiempo, que me sorprendió con algún que otro chaparrón de verano.

Atravesé el límite del estado y pasé aquella primera noche en un pueblo costero de Carolina del Norte que, sorprendentemente para esas fechas, no estaba demasiado atestado de turistas. Conseguí una pequeña habitación en un motel alejado del núcleo urbano, pero a pocos metros del mar. El primer pensamiento que me atravesó la cabeza fue cuánto habría disfrutado Summer de un lugar como aquel. El segundo, que debía extirparme del cerebro cualquier recuerdo asociado a ella o acabaría por volverme loco.

Ya me había saltado la comida, así que decidí cenar una manzana, que fue lo poco que mi cuerpo estuvo dispuesto a tolerar. Salí de mi cuarto para fumar un cigarrillo, que haría el número mil en las últimas horas, y paseé un rato por la orilla de los acantilados. El móvil me quemaba en el bolsillo, pero me negaba a encenderlo. No sabía qué me destrozaría más, si descubrir en él decenas de llamadas de Summer o no encontrar ninguna. Si fuera un poco más poético, habría tirado el teléfono al mar, pero soy un imbécil al que le preocupa la conservación de los océanos, así que me limité a formatearlo y dejarlo sobre la mesa de la terraza de una cafetería vacía con la esperanza de que alguien se hiciera cargo de él.

La mañana siguiente llegó sin que yo alcanzara a conciliar el sueño, y dudé si quedarme en ese hotel un día más o seguir mi camino. La decisión habría sido más clara si me dirigiera a un lugar en concreto, pero no era el caso. Solo quería huir. Huir de todo. De mi pasado, de mi presente, de los recuerdos, del asco que no podía dejar de sentir por la sangre que me circulaba por las venas. Y esas no son cosas de las que se pueda huir hacia algún lugar. La sangre, por desgracia, te acompaña a donde vayas.

Lo único que realmente me apetecía era abrazar a Summer, hacer el amor con ella. O consolarme de la ruptura en los brazos de mis padres. O ahogar las penas en una botella de vodka y un par de porros que me dejaran el cerebro en *off*. Como ninguna de esas era una opción, me limité a embalar mi petate y seguir rumbo al sur.

En los siguientes días pasé por Carolina del Sur y por Georgia. Recordé un documental que había visto unos meses antes sobre el aeropuerto de Atlanta y estuve a punto de gastarme parte de mis ahorros en un vuelo a algún lugar. Quizá a Europa, a América del Sur o a Nueva Zelanda. No sé, me daba la sensación de que, cuanto más lejos estuviera, mejor sería para mí. Y para los que me querían, a los que no parecía tener capacidad para dejar de hacer daño.

Entrar en Florida fue un *shock*. Por muchos motivos. El primero, porque el calor se volvió insoportable y la cazadora y el casco se convirtieron en objetos de tortura. El segundo, porque la tranquilidad que había conseguido encontrar en los otros estados era imposible en el lugar vacacional por excelencia de Estados Unidos, en pleno mes de agosto. Y el tercero... porque se me acababa el país. No sé por qué, dar la vuelta no me parecía una opción, y tirarme al océano con la moto en plan *Thelma y Louise*, tampoco.

Pasé dos noches en Jacksonville y una en Tampa antes de llegar a Miami, pero apenas recuerdo nada de aquellos días. Mi mente estaba al mismo tiempo en blanco y funcionando a un millón de revoluciones por minuto. En algún momento, decidí entrar en un Walmart para comprar algo para comer, ya que no me apetecía lo más mínimo socializar y me alimentaba lo justo gracias a los víveres que iba comprando aquí y allá. Pasé por la sección de tecnología y se me iluminó la bombilla de comprarme un móvil nuevo. Yo podía querer seguir desconectado del mundo, pero era consciente de que no era justo para mis padres. Mi madre debía de estar muriéndose de preocupación, y la culpabilidad añadía más leña al fuego de todos los sentimientos podridos que tenía en mi interior.

Lo configuré sin pararme a pensar demasiado, en la habitación de aquel motel de las afueras de Miami en el que me había sorprendido que el alojamiento fuera tan barato, hasta que descubrí que no disponía de aire acondicionado y el ventilador del techo no acababa de ser suficiente para combatir los treinta y ocho grados del exterior. Lo encendí y marqué el único número de teléfono que me sabía de memoria, el de mi madre.

—¿Logan?

—Hola, mamá. —La voz se me rompió en cuanto escuché su tono, ansioso por saber de mí, y las lágrimas empezaron a escurrirse por mi cara en el silencio que siguió al saludo, mientras la oía sollozar y lo poco que quedaba entero dentro de mí se hacía añicos.

—¿Estás bien? —me preguntó en cuanto fue capaz de reponerse un mínimo.

—Estoy... —Pensé en un adjetivo adecuado, pero supongo que no existía—. Estoy.

—¿Dónde?

—Por ahí. —Suspiré mientras me daba cuenta de que no tenía sentido ocultar algo que, al fin y al cabo, podrían averiguar consultando los movimientos de mi tarjeta de crédito—. En Miami.

—¿Puedo ir a buscarte? —se aventuró, con prudencia.

—No, mamá. No quiero... No sé ni lo que quiero. No quiero ver a nadie. No quiero... No sé.

—Logan, estar solo no es la mejor opción para superar...

—No voy a beber —le espeté, convencido de que esa sería su mayor preocupación.

—Lo sabemos —se apresuró a decir, con una seguridad en la voz que, en el fondo, sabía que no sentía.

—No sé cuándo volveré, mamá. Necesito encontrar... no sé. Algo que me dé fuerzas para seguir.

—¿Y Summer?

—No quiero hablar de ella. Eso... se acabó.

—Pero, Logan...

—¿Cómo pudisteis no decírmelo, mamá? ¿Cómo pudimos pasar por años de terapias en los que me desnudé para vosotros, en los que tratábamos de encontrar los motivos de mis pesadillas, cuando vosotros los sabíais desde el principio?

—No supimos hacerlo, cariño. —Mi madre volvía a llorar, pero estaba demasiado cegado como para que me afectara esa vez—. ¿Cómo se dice algo así? ¿Y cuándo?

—Pues no sé, mamá... —Usé la ironía y me odié un poco más por ello—. Quizá cuando yo me volvía loco para intentar averiguar qué cojones me había pasado de niño.

—Nos habíamos prometido hacerlo cuando tuvieras edad suficiente para comprenderlo, pero, entonces... surgieron todos los problemas y...

—¿Y en la terapia?

—Logan, ¿por qué no vienes a casa y lo hablamos todo?

—¡No! Quiero saberlo ahora, quiero intentar entenderlo de una puta vez.

—Te veíamos bien, ¿vale? En menos de un año, habías intentado suicidarte y habías sufrido una sobredosis cuando no podíamos ni imaginarnos que tuvieras problemas con las drogas. Cuando al fin veíamos la luz... nos dio pánico que esto te hiciera recaer.

—Y preferisteis mentirme —afirmé, porque era una respuesta que sabía.

—No supimos hacerlo mejor. Lo siento. Fue la decisión a la que llegamos con tus terapeutas. Quizá fue un error... Tu padre y yo lo sentimos con toda nuestra alma, te lo juro.

—No me pidáis perdón. Tengo que asimilarlo, pero... supongo que no tengo derecho a reprocharos nada después de todo el daño que os hice.

—No, Logan. Sí tienes derecho. Solo... Ahora nosotros solo queremos que te cuides, ¿vale?

—Lo haré. No sé hacia dónde estoy huyendo, pero sí sé de qué. Y no es de vosotros. Volveré. No sé cuándo, pero... volveré.

—Vale. En cualquier momento, estés donde estés, sabes que solo tienes que llamarme e iré a buscarte. Lo sabes, ¿verdad?

—Lo sé. Te quiero mucho, mamá. —Volví a empezar a llorar en el momento de despedirme de ella, aun sin saber si seguía sintiendo rencor hacia ellos. No sabía demasiado acerca de mis sentimientos en aquel momento, en realidad.

—Y nosotros a ti, cariño. Y nosotros...

Corté la llamada porque no podía soportar que siguiera llorando. La habitación pareció estrecharse a mi alrededor y necesité salir de allí. Me fijé en que llevaba puestas mis zapatillas deportivas, así que ni me molesté en cambiarme y salí a correr. Me dieron igual los casi cuarenta grados, la altísima humedad del ambiente o el sol que apretaba todavía aunque ya caía la tarde. No llevaba ni un kilómetro cuando empecé a sentir las consecuencias de los días que llevaba sin entrenar y de lo muchísimo que había fumado en ellos. Pero me dio igual.

Seguí y seguí corriendo, deleitándome en los pinchazos de mi pecho, en el aire que se negaba a entrar y en los músculos de mis piernas agarrotándose. Llegué hasta una zona boscosa desde la que se divisaba el aeropuerto de la ciudad y, ahí sí, no pude más. En todos los sentidos. El dolor físico conspiró con el dolor emocional, y eché tanto de menos tener a mano un saco de boxeo con el que desahogarme que me pareció una idea genial emprenderla a puñetazos contra el tronco de una palmera. Me dejé en la tarea el alma, la piel de los nudillos y mucha de esa sangre que odiaba. Y, después, me derrumbé sentado en su base hasta que la noche me cayó encima y decidí regresar al motel.

Después de años de tratamiento, conocía bien los efectos de las pastillas que necesitaba para dormir, así que no me sorprendió despertar bien pasado el mediodía, después de haberme tomado tres la noche anterior. No había llegado a descansar más de un par de horas seguidas desde la penúltima noche en Baltimore, así que di por hecho que era mejor abusar de ellas por una noche que acabar colapsado por el cansancio.

Lo primero que sentí cuando abrí los ojos fue un dolor horrible en la mano izquierda, que me devolvió el recuerdo de la noche anterior con una intensidad que me atravesó.

Me duché en agua helada, porque mi cuerpo se había despertado con el intenso calor de aquel horno en el que me alojaba, pero mi cerebro necesitaba algún estímulo extra para volver al mundo de los vivos. Me limpié como pude la mano, apretando los dientes porque dolía de cojones, además de tener un aspecto bastante lamentable, con la piel levantada, la sangre reseca y un color azulado que pedía hielo a gritos.

Pasé el resto del día tirado en la cama, con la mirada alternando entre el ventilador del techo y el televisor, que si era un entretenimiento que no me gustaba en estado normal, en aquellos momentos, directamente, me revolvía el estómago.

Y pensando en Summer.

No había permitido demasiado que la mente me volara a ella, pero, en realidad, era como un sonido sordo que no dejaba de rondarme. Recordaba los buenos momentos. Recordaba los malos. Recordaba, recordaba y recordaba, y aquello no era una buena noticia, porque mi futuro era incierto, pero el pasado era un aguijón que se me clavaba y no me dejaba respirar.

Quizá ese fue el peor día. O el peor de aquella primera remesa de días malos. Es difícil hacer un *ranking* del dolor, pero la apatía, para mí, es la peor manifestación de él. Y yo era todo apatía en aquel tiempo. Volví a quedarme dormido tras tomar un par de pastillas, pero tuve la lucidez para jurarme a mí mismo que sería la última vez que sobrepasara la dosis. Y yo era muy firme cuando me juraba que no volvería a hacer algo. Quizá aquella convicción era lo último que me quedaba después de perderlo todo.

Me desperté cuando apenas había amanecido un dolor en la mano mucho más lacerante que el del día anterior. Empezaba a agobiarme la posibilidad de haberme hecho un estropicio mayor que el de las heridas que ya habían empezado a convertirse en costra. La abrí y la cerré un par de veces. O, mejor dicho, lo intenté; porque el gesto se quedó a mitad de camino y mi mano convertida en una especie de garra un poco grotesca. «Me cago en la puta». Decidí que me marcharía de Florida esa misma tarde, así que empecé a empaquetar mis cosas, con más dificultades de las que quise reconocer, y me acerqué a recepción a preguntar dónde estaba la farmacia más cercana.

Con un precario mapa en la mano y unos cuantos dólares en el bolsillo de los pantalones, recuperé mi moto del aparcamiento y la arranqué. Pero no llegué muy lejos. Tardé menos de diez segundos en darme cuenta de que no era capaz de doblar la mano lo suficiente para agarrarme al manillar con fuerza y que alcanzar el freno era, simplemente, misión imposible. Estaba bien jodido.

Volví al motel y decidí deshacer mi equipaje cuando me di cuenta de que no tenía ni puta idea de lo que estaba haciendo con mi vida. De que estaba pasándolo fatal, haciendo sufrir a mis padres y en Summer... mejor ni pensar. Y que todo apuntaba a que me había roto la mano. No, no se puede decir que mi plan de huir de todo estuviera dando un resultado brillante. Parecía difícil acabar peor que en el punto de partida, pero hasta ese récord había conseguido batir.

Pospuse lo inevitable un buen rato, mientras me pegaba un pequeño atracón con unas galletas que me vendieron en recepción con la garantía de que eran veganas, cosa que preferí no plantearme demasiado porque estaba de mi dieta de fruta y cigarrillos hasta las pelotas. Cuando acabé, envié un mensaje escueto:

Logan: «Estoy en el motel Destiny Airport, en las afueras de Miami. Ven a buscarme, por favor».

3
Vuelta a casa

Mi madre llegó a primera hora de la mañana, con la tez más pálida de lo que era habitual en ella en verano, las ojeras marcadas y, sorprendentemente, sin mi padre. Me llamó en cuanto su avión aterrizó, y la esperé en la explanada que había delante del motel, fumando un cigarrillo y más nervioso de lo que había estado en mucho tiempo ante la perspectiva de verla.

Empecé a llorar cuando se bajó del taxi y ya no dejé de hacerlo en todo el tiempo que ella pasó abrazándome, observándome con ese ojo de madre que da la sensación de que puede leer el pensamiento y acompañándome a la habitación a que recogiera mis cosas.

—Tengo dos billetes reservados para Baltimore en el vuelo de dentro de tres horas. Date prisa. —Su tono fue implacable, como si toda la fortaleza la hubiera adquirido al verme a mí derrumbándome, pero se lo agradecí.

—Vale.

—¿Tienes todas tus cosas recogidas?

—Emmmm... Sí. Pero...

—¿Qué pasa, Logan? —Su mirada parecía dura, pero la había hecho pasar por demasiadas cosas en la vida como para no darme cuenta de que era una fachada que no quería permitir que se derrumbase.

—Es que... el otro día tuve un momento... un momento especialmente difícil...

—Dios mío... —Las lágrimas afloraron a los ojos de mi madre y corrí a desmentir la sospecha que sabía que había anidado en su mente.

—No, no, no, mamá. No he bebido. Ni tomado nada. Te lo juro.

—Ah... ¿Entonces?

—Digamos que me metí en una pelea...

—Logan...

—...contra un árbol. —Le sonreí brevemente y me dio la sensación de que llevaba siglos sin hacerlo—. Ganó él. —Le enseñé la mano, y ella me echó una mirada a medio camino entre la preocupación y el enfado.

—¿Desde cuándo tienes esto así?

—Hace un par de días.

—¿Te has hecho alguna cura?

—Me he lavado las heridas —le respondí, encogiéndome de hombros—. Y me puse un poco de hielo anoche.

—Intenta abrirla y cerrarla del todo —me pidió, cambiando al modo doctora en segundos. Hasta me parecía imaginarla con las gafas que se ponía para operar en la punta de la nariz.

—Ya lo he intentado y no puedo.

—¿Te duele si hago esto? —No sé qué coño hizo, pero el alarido que me salió del estómago contestó por mí. Maldita capacidad de los médicos para hacer a la gente agonizar solo con un toquecito.

—Está rota, ¿no?

—Sí. Y esperemos que no se haya movido ningún hueso o tendrás que pasar por mis manos.

—No me riñas, anda —le pedí, un poco con voz de niño pequeño, y me di cuenta de que posiblemente había acertado por primera vez en muchos días al tomar la decisión de llamar a mi madre.

—No pensaba hacerlo.

Se acercó a mí y dejó un beso sentido en mi mejilla mientras me revolvía el pelo con la otra mano. Yo me dejé hacer mientras luchaba por que las lágrimas no salieran, y ella tomó el mando de los preparativos. Se sacó el pañuelo que llevaba al cuello y me hizo un cabestrillo improvisado con él, liquidó la factura del hotel e hizo un par de llamadas a una empresa de transporte para que enviaran mi moto a Baltimore en los días siguientes.

Cuando me quise dar cuenta, estaba metido en un avión de camino a casa. No quise decirle a mi madre que lo sentía como solo una solución temporal, porque esa palabra, *casa*, ya no significaba absolutamente nada para mí.

4
¿A dónde pertenezco?

Mi padre nos recogió en el aeropuerto y me saludó con un abrazo sincero y una mirada curiosa a mi cabestrillo. Mi madre lo informó, sin tener en absoluto en cuenta mis leves protestas, de que pasaríamos por el hospital antes de ir a casa. Me apoyé contra el cristal de la ventanilla trasera y agradecí que mis padres respetaran mi silencio. Tendríamos que hablar, pero podía esperar. Mi padre, que nunca ha soportado muy bien los silencios incómodos, y al parecer ese lo era, encendió la radio. Sonó una emisora al azar, pero la canción parecía elegida expresamente para mí:

«Mama, I don't wanna die. I sometimes wish I'd never been born at all[1]».

En el hospital, recibí todo el trato de favor que se podría esperar siendo el hijo de la jefa de cirugía. Las radiografías dieron como resultado tres huesos rotos, a los que casi se une un pómulo del bofetón que estuvo a punto de pegarme mi madre cuando vio el destrozo que me había hecho en la mano. Por suerte, todo seguía más o menos en su sitio, así que no hizo falta que pasara por quirófano. Esa fue la buena noticia. La mala, que tendría que llevar una escayola hasta el codo y el brazo en cabestrillo tres semanas, y una férula algo más corta otras tres. Por pelearme contra un puto árbol como un tarado de la cabeza. «Perfecto, Logan. Esta vez te has lucido».

En cuanto entramos por la puerta de casa, la tregua de silencio se acabó. Lo supe en cuanto mi padre puso en marcha la cafetera de goteo, pese a que hacía años que no tomaba más café que el del desayuno. Parecía una declaración de intenciones de que la conversación podría durar toda la noche. Se

---

1. «Mamá, no quiero morir, pero a veces desearía no haber nacido». Fragmento de *Bohemian Rhapsody*, de Queen.

me escapó una sonrisa de gratitud, porque estoy seguro de que habría preferido un lingotazo de whisky para pasar el trago de la conversación, pero el alcohol no había vuelto a entrar en casa desde hacía más de tres años.

—Puedes fumar, si quieres —me dijo mientras abría de par en par el gran ventanal de la cocina. Si necesitaba alguna prueba más de que la conversación iba a ir en serio, esa era una de las buenas. Mi padre había dejado de fumar unos diez años antes y nunca había permitido que yo lo hiciera a menos de veinte metros de casa.

Mi madre se sentó a mi lado y me preguntó si me dolía la mano. Le dije que no, lo cual no era del todo cierto, pero no quería que insistiera en que tomara unos analgésicos que me dejaban medio grogui y me recordaban una sensación que no quería volver a sentir.

—Bueno... ¿Qué vas a hacer con tu vida? —empezó mi padre y se ganó una mirada de reproche de mi madre por hacer lo que mejor se le daba: saltarse cualquier preliminar y entrar a matar sin anestesia.

—Hay... hay algunas cosas que me gustaría saber antes de hablar de eso.

—Tú dirás —me respondió.

—¿Cómo... cómo ocurrió? ¿Cómo llegasteis a adoptar al hijo de... de *ese*?

—Te lo intentamos explicar aquella noche.

—Papá —resoplé para calmarme un poco—, perdona que el día en que todo mi puto mundo se derrumbó no estuviera atento a los jodidos detalles.

—No hables así delante de tu madre.

—Por Dios, Bruce —me sobresaltó ella con una carcajada—, no soy una niña. Que hable como le dé la gana, pero que se calme. —Dejó una infusión delante de mí y volvió a su silla—. Toma, cielo.

—Está bien... Tu madre y yo llevábamos muchos años intentando tener hijos y no tuvimos suerte. Pasábamos ya de los cuarenta y la adopción nos pareció la mejor opción. Nos preguntaron si teníamos alguna restricción, ya sabes, si nos importaría tener un hijo enfermo o si había alguna edad máxima o... Bueno, esas cosas. Dijimos que no. Queríamos tener un hijo y no lo queríamos a la carta.

—Fuisteis muy generosos —concedí, porque de verdad lo pensaba.

—No tiene nada que ver con la generosidad —intervino mi madre—. Queríamos un hijo y, si hubiera sido biológico, tampoco habríamos podido elegir si venía o no enfermo ni muchas otras cosas.

—El caso es que, apenas un mes después de que nos consideraran válidos como adoptantes y de entrar en las listas de espera, la agencia con la que gestionábamos todo nos llamó y nos dijo que tenían un caso muy especial. Un niño que había pasado por un verdadero infierno y que llevaba en acogida en una casa de Dakota del Sur un par de meses.

—¿Dakota del Sur? De ahí era el hijo de puta ese, ¿no? —les pregunté, recordando parte de la investigación que había compartido con Summer. «Summer... Joder, cómo dolía».

—Eran tus tíos. El hermano de Boone y su mujer. Su única familia. Tu... tu única familia biológica viva. Los servicios sociales te enviaron con ellos después de que la policía os rescatara.

—Y no me querían allí —me aventuré; sus caras y su silencio me dijeron que había acertado de pleno—. Vamos a ver... No pasa nada. Independientemente de este tema y de toda la mierda que hice cuando bebía, yo he sido feliz. Me he sentido querido, muy querido. No me va a traumatizar que el hermano paleto de un puto asesino y su mujer quisieran deshacerse de mí.

—No, no te querían. —Fue mi madre la que habló, y su gesto era tan duro que parecía que hubieran esculpido su mandíbula en mármol—. Eras lo que los servicios sociales llamaban *un caso difícil*. Por tus orígenes, lo que habías sufrido, por las pesadillas, la incontinencia nocturna... Fuimos a conocerte con miedo, no te voy a mentir. En mi cabeza, imaginaba a un niño huraño y traumatizado. Es lo menos que podrías ser después de lo que habías vivido en los seis años que tenías.

—Fuimos solo a conocerte, pero yo sabía que ibas a volver a casa con nosotros. —Mi padre se levantó a servirse otro café y se le escapó una sonrisa nostálgica—. Sabía que tu madre no sería capaz de dejarte atrás, y lo tuve más claro que nunca cuando te conocimos.

—¿Por qué?

—Porque no eras nada de lo que esperábamos —me respondió mi madre—. Eras alegre, hablador, despierto... Tenías esos dos ojos enormes y no te perdías nada de lo que pasaba a tu alrededor. Y porque... —Se estiró hasta alcanzar una servilleta de la encimera y se secó las lágrimas—. Porque te sentí como mi hijo desde el primer momento en que te vi.

—¿Por qué no recuerdo nada de todo eso?

—Estrés postraumático. En eso no te ha mentido nadie, cariño. Los terapeutas que te trataron de niño sabían lo que te había ocurrido. Entre ellos y nosotros llegamos a la conclusión de que era mejor lidiar con tus terrores nocturnos que desbloquear los recuerdos de un horror que ni siquiera sabíamos el alcance que tenía.

—¿A qué te refieres?

—A que todos sabemos más o menos lo que ocurrió en aquellos meses que permaneciste en el búnker con los otros niños, pero no lo que pudo hacerte ese monstruo en los años anteriores. Pensábamos contártelo cuando tuvieras quince, dieciséis años...

—Pues gracias a Dios que no lo hicisteis —reconocí—. En aquel momento, no sé qué habría sido de mí si lo hubiera sabido.

—Por eso nunca te lo contamos. Los terapeutas del centro estuvieron de acuerdo con esa decisión. Hemos pasado años dudando de si hicimos lo correcto. ¿Lo... lo entiendes?

—Entiendo todo. Es algo que aprendí de... —la cabeza me voló a conversaciones en mi estudio con Los Beatles sonando de fondo— de Summer. Ella me dijo una vez que no era capaz de culpar a sus padres por cómo gestionaron su recuperación del rapto porque no hay una forma válida de lidiar con un horror tan grande. No hay un capítulo en los manuales de Psicología dedicado al método infalible para curar el trauma de los niños que son secuestrados y violados durante meses en un sótano. —Vi sus caras de sufrimiento por lo que acababa de decir y me dolió, aunque, si algo había aprendido en los meses anteriores, fue que lo mejor era llamar a las cosas por su nombre—. No os guardo rencor. De veras.

—Gracias. —La voz de mi madre era apenas un hilo.

—¿Qué más sabéis? ¿Mi madre biológica? ¿Hermanos?

—Tuviste un hermano. —Las palabras de mi padre calaron hondo e intenté volver a recordar lo que me decía Summer, cuando me contaba que no consideraba hermanos a los hijos de su padre, porque un hermano es otra cosa. «Cuántas cosas me enseñó. Qué vacío me ha dejado»—. Murió poco antes de que tu madre...

—Mi madre eres tú —le espeté, muy rápido.

—De que la mujer de Boone se largara. No sabemos si él tuvo algo que ver en la muerte de ese niño. En realidad... nunca quisimos pensar demasiado en ello. Después de eso, él se mudó a Brownsville y empezó a secuestrar a niños.

—¿Mayor o más pequeño?

—Un año mayor. Bradley, se llamaba.

Asentí con la cabeza, porque no se me ocurría qué más decir. Me levanté a la ventana y me encendí un cigarrillo, esbozando una sonrisa de disculpa hacia mi madre, aunque, por una vez, ella no me reprendió por ello. El silencio se hizo más espeso en la cocina, y vi a mis padres ahogar bostezos. Se había hecho de noche mientras hablábamos y empecé a notar el cansancio apoderándose de mí después de muchos días con el cuerpo descontrolado. Decidí decirles lo que sentía porque no quería que se hicieran ilusiones con nada.

—Voy a necesitar tiempo para asimilar todo esto.

—Claro, cielo, claro. —Mi madre se levantó y me acarició la cara—. Tómate unos días, unas semanas incluso. Con tus notas, no creo que tengas problema aunque te incorpores a la facultad un poco más tarde que el resto de tus compañeros.

—No, mamá... No me estáis entendiendo. Me quedaré aquí hasta que me quiten esto —levanté un poco el brazo que tenía en cabestrillo y que había empezado a dolerme bastante más en las últimas horas—, pero luego me marcharé.

—¿A Regent? —preguntó mi padre, con prudencia, aunque sentí que él ya sabía que no hablaba de retomar mi vida anterior.

—No, papá. Necesito estar un tiempo desconectado de todo. Lo intenté estos días y salió mal, pero yo no tengo el estado mental que necesito para meterme de nuevo en la facultad y seguir como si no hubiera pasado nada. Mucho menos en Regent.

—¿Por Summer?

—Principalmente —suspiré—. Pero no solo por ella. Por todo. Necesito encontrar... no sé. Mis raíces, supongo.

—¿Pero...? Ya sabes cuáles son. ¿No es mejor...?

—¿Qué? ¿Olvidar que mi padre fue un puto monstruo?

—No, olvidarlo no. Pero aprender a vivir con ello. Podemos buscarte ayuda, podemos... —La veía desesperada y me mataba, pero ni en un millón de años me podía plantear superar aquello sentándome en un diván una hora a la semana.

—Mamá, no es algo que esté en vuestras manos. Esto tengo que hacerlo yo. Necesito comprobar que no he heredado nada de ese hijo de puta, necesito entender por qué lo hizo, qué me hizo a mí antes de raptar a los demás niños... Necesito muchas cosas y, por desgracia, no sois vosotros los que podéis dármelas. Ya no.

—¿Estás enfadado con nosotros? —El temor en la voz de mi padre me sorprendió, porque no estaba acostumbrado a que tuviera arranques emocionales. Nunca los había tenido, ni siquiera en los peores momentos de mi desintoxicación.

—¿La verdad? No lo sé. Os entiendo, pero al mismo tiempo... No sé. Estoy confuso. Solo puedo aseguraros que no os voy a hacer daño. Pero no me puedo quedar aquí ni volver a Regent.

—Bueno, tenemos seis semanas para pensarlo.

5
Buscar mis raíces... y quemarlas

Al final, fueron tres. En cuanto me quitaron la escayola y comprobé que podía manejarme bastante bien con la férula, me largué de Baltimore. Habían sido tres semanas horribles, llenas de miedo, de incertidumbre y de culpabilidad. Miedo a la genética, a haber heredado alguno de los rasgos monstruosos de quien fue mi padre biológico. Incertidumbre por los meses que tenía por delante, porque empezaba a tener algunos planes perfilados en mi cabeza, pero no tenía ni idea de si sería capaz de llevarlos a cabo. Y culpabilidad porque cada mañana veía en los ojos de mi madre la certeza de que me estaba convenciendo, de que me quedaría, de que superaría todo aquello de la forma que ella consideraba la mejor: con terapia, apoyo familiar y rutinas de estudio. Pero yo sabía que aquello no iba a funcionar, no esa vez, y no titubeé ni por un segundo en mi decisión.

Me despedí de ellos entre las lágrimas de mi madre y la cara de comprensión de mi padre. Creo que él siempre supo que aquello era lo mejor para mí en aquel momento, y que no siempre las soluciones más evidentes son las que dan resultado.

—¿Estás totalmente seguro, entonces? —me preguntó mi madre, una última vez, mientras yo revisaba la presión de los neumáticos de la moto.

—Andrea, déjalo ya. Se va. Cuanto antes lo asumas, antes dejarás de sufrir. Tiene veintiún años, ya es hora de que recorra mundo y se haga mayor. —La intervención de mi padre me sorprendió, y dijo justo lo que yo habría expresado con palabras mucho más desacertadas. Me levanté y le di un apretón en el hombro, con el que esperaba transmitirle toda la gratitud que sentía. A continuación, se dirigió a mí—. Llévate mi coche.

—¿Qué?

—En serio, llévate mi coche. Tu madre y yo nos arreglamos bien con un solo coche, y con esa mano no te resultará fácil conducir la moto. Y, si algún día no tienes donde dormir, es grande...

—Trabajaré. —Era algo que había decidido, más que nada porque no entendía el sentido de viajar por el país intentando encontrarme a mí mismo con la Visa de papá y mamá en el bolsillo, pero lo dije como una forma de aceptar que mi padre tenía razón, que el coche sería mucho más práctico para moverme, aunque sería yo quien me mantuviera por mí mismo.

—¿Pero cómo vas a trabajar?

—¡Andrea! Por favor, tienes que parar esto. No se le van a caer los huevos por trabajar para pagar sus gastos.

Sorprendentemente, a los tres nos dio la risa, aunque creo que más por los nervios que porque tuviéramos un verdadero motivo para reír. Me ayudaron a meter las bolsas de viaje en el maletero del todoterreno y, tragándome las lágrimas como pocas veces en mi vida había tenido que hacer, abrí la puerta del garaje y aceleré.

Mi primera parada la tenía clara. Fairpoint, Dakota del Sur. El lugar donde nací, según decía la partida de nacimiento que, junto a algunos documentos de mi adopción que mi padre me dio antes de que me marchara, llevaba a buen recaudo en la mochila.

Poco más de mil habitantes, ninguna ciudad de más de cinco mil en muchas millas a la redonda, un supermercado, un par de cafeterías, una iglesia... Podría haber sido Fairpoint o cualquier otro pueblo del rural profundo del interior, un entorno al que no estaba demasiado acostumbrado.

Llegué allí después de dos días conduciendo casi sin parar. Lo justo para repostar, comer algo rápido y dormir en el coche. No tardé ni doce horas en celebrar la idea de mi padre de que dejara la moto en casa y me desplazara en su vehículo. Y, si no me detuve apenas en mi trayecto, fue porque, al fin, después de un mes de absoluta apatía, había entrado en una carrera frenética por llegar a mi destino. Y mi destino era ese pequeño pueblo de Dakota del Sur en el que todo había empezado, y deseaba con todas mis fuerzas que fuera también el punto de arranque de mi regreso a una vida con la que me sintiera capaz de convivir.

Había buscado posibles alojamientos en Fairpoint por internet, y la decisión fue bastante sencilla, ya que solo había un hotel en el pueblo. Algo a medio camino entre motel, *bed and breakfast* y casa de huéspedes. Imaginé que no sería necesaria reserva, y no me equivoqué, puesto que todas las habitaciones estaban libres e incluso Beth, la mujer que atendía la recepción y parecía encargarse de todo allí, se mostró sorprendida de que alguien hubiera dado con sus huesos en aquel lugar.

Pensaba quedarme en Fairpoint unos cuantos días, quizá un par de semanas, hasta que encontrara algo que ni siquiera tenía muy claro lo que era, así que Beth me ofreció una tarifa especial para estancias largas. Vamos, que abonaría por semana un precio que en una gran ciudad no pagaría ni una sola noche. Pensaba que no me quedaría demasiado tiempo, pero sucedió algo que cambió mis expectativas sin que me diera cuenta siquiera.

Todo empezó con el anuncio de Beth de las opciones que tenía para cenar esa noche. No era solo que no hubiera una alternativa vegana que ya no esperaba en ese tipo de alojamiento; es que parecía un homenaje a la proteína cárnica. Así que me vi obligado a coger el coche de nuevo para acercarme al supermercado, a pesar de las protestas de Beth, a la que se veía muy apurada por ofrecerme una cena que entrara dentro de las posibilidades de mi dieta.

Supermercado quizá sea una palabra algo exagerada para el local de Beau, como todo el pueblo parecía conocer al lugar, si me fiaba de las indicaciones de los vecinos a los que pregunté dónde encontrarlo, después de que las explicaciones de Beth se me olvidaran a mitad de trayecto. Allí, en Beau's, encontré más un típico colmado de pueblo que vende cualquier producto imaginable que un supermercado al uso.

También encontré un lugar en el que comprar más productos ecológicos que en muchos de los establecimientos de Virginia Beach o de Baltimore. No es que en Fairpoint los consideraran así, sino que, simplemente, el pueblo parecía estancado unas cuantas décadas atrás, y vendían frutas y verduras de pequeños productores locales. Pero, sobre todo, encontré un cartel, colgado en un panel de corcho tras la caja registradora, que provocó un giro de ciento ochenta grados en el devenir de los acontecimientos posteriores.

—Buenas tardes —saludé al hombre que me atendía, y bajo cuyo escrutinio había estado durante toda mi visita. No tardaría en darme cuenta de que era la reacción habitual ante la visita de un forastero a un pueblo tan poco frecuentado, pese a que la hospitalidad de los ciudadanos de Fairpoint es algo que nunca olvidaré.

—Buenas. —Empezó a apuntar en un cuaderno los precios de los productos que yo había seleccionado.

—¿Ese cartel...?

—¿Sí?

—¿Está buscando a alguien para trabajar aquí? —le pregunté, algo extrañado, porque no parecía que el lugar estuviera tan frecuentado como para necesitar un empleado extra.

—¿Por qué?

—Podría estar interesado —lo tanteé, preguntándome, por enésima vez en aquellas semanas, qué coño estaba haciendo con mi vida, al renunciar a las comodidades de la vida universitaria para irme a trabajar a un colmado de la América más rural.

—¿En trabajar aquí? —me preguntó, suspicaz, casi como si me hubiera leído el pensamiento.

—Sí. Voy a quedarme en el pueblo un tiempo y estaba buscando algo.

—Mis hijos han insistido en que contrate a alguien —comenzó a relatarme, después de un silencio en el que pareció evaluar si yo era digno de su confianza—. El año pasado tuve un... pequeño problema cardíaco, y dicen que ya no tengo edad para estar al frente de todo por aquí.

—¿Qué tendría que hacer la persona a la que contrate?

—Atender el local por las tardes y, por las mañanas, llevar los encargos a algunas casas del pueblo. ¿Tienes una furgoneta?

—Un todoterreno bastante grande.

—Las furgonetas de los ricos...

—¿Perdone?

—Nada, nada. —Se sonrió y continuó explicándome—. El sueldo no es ninguna maravilla. Ochocientos dólares, pero tendrías seguro médico, que supongo que te hará falta.

—¿Por? —le pregunté, distraído, mientras él hacía un gesto con su cabeza hacia la férula de mi mano—. ¡Ah! Esto está casi curado. En un par de semanas me la quitaré.

Asintió y se retiró a la trastienda a hablar con alguien por teléfono.

—Beth dice que pareces un buen tipo, y por aquí no hay nadie joven dispuesto a aceptar un trabajo en el pueblo, así que... te esperaré esas dos semanas.

—No, no. No es necesario —me apresuré a insistir, porque no me podía imaginar nada peor para mi salud mental que estar otros quince días parado sin hacer nada—. Puedo cargar bastante peso con la mano derecha y trabajar de forma normal. De verdad.

—Está bien. Si tú lo dices... ¿Puedes empezar el lunes?

—¿Y por qué no mañana?

Salí de Beau's con dos bolsas llenas de víveres y un trabajo. Mi primer trabajo.

Cuando era adolescente, incluso cuando ya había empezado a comportarme como un imbécil, pensaba que mi primer trabajo sería como becario al acabar la carrera, incluso aunque en aquel momento no tuviera ni idea de por dónde iría mi vocación. Tras retomar mi vida, en los dos años que pasé estudiando en Regent, el pensamiento no varió demasiado. Mis opciones para trabajar en Virginia Beach para sacarme algún dinero extra y no exprimir demasiado a mis padres se habían visto cortadas de raíz cuando me di cuenta de que todos los trabajos que se ofrecían a los universitarios eran en bares o pubs, unos ambientes de los que prefería mantenerme alejado. Lo que jamás pensé, ni por un momento, fue que la primera línea de mi currículum profesional iría dedicada a un pequeño establecimiento de un pueblo de Dakota del Sur.

Al volver a mi alojamiento, me encontré a Beth armada con un delantal y un olor delicioso invadiendo toda la planta baja de su casa.

—¡Justo a tiempo! Beau me ha dicho que venías directo para aquí, no sabía si me daría tiempo a tenerte la cena lista.

—Pero... —Ese fue el primer indicio de que no conocería en el tiempo que me quedara en Fairpoint el concepto de intimidad, aunque hasta eso acabó por importarme poco.

—Ni pero ni nada. He buscado en internet qué es eso de ser vegano y creo que he hecho una cena que te valdrá. Puré de zanahorias y una ensalada con frutos secos. ¿Te gusta?

—Me encanta. —Le dediqué una sonrisa radiante y me di cuenta de que estaba a punto de descubrir qué se sentía al tener una especie de abuela entregada.

Cenamos juntos, compartiendo la gran mesa de madera de la cocina de la casa, mientras Beth no era capaz de quedarse quieta en su asiento y yo disfrutaba de mi primera comida caliente en tres días. Tras aceptar un té y poner todos los productos que había comprado a su disposición, a pesar de sus protestas, me retiré a mi dormitorio.

Era una habitación gigantesca, la más grande de la casa, según me dijo Beth, con baño propio y una cama enorme en la que la ausencia de Summer se haría más evidente que nunca. Las paredes estaban pintadas de un azul muy pastel, todos los muebles eran blancos y un gran ventanal daba acceso a una pequeña terraza en la que Beth había tenido el detalle de dejarme un cenicero. Las vistas de un río rodeado de árboles de hojas ocres era impresionante.

Me permití el capricho de fumarme un cigarrillo allí, en el calor todavía persistente pese a que la noche hacía rato que había caído, con el único sonido de fondo de los grillos cantando en algún lugar de la oscuridad. Me senté en la silla de un rincón y subí las piernas a la gran balaustrada de escayola blanca. Jugueteé con mi móvil durante un par de minutos, antes de decidirme a llamar a mis padres, con los que había pactado que hablaría una vez a la semana para mantenerlos informados de mis avatares, y a los que imaginaba pegados al teléfono esperando esa comunicación. No me pareció justo, no merecían que los tuviera expectantes cuando no me costaba nada hablar con ellos y tranquilizarlos. Además, me apetecía hacerlo.

—¡Logan, cariño! —me saludó mi madre con una euforia un poco fingida en la voz.

—Hola, mamá. ¿Cómo estáis?

—Bien, bien. Muy bien. Bueno, deseando saber de ti. ¿Dónde estás?

—En Fairpoint.

—Logan...

—Mamá, necesitaba venir aquí.

—Sí, sí, lo entiendo. Claro.

—Tengo un trabajo —le solté de repente, esperando que se volviera loca cuando supiera que pensaba dedicar algún tiempo de mi vida a ser el chico de los recados del colmado de un pueblo perdido de la mano de Dios.

—¿De verdad?

—Sí. En una especie de supermercado. Me llegará para pagar la habitación en la que me estoy alojando y mis gastos.

—Sabes que tu padre y yo...

—Mamá... —la interrumpí, porque me había quedado harto de aquellas conversaciones tras las tres semanas en Baltimore.

—Sí, sí, tienes toda la razón. Te vendrá bien trabajar. Empezar desde abajo y todo eso.

—Sí. No sé cuánto tiempo me quedaré, pero he encontrado un sitio estupendo donde dormir, y todo el mundo parece buena gente por aquí.

—No sabes cuánto me alegro.

—Mamá, ¿te ha obligado papá a decirme a todo que sí? —Me dio la risa al hacerle la pregunta.

—Sí. —Ella se contagió—. Pero también he estado pensando y, si esto es lo que necesitas, yo estaré apoyándote.

—Ya lo sé.

—Siempre, Logan. Siempre.

—Gracias, mamá. —Decidí cambiar de tema porque cada vez me costaba más retener las lágrimas dentro—. ¿Alguna novedad por ahí?

—La verdad... La verdad es que sí. —La prudencia en su voz envió un latigazo de pánico a todo mi sistema nervioso. Podía no creer en los presentimientos, pero aquella sensación llegó a hacerme dudar sobre su existencia.

—¿Qué ha pasado?

—Me ha llamado Summer.

«Summer». Solo escuchar su nombre me hizo estremecer. Me devolvió a la mente los mejores recuerdos, los de ella sonriendo cuando yo decía alguna tontería, concentrada estudiando en aquellos meses de encierro que pasamos en la época de exámenes, derritiéndose entre mis manos cuando hacíamos el amor. Y los peores, los de la decepción que sufrió cuando volvimos de Baltimore y yo me convertí en una persona diferente, los de su cuerpo en mis brazos cuando aprendí lo que era el dolor de una despedida.

—¿Qué quería? —le pregunté, aunque fuera una estupidez, porque tuve que hacer un esfuerzo incluso para pronunciar esas dos palabras.

—Verte. O hablar contigo. Le he dicho que te lo consultaría, aunque me imagino que...

—Mi respuesta es no.

—Estaba muy triste. Parecía... desesperada.

—Ya. —Mantuve frío mi tono de voz porque todo el resto de mí estaba en llamas. De dolor, de solo imaginar a Summer sufriendo. Sufriendo por mí de nuevo, por mis decisiones y por todo aquello que nunca estuvo en mi mano controlar. Por haberla dejado sola porque no me consideraba digno de ella, porque temía que mi presencia supusiera un retroceso en todo aquello que había conseguido superar con años de terapia y una voluntad personal que ya quisiera yo para mí.

—Logan, yo no te voy a decir que me parezca buena idea que os veáis. No, al menos, hasta que tú te encuentres mejor. Pero podrías llamarla y...

—No, mamá. No. Y no quiero volver a hablar de ello. Soy el hijo de la persona que destrozó su vida. ¿Qué punto de partida es ese para una relación?

—Ya... No sé, cariño, pero la vi tan triste...

—Mamá, por favor. —Se me rompió la voz y los dos nos mantuvimos un rato en silencio, hasta que yo decidí abrirle mi corazón de una forma que no era habitual—. No quiero que volvamos a hablar de Summer. Tengo que hacer un esfuerzo sobrehumano cada día, todos y cada uno de los días de mi vida, para no llamarla, no salir corriendo hacia Virginia Beach, Kansas City o donde demonios sea que esté en este momento. Tengo que hacerlo porque no hay una situación en el mundo más disfuncional que la nuestra y porque ninguno de los dos estamos curados de nuestros demonios como para meternos en algo así. No me creo que no lo entiendas.

—Sí lo hago.

—Pues... no me la vuelvas a nombrar, por favor. Pero...

—¿Qué?

—Haz algo por mí, por lo que más quieras.

—Dime.

—Si... si vuelve a llamarte, por favor, convéncela de que esto es lo mejor. Haz lo posible por que lo entienda. No le digas que yo te lo he pedido, pero intenta que rehaga su vida, que siga adelante. Que no se pierda pensando en cosas que... que ya no pueden ser.

—Lo intentaré, cielo.

Me despedí de ella entre palabras entrecortadas porque esa frase, esa certeza de que mi historia con Summer ya nunca sería posible, acabó de romper lo poco que quedaba en pie de mí. Me encendí otro cigarrillo y me lo fumé intentando contener las lágrimas, pero fracasando en el intento. La echaba tanto de menos que el dolor era físico, tangible. Tan explícito que sentía que alguien había metido la mano en medio de mi pecho y me estaba estrujando el corazón con todas sus fuerzas.

Caí en la cama presa de la desesperanza y me abandoné al llanto durante una hora, o quizá dos. Asumí que la misión de deshacer mi equipaje quedaría para más adelante y, por momentos, incluso me arrepentí de haber aceptado empezar a trabajar al día siguiente, por más que supiera que cualquier distracción sería perfecta en ese momento.

Sonaron tres toques en la puerta. Tan suaves que llegué a creer que los había imaginado. Pero un cuarto, algo más fuerte, me confirmó que alguien, presumiblemente Beth, estaba al otro lado. Me levanté, convencido de que me habría escuchado llorar, y también hablar con mi madre.

—Hola, ¿ocurre algo? —le pregunté, con una mueca un poco seca, porque estaba en uno de esos momentos en que lo único que me apetecía era abandonarme al desespero sin distracciones.

—Olvidé comentarte —me respondió, sin que pareciera importarle lo más mínimo estar en camisón más allá de la medianoche ante mi puerta— que en la planta de abajo tenemos una pequeña biblioteca con libros que teníamos en casa y con otros que han ido dejando los huéspedes. Ven, que te la enseño.

No sé por qué la seguí, pero el caso es que lo hice. Quizá porque me daba la sensación de que negarle algo a aquella mujer bajita y un poco rechoncha era algo que jamás aprendería a hacer. O porque había asumido ya que dormir sería una opción muy difícil esa noche, con pastillas o sin ellas, y un buen libro podría ayudarme a pasar el trago.

—Mira, todos estos son los favoritos de Jeff. Hemingway y cosas así, que me han parecido siempre aburridísimas. —Siguió señalando estanterías mientras a mí se me dibujaba poco a poco una sonrisa ante la escena—. Por aquí están los míos, novelas de asesinatos, romances y cosas así, más entretenidas. Y por ahí están los que ha dejado la gente que ha pasado por aquí. Solo he leído un par, pero puedes echarles un vistazo y elegir tú el que prefieras.

Mis ojos revisaron un par de veces las baldas atestadas de libros, porque aquella mujer había conseguido despertar mi curiosidad, pero solo se quedaron fijos en uno. *Joseph J. Boone. Historia del monstruo más odiado de América.* Nada más y nada menos que eso. El peor monstruo del país. Mi padre.

—Oh, no, no, Logan, por favor. No cojas ese. —Beth me lo arrebató de las manos cuando ya me disponía a leer su contraportada, después de clavar mis ojos en aquella cara abominable con la que se suponía que había convivido durante seis años, pero que no despertaba en mí ningún recuerdo.

—¿Por qué?

—Eso... Ocurrió algo hace años. No aquí, en algún lugar de Oregón. Fue un secuestro horrible de un montón de niños, y el hombre que lo hizo era de Fairpoint. Hará unos... quince años de aquello, más o menos. Jeff y yo acabábamos de montar la casa de huéspedes y recuerdo que durante el primer año vinieron por aquí un montón de periodistas buscando carroña. Fue espantoso. Después de eso, aún cae por aquí algún que otro morboso interesado en saber más sobre los orígenes de Boone, supongo que el que dejó aquí ese libro sería uno de ellos. ¡Como si alguien de este pueblo tuviera interés en recordar a ese demonio!

Guardé silencio durante tanto rato, con la vista puesta en el libro que Beth aún sostenía entre sus manos, que temí que ella pudiera leer en mis ojos quién era yo. No lograba desprenderme de la sensación de que era un farsante, de que ocultaba a todo el mundo que mi padre había sido un violador y un asesino, por más que mi yo racional supiera que no tenía ninguna obligación de identificarme como hijo de un hombre que probablemente había destrozado mi vida más que la de ninguna otra persona en el mundo.

—Beth, creo... —dudé—. Creo que me lo llevaré de todos modos. Necesito una lectura corta para esta noche. Estoy un poco nervioso por empezar el trabajo mañana y no quiero quedarme hasta demasiado tarde leyendo.

—Lo que me extrañaría sería que fueras capaz de dormir después de leer eso —me rebatió, aunque me entregó el libro al mismo tiempo. Yo se lo agradecí con una sonrisa, y los dos volvimos enseguida a nuestras habitaciones.

Leí durante dos horas. Por suerte, la mayoría de los detalles los conocía gracias al tiempo que había pasado con Summer recabando información. Y digo «por suerte» porque, si no hubiera sido así, recibir la sobredosis de información que aquel periodista metido a escritor había condensado en apenas doscientas páginas podría haber acabado conmigo. Descubrí algunos detalles sin importancia de la vida de Boone antes de mudarse a Brownsville y comenzar su historial criminal. Y leí mi nombre en aquellas páginas. El que había sido mi nombre. Benjamin L. Boone. Y sentí más que nunca que necesitaba encontrar a aquel niño, a aquel Ben que había sido un día, para volver a ser persona. Para entender, si es que entender sirve para algo en un caso así.

6
Mi vida en Fairpoint

Cuando me quise dar cuenta, llevaba ya más de tres meses viviendo en Fairpoint. Mi día a día había adquirido algo parecido a una rutina, que era lo único que impedía que me volviera loco pensando en qué iba a hacer con mi vida, cómo iba a acabar de gestionar los descubrimientos del último año y, sobre todo, qué demonios tenía que hacer con mi cerebro para que dejara de recordarme constantemente a una chica de pelo oscuro y ojos verdes de la que seguía enamorado de una forma tan intensa que dolía.

Por las mañanas, me levantaba muy temprano y cogía el coche para hacer los repartos de pedidos del supermercado. Beau siempre estaba allí, daba igual cuánto me aventurara yo a madrugar. Algunos días, los repartos me llevaban toda la mañana y acababa comiendo algo rápido en la trastienda del colmado antes de iniciar mi turno de la tarde. Pero, la mayor parte de los días, disponía de un par de horas para salir a correr, desde la casa de Beth, siguiendo el curso del río, hasta donde Fairpoint se convertía ya solo en un bosque en el que las fronteras con los pueblos limítrofes eran difusas. Y vuelta a casa de Beth. Pocas veces en mi vida he estado tan en forma como entonces, aunque tuve que renunciar al boxeo durante unos meses por consejo del médico que le echó un vistazo a mi mano en un par de ocasiones después de retirarme la férula.

Las tardes en el colmado eran animadas, a pesar de la sensación que me había dado en mi primera visita. Era a media tarde cuando teníamos el mayor flujo de clientes. En Fairpoint, la gente todavía hacía la compra al día, así que no paraban de entrar y salir habitantes del pueblo a los que ya iba conociendo. Mike, el maestro del único colegio del lugar, que había llegado hasta allí desde Nueva York, harto del estrés, la contaminación y los ritmos de la gran ciudad, y con el que hablaba mucho de deporte y de política. Janie, una señora de mediana edad con una mano increíble para la repostería, que era la encargada de surtir de tartas al pueblo. Jacob, el único policía de Fairpoint, que era poco mayor que yo, nunca había tenido especial interés en abandonar su localidad natal y que reconocía que su trabajo era el menos estresante de todo el pueblo. Todos ellos me fueron adoptando como a uno más, confiando en mí e invitándome a las celebraciones en las que se reunía todo habitante de Fairpoint, y que generalmente se celebraban en la iglesia, ya que el invierno de Dakota del Sur no permitía grandes alegrías al aire libre.

Con la Navidad a la vuelta de la esquina, la nieve se convirtió en una constante que hizo que los pedidos a domicilio se multiplicaran y, con ellos, mi trabajo. Agradecí por enésima vez no haberme llevado la moto, a pesar de que ya echaba de menos volver a subirme a ella y conducir un rato con el viento de cara.

En una de aquellas mañanas grises y heladas, un pedido me llevó a una casa algo aislada del resto del pueblo, en una zona boscosa que no conocía. Entregué a una pareja de ancianos un pedido gigante, ya que, como me explicaron, solían quedarse aislados durante días a causa de las nevadas y siempre eran previsores. Cuando ya me estaba despidiendo de ellos, con una taza de chocolate caliente entre las manos por exigencia de la señora Bailey, reparé en el cementerio que se divisaba desde el claro en el que había aparcado mi todoterreno.

No sé por qué fue ese día y no otro. No sé por qué nunca le había preguntado a Beth por el cementerio de Fairpoint, el lugar en el que sabía que estaba enterrado aquel chico que un día fue mi hermano, aunque yo ni lo recordara ni lo sintiera como tal. Tal vez fue la añoranza de mi casa, de mis padres, de todo aquello que había conocido antes de que mi mundo se derrumbara, la que guio mis pies hasta allí en aquella mañana de diciembre. Pasé un tiempo eterno buscando la tumba de Bradley, hasta que di con un vigilante que, con algunas reticencias, aceptó decirme dónde se encontraba.

Esperaba encontrar una tumba descuidada y abandonada desde hacía diecisiete años, pero, en su lugar, me di de bruces con la realidad de un pueblo que ya había empezado a descubrir que no abandonaba a los suyos. Una mujer pequeña, a la que recordaba haber visto alguna vez en Beau's, estaba cortando algunos hierbajos junto a la lápida cuando mi presencia la sobresaltó.

—Perdone —me apresuré a disculparme mientras pensaba en una excusa para encontrarme allí, porque, si algo había aprendido en mis meses en Fairpoint, era que mantener un secreto no era factible—. No quería asustarla.

—¡Ay! No te preocupes, hijo. Yo ya he acabado aquí. —Se levantó con una agilidad sorprendente para su avanzada edad y se dirigió a mí—. ¿Buscabas alguna tumba en concreto?

—Emmmm... No. Es que me gustan los cementerios —respondí, y no me di cuenta de hasta qué punto sonaba fatal lo que acababa de salir por mi boca—. Quiero decir... yo... estudio Historia del Arte y siempre me fijo en las iglesias y los cementerios porque... porque... hay mucho arte en ellos, vaya.

—Qué cosas más raras hacéis los jóvenes hoy en día —me dijo, sin aclarar si se había creído o no la lamentable excusa que le había dado entre titubeos—. Yo suelo venir a cuidar de las tumbas de la gente que no tiene a nadie que lo haga, así que, si algún día necesitas algo... Tú eres el chico de la tienda de Beau, ¿no?

—El mismo. Me llamo Logan.

—Yo soy Rose. Bueno, encantada de conocerte.

Se marchó y yo me quedé allí, ante aquellas palabras talladas en piedra que hablaban de un niño que no había podido sobrevivir y otro que sí. Aún no sabía, y quizá nunca supiera, si Joseph Boone había sido el responsable de la muerte de Bradley, pero algo dentro de mí me decía que sí. Las lágrimas me sorprendieron quedándose heladas sobre mis mejillas. Y ni siquiera sabía por qué lloraba, más allá del horror evidente de un niño con la vida truncada a los seis años. Pero también lloraba por mí, por haber sobrevivido y no ser capaz de recordarlo, por ser en cierto modo inmune al dolor gracias a ese cerebro que seguía bloqueando los peores recuerdos, y que, según los diferentes terapeutas que me habían tratado, salvo un extraño milagro, ya siempre lo haría. Tardé muchos años en entender por qué era incapaz de recordar. No comprendía por qué nada lograba desbloquear aquella parte de mi vida que mi cerebro estaba empeñado en esconder, hasta que leí en un libro que no existen las revelaciones milagrosas, las que yo podría haber tenido al ver una foto de Boone o al visitar Brownsville con Summer. Eso de recibir un estímulo y que un trauma que lleva quince o veinte años afianzado dentro de la cabeza desaparezca... solo ocurre en las películas. Y mejor que siguiera siendo así, al menos en mi caso.

También lloraba por Summer. Lloraba a menudo por ella, por una añoranza que tenía clavada en el pecho y que no, no aminoraba con el paso de los meses, como mis padres decían que haría. Como yo mismo llegué a pensar en algún momento que sucedería. Lloraba tan a menudo al pensar en ella que ya ni me sorprendió hacerlo también allí, ante la tumba de un hermano al que no recordaba, porque lo que sí estaba instalado en medio de mi pensamiento era aquella visita al cementerio de Brownsville para decir adiós a otras dos víctimas del puto monstruo que resultó ser mi padre. Y, mientras mis pasos se alejaban del cementerio y regresaba a mi coche, entendí el momento en que ella me había dicho que no quería volver, que quería cerrar aquella etapa. Me sentí egoísta por dejar que otros se ocuparan de mantener en buen estado aquel lugar, cuando yo era el familiar más cercano de Bradley, pero... me dio igual. Había aprendido de Summer que ser egoísta es, en ocasiones, la única respuesta para mantenernos en pie, y yo necesitaba empezar a cerrar heridas.

Al día siguiente era Navidad y sabía que me tocaría lidiar con la culpabilidad, así que me metí en el coche intentando olvidar lo que dejaba atrás, y pasé las siguientes horas explicándole por enésima vez a mi madre que todavía no me sentía preparado para volver a casa. Que unas fiestas en familia no era lo que necesitaba mi estado de ánimo en esos momentos y que estaría mejor en Fairpoint, casi fingiendo que esos días serían uno más. Cenando con Beth, como había hecho en Acción de Gracias, dejando que me contara anécdotas de su vida y abriéndome yo poco a poco a ella, aunque aún muy lejos de ser capaz de contarle qué era lo que me había llevado hasta su tranquila casa de huéspedes.

Mi madre lloró mi ausencia, mi padre me advirtió que no iba a permitir que «esta situación» se prolongara mucho más tiempo y yo solo quise dejarme morir de culpabilidad. Estuvimos más de dos horas conectados por FaceTime, y sé que Beth tuvo que retrasar un par de veces la hora de la cena para que mis padres y yo pudiéramos quedarnos lo más tranquilos posibles en la ausencia. Al final, nos despedimos prometiendo hablar más a menudo, aunque ni siquiera estaba totalmente seguro de ser capaz de cumplirlo.

—Deberías pasar estas fiestas con tus padres, te lo he dicho un millón de veces —me reprendió Beth en cuanto entré en el comedor, que se había encargado de decorar con cientos de detalles navideños en cada rincón y en el que brillaban las llamas de la chimenea, que solo solíamos encender en días muy puntuales.

Por aquel entonces, yo ya me consideraba casi más un copropietario de la casa de Beth que un huésped. De hecho, en las semanas anteriores hasta me había sentido todo un anfitrión cuando habían llegado clientes de paso que se habían quedado un par de noches con nosotros. Yo sabía que era de locos, pero, en aquel momento en que ni en mi propia familia era capaz de sentirme en casa, ese pequeño hotel rural empezaba a parecerse mucho al hogar que necesitaba.

—No empecemos, Beth. Es Navidad, tengamos la fiesta en paz —protesté, aunque me acerqué a darle un beso de felicitación y me escabullí hacia la cocina para ver cómo se las estaba arreglando con el menú. Después de semanas protestando por no comer pavo en las fiestas, qué menos que asegurarme de que no lo había intentado colar triturado dentro de mis verduras—. Les he prometido que estas serán las últimas fiestas que pasemos separados.

—Es que así tiene que ser.

—No pensarías en serio que iba a dejarte cenar sola, ¿verdad? Ya puedes ir pensando en pasar las próximas navidades en Baltimore.

—¡Tú estás loco! —Se rio de forma escandalosa y cogió una bandeja de lasaña vegetal del horno para llevarla al comedor—. Hace doce años que paso estas fiestas sola y no se me van a caer los anillos por seguir haciéndolo.

—¿No tienes familia fuera de Fairpoint? —le pregunté, porque realmente no sabíamos demasiado uno de la vida del otro, pese a que llevábamos ya mucho tiempo compartiendo todas las comidas y muchas sobremesas.

—Tengo una hermana en algún lugar de Minnesota, pero no la veo desde que teníamos dieciocho años. Nunca nos llevamos muy bien. Yo me casé muy joven con Jeff y nos instalamos aquí, en su pueblo. No tuvimos hijos, Dios no quiso mandárnoslos, pero fuimos muy felices. Él era camionero y pasaba mucho tiempo fuera de casa, así que, pasados los cincuenta, decidimos centrar todas nuestras ilusiones en esta casa. Había sido la casa de sus padres y estaba casi en ruinas. La fuimos reformando poco a poco, al ritmo que nos podíamos permitir. Soñábamos con la casa de huéspedes, nos pasábamos horas en la cama, antes de dormir, planificando cada detalle.

—¿Y es como soñabas que fuera?

—Sí, pero me falta Jeff en ella. Sigo hablando en plural muchas veces porque este era el sueño de los dos, pero él murió cuando hacía muy poquito que la habíamos hecho funcionar.

—¿Qué le ocurrió?

—Cáncer.

Asentí y seguimos comiendo en silencio. Los silencios con Beth nunca eran incómodos, y yo solía utilizarlos para reflexionar sobre las cosas que me contaba. Beth llevaba más de una década sola, conviviendo a diario con lo que había sido su sueño compartido con la persona que más quería en el mundo. Pero no se derrumbaba. Seguía levantándose cada mañana para trabajar en la casa y solo tenía sonrisas para cada persona con la que se cruzaba. Quizá lloraba en la soledad de su dormitorio, pero no había necesitado coger una mochila e irse a recorrer el país para huir de sus demonios. O quizá no había tenido la oportunidad de hacerlo. Y puede que mi drama a algunas personas no les pareciera comparable al de ella. La historia de Brownsville había ocupado portadas y estremecía sin remedio a todo el que la escuchara. A ella *solo* se le había muerto su marido de cáncer. Algo cotidiano, una experiencia por la que miles de personas pasan cada día. Pero ella estaba sola y yo tenía gente a mi alrededor que me quería, que esperaba mi regreso, que lloraba por no tenerme sentado a la mesa el día de Navidad. Qué injusta es a veces la percepción que tenemos sobre el dolor ajeno.

Estaba sintiéndome satisfecho por, al menos, haber pasado con ella un día señalado cuando me ofreció una copa de vino. La rechacé mirándola fijamente a los ojos y tuve la sensación de que ella comprendía. Sentí una pena inmensa al pensar en cómo habría sido su día de Navidad si yo no hubiera dado con mis huesos en Fairpoint, y quise contarle que había un motivo para rechazar esa copa, pero, como siempre, ella se me adelantó.

—¿Puedo hacerte una pregunta? —me susurró, después de ponernos las botas con el segundo plato, unas albóndigas de soja texturizada con salsa de tomate, que a saber dónde había aprendido a preparar.

—Claro que sí, Beth.

—¿Qué hace un chico como tú aquí? Quiero decir... Eres joven, pareces inteligente. ¿Por qué no estás en la universidad o en cualquier otro lugar que no sea un pueblo perdido de Dakota?

—Tengo una historia demasiado larga a las espaldas. —Fue mi manera de sincerarme, porque no quería contarle nada de lo ocurrido en Brownsville, pero tampoco me sentía cómodo ocultándole la verdad.

—¿Y esa historia tiene algo que ver con que ni siquiera hoy quieras brindar con un poco de vino? —me preguntó, y se me escapó una sonrisa al comprobar, una vez más, lo perspicaz que era mi casera.

—En parte —suspiré—. Sí, he tenido problemas con la bebida y las drogas, pero te aseguro que eso es agua pasada.

—Me alegro. Siento haberte ofrecido alcohol, no volverá a ocurrir.

—No, no. No tenías por qué saberlo. Hace casi cuatro años que no bebo.

—Enhorabuena.

—Gracias.

—Pero no es eso lo que te trajo a Fairpoint.

—No.

—Y tampoco me lo vas a contar. —En el fondo, me hacía gracia que no preguntara, sino que tuviera tan claras sus afirmaciones.

—Quizá algún día.

Desde que Beth me había prestado aquel libro, aun con reticencias, habíamos comentado alguna vez lo ocurrido en Brownsville, pero no habíamos pasado de lugares comunes y de muchos «qué pena» y «qué horror». Esa noche, desplazamos la sobremesa al porche cubierto, a pesar de que la temperatura estaba unos cuantos grados por debajo de cero. Beth era muy comprensiva con mis ganas de fumar, y siempre que las conversaciones prometían ser largas salíamos allí. Beth encendió una estufa de exterior y nos acomodamos cada uno en un sillón.

—¿Tú recuerdas a aquellos niños? —La pregunta se escapó de mis labios sin que pudiera retenerla.

—¿Qué niños?

—Los hijos de Joseph Boone.

—¡Ay, Logan! Es Navidad. Hoy no es el día para hablar de cosas tan feas. —Se me quedó mirando, cabeceó un rato y entró en la casa. Salió a los pocos minutos, con dos tazas de chocolate caliente, y empezó a hablar—. Eran buenísimos. Siempre iban juntos a todas partes, de la mano. Con lo que supimos después, muchas veces hablamos Jeff y yo de que parecía que el mayor cuidaba del pequeño.

No le respondí porque su comentario estuvo a punto de dejarme sin respiración. Intenté dibujar en mi cabeza la imagen de dos niños pequeños, juntos, vestidos de forma parecida y con los ojos azules. No tenía ni idea del aspecto que habría tenido Bradley, y ya había llegado a la conclusión de que prefería no conocerlo, pero la fotografía mental que me había hecho lo representaba así.

—¿Estás bien? —me preguntó Beth, cuando mi silencio se había prolongado ya más de lo normal, y un cigarrillo se había consumido en el cenicero sin que recordara siquiera que estaba allí.

—¿Y la madre? —ignoré su pregunta, me encendí otro pitillo y continué con mi pequeña investigación.

—Murió. —No sentí nada. Literalmente. Nada—. Aunque es Beau el que sabe la historia completa, porque era pariente lejano de la mujer de Boone. Ella se marchó después de que Brad muriera y no le importó dejar atrás a Ben.

—¿Tuvo algo que ver Boone en la muerte de ese niño?

—¿Tú estás seguro de que no eres uno de esos periodistas que vienen aquí buscando escribir la historia de la familia Boone? —Me sonrió y yo le devolví el gesto, aunque sentí tirantes los músculos de las mejillas del esfuerzo que tuve que hacer para conseguirlo—. Antes de que pasara lo de Brownsville, nadie lo pensaba. Se cayó por la escalera de su casa y se desnucó. Estaba solo con Boone en la casa, así que, cuando se supo lo de Brownsville, la gente empezó a sospechar, pero nadie lo puede saber ya a ciencia cierta.

Asentí y asumí que Beth tenía razón. Que siempre habría lagunas en la investigación y que yo no era el más adecuado para intentar aclararlas, teniendo en cuenta que, a esas alturas, era el único posible testigo vivo de lo que había sido la vida familiar de los Boone, pero no lo recordaría nunca.

Beth cambió de tema y vimos caer la madrugada recordando con nostalgia a nuestras familias. Ella, a Jeff; yo, a mis padres. Le hablé un poco de lo que me había ocurrido cuando era adolescente y ella me mostró su comprensión con más silencios que palabras. No me permití pensar en Summer, y ella tampoco me preguntó —nunca lo hizo— si había habido alguna chica en mi vida.

Nos fuimos a dormir ya pasadas las dos de la madrugada y yo me enfrasqué en la lectura que me torturaba en los últimos tiempos. Había encontrado en Amazon un libro sobre la influencia genética en delincuentes sexuales y violentos, y alternaba un capítulo tranquilizador, que hablaba de estudios que demostraban que es el ambiente y las circunstancias los que convierten a una persona *normal* en un criminal, con un capítulo aterrador, con investigaciones que mantenían lo contrario.

Yo me había ido creando mi propia teoría en la cabeza, pero no sabía si era fruto de los conocimientos sobre psicología que había aprendido en dos años de universidad y la capacidad que eso me daba para ser crítico con los estudios que leía, o si en realidad estaba adaptando mi pensamiento a lo que necesitaba creer. Ese era mi mayor miedo. Mayor que haber perdido a Summer para siempre, mayor que alejarme de mis padres, mayor que hacerles daño, mayor que no llegar a encontrarme nunca e incluso mayor que volver a beber. El único miedo con el que no podría vivir. No había un pánico más grande para mí que descubrir que podía haber heredado de Boone algún gen maligno que me llevara a convertirme en un depravado como había sido él. Yo sabía que no, que jamás había sido violento, ni siquiera cuando bebía o estaba drogado, y que, por supuesto, nunca había tenido ninguna inclinación sexual *extraña*. Pero el miedo seguía ahí. Y yo sabía que era un sentimiento demasiado poderoso y que no me dejaría avanzar hasta que me deshiciera de él.

7
Decir adiós con lágrimas... otra vez

Sabía que mi tiempo en Fairpoint estaba cerca del final, aunque no acababa de aceptarlo, porque había llegado a sentirme como en casa en el hotel de Beth, en el supermercado de Beau, en la pequeña rutina que había establecido y que, después de unos meses horribles, me permitía respirar con algo menos de presión en el pecho.

Desde que había empezado el año, se había producido un cambio de chip dentro de mí. Hacía ya cinco meses que me había despedido de Summer y, aunque dolía como el puto primer día, al menos sentía que estaba dirigiéndome a un objetivo con mi estancia en Fairpoint. Y ese objetivo era cerrar una etapa. Una herida.

Siempre había tenido una especie de fijación absurda con los comienzos de año. Era de esos imbéciles que hacía una lista de propósitos, que se preguntaba constantemente dónde estaría a esas alturas del año siguiente y que se replanteaba si había logrado los objetivos del año anterior. Había intentado no pensar en los doce meses anteriores: había empezado el año enamorándome de Summer, había vivido junto a ella seis meses de una felicidad que pensaba que nunca existiría para alguien que traía a las espaldas la mochila que yo solito había llenado de mierda en la adolescencia, había sufrido el horror absoluto durante el verano y me había pasado cinco meses perdiéndome, buscándome y encontrándome. El año nuevo tenía que cambiar esas dinámicas o las consecuencias para mi salud mental serían devastadoras.

La primera decisión que tomé fue dejar de intentar averiguar más detalles sórdidos sobre los primeros años de mi vida. Puede que mi padre biológico hubiera abusado de mí, puede que me hubiera maltratado, puede que hubiera asesinado a mi hermano. Pero nunca lo sabría, y pensar en ello ya solo serviría para hacerme más daño. Mis padres no eran los Boone. Mis padres se llamaban Andrea y Bruce Hartwell, y ya era hora de que dejara de preocuparlos con mis ausencias. El año que empezaba sería el de mi regreso a Baltimore, el de asentar al fin mi cabeza para poder afrontar el resto de mi vida con las bases firmes para no volver a caer en el pozo que tan bien había conocido en diferentes momentos de mi vida.

—Tienes la cabeza en las nubes, chico. —Beau me interrumpió en mis cavilaciones. Si algo había aprendido en los meses que llevaba trabajando con él, era que allí no había treguas para distraerme, aunque no hubiera ni un alma en el local.

—Perdona, Beau... Estaba dándole vueltas a algo. —Cuanto más cerca veía el momento de marcharme, más arriesgaba haciendo preguntas que podían resultar extrañas para mis interlocutores, que eran básicamente Beth y Beau. Quería dejar cerradas las pocas respuestas que aún me interesaban—. He estado leyendo un poco sobre la historia del tipo ese que secuestró a unos niños...

—Nadie aquí quiere hablar de eso, chico.

—Ya, ya, lo sé. Es una historia horrible. —Me sentía como una mierda haciendo ese papel, pero Beth me había dejado claro que Beau era la vía por la que podía obtener algo más de información sobre la que había sido mi madre biológica y, llegados a ese punto, esa era la única incógnita que me interesaba resolver de mi pasado vinculado a Fairpoint—. Beth me ha dicho que eras familia del tal Boone, ¿no?

—¡De su mujer! —se apresuró a aclarar, antes de mascullar un millón de maldiciones—. Beth tiene la lengua muy larga.

—Perdona, no quería...

—Era hija de una prima mía —se arrancó a hablar y, si no fuera por el tema, casi me habría dado la risa, porque había descubierto en aquellos meses que Beau siempre renegaba de un tema justo antes de hablar de él—. Fue una niña muy mimada y se fue demasiado joven con ese degenerado. Se escaparon, y los encontramos en Texas su padre y yo. A ella le prohibieron volver a verlo, pero, para aquel momento, ya estaba embarazada de Brad. Yo no puedo decir qué pasaba en esa casa, porque si hubiera sabido que él les hacía algo a Georgina o a los niños... Creo que, cuando lo imaginamos, ya era demasiado tarde. Brad estaba muerto, ella se había marchado y a él le perdimos la pista. Luego supimos que se había llevado a Ben a Oregón y que había hecho todas esas cosas horribles.

—Y ella murió.

—Sí. Les llegó a sus padres un aviso cuando hacía un par de años que había desaparecido. Se suicidó. No hay mucho más que contar.

—¿Está enterrada aquí en Fairpoint? —le pregunté, arriesgándome a que me echara con cajas destempladas por hacer preguntas morbosas.

—La incineramos y tiramos sus cenizas al río —me respondió, con la boca convertida en una línea y una mirada llena de sospecha.

—¿El río que pasa por detrás de la casa de Beth?

—¿Has visto algún otro río por aquí?

Se metió en la trastienda y supe que la conversación había acabado. Me quedé un rato distraído, cuadrando la caja, que había logrado que Beau modernizara un poco del método «lápiz y cuaderno» al no demasiado vanguardista «calculadora y libro de cuentas». No era capaz de dibujar la imagen de una madre que no fuera mi madre. Andrea. Mamá. Y tampoco me decidía a elegir uno de entre los sentimientos que me generaba esa mujer, Georgina Boone, en cuyo vientre pasé nueve meses y junto a la que viví los primeros años de mi vida. El instinto me llevaba a odiarla por desprotegernos a Brad y a mí, pero mi parte racional me recordaba que ella también debió de ser una víctima, que vio morir a su hijo de seis años y que huyó, quizá, porque el dolor no le permitía seguir adelante. En realidad, no era capaz de odiarla, aunque me dejara atrás y acabara ocurriendo todo lo que vino después.

Intenté dilucidar lo que sentía durante lo poco que me quedaba de jornada laboral, en el trayecto en coche hacia casa, con los Rolling atronando los altavoces del Range Rover de mi padre, y también en el rato que tardé en localizar a Beth y dejar que me alimentara con su comida y me distrajera con su conversación. Y, al final, supe condensarlo en una sola palabra: compasión. No sabía si era justo o no, pero lo cierto es que aquella mujer que había sido mi madre durante un tiempo me despertaba una profunda compasión.

Esa noche cené ligero y empecé a despedirme de Fairpoint saliendo a correr cuando ya casi despuntaba la medianoche. Recorrí el cauce del río, como tantas veces había hecho en los cuatro meses que llevaba en el pueblo. El río del que no sabía que había sido el último descanso de mi madre biológica, el mismo que veía desde el ventanal de mi cuarto cada noche. Sabía que mi tiempo en el pueblo se acababa y quise decir adiós a lo último que dejaría atrás.

Me marché de Fairpoint un día gris y frío de mediados de febrero, después de unas últimas semanas en que me sentía reacio a abandonar un lugar que me había hecho todo lo feliz que yo podía ser en aquel momento. Lo hice con lágrimas en los ojos y sabiendo que no olvidaría jamás los cinco meses que había acabado pasando en aquel lugar y, sobre todo, lo querido que me había hecho sentir Beth en un momento en que tenía inerte hasta eso, hasta la capacidad de sentir.

—¿Y qué voy a hacer yo ahora sin ti? —Ella también se secaba las lágrimas, al mismo tiempo que metía lo que me parecieron cientos de envases de comida para llevar en el maletero de mi coche—. Prométeme que vas a comer algo más que manzanas e infusiones.

—Que síííí... ¿Puedes parar un momento? —Me encendí un cigarrillo y ella se acercó a quitármelo, pero lo alcé fuera de su alcance y me reí de sus esfuerzos—. ¡Beth! ¡Para y ven aquí!

—¿Qué quieres?

—Que nos despidamos en condiciones.

—Vale. —Me pasó un brazo por la cintura y enterró la cabeza en mi pecho—. Quiero hacerte una pregunta.

—Dime. —Me tensé.

—¿Te vas mejor de lo que llegaste?

—Beth... no te lo puedes imaginar. No sé si me voy muy bien —esbocé una mueca—, pero es que vine muy mal.

—Lo sé. ¿Has encontrado lo que viniste a buscar aquí?

—No lo sé —suspiré—. Sí. Creo que sí.

—Yo no soy una persona culta, Logan. No fui a la universidad ni he salido de este pueblo en los últimos cuarenta años. Pero creo que sé algunas cosas de la vida.

—Yo creo que sabes *muchas* cosas de la vida.

—Pues la más importante es que no hay una forma peor de perderse que vivir en el pasado. Tienes toda la vida por delante, Logan. Tienes unos padres que te quieren y estoy segura de que hay por ahí alguna chica que estará encantada de que le robes el corazón.

No sé si fue porque el recuerdo de Summer me atravesó con su última frase o porque empezaba a ser consciente de que una parte de mi corazón se iba a quedar siempre en esa casa de Beth, pero el hecho es que tuve que enterrar la cara en mis manos para dejar salir las lágrimas que me quemaban. Ella se quedó a mi lado, acariciándome la espalda y susurrándome palabras tranquilizadoras.

—Tengo que irme —le dije, resignado, porque o lo hacía en ese momento o quizá no me moviera de Fairpoint jamás.

—Lo sé. —Abrí la puerta del coche y le di un último beso en la mejilla—. ¡No te olvides de llamarme! O mándame un correo electrónico de vez en cuando.

—Claro. Lo haré. Cuanto antes.

Y era verdad. Aún no había arrancado el coche y ya la echaba de menos.

Pasé por el colmado a despedirme de Beau. Beth se había negado a cobrarme la parte de febrero que me correspondía pagar, así que obligué a Beau a ingresarle a ella directamente mi sueldo de esas escasas dos semanas. Me despidió con una palmada en los hombros que yo sabía que era la máxima muestra de afecto que se permitiría y una mirada que me hizo sentir que sabía mucho más sobre mi historia de lo que yo pensaba.

Ya enfilaba la carretera de salida de Fairpoint cuando decidí dar la vuelta. Acababa de pasar un parque de caravanas destartalado en el que sabía que había vivido dos meses de mi infancia, y pensaba dejarlo correr. Pero no pude. Aparqué el coche en medio de remolques que habían conocido tiempos mejores, viviendas prefabricadas en las que el invierno de Dakota debía de ser duro y grupos de gente que miraban con recelo mi coche. Y a mí. Pregunté dónde vivían los Boone y un chico de mi edad, más o menos, me indicó con el dedo índice una caravana vieja.

Un perro negro, con pinta de fiero, ladraba atado a una cadena demasiado corta, anclada al enganche del remolque. Dos niños, como de diez o doce años, jugaban a la pelota sin perderme de vista. Estaban sucios, demasiado poco vestidos para la temperatura gélida que reinaba en el ambiente y no tenían aspecto de estar faltando al colegio por algún festivo escolar. Pensé que era probable que fueran mis primos, aunque era incapaz de dibujar esa imagen mental. Una mujer que aparentaba unos cincuenta años, pero que probablemente no tuviera ni cuarenta, abrió la puerta de repente, ataviada con una bata de andar por casa sucia, el pelo enmarañado y un cigarrillo entre los labios.

—¿Quién eres?

—Me llamo Logan y...

—¿Qué quieres?

No supe qué contestar. Porque, en realidad, no sabía qué quería. Quizá comprobar lo que habría sido mi vida si me hubiera quedado en Fairpoint, si los Boone se hubieran hecho cargo de mí, si mis padres no hubieran venido a buscarme. No quería ser clasista, ni pensar en que muchas de las cosas materiales que había tenido en mi vida no habría podido ni soñarlas en aquel lugar, porque no era eso lo que me rondaba la cabeza. Era una falta de afecto que no me hacía falta comprobar, que se veía solo en cómo miraba a aquellos niños que probablemente fueran sus hijos, mis primos... en el hecho de que se hubieran deshecho de mí cuando no era más que un niño indefenso que acababa de atravesar un infierno.

—Nada. Creo que me he equivocado —le respondí porque... sí, sentía que me había equivocado al tener esa necesidad de acercarme a conocer la casa de esa familia, que era la única biológica que me quedaba en el mundo.

—Un momento... —Me agarró por el brazo con algo de brusquedad y quedé cara a cara con ella—. ¿Eres...? Nada, olvídalo.

—¿Qué? —Me picó la curiosidad.

—Eres Ben, ¿verdad?

Me quedé paralizado ante su pregunta y tuve que pararme a pensar la respuesta. Había estado cinco meses en Fairpoint, y nadie había sospechado que yo pudiera ser Ben. Y, si lo habían hecho, nadie me lo había dicho. Nunca sabré si reconoció en mi cara algún rasgo de aquel niño que había dejado atrás hacía quince años o si tuvo alguna intuición extraña. Pero, en cuanto fui capaz de levantar la vista del suelo, le respondí la mayor verdad de todas.

—No. Ya le he dicho que me llamo Logan.

8
La cuarta línea

El siguiente paso de mi periplo fue Seattle. Conduje con la música favorita de mi padre a todo volumen, porque ni siquiera me apeteció buscar alguna lista de reproducción en mi teléfono al salir de Fairpoint y me limité a meter en el reproductor el primer CD que encontré. Sonó Blondie y lo dejé estar. Eso, y el curso de mis pensamientos, porque sabía que, si los dejaba volar, me llevarían de vuelta a Fairpoint, y ya estaba harto de tener ganas de regresar a lugares, a sensaciones, a personas.

Llevaba ya medio año cargando con la tentación de volver a Virginia Beach. A Summer. A sentirme querido, amado, a sentir que tenía un hogar que llevaba su nombre.

Y viví algo similar al subirme al coche y decir adiós a Fairpoint. Quería volver a la casa de Beth. A sentirme protegido por alguien que respetaba mis silencios, que estaba ahí para escucharme y que me daba los consejos que necesitaba.

Tenía que superar esas añoranzas o convertiría cada punto del camino de mi recuperación en una tortura en la que era incapaz de dilucidar si esos meses que llevaba ya lejos de mi zona de confort, de todo aquello que conocía, me estaban sirviendo para mejorar o me estaban hundiendo más en la incertidumbre de no saber a dónde pertenecía.

El veinticinco de febrero llegué a Seattle, después de tomarme con mucha calma la ruta. Necesitaba respirar hondo antes de llegar a mi siguiente destino, y lo hice visitando parajes solitarios de los que ni siquiera había oído hablar antes de pasar por ellos. La ciudad me recibió a su estilo, con bastante frío y más lluvia de la que había visto caer en mi vida. Y no es que Baltimore sea una ciudad seca, precisamente.

Sabía cuál era el motivo que me había llevado a Seattle, pero no fui consciente de cuánta importancia tenía para mí hasta que entré en la ciudad. Quería formar parte de esa curiosa y dramática hermandad de niños a los que se nos cortó la infancia en el sótano de una casa en Oregón. Si había sido un miembro forzoso de ese grupo y sufriría las consecuencias durante el resto de mi vida, al menos quería tener la oportunidad de conocer sus vidas. Pero no como lo había hecho al lado de Summer, sino de primera mano.

Me había puesto en contacto con Lily por *e-mail*, porque no le había echado valor a llamarla por teléfono y sentir el rechazo en su voz. Los meses en Fairpoint los había pasado en una especie de limbo en el que no había tenido noticias de Summer ni de nada de lo que había dejado atrás, a excepción de las llamadas a mis padres, quienes, después de que se lo pidiera expresamente, no habían vuelto ni a mencionar su nombre. Pero algo me decía que Summer seguía en contacto con Lily. Las dos eran algo así como las supervivientes de aquel horror, las que mejor habían sabido ver la luz donde los demás solo encontramos oscuridad. Yo era un verso suelto, el único que ni siquiera recordaba aquello, que no había descubierto hasta los veintiún años ese pasado terrible. Me sentía un gilipollas por ello.

Después de unos días esperando una respuesta que ya pensaba que no llegaría, el *e-mail* de Lily apareció en mi recién estrenada cuenta de correo cuando me estaba registrando en un pequeño hotel familiar cercano al Space Needle. Se mostraba sorprendida por que me hubiera puesto en contacto con ella, pero aceptaba que nos viéramos unos días después. Tenía un examen importante y prefería que nos encontráramos cuando ya hubiera pasado. A veces olvidaba que la vida del resto de la gente continuaba, con sus rutinas y sus exámenes, mientras yo había puesto la mía en *stand-by*.

Estuve a punto de saltarme la cita que tenía aquella tarde. Me notaba más bajo de ánimo de lo que había estado en mucho tiempo, casi desde mi primera semana en Dakota. El recuerdo de un año atrás, de aquellos meses finales del invierno anterior en que Summer y yo habíamos empezado a enamorarnos, me rompía. La echaba tanto de menos que empezaba a tener serias dudas de que fuera capaz de salir adelante sin ella. Por más que supiera que lo sano, lo realista, lo verdadero, era que me recuperara sin pensar en ella, sin contar con ella, sin imaginarla ya en mi futuro nunca más... una cosa era la teoría y otra, la realidad.

Pero ese día de febrero tenía algo que conmemorar. Quizá lo único de lo que estaba orgulloso de todo lo vivido en los meses anteriores. Cuatro años atrás, me encontraba en la cama de un hospital, con una vía en un brazo, el síndrome de abstinencia comiéndome por dentro y las caras de dos padres alucinados que se acababan de enterar de que su hijo era politoxicómano. Así que aquel día me tocaba marcarme en el brazo izquierdo la cuarta línea, el cuarto año sobrio. Los mil cuatrocientos sesenta y un días en que no había recurrido al alcohol ni a las drogas para olvidar. A pesar de que nunca había tenido tantas cosas que quisiera arrancar de mi cabeza.

Había fijado una cita por internet con un tatuador del que hablaban bien unas cuantas críticas. No fui un cliente demasiado hablador durante los escasos quince minutos que tardó en marcar para siempre la fina línea alrededor de mi antebrazo. Por suerte, no me preguntó qué significaba lo que estaba tatuando ni hizo referencia a las cicatrices de mi antebrazo, que el frío de Fairpoint me había permitido tener ocultas durante meses bajo capas y capas de ropa. Por momentos me sentía un farsante. Porque era cierto que no había bebido en cuatro años, pero, aunque no me atrevía ni a confesármelo a mí mismo, me había apetecido hacerlo todos y cada uno de los días desde mi marcha de Virginia Beach.

Pagué mi nuevo tatuaje y caminé durante un par de horas por Seattle. La lluvia caía de forma intermitente, pero no me importaba mojarme. Pensé mucho en las conversaciones que habíamos mantenido en el centro de rehabilitación, en las charlas de mis terapeutas, en cómo nos habían animado siempre a estar orgullosos de cada día, a celebrar cada minuto que pasábamos sin beber. Y lo hice esa tarde. A mi manera de los últimos tiempos, un poco depresiva y llena de añoranza, pero lo hice. Sentí que, por primera vez en mucho tiempo, tenía algo por lo que levantar la cabeza y sentirme de nuevo un hombre. Había atravesado... *Estaba atravesando* un infierno, sin recurrir a la salida más fácil. La más difícil, en realidad.

En un momento de mi paseo de vuelta al hotel, viví un momento de euforia en el que decidí regresar al estudio de tatuajes. Sentía que necesitaba llevarme el recuerdo de Summer más dentro, más eterno. Quería grabarme su nombre a fuego, para que, si algún día la vida nos volvía a unir, ella supiera que nunca la había olvidado; pero, sobre todo, para que, si no volvía a verla jamás, no se me olvidara que una chica morena de ojos verdes me había devuelto un día las ganas de vivir. Aunque solo fuera durante seis meses.

Ya tenía el dedo en el timbre de la puerta del estudio cuando volví a ver bajar mi estado anímico. Así era mi vida en aquella época. Subir, bajar. Euforia, disgusto. Esperanza, desolación. Tiré la moneda mental de mi ánimo y salió cruz. No me sentí digno ni siquiera de llevar su nombre en mi piel. Ella merecía algo mejor.

Paré un taxi y regresé al hotel, porque había dejado de apetecerme caminar. Me tiré en la cama con la cabeza hecha un lío, y eché de menos más que nunca haber conservado alguna foto de Summer, para al menos morirme de añoranza con algo tangible sobre lo que llorar. Pero no había sido así. Deshacerme de mi teléfono y borrar el contenido del portátil había sido una decisión tomada en caliente que, probablemente, me había librado de volverme loco, pero esa noche eché en falta recordarla de verdad. Volver a ver sus ojos, aunque fuera a través de una pantalla. No podía ser, así que me tomé mi pastilla para dormir, suplicando en silencio que diera resultado, y tuve suerte.

9
Dime que ella está bien

La cita con Lily llegó demasiado pronto y demasiado tarde a la vez. Caminaba hacia el café en el que había quedado con ella con la sensación de que no estaba en absoluto preparado para afrontar aquel encuentro, a pesar de que llevaba dos días esperándolo con un ansia que me consumía. Como en casi todo lo que hacía en aquellos meses, no tenía ni la menor idea de lo que pretendía conseguir. Supongo que fue una mezcla de la necesidad que seguía teniendo de contactar con todo aquello que representaba ese pasado que no recordaba y la convicción de que, si Summer había tenido el sueño de saber de todos aquellos niños, yo debía hacer lo mismo. Estaba siendo incoherente, pero tardé tiempo en darme cuenta de que todas esas no eran más que excusas de mierda y que el motivo real por el que insistí tanto en ver a Lily fue que ella era el único eslabón que aún me unía a Summer, a través de una terrible historia pasada en común y también de la relación que imaginaba que ellas aún mantenían en el presente. Desde que había llegado a Seattle, añoraba más a Summer de lo que nunca había creído posible, pese a que eso mismo había sentido ya varias veces antes.

Reconocí a Lily en cuanto entré en la cafetería que ella me había indicado, en pleno distrito de Queen Anne, un barrio residencial de clase alta en el que vivía con sus padres en aquel momento. Había visto varias fotos de ella en los mensajes que se enviaba con Summer, así que no me costó identificarla. Era algo más bajita de lo que esperaba, menuda, con el pelo muy rubio y los ojos muy azules. Aunque tenía mi edad, parecía aún una adolescente recién salida de sus clases del instituto.

—Logan... —Me sorprendió con un abrazo que supe que era sincero antes incluso de separarnos. Se lo agradecí, porque en aquel momento yo lo sentí como un gesto de apoyo hacia el hombre que había perdido, en el plazo de unas horas, el sentido de su vida y al único amor que había conocido, pero luego recordé que, para Lily, yo no era Logan Hartwell, sino Ben, aquel niño con el que había compartido horror y que se había convertido durante años en el único eslabón perdido de la investigación en la que había puesto tanto empeño—. ¿Cómo te encuentras?

—Bueno... No sé, supongo que estás informada de que...

—Estoy informada de todo —me interrumpió, ahorrándome así el trago de tener que hablarle de Summer y de todo lo ocurrido en el medio año anterior.

—Pues, como te imaginarás, no muy bien. —Le sonreí, porque ya había aprendido a asimilar ese gesto como solo una mueca. La realidad era que llevaba demasiado tiempo sin emitir una sonrisa sincera.

—Todos hemos pasado por mucho después de lo que nos ocurrió —no pude evitar que el corazón me diera un vuelco al verme por primera vez incluido de forma *oficial* en el grupo de las víctimas de Boone—, pero tu caso es especialmente jodido.

—Gracias por haber querido quedar conmigo, a pesar... a pesar... —Las palabras se me atascaron en la garganta porque todavía me sentía más hijo que víctima de Boone. Por muy loco y asqueroso que fuera ese planteamiento. Seguía odiando la sangre que me corría por las venas y, aunque mi yo racional me repetía a diario que yo era una víctima, mi instinto se negaba a escucharlo.

—¿A pesar de qué?

—De ser el hijo...

—Ni siquiera acabes esa frase, Logan. ¿De verdad no ves que eres el que más sufrió? Ya sé que no lo recuerdas, pero... joder.

—Ya, ya, lo sé. —Aproveché que una camarera pasaba cerca de nuestra mesa para pedir un té helado, pero, sobre todo, para evitar escuchar aquello que todavía no acababa de asimilar. Me sentía un farsante, un estafador. Había sido mi padre quien les había robado la felicidad a esos niños, la posibilidad de crecer como personas normales. Y, aunque también lo hubiera hecho conmigo, no podía evitar sentirme culpable.

—No. Yo creo que no lo sabes. —Lily insistió. Vi cómo su mirada se convertía en fuego y reconocí algo de Summer en ella. Su tenacidad, sus ganas de seguir adelante, la necesidad de comprobar que todos estábamos lo mejor posible años después de aquella terrible experiencia compartida.

—Tienes razón —suspiré—. Aún estoy intentando reconciliarme con quién soy y en quién quiero convertirme.

Hablamos durante más de dos horas. De lo que había sido su vida, a pesar de que la mayoría de los detalles yo ya los conocía a través de Summer. De lo que esperaba del futuro. De su terapia. De su hermana, que continuaba saliendo adelante dentro de su pequeño aislamiento. Del dolor de haber perdido a dos miembros de aquella triste hermandad que formamos un día. Se me rompió el corazón cuando me habló de cómo Ron y yo, quizá por ser los únicos niños en aquel infierno, compartíamos mucho tiempo juntos. Odié no recordarlo, no ser capaz de honrarlo al menos con un espacio en mi memoria. Me contó que Marcia saldría de prisión un par de meses después y que iba a entrar en un programa de reinserción que le garantizaba apoyo psiquiátrico y un trabajo que se adaptara a sus necesidades. No me lo confirmó, pero supe que Summer y ella probablemente habrían tenido algo que ver en conseguir que formara parte de algo que le diera una oportunidad para seguir adelante.

—Lo hemos hecho bastante bien, ¿no? —Me sorprendió con una sonrisa algo triste mientras yo me acababa mi segundo vaso de té helado.

—¿El qué? —le pregunté, confuso.

—No mencionar a Summer en toda la tarde.

—Lily...

—Ella sabe que hemos quedado —me aclaró, y la simple idea de que Summer hubiera sabido algo de mí, aunque fuera de una forma tan indirecta, hizo que el corazón me diera un salto mortal dentro del pecho—. No podía ocultárselo, espero que lo entiendas.

—Claro. Es decir... yo no soy nadie para meterme en vuestra relación.

—¿Y yo soy alguien para meterme en la vuestra? —me preguntó, agarrándome la mano en un gesto de cariño que le agradecí de inmediato.

—No hay una relación *nuestra*.

—Pero la hubo —afirmó.

—Joder... ¡Claro! Claro que la hubo.

—¿Puedo meterme donde no me llaman?

—No. Preferiría que no.

—Voy a hacerlo de todos modos.

—Lo sé.

—Summer es mi amiga, Logan. Puede parecer extraño, pero, en los últimos meses, se ha convertido en una persona muy importante para mí. Alguien que entiende cosas que nadie más podrá entender jamás. Ni siquiera mi hermana, porque ella tiene una forma demasiado diferente a la mía de enfrentarse a los fantasmas. La quiero mucho. Y me jode mucho lo que ha pasado en este tiempo.

—¿Cómo está? —No pude evitar la pregunta. De hecho, creo que la habría hecho aunque hubiera podido evitarla. Eran seis meses sin saber nada de Summer y me ardía por dentro la necesidad de saber si estaba bien o mal, si había seguido adelante. Si me echaba de menos como yo a ella. Y ni siquiera sabía qué era lo que quería escuchar.

—¿Quieres la verdad?

—Supongo. —Emití un bufido sonoro que, contra todo pronóstico, hizo reír a Lily.

—Ahora está enfadada. Muy enfadada.

—¿Conmigo?

—Ahora sí. Hemos pasado por la fase de enfado con el mundo, consigo misma y ahora, al fin, es contigo.

—Me lo merezco, lo sé.

—Sí. Seguramente te lo merezcas.

—¿Sigue en Regent?

—Sí. Algunos hemos aprendido a asumir lo que nos toca vivir sin necesidad de huir.

—Lily... —le supliqué—. Dame una tregua, joder.

—Perdona. —Cerró los ojos un momento y, a continuación, los clavó en los míos—. La he visto sufrir mucho, Logan, y supongo que yo también estoy enfadada contigo por eso. No había necesidad de que huyeras, podríais haber...

—No, Lily. Yo no podía seguir allí. No soporto quién soy, joder. ¿Es que no lo entiendes?

—¿Sabes lo que entiendo yo, Logan? ¿Lo que he aprendido en quince años luchando contra un pasado que me rompe en dos de vez en cuando?

—¿Qué?

—Que no hay nadie mejor en quien apoyarte que alguien que pasó por lo mismo. Y creo que tú también lo sabes, o no estarías aquí sentado conmigo en este momento tan jodido de tu vida.

—Puede ser.

—La tienes al alcance de tu mano, Logan. Está enfadadísima contigo y cree que te odia por lo que le hiciste... pero supongo que incluso ella sabe que la realidad es que sigue queriéndote más de lo que le gustaría.

—Lily... déjalo. Déjalo, porque me dices eso y lo único que me apetece es coger un avión y plantarme en Virginia Beach para... para verla. Aunque solo sea para eso. Pero tú sabes igual que yo que estará mejor sin mí. Summer luchó demasiado contra sus fantasmas como para que ahora se materialice uno a su lado.

—¿Sabes lo que pienso? Y no te ofendas, por favor. —Se tomó unos segundos para tantear mi mirada y, a continuación, me dijo algo que yo ya sabía—. Que eres un cobarde.

—Es posible. Pero solo quiero que ella esté bien y, ahora mismo, yo solo podría hacerle daño.

—¿*Ahora mismo*? ¿Significa eso que puede que algún día os reencontréis?

—Puede.

Ella se creyó mi mentira, o fingió hacerlo, y nos despedimos entre abrazos sentidos y promesas de mantenernos en contacto. Salí de la cafetería con la sensación de que me ahogaba, y seguí así durante el trayecto en taxi hasta mi hotel y durante las horas que tardé en conciliar el sueño. Porque Lily había tenido razón en todo.

Yo era un cobarde que se moría por ver a Summer, pero que tenía demasiado miedo a su rechazo, a hacerle daño. Un cobarde que había empeorado la situación inicial de la que partíamos.

Y también era un imbécil que, intentando encontrarse, se había perdido aún más. Que llevaba seis meses recorriendo el país en busca de sus orígenes, que ya había cerrado todos los capítulos que había creído que seguían abiertos, pero que se sentía igual de desubicado que medio año antes. Alguien a quien ya no le quedaban recursos, que ya conocía los detalles ocultos de su pasado, que ya había visto a las personas que habían formado parte de él de una u otra manera. Y que no había logrado encontrar la paz interior.

A la mañana siguiente, pagué mi factura en el hotel de Seattle, abandoné la ciudad y, simplemente, conduje sin rumbo.

10
Volver a casa (otra vez)

Pasé los dos meses siguientes en Dunningan, un pueblo del interior de California, cerca de Sacramento. No fue nada especial lo que me llevó hasta allí, la verdad. Llevaba unos días conduciendo sin rumbo, durmiendo muy poco e ignorando las llamadas de mis padres, porque me había quedado sin nada que decirles ya. Me había quedado sin nada que hacer. Me detuve a repostar en una estación de servicio de las afueras de Dunningan y vi un cartel que anunciaba que buscaban un trabajador para atender los surtidores en horario nocturno. Me pareció una buena opción. Había tenido que recurrir de nuevo a la tarjeta de crédito de mi madre, y eso no me gustaba, así que necesitaba un trabajo. Cada vez me costaba más dormir por las noches, así que pasarlas introduciendo combustible en los depósitos de los coches que recalaran por allí me pareció una idea tan mala como cualquier otra. Con un poco de suerte, así conseguiría dormir durante el día y dejar de pensar en qué cojones estaba haciendo con mi vida. O no haciendo.

Un día me cansé, como de todo en realidad, como de mi propia vida. Dejé el trabajo y acabé en Salt Lake City, la capital de Utah, después de conducir durante más de diez horas y descubrir que necesitaba con urgencia un hotel en el que descansar y darme una ducha. Allí encontré trabajo en un restaurante de comida rápida, una de las pocas opciones laborales disponibles para mí que no implicaban servir copas, porque incluso mi propia convicción sobre mis antiguas adicciones empezaba a tambalearse. Y eso me daba pavor.

Fueron casi tres meses los que pasé allí, sumido en un estado intermedio entre el rencor contra el mundo por las cartas que me había repartido, el odio hacia mí mismo por no haber tenido ni puta idea de cómo jugarlas y el terror absoluto a lo que me depararía el futuro. Había vagado por el país durante casi un año, y cada vez era peor. Porque, cuando había salido de Baltimore a mediados de septiembre, al menos tenía un objetivo en mi vida, aunque fuera algo difuso. Pero, después de irme de Fairpoint y de conocer a Lily en Seattle, me había quedado sin rumbo, sin una finalidad para mi viaje, pero sin capacidad todavía para volver a retomar una vida que se pareciera en algo a la que tenía antes. Y ni siquiera sabía si algún día volvería a tener la voluntad de regresar. Decía Tolkien que no todos los que vagan están perdidos, pero yo, sin duda, lo estaba.

Solo había una persona capaz de sacarme de mi apatía y de ese dolor que me consumía por sentir que estaba en un mundo en el que no había lugar para mí. Bueno, en realidad había dos, pero a Summer me había encargado yo de mantenerla lo más lejos posible de mi vida y, en las últimas semanas, incluso de mi pensamiento. Pero mi madre nunca me permitió que la alejara a ella, por muchos días que yo pasara ignorando sus llamadas. Siempre había un mensaje suyo recordándome que no estaba solo, que siempre tendría un lugar al que volver cuando me encontrara mejor, que todavía quedaban muchas vías por explorar para que yo pudiera seguir adelante.

Hasta que, un día, explotó. Y el miedo a perderla también a ella fue tan intenso que me hizo reaccionar.

Era veintisiete de julio. Yo no lo sabía, porque no estaba muy pendiente del calendario por aquella época, pero quedó claro en cuanto entendí el motivo de su llamada.

—Hola, mamá —respondí al teléfono, sin saber todavía lo que se me venía encima.

—No soy tu madre. —La dureza en la voz de mi padre hizo que no necesitara verle la cara para saber que no iba a ser una conversación fácil.

—¡Papá! ¿Está todo bien? ¿Por qué me llamas desde el móvil de mamá?

—¿Quieres que te diga la verdad? —Elevó un poco el tono, y escuché a mi madre decirle por detrás que se callara. A esas alturas, ya estaba empezando a preocuparme un poco más de lo recomendable—. Porque tu madre ha sido incapaz de llamarte. Lleva llorando desde ayer y yo estoy empezando a estar hasta los cojones.

—Pero ¿qué ha pasado?

—¡Ayer fue el cumpleaños de tu madre, Logan! ¡Sesenta años! Teníamos la esperanza de que tuvieras el buen juicio de venir a casa a celebrarlo, pero es que... ¡Hostia! ¿Ni una puta llamada? ¿En serio?

—Joder, papá... —Estuve a punto de quedarme sin palabras, pero sabía que el silencio no sería una respuesta aceptable para él. Para mí tampoco—. Lo... lo siento mucho. Yo...

—Te paso con tu madre —me respondió, como si no pudiera soportar el simple hecho de seguir hablando conmigo.

—Mamá...

—Hola, hijo —me saludó con la voz entrecortada, y la sensación de que todo, absolutamente todo, lo estaba haciendo fatal se incrementó de manera exponencial.

—Mamá, lo siento muchísimo. Felicidades —le dije, aunque supuse que tendría pocas ganas de escuchar esa felicitación con retraso.

—Gracias. Supongo. Logan, ¿podemos hablar?

—Podemos —concedí. Salí al pequeño balcón de la habitación del motel en el que me alojaba y me fumé un cigarrillo con la mirada perdida en el aparcamiento.

—Creo que esto ya no tiene ningún sentido. Bueno... —Hizo una pausa que me dio la sensación de que usó para reordenar sus pensamientos—. En realidad, a mí me pareció desde el primer momento que no tenía sentido, pero supongo que tenía que dejar que te dieras la hostia tú solo. —Me sorprendió escuchar a mi madre hablar con esa vehemencia, y entendí que su límite de tolerancia a mis aventuras había sido superado—. Y creo que ya lo has hecho, aunque puede que ni te hayas dado cuenta.

—Puede ser —reconocí, porque lo que me decía se parecía bastante a los pensamientos que me cruzaban la mente—. Joder, mamá, perdona lo de tu cumpleaños. No me puedo creer que se me haya pasado, pero te juro que no sé en qué día vivo.

—No te tortures con eso y hazme el único regalo que quiero.

—Que vuelva a casa... —afirmé; prefería decirlo yo a que ella volviera a pedírmelo, porque me rompía cada vez que lo hacía.

—Exacto.

Me quedé un buen rato en silencio, solo fumando en la oscuridad, con el teléfono aún en la mano y los recuerdos del verano anterior flotando en mi cabeza. Entonces sí celebramos todos juntos el cumpleaños de mi madre, que coincidió con la visita que Summer y yo hicimos a Baltimore, aquella que había acabado con mi vida hecha añicos.

¿Qué había ganado en ese año lejos de toda la gente a la que quería, que me quería? ¿Había conseguido deshacerme de mis fantasmas huyendo o su sombra estaba ahora sobre mí haciendo que tuvieran un tamaño mucho mayor al real? ¿Estaba dispuesto a seguir perdiendo cosas, a continuar en esa espiral autodestructiva de la que solo saldría perdiendo lo poco que me quedaba? Todas esas preguntas rondaron mi mente en el silencio que siguió a la petición no formulada de mi madre. Todas esas y muchas más.

—¿Logan?

—Sí, mamá. Volveré a casa.

—¿En serio? —La esperanza que tiñó su voz me hizo casi más daño del que me habían hecho otras veces sus lágrimas—. Iré a buscarte en cuanto me digas.

—No, mamá. —Se me escapó una risa muy breve—. No hace falta que vengas a buscarme.

—Ya fui el año pasado.

—No solo eso. —Noté cómo una lágrima se me escapaba por la mejilla, porque empezaba a ser consciente de que había tomado la decisión de volver a casa y porque recordar cuánto había hecho sufrir a mis padres en el pasado siempre tenía ese efecto en mí—. Viniste a por mí muchas más veces. Viniste cuando perdí a Summer y decidí liarme a puñetazos contra un árbol. Viniste cuando mis amigos llevaban horas sin localizarme y te encontraste a tu hijo medio muerto por una sobredosis. Viniste cuando era un niño de seis años al que nadie quería y me diste una vida mejor de la que hubiera podido soñar.

—Cariño...

Nos echamos a llorar los dos. Yo me disculpé por haber espaciado tanto las llamadas en las últimas semanas. Le conté que me había visto más perdido que nunca. Que, reflexionando un poco sobre el último año, solo me había encontrado bien durante los meses que permanecí en Fairpoint y que, al marcharme de allí, había perdido el rumbo por completo. Mi madre solo repetía que no me preocupara de nada, que ahora encontraríamos las soluciones juntos. Creo que estaba tan feliz por mi regreso que ni siquiera escuchaba lo que le decía.

Llegué a Baltimore en tres días, después de conducir como un neurótico durante horas, parando lo justo para repostar gasolina, descansar un poco y comer lo mínimo. Hacía muchos años, durante la terapia en el centro de rehabilitación, había aprendido que, por mi carácter, solo era capaz de encontrar la motivación para seguir adelante si tenía un objetivo claro. En el pasado había sido estudiar, hacer deporte y ser capaz de tener una vida normal sin alcohol y sin drogas. En aquel momento, era volver a casa. Algo tan simple y tan grandioso como eso. Aunque no tuviera ni puta idea de lo que vendría después.

Dediqué las horas muertas en el coche a hacer algunas llamadas. Hubo un tiempo en que yo era un tipo popular y tenía amigos por decenas, pero ninguno sobrevivió a la época de la desintoxicación. No por culpa de ellos, o no en todos los casos; yo también hice todo lo posible por mantener a distancia a personas a las que había decepcionado y a las que me daba vergüenza mirar a la cara. Desde entonces, me había convertido en un tío más bien solitario y podía contar a la gente que realmente me importaba con los dedos de una mano. Y ese último año recorriendo el país, si no para otra cosa, sí había servido para que incorporara dos nombres a esa lista.

Llamé a Lily y la puse al día de mi vuelta a casa. Nos habíamos mantenido en contacto por mensaje desde que nos habíamos conocido en persona en Seattle y habíamos llegado a una especie de pacto tácito en el que ninguno de los dos mencionábamos a Summer. Lily se alegró de mi regreso y no pudo evitar decirme que ese sería el primer paso de mi recuperación, pero que no me olvidara de dar los siguientes. Ambos supimos que se refería a Summer, pero no me apetecía discutir, así que lo dejé correr.

Ya me quedaban solo un par de horas para llegar a Baltimore cuando marqué el número de una de mis personas favoritas del mundo. Con Beth me comunicaba por WhatsApp desde que me había marchado de Fairpoint. Ella me había enseñado muchas cosas, algunas de las cuales tardaría años en valorar, pero yo le había enseñado a ella a usar un iPhone. Su primera pregunta fue si me había cortado ya el pelo, porque siempre me pedía que le enviara fotos desde los sitios que visitaba, y la respuesta a todas ellas era que mi madre me iba a matar cuando me viera con el pelo tan largo. Tenía más razón que un santo. Ya me parecía escuchar sus protestas antes incluso de llegar a Baltimore.

Con Beth me emocioné, como me pasaba siempre que pensaba en ella, y le prometí que la visitaría pronto. Creo que los dos sabíamos que ese viaje a Fairpoint tardaría en llegar, pero no era por falta de ganas. Simplemente, tenía muchos frentes en los que luchar antes. Y lo hacía, entre otras cosas, para poder decirle alguna vez a Beth que, al fin, era un chico del que ella podría estar orgullosa. Me puse al día de las novedades de Fairpoint; de embarazos, bodas y funerales de gente a la que yo no conocía, por más que ella se empeñara en que sí y que me estaba empezando a fallar la memoria. Me contó que Beau seguía dedicando muchas más horas de las que su salud recomendaba a atender el colmado, y me invadió un deje de melancolía que solo se me pasó al pensar que, en poco rato, estaría abrazando a mi madre. Beth se alegró tanto de saber que volvía a casa que hasta ella, que siempre se hacía la dura en nuestras conversaciones, acabó llorando.

Enfilé la entrada de la urbanización de mis padres justo cuando colgaba el teléfono. El corazón empezó a martillearme el pecho. Diez meses. Diez meses sin verlos, un año desde el descubrimiento de mis orígenes el verano anterior. Nunca había pasado tanto tiempo sin ver a mis padres, nunca había estado lejos de Baltimore tantos meses. Se me mezclaban dentro los nervios de no saber qué era lo que me iba a encontrar y la tranquilidad de sentir que sería lo de siempre. Casa. Hogar. Aún no sabía si eso era lo que necesitaba, pero mi reacción me dejó claro que, al menos, sí me apetecía.

Mi madre se abalanzó sobre el coche con un ansia que estuvo a punto de acabar en atropello y que hizo que los nervios se disiparan en medio de un ataque de risa. Nos abrazamos y nos besamos. Mucho, aunque quizá no lo suficiente. Mi madre protestó por mi pelo largo y sonreí al pensar en Beth. Me acompañaron a mi cuarto casi de puntillas, como si temieran que mi frágil estabilidad emocional se hiciera pedazos como una lámina de cristal bajo el golpe de un martillo.

Ya estaba en casa. Ahora *solo* me faltaba volver a ser yo. Y qué lejano veía ese momento.

11
La caída al fondo

El regreso a Baltimore fue agridulce. Sí, quizá ese sea el adjetivo que mejor podría describir lo que sentí al volver a entrar en aquella habitación en la que había conocido la versión más degradada de mí mismo unos cuantos años atrás; la misma en la que había pasado los últimos momentos bonitos de mi vida junto a Summer, un año atrás. Era feliz por mis padres, me había deshecho de aquella culpabilidad que me provocaba estar lejos de ellos, saber que sufrían. Me gustaba sentirme protegido, como lo había estado por Beth en Fairpoint, y ellos eran los mejores en esa tarea.

Pero también había dolor. O, más que dolor, de nuevo, la sensación de estar perdido. De haber dedicado un año de mi vida a intentar encontrarme y no haberlo conseguido. Tenía la sensación de haberme estafado a mí mismo, de haberme hecho trampas al solitario, contándome esa historia de que necesitaba encontrarme en los lugares donde estaban mis orígenes cuando lo que realmente quería hacer era un imposible: borrarlos. Descubrir de repente que todo había sido un error, una broma pesada. Que yo, en realidad, había sido hijo de una buena familia que había muerto en un accidente de tráfico o algo así. Que a los seis años había pasado dos meses con una familia de acogida de la que me había despedido con lágrimas en los ojos porque habían sido maravillosos conmigo. Y que había encontrado mi hogar en una casa de Baltimore en la que nunca había existido la mentira.

Sonaba bien, sin duda. Pero esa no era la historia de mi vida. Nunca lo sería.

La verdadera historia era una que empezaba y terminaba en Joseph J. Boone, en sus actos y el dolor que había provocado en tantas personas que casi era imposible de cuantificar. Eso no era algo que se superara, en eso me había equivocado en mi huida por el país, en intentar superarlo. Porque mi vida podía haber comenzado en aquel monstruo, pero no pensaba permitir que acabara también en él. Tendría que aprender a vivir con ello, y eso... eso no tenía ni puta idea de cómo hacerlo.

Aquel verano fue pegajoso en Baltimore, y más pegajoso aún para mi estado de ánimo. Me dolía ver que no avanzaba, y la ansiedad se apoderaba de mí cada día. E intentar vencer esa ansiedad me generaba más angustia, y así me vi encerrado en una espiral destructiva que dio con mis huesos en el lugar que llevaba un año intentando evitar.

Era un día de principios de agosto cuando toqué fondo. Era el día en que hacía un año exacto que me había marchado de Virginia Beach, y la añoranza se cebó conmigo con saña. Echaba de menos aquella playa kilométrica en la que había sido tan feliz; aquel piso pequeño, caluroso y de aspecto industrial en el que viví un nuevo comienzo después de superar las adicciones que habían estado a punto de acabar con mi vida; me acordaba de la facultad, de mis estudios, que estaban tan abandonados que ya ni siquiera sabía si algún día los retomaría. Pero, en realidad, no fueron todas esas cosas las que me hicieron tocar fondo. Lo que hizo que me despertara aquella tarde, con lágrimas empapando la almohada, después de una noche entera sin dormir, una mañana de apatía y una siesta que me dejó todavía peor cuerpo del que ya tenía, fue el recuerdo de Summer.

Di vueltas por mi habitación durante un par de horas, volviéndome más loco de lo que ya estaba, deseando golpear las paredes, aunque había aprendido a fuerza de huesos rotos que dar puñetazos no era la solución a nada. Lo había intentado todo en un año, y nada había borrado su recuerdo. Ni había conseguido que yo encontrara algo dentro de mí que estuviera orgulloso de poder ofrecerle para volver a buscarla. ¿Me pasaría toda mi vida así, soñando con alguien a quien no me sentía capaz de amar? ¿Qué solución tenía mi vida, mi desesperación? Solo una. La única que había conocido.

Baltimore puede ser una ciudad perfecta cuando quieres hundirte en tu propia degeneración. Todas las familias tienen una oveja negra, y todas las ciudades tienen un barrio para que se reúna el rebaño. Baltimore tiene varios.

Un año de desesperación. Un año sin noticias de Summer. Un año de culpabilidad, de arrepentimiento. Un año de desear poder volver atrás en el tiempo para haber sido sincero con ella. Eso fue lo que necesité para mandar a tomar por el culo cuatro años y medio del trabajo más duro de toda mi vida.

Me daba todo igual. Estaba en un callejón sin salida en el que no podía respirar. En un lugar oscuro a unos cuantos años luz que aquel lugar oscuro en el que había pasado la mitad de mi adolescencia. Porque hubo un tiempo en que mi mayor problema en la vida eran unos terrores nocturnos que me atormentaban. Y eso no era nada, absolutamente nada, comparado con la sensación desgarradora de haber perdido al amor de mi vida. De saber que jamás la recuperaría porque no quería hacerlo. Porque un padre al que ni recordaba le destrozó la vida. Y porque yo estaba aterrorizado a haber heredado un solo gen de un monstruo que cometió los crímenes más atroces de los que jamás he tenido noticia.

Arranqué la moto sin molestarme siquiera en buscar el casco entre la maraña de desorden sin sentido en que se había convertido mi cuarto en los pocos días que llevaba viviendo en él. Supongo que pensaba que, si la moto me fallaba y acababa con el cráneo hecho pedazos contra el asfalto, al menos, podría descansar. O no. Quizá solo me daba pereza hacer el esfuerzo de intentar encontrarlo. Ni eso sabía. Solo sabía que quería una copa. No. Que *necesitaba* una copa.

Recorrí las afueras de Baltimore con la vista puesta en lo que me rodeaba. Conduje por calles, avenidas, plazas y parques que parecían cortados por el mismo patrón. Casas perfectamente pintadas. Jardines con un césped tan perfecto que podría jugarse la Super Bowl sobre ellos. *Golden retrievers* correteando tras sus amos. Niñas con coletas. Adolescentes con ortodoncia. Madres con monovolúmenes. Padres con deportivos. Me costaba creer que un ambiente tan igual a aquel en que me había criado me produjera de repente tanta repulsión. La felicidad ajena duele demasiado cuando dentro de ti solo hay desesperación.

Noté que la respiración se me regulaba cuando me encontré con aquel otro ambiente. El que había conocido tan bien años atrás. Personas solas, vagando sin rumbo aparente. Grupos cuchicheando, pasándose de mano en mano un placer casi invisible encerrado en una bolsita de plástico. Bares sin terrazas, neones ni entrada VIP. Aquellas calles en las que me había perdido las noches en que dormir no era una opción. Tantos recuerdos de tiempos mejores, de tiempos peores.

Aparqué la moto cerca de la entrada a un bar que no dejaba lugar a error. Era exactamente el tipo de antro que necesitaba. Le di cinco dólares a un yonqui que merodeaba por allí, a cambio de que le echara un ojo de vez en cuando. No es que tuviera pinta de poder defender mi moto de ninguna amenaza, ni de querer hacerlo, pero al menos no sería él el que me la jodiera.

Entré en el bar y reconocí el pestazo habitual. Una mezcla de sudor, alcohol y humo de tabaco. Mucho humo de tabaco. Poca luz. Un camarero con aspecto de haber tumbado a cabezazos a muchos clientes impertinentes. Taburetes forrados en terciopelo granate. Y una selección de botellas que hizo que el corazón me empezara a latir al ritmo de la batería en un festival de *metal*.

Me senté en el asiento más aislado que fui capaz de encontrar. No estaba yo para grandes conversaciones. Saqué mi paquete de tabaco del bolsillo trasero de los vaqueros y encendí un pitillo con una calada profunda. Jugué con el mechero plateado entre los dedos mientras sentía el escrutinio del camarero sobre mí.

—Una cerveza. —Cuando pronuncié las palabras, fui consciente de que no había vuelta atrás. De que mil seiscientos veintiún días se habían esfumado con la misma facilidad con que el humo volaba en aquel local, haciéndose visible unos segundos bajo las bombillas de las lámparas bajas antes de desaparecer para siempre—. Y un whisky. Jack Daniel's. Doble.

Observé al camarero servir las bebidas. Le echó una mirada nada discreta a uno de mis compañeros de barra, uno con pinta de habitual, y los dos sonrieron. Sabía lo que pensaban. «Otro niño pijo jugando a ser malo en los barrios bajos». Me arremangué un poco la camiseta, una costumbre bastante patética que conservaba de la adolescencia, de cuando me tatué el antebrazo casi con la única intención de sentirme más respetado. Puede que entre los niñatos enganchados con los que me relacionaba la táctica funcionara, pero en ese momento me hizo sentir aún más ridículo. El otro brazo lo dejé tapado, porque la visión de esas cuatro líneas paralelas sobre mi piel dolía demasiado en aquellas circunstancias.

—Tendré que ver tu carnet de conducir, chico —me dijo, aunque ya había puesto las bebidas delante de mí.

Controlé el ligero temblor que me produjo su visión para echar mano de mi cartera, antes de recordar dos *detalles* que me hicieron estremecer: que hacía años que no llevaba mi carné falso en la cartera y que ya no lo necesitaba. Tenía veintidós años, y hacía tanto que no bebía que ni siquiera me había acordado de que ya podría hacerlo legalmente. Era curioso que la primera copa legal de mi vida fuera la que venía acompañada de una mayor sensación de prohibición.

Le di un sorbo largo a la cerveza y volví a sentirme como cuando tenía trece años y Clay Paterson robó dos latas de Budweiser de la cocina de sus padres. Las habíamos bebido entre cinco y tengo la sensación de que a todos nos pareció que aquel brebaje apestaba. Esa fue la primera vez que probé el alcohol y, en el fondo incoherente de mi alma, deseé que hubiera sido la última.

El sabor amargo me trajo una oleada de bilis a la boca, y no se me ocurrió nada mejor para hacer que bajara que acompañarlo de un trago de whisky. Evité la arcada y me agarré a la madera pegajosa del mostrador para controlar los temblores. Me encendí otro cigarrillo para intentar disimular el malestar y porque la ansiedad me estaba matando por dentro. Quería beber y no quería hacerlo. Me daba asco el líquido tostado de mi vaso de whisky, pero sabía que con ese, y otros dos o tres, quizá pudiera olvidar la imagen de Summer con la sorpresa pintada en los ojos. Con el dolor. La decepción. Su imagen cayendo. Su cabeza golpeándose contra el suelo de las escaleras de mi estudio. Su sangre. Mi pánico. Olvidar.

Mi voluntad se rindió al fin, y saqué de la cartera un billete de cien dólares. Lo dejé sobre el mostrador y esperé a que el camarero se acercara a él como las moscas a la miel. O a la mierda.

—En esta parte de la ciudad, una cerveza y un whisky son algo más baratos que eso —me dijo arqueando una ceja en mi dirección—. Pero, si incluye la propina, lo daré por bueno.

—¿Crees que con esa propina podré pagar algo más que un whisky? —lo tanteé.

—¿Coca? —Directo al grano. Perfecto.

—Por ejemplo.

—Acábate eso y vete al cuarto de baño. Dos minutos.

No le hice caso en lo de acabarme la copa, que seguía actuando como una bomba de relojería en mi estómago, pero sí me escabullí a la parte de atrás del local. Esperé dentro del lavabo a que apareciera con los polvos mágicos que servirían para llevarse parte del dolor. Olía a orina, a mierda y a degradación, y por un momento dudé si el olor lo desprendía yo mismo, en mi propia bajada a los infiernos.

—Pero te lo metes fuera de aquí. No quiero limpiar sangre del váter.

Salí a la calle corriendo. Sabía que el camello / camarero me había escatimado una buena porción del gramo, pero ya arreglaría cuentas con él cuando volviera a por más. Porque volvería. De eso me quedaban pocas dudas. Casi podía sentir ya el momento en que la droga entrara en mi organismo. La aspiración profunda. La sensación del polvo descendiendo por mis fosas nasales. El regusto amargo en la garganta. Frotarme los restos en la encía. Sentirla insensible bajo la yema del pulgar.

Una farola inoportuna, una de las pocas de la calle que habían sobrevivido al vandalismo, impidió que me metiera un tiro en la puerta misma del local. Me escondí en un callejón cercano, que hizo que el olor de los lavabos del bar me pareciera perfume francés. Rebusqué una tarjeta de crédito en el bolsillo interior de la cazadora y dejé la bolsa de coca sobre la tapa de un contenedor. Esparcí una buena cantidad de polvo. Daría para tres, cuatro rayas. Cinco años atrás, eso sería un entrante escaso antes de salir de fiesta, pero, por un momento, me pregunté cómo me afectaría después de una abstinencia tan larga. De hecho, con media cerveza y un sorbo de whisky me sentía algo borracho. Casi al instante, me reprendí por pensar. Si estaba renunciando a la sobriedad que me había costado tanto conseguir, era para poner la mente en blanco.

Deshice los grumos con la esquina de mi tarjeta de la biblioteca de la universidad y me la llevé a la boca para sentir ese sabor conocido en la lengua. Y, entonces, ocurrieron dos hechos que me jodieron la noche, pero puede que me salvaran la vida.

El primero, que mi móvil vibró en el bolsillo de mis pantalones. En el estado de ansiedad en el que estaba, lo normal habría sido ignorarlo, pero no pude evitar pensar en Summer. La conocía, o creía haberlo hecho, y algo me decía que haber cambiado de número no habría sido suficiente para mantenerla alejada si ella quisiera contactar conmigo. Y quizá ella también tenía esa cosa con las fechas que me volvía loco a mí. Tal vez ella también estuviera recordando que hacía ya un año que nuestros caminos se habían separado. Ese sonido de mi móvil hizo que mi corazón albergara la esperanza de saber algo más de ella, aunque supiera que era imposible. Aunque en el fondo quisiera olvidarla. *Tuviera* que olvidarla.

El mensaje no era de Summer. Era de mi madre. Previsualicé una foto en la pantalla del teléfono y la curiosidad me llevó a abrirla. En la imagen, mi padre posaba ante la cámara con una camiseta técnica amarilla fluorescente y unos pantalones cortos verde lima. El mensaje de mi madre decía: «¿Te puedes creer que tu padre se haya comprado esto para hacer deporte?».

Desde que había vuelto a Baltimore, sabía que se estaban esforzando por animarme, por hacerme reír. Por poner todo su empeño en que olvidara el hecho de que había perdido para siempre a la mujer de mi vida porque mi padre había arruinado la suya. Difícil tarea.

Quizá ese mensaje habría caído en el olvido sin el segundo hecho que cambió el rumbo de aquella noche. Con la tarjeta de la biblioteca a medio camino de mi boca, me fijé en el nombre que figuraba en el reverso. «Estudiante: Summer Scott».

Y todo empezó a dar vueltas. Summer presente en aquel callejón infame, aunque solo fuera a través de un nombre impreso en un rectángulo de plástico. La coca sobre el contenedor, llamándome a gritos, mientras yo solo podía pensar en que en un lugar muy parecido a aquel, con la cabeza encajada entre dos bolsas de basura y restos de saliva cayendo de la comisura de mis labios, me había encontrado mi madre más de cuatro años atrás. Esa misma madre que ahora bromeaba con el nuevo perfil de *runner* de mi padre.

No sé qué provocó el momento de lucidez. Ni siquiera sé si fue cobardía o el mayor acto de valor de mi vida. Solo sé que mi puño izquierdo se cerró sobre la bolsa de cocaína, encerrándola como todos queremos tener a los demonios a los que más tememos, mientras mi mano derecha temblaba como una rama al viento sobre la pantalla del teléfono.

—¿Mamá? —La voz me salió rota en cuanto ella respondió a mi llamada—. Mamá, por favor, ven a buscarme.

Mi madre llegó menos de diez minutos después. Diez minutos que yo pasé sentado en el suelo del callejón, con la espalda apoyada en la pared de ladrillo. Con la mente en blanco, porque sabía que, si la activaba, me lanzaría a la desesperada contra esa tapa de contenedor en la que no podía dejar de pensar que había desperdiciado unos cuantos miligramos muy valiosos. Podría abrir el puño izquierdo, que mantenía apretado con una fuerza descomunal, porque su contenido luchaba con todas sus armas para liberarse. Para liberarme. Para atraparme.

—Logan... —Mi madre pronunció mi nombre en un susurro y se agachó a mi lado. Me pasó el brazo sobre los hombros y me ayudó a incorporarme. No sé cómo lo hicimos, pero logramos llegar al coche entre mis temblores y los suyos.

Condujo en silencio, despacio. Se dirigió a las afueras de la ciudad, a un mirador sobre el mar en el que había estado con Summer durante aquella semana que acabó tan mal. No quise decirle que los recuerdos me estaban desgarrando por dentro, porque, en realidad, estaba tan roto desde hacía un año que todo lo posterior me parecían rasguños superficiales.

—He bebido —me decidí a hablar unos minutos después de que ella apagara el motor. Sabía que se estaba aguantando las ganas de llorar. Lo sabía porque la conocía y también porque la luna se reflejaba en las lágrimas que esperaban sentadas sobre su párpado inferior.

—Lo sé.

—¿Tan mal huelo? —intenté bromear, pero se me dibujó una sonrisa amarga.

—No hace falta que huelas. —Me miró, creo por primera vez en la noche, y esbozó una sonrisa—. Aunque la verdad es que apestas.

—Ya me imagino.

—¿Mucho?

—¿Qué?

—¿Que si has bebido mucho? —Se me rompió el alma cuando la escuché preguntarme con esa calma por algo que sabía que la destrozaba. Nadie, ni siquiera yo, había sufrido tanto durante mi rehabilitación como mi madre.

—Media cerveza y un trago de whisky.

—¿Y qué vas a hacer ahora con eso? —Señaló mi brazo, pero no la entendí.

—¿Con qué?

—Con los tatuajes. ¿Los borramos y empezamos de cero? —Aunque sus palabras fueron duras, el tono era suave.

—Nunca te dije lo que significaban.

—Sé la fecha en la que te los hiciste. Y es un día que no se me olvidará fácilmente.

—El día que entré en el centro.

—Sí... —Su voz se perdió en la penumbra del coche, y tardó mucho rato en volver a hablar—. ¿Una cerveza y un whisky hacen que tengas que empezar a contar los días desde cero?

—Media cerveza. Y un sorbo de whisky —me defendí—. Es igual. No quiero justificarme.

—Mañana llamamos a tu mentor y que él nos diga cómo proceder.

—Sí. Será lo mejor. —Me fijé en mi mano izquierda y decidí hacer la versión completa de mi confesión—. Hay más...

—También lo sé.

—¿Cómo?

—Porque si solo hubieras querido beber habrías ido al supermercado más cercano. Lo que tienes en esa mano —hizo un gesto vago—... supongo que es más difícil de conseguir.

Abrí la mano y se la mostré. El polvillo de la coca se me había colado entre los dedos y el plástico brillaba, delator, en el interior del coche. No tuve que mirarla para saber que estaba temblando. Todo mi cuerpo lo hacía. Nunca, ni en los momentos más bajos de mi vida de yonqui adolescente, había dejado que mi madre viera nada. Ni las bolsas de coca que guardaba en cada rincón oculto de mi cuarto. Ni las botellas de whisky que me ayudaban a pasar la noche en casa cuando no encontraba un plan al que unirme o cuando el dinero para una velada de fiesta desmadrada escaseaba. Ni siquiera me gustaba fumar delante de ella porque, aunque me hubiera convertido durante años en la pesadilla de cualquier padre, en el fondo, odiaba decepcionarla. Y, ahora, de repente, había puesto una bolsa de cocaína a treinta centímetros de su cara.

—Ven. Vamos —me dijo, en un suspiro, mientras abría la puerta del coche.

La seguí, y nos acercamos a la orilla del acantilado. Ella se quedó mirando al infinito, y yo no pude evitar fijarme en su cara, observándola de reojo.

—¿Qué vas a hacer? —me preguntó.

—No lo sé. —Se me volvió a romper la voz y noté las lágrimas abrasándome los párpados—. ¿Cómo se sigue adelante después de lo que he averiguado, mamá? ¿Cómo se sobrevive a la idea de que tu padre fuera un monstruo que violó, asesinó y probablemente hizo que yo lo viera todo?

—Tu padre se llama Bruce y está esperándonos en casa. El otro ser... no se merece que lo llames así. —Su gesto se endureció por primera vez, y yo me arrepentí de mi lapsus, aun sin tener muy claro si eso era lo que había sido—. Y la respuesta a tu pregunta es... paso a paso.

—¿*Paso a paso*? Parece demasiado fácil.

—No, mi vida. —Se volvió hacia mí, y me apartó el pelo de la cara, en un gesto que recordaba verle desde que tenía diez años y empecé a negarme a llevar el pelo corto—. Es dificilísimo. Lo más difícil que tendrás que hacer en toda tu vida. El azar te ha cargado con una mochila que no te merecías, y que pesa más que la de nadie que conozca. Me encantaría arrancártela y cargármela yo a la espalda, pero... es imposible. Solo sé dos cosas. Una, que las personas que caminan ligeras y las que cargan con mochilas de dos toneladas, en realidad, avanzan el camino de la misma manera: paso a paso.

—¿Y la otra cosa?

—Que eso —volvió a señalar mi mano, que aún se cerraba sobre la bolsa— es una piedra más en la mochila. Una que va a hacer que pese muchísimo más. Tanto, que no podrás seguir caminando.

Me quedé unos momentos pensando en sus palabras y, sin dedicarle ni medio pensamiento más, abrí la mano. La leve brisa de la noche hizo volar el plástico, y yo mismo eliminé los restos chocando una mano contra la otra y frotando las palmas contra la tela de mis pantalones vaqueros. Vi desaparecer lo que apenas una hora antes había sido mi mayor objeto de deseo y quise salir volando para recuperarla. Y, a continuación, recordé retazos de las interminables sesiones de terapia en el centro, y me sentí orgulloso de lo que acababa de hacer.

—Te quiero muchísimo, Logan. Tu padre y yo te queremos mucho.

—Ya lo sé, mamá.

Me lancé a sus brazos y dejé que todas las necesidades se saciaran. La suya de abrazarme, de retenerme, de no soltarme en un mundo lleno de amenazas. La mía de ser querido, de saber que aún tenía un abrazo en el que refugiarme, aunque siguiera sintiendo que llevaba dentro los genes de un demonio.

Nos metimos en el coche entre lágrimas que ya no me molesté en disimular. Hubo un tiempo en que me avergonzaba llorar delante de mis padres, pero once meses en rehabilitación, con dos sesiones de terapia familiar a la semana, un intento de suicidio y una sobredosis hacen maravillas para quitarnos de dentro el miedo a expresar los sentimientos.

—¿Por qué me has llamado esta noche? —me preguntó mi madre cuando ya entrábamos en el garaje de casa.

—Porque no podía volver a destrozaros la vida —reconocí, con el pánico atravesándome la voz.

Esa noche me dormí en el sofá del enorme dormitorio de mis padres, arropado por una manta y sintiéndome de nuevo como el niño de nueve años al que solo abandonaba el terror cuando se dormía mecido por los ronquidos suaves de su padre y la respiración acompasada de su madre.

12
Y volver a empezar (otra vez)

Ni romperme una mano contra un árbol, ni pasarme un año vagando por diferentes ciudades del país sin encontrar lo que buscaba, ni haberme visto ante la tumba de un hermano al que no recordaba, ni lo poco que había sabido de Summer y que hablaba de tristeza y de rencor, ni el dolor de mis padres por el miedo a perderme. Tampoco trescientas sesenta y cinco noches dando vueltas a la cabeza e intentando encontrar el sendero que me devolviera a una vida normal. Nada. Nada de todo eso había conseguido hacerme cambiar de chip. Tuvo que ser ese descenso a los infiernos, ese pánico atroz a volver a verme dependiendo de una botella de alcohol escondida bajo la cama o de unos gramos de cocaína que me mataban y me revivían a la vez el que hizo que despertara.

Amanecí aquel primer día del *segundo año de la era post-Summer* con la espalda hecha un siete por haber dormido en un sofá sin duda demasiado pequeño para mi cuerpo. Y no desperté por mí mismo, no. Lo hice con un zarandeo de mi padre, equipado con esa camiseta amarilla fluorescente que quizá algún día recordaría como mi salvación.

—Vamos. Tienes ropa de deporte en tu cuarto, te espero abajo en diez minutos.

No tuve opción a discutir. Conocía ese tono de mi padre, pese a que yo mismo hubiera sido un desconocido para él en algunos momentos de nuestra relación. Pero él era transparente. Estaba enfadado y preocupado. Sin duda, mi madre le habría contado lo ocurrido la noche anterior. O no. Tal vez ellos solo necesitaban una mirada para entenderse, una mirada que les confirmara el mayor miedo que habían sentido durante el año anterior.

Bajé las escaleras y me encontré a mi padre estirando en la cocina. Yo llevaba semanas sin hacer deporte y me apetecía salir a correr, por más que hubiera preferido no tener que hacerlo cuando apenas acababa de abrir los ojos. Pero no tuve opción, claro. Mi padre ya salía por la puerta de casa cuando yo aún estaba acabando de atarme los cordones de las zapatillas. No abandonamos los alrededores de la urbanización, pero, dado el tamaño de esta, fue suficiente para que me quedara sin aliento. La semana estaba siendo muy calurosa en Baltimore, así que los diez kilómetros que mi padre se empeñó en correr se me hicieron especialmente duros.

—¡Vamos, Log! No me digas que te va a ganar un sesentón con barriga —me picó, el muy cabrón, dándose una vueltecita de recochineo delante de mis narices.

Volvimos a casa y caí sobre el césped con un ritmo cardíaco cercano al infarto.

—Pues sí que estás en forma... —siguió burlándose—. Te espero en la cocina con el desayuno.

Creo que no recuperé el aliento hasta la cuarta tortita, y ese fue el tiempo exacto que mi padre me dio de tregua.

—Tu madre me va a matar cuando sepa que he hecho esto sin ella.

—¿Correr y comer tortitas? —le pregunté, distraído, con la boca medio llena.

—No, hablar claro contigo de una puta vez.

Sus palabras me sobresaltaron y nos mantuvimos la mirada unos instantes, aunque, llegados a ese punto, yo sabía que aceptaría las condiciones que él me pusiera para... para lo que fuera. Y creo que incluso él lo sospechaba.

—Habla.

—Has intentado hacer esto a tu manera y... no ha funcionado. Sabes que yo apoyé en cierto modo que te marcharas de aquí y que no regresaras tampoco a Virginia, pero no he visto que hayas vuelto de dar tumbos por el país con el ánimo mucho mejor que cuando te fuiste.

—Sí funcionó, en cierto modo —me defendí—. Necesitaba conocer de dónde había salido, hablar con alguno de los niños con los que compartí aquel infierno. Es algo que tenía que hacer.

—De acuerdo, muy bien. Pero hace días que has vuelto y lo único que has hecho ha sido llorar, volverte medio loco y...

—Y lo de ayer.

—Tu madre me lo ha contado esta mañana, antes de irse al hospital.

—Lo siento.

—No lo hagas. Sentirlo, digo. Fuiste un cobarde yendo a ese bar a beber y a comprar cocaína, pero fuiste muy valiente dando marcha atrás.

—No estoy especialmente orgulloso de nada de lo que he hecho desde que regresé. Quizá de nada de lo que he hecho en el último año. No lo sé, estoy hecho un lío. Quiero seguir adelante, pero no sé cómo.

—Yo sí.

—¿Perdona?

—¿Qué funcionó la primera vez?

—¿La primera vez?

—Sí, Logan. Esto no es nuevo. Que estés desesperado y en un callejón al que no encuentras salida no es algo que te haya ocurrido por primera vez cuando descubriste toda la verdad y te separaste de Summer. —Ahí estaba la clave. Mi padre lo sabía, quizá los dos siempre lo supieron. Que la horrible verdad de mi pasado era algo cuya herida empezaba a cicatrizar, pero que la ausencia de Summer aún dolía como si echaran sal sobre la carne abierta—. Yo te vi despertar en un hospital de una sobredosis que casi te cuesta la vida y lo único que querías era meterte más coca y, a la vez, no volver a probarla. Perdona que te lleve la contraria, pero no creo que esto sea más difícil de superar.

—Son cosas diferentes.

—Sí, pero la solución es la misma. Terapia, apoyo familiar y buscar algo por lo que luchar. Creo que tienes las tres cosas al alcance de la mano.

—He pensado... he pensado en volver a ingresar en el centro de rehabilitación. No a tiempo completo, pero... como un apoyo psicológico —confesé—. La verdad... creo que prefiero tratar esto que me pasa, estas ganas de volver a beber que me vienen por momentos, con ellos que con un psicólogo o un psiquiatra con el que tendría que empezar de cero.

—Me parece perfecto. El apoyo familiar sabes que lo tienes. —Frunció el ceño y vi que dudaba—. Lo sabes, ¿no?

—¿Cómo no lo voy a saber? —le respondí, con una sonrisa.

—Pues solo falta tener un objetivo por el que luchar. Volver a estudiar, a hacer deporte...

—Volver a ver a Summer.

No sé por qué lo dije. Quizá porque dolía tanto que me quemaban dentro las palabras. Porque sí, yo sabía que mi padre tenía razón, y estaba más que dispuesto a seguir los métodos que ellos habían considerado desde el primer momento claves para mi recuperación, pero también sentía que era Summer quien me daría fuerza para seguir. Aunque me odiara por llevar un año desaparecido, aunque no quisiera volver a saber de mí nunca más. Ella se merecía que yo acabara siendo una persona de provecho, no alguien que acabaría tirado en un callejón con sangre en la nariz y restos de coca en las manos. Incluso aunque nunca volviera a saber de mí, merecía que la persona con la que vivió aquellos meses de amor cuyo recuerdo se había convertido en una dulce tortura, fuera alguien a su altura. Alguien valiente. Alguien con ganas de luchar. Y, si la vida me daba la oportunidad de volver a tenerla delante, quería plantarme frente a ella convertido en el hombre que siempre debí ser.

Mi padre solo asintió ante mis palabras y se despidió de mí con un abrazo antes de irse a trabajar. Yo salí con él hasta la puerta principal y aproveché para fumarme un pitillo mientras acababa de poner mi cabeza en orden. Después, entré y empecé a hacer llamadas.

Seis horas después, tenía cita con un orientador de la Universidad de Baltimore, me había inscrito en un gimnasio cercano al campus, aun sin saber si me aceptarían o no en la carrera, había decidido reunirme con mi antiguo terapeuta del centro de rehabilitación y con dos personas más para ver apartamentos en el centro de la ciudad.

Joder. Al fin había vuelto a la vida.

Me pasé los días siguientes enterrado en el papeleo para resolver la cuestión más urgente. Si no quería perder otro curso, debía llamar a todas las puertas posibles en la Universidad de Baltimore para conseguir una plaza en tercero de Educación Social. Mi padre movió algunos hilos, mi madre hizo un par de llamadas y, al final, me confirmaron que podría asistir como oyente durante el primer semestre, como alumno en el segundo y examinarme de toda la materia del curso en junio. Sin duda, no me iba a aburrir cuando llegara la primavera del *segundo año de la era post-Summer*.

En cuanto resolví la cuestión académica, me dejé caer por la clínica de desintoxicación. Mi ingreso allí había sido de los largos, así que todo el personal del centro me conocía. Vi la cara de alarma en la cara de Karen, la chica que siempre había estado en la recepción. Entre ese pelo descuidado que aún no había encontrado tiempo para cortarme, las ojeras que por primera vez respondían al exceso de actividad y no a las noches durmiendo fatal porque la cabeza no me permitía otra cosa, y supongo que la experiencia de ver aparecer por el lugar a antiguos adictos que habían recaído, imagino la imagen que daba. Le pedí reunirme con Nate, el terapeuta que me había hecho aquella famosa foto llorando algo así como un siglo atrás.

Al salir de la clínica lo había elegido como mi mentor, la persona a cuyo teléfono debía llamar si en algún momento volvía a consumir o tenía una tentación mayor de lo normal de hacerlo. Debería haber marcado su número al día siguiente de mi bajada a los infiernos en aquel bar mugriento que prefería ni recordar, pero al final no lo había hecho. Preferí centrar la cabeza unos días y tener una charla más seria y cara a cara con él.

Karen me informó de que estaba de vacaciones, que tardaría ocho o nueve días en volver, pero que, si era algo urgente, podía ponerse en contacto con él. Le sonreí para tranquilizarla, porque la situación no era crítica y mi orgullo no quería que nadie pensase que había recaído, aunque por dentro lo sentí como un revés, porque era un impaciente de mierda y, cuando al fin había logrado tomar la decisión de volver a la clínica, no quería tener que esperar.

Por suerte, mis padres me obligaron a relajarme cuando llegué a casa y se lo conté. No tuvieron que hacer un esfuerzo demasiado grande para conseguirlo, porque su propia tranquilidad era contagiosa. Creo que estaban tan felices de ver que me había enderezado o que, al menos, estaba poniendo las bases para lograrlo, que en casa se respiraba un aire pausado que llevaba demasiado tiempo sin conocer.

Pasé los siguientes días quemando en el gimnasio la energía que se me escapaba por la piel y los nervios que, aunque me costaba reconocerlo, me provocaba volver a atravesar las puertas de aquel centro de rehabilitación que un día me había parecido el infierno. Había elegido un gimnasio pequeño cerca del campus porque todavía no tenía claro donde iba a vivir, ya que había dejado la búsqueda de apartamento un poco aparcada porque las otras cuestiones estaban más arriba en la lista de prioridades y porque los apartamentos que había visto hasta ese momento eran un auténtico desastre. No era un centro deportivo al estilo del de Regent, pero tenía el equipamiento necesario para retomar el boxeo y me dejaban libertad de horarios, así que no podía pedir mucho más.

Llegué a la cita con Nate con el tiempo justo y casi sin aliento. Acusaba la baja forma de unos meses en los que había entrenado mucho menos que en los años anteriores, además de que se me había ido de las manos lo de intentar calmar la ansiedad fumando como un carretero, por mucho que mis padres hubieran intentado impedirlo desde mi regreso a casa.

—No sé si decirte que me alegro de verte, Logan —me saludó, a su manera, Nate, con el ceño fruncido y haciendo un gesto con su mano para invitarme a sentarme en un sillón de la sala en la que nos reunimos.

—Bueno... yo tampoco lo tengo muy claro.

Los dos sonreímos, y lo puse un poco al día de lo que había sido mi vida desde que nos habíamos despedido en la puerta de ese mismo centro, cuando yo era un chico de dieciocho años aterrorizado a lo que sería su vida a partir de entonces. De las partes positivas, claro. Mis dos cursos en Regent, en una carrera que me apasionaba; el deporte como terapia alternativa... Y el amor. Summer.

—Pero no creo que hayas insistido tanto en verme solo para repasarme por la cara que tienes una novia estupenda, un futuro académico fantástico y que estás muy en forma. Que no lo parece, por cierto. —Me hizo reír con su alusión a mi entrada triunfal jadeando por una mísera carrera desde el aparcamiento.

—No. Hace aproximadamente un año... pasó algo. Descubrí la razón por la que habían surgido los terrores nocturnos que tuve desde niño. Ya habrá tiempo para hablarlo más en profundidad, pero digamos que es una historia que incluye maltrato, abusos sexuales, un secuestro... —Me pasé la mano por la cara porque era imposible sintetizarlo todo en una frase. Ni en mil—. ¿Lo sabías? Mis padres me han dicho que algunos de los terapeutas que me trataron...

—No. Yo me centré siempre en las soluciones a la adicción. Punto.

—Está bien. Es igual. Lo que me importa es la manera en que lo canalicé.

—¿Cómo lo hiciste? —me preguntó, con ese tono de terapeuta que había odiado en muchos de los profesionales que me habían tratado en mi vida, pero que siempre me había gustado en Nate.

—Mal. —Solté una carcajada amarga—. Lo dejé todo atrás. A Summer, a mis padres, mi carrera... Me largué a recorrer el país y buscar mis raíces.

—¿Qué salió mal?

—Que no había nada que buscar. Yo ya conocía mi historia antes de salir. Creo que no pretendía encontrarla, sino... no sé, borrarla, de alguna manera.

—Y eso no es posible.

—No. —Reflexioné unos momentos y él respetó mi silencio—. No me arrepiento de haberme ido. Creo que era la única opción; no me sentía capaz de quedarme aquí, la verdad. Conocí a gente fantástica y viví experiencias que me han hecho madurar. Pero el regreso ha sido horrible.

—Porque sientes que ese viaje no ha tenido el resultado que esperabas —adivinó.

—Sí. Y porque sigo siendo el niño que sufrió todo eso, sigo sin tener a Summer y sigue...

—¿Qué?

—Apeteciéndome beber.

—¿Caíste? —me preguntó, con una mirada cautelosa que no olvidaré. Quizá por el orgullo que me provocaba no tener que decirle que sí.

—Estuve a punto. Llegué a ir a un bar, a pedir una cerveza y un whisky, darles un par de sorbos, comprar un gramo de coca... Pero ahí me quedé.

—Enhorabuena.

—¿Enhorabuena?

—Es mucho más difícil tener una copa y un gramo de coca delante y decir que no que mantenerse sobrio si estás lejos de los bares.

—El caso es que...

—Que no sabes cuánto tiempo serás capaz de seguir sobrio.

—¿Piensas adivinar todo lo que vengo a decirte? —Rompí la tensión con una broma, aunque lo que le dije era muy cierto, y los dos nos reímos.

—¿Qué quieres hacer?

—Cuando estuve aquí, nos hablasteis de que había la opción de seguir el tratamiento como paciente externo. Venir unas horas, continuar la terapia, pero hacer vida normal fuera de aquí. ¿Eso sigue siendo así?

—Sí. De hecho, es lo más recomendable. Una transición pautada hacia la vida *normal*.

—¿Tenéis un sitio para mí? —pregunté, y se me escapó un suspiro al pensar en dónde estaba volviendo a meterme.

—Por supuesto.

—Pues... ¿Cuándo puedo empezar?

—¿Qué tal ahora mismo? Tengo un par de horas disponibles que pensaba dedicar a deshacerme de papeleo pendiente, pero incluso hablar contigo me parece mejor opción.

Me quedé con Nate casi una hora. Le conté la historia completa de lo ocurrido en los primeros seis años de mi vida, y él cruzó un par de veces la línea entre lo personal y lo profesional al mostrar la ira que le provocaba escuchar aquellos sucesos y al consolarme por todo lo ocurrido en el último año. Aunque agradecí profundamente que lo hiciera, porque a veces tenía la sensación de que yo mismo había exagerado lo ocurrido, lo cierto es que fui capaz de narrarle la historia completa con una precisión casi periodística. Entendí, al fin, aquella frialdad con la que hablaba a veces Summer de lo que le había pasado.

—Creo que tu diagnóstico es claro. En relación a tus adicciones, me refiero —concluyó Nate, cuando yo ya me levantaba para marcharme—. Aprendiste a no tener penas para no ahogarlas en el alcohol y las drogas. Y eso es bueno. El deporte, los estudios, esa chica... Todo eso te mantenía a kilómetros de una recaída. Ahora toca una segunda fase: aprender a no recurrir a ninguna sustancia que te pueda perjudicar incluso aunque estés hecho polvo por dentro. En eso trabajaremos.

—Sí. —Me quedé un momento callado, paralizado. Solo hablé cuando me moví para recoger mi mochila del suelo—. Joder, claro. Es justo eso.

—Lo sé. Y hay buenas noticias: por lo que me cuentas, llevas tiempo hecho polvo y no has recaído. Toca asegurarnos de que siga siendo así.

—Pues ya que estamos... —suspiré de nuevo, esta vez de forma sonora, porque sabía que se acercaba un nuevo sufrimiento. Cogí mi paquete de tabaco del bolsillo exterior de mi mochila y lo lancé sobre la mesa—. Incluye esa mierda también en la terapia. Ya va siendo hora de dejar *todas* las adicciones atrás.

—Bienvenido de nuevo, Logan. —Me despidió con una sonrisa y una palmada en la espalda—. Lo estás haciendo muy bien.

Aún no lo creía cuando me lo dijo, pero entrar en aquel lugar fue posiblemente la mejor decisión de mi vida.

13
Rutinas que lo son todo

Encontrar apartamento dejó de ser una de mis prioridades. Vivir con mis padres tenía sus ventajas, y no voy a negar que volver a sentirme parte de una familia cuando me había pasado un año intentando destruir mis raíces biológicas era la más importante de todas. Además, los exiguos ahorros que había conseguido durante los meses anteriores se agotaban y odiaba tener que recurrir a que mis padres me pagaran una vivienda cuando su casa estaba siempre abierta de par en par para mí. Y conseguir un trabajo con mi recién estrenada rutina de facultad-terapia-deporte era misión imposible.

Sin embargo, era consciente de que en algún momento tendría que dar el paso. Una recuperación completa pasaba por seguir con una independencia que se contradecía bastante con el hecho de volver a vivir en casa, después de tres años fuera. Y existía la posibilidad de que mis padres acabaran poniéndome la maleta en la puerta de lo insoportable que llegué a estar después de haber dejado de fumar. No es que no tuviera experiencia en síndromes de abstinencia varios, pero los demás los había pasado en una clínica especializada, y tener que lidiar con las ganas constantes de encenderme un pitillo viviendo con mis padres se me hizo muy cuesta arriba.

Por suerte, la rutina de clases en la universidad por la mañana, terapia con Nate por las tardes y sesiones interminables en el gimnasio en los huecos que me quedaban libres hacían que consiguiera dormir de una manera que solo había logrado en la época en la que Summer estaba presente en mi vida, porque cerraba los ojos casi en el mismo instante en que mi cabeza tocaba la almohada. Comía bien. Hice algunos amigos en la facultad. Me encontraba más sano que nunca. Llamaba a Beth y a Lily de vez en cuando. Pasaban los meses. Me hice el tatuaje del quinto año sobrio y lo celebré comiendo un bizcocho vegano con Nate y brindando con té helado. Mis padres al final no me habían echado y, aunque había empezado a buscar de nuevo, seguía sin encontrar apartamento. Tenía una vida tranquila. Solo me faltaba ella. O, al menos, ser capaz de dejar de añorarla.

De vez en cuando rompía mi rutina. Lo hacía a propósito, porque había aprendido años atrás que aferrarse a algo como tabla de salvación es la mejor manera de hipotecarse el futuro si algún día desaparece.

Fue uno de esos días en que decidí romper mis rutinas el que hizo que mi vida diera un vuelco. Otro más. El enésimo en los dos últimos años.

Los miércoles solía llegar a casa a las seis de la tarde. Era el único día que no entrenaba en el gimnasio en toda la semana y volvía directo a casa al acabar la sesión con Nate. Pero aquel miércoles en concreto había sido un día complicado en el centro, porque la terapia se había centrado en mi relación con Summer. En qué método pensaba seguir para superar una relación de apenas seis meses que había acabado más de año y medio atrás. O, en caso de que tuviera intención de recuperarla, qué pensaba hacer para conseguirlo. Y esa era la única pregunta de mi vida para la que no tenía respuestas. Solo sabía que tenía que reconciliarme al cien por cien conmigo mismo antes de pensar siquiera en volver a acercarme a ella.

Como la tarde había sido complicada, me salté mi rutina y me pasé dos horas en el gimnasio, golpeando el saco de boxeo como un desquiciado. No sé ni cómo no volví a romperme la mano.

Cuando regresé a casa, mis padres me esperaban en la cocina con unas caras que me hicieron darme cuenta enseguida de que había sucedido algo.

—¿Qué ocurre? ¿Le ha pasado algo a Summer? —Todavía hoy no sé por qué fue ese el temor que acudió a mi mente. Hacía más de un año que Summer era un tema vetado en mi casa. Hacía meses que tampoco permitía que Lily la nombrara en nuestras conversaciones, a pesar de que me ardía la sangre por preguntarle por ella cada vez que hablábamos. Pero algo dentro de mí, nunca sabré el qué, me decía que aquella actitud de mis padres tenía que ver con ella.

—Ha estado aquí.

—¿Qué? —La voz se me rompió, no tanto por la emoción, que también, como por la sorpresa absoluta de imaginarla volviendo a mí. Lo último que sabía era que me odiaba por haberla abandonado.

—Nos ha dicho que... que ha estado mucho tiempo en *shock*, muy enfadada contigo. Y que hoy sintió un impulso y condujo hasta aquí para darte algo.

—¿Darme algo?

Mi madre no respondió. Solo señaló con la cabeza un sobre en el que no había reparado, a pesar de que destacaba sobre la madera oscura de la mesa y de que mi nombre estaba escrito en su anverso con la letra perfecta de Summer.

No fui capaz de decirles nada a mis padres. Solo les sonreí antes de salir de casa y sentarme en el césped del jardín delantero mientras me preparaba emocionalmente para una carta que no sabía si iba a destrozarme el corazón o volvería a llenarlo de sentimientos que añoraba desde que todo se había torcido entre nosotros. Quizá temía que hiciera ambas cosas a la vez. Que me despertara de ese letargo de rutinas en el que llevaba meses inmerso. Que me recordara cuánto duele sentir. Joder, nunca había echado tanto de menos un cigarrillo desde el día que lo había dejado.

Abrí el sobre, extraje los dos folios que contenía y leí.

Hola, Logan

Supongo que te sorprenderá tener noticias mías después de tanto tiempo. Incluso a mí me sorprende estar escribiéndote, haberme atrevido a convertirte de nuevo en una persona real, cuando llevas tanto tiempo siendo solo el protagonista de unos recuerdos que a veces dudo si de verdad ocurrieron.

Voy a ir al grano. He estado muy enfadada contigo. Mucho. Más de lo que puedo expresar con palabras. No porque fueras hijo de Boone, por supuesto. Eso nunca fue culpa tuya. Ni siquiera porque me lo ocultaras durante aquellos últimos días. Entiendo lo impactado que debías de estar y no creo que pueda echarte en cara nada de lo que ocurrió en aquel momento. Pero me mataste desapareciendo, Logan. No quiero ni recordar la pesadilla que fue descubrir que no ibas a volver a Virginia Beach, que tu número de teléfono ya no existía, ni tu correo electrónico o tus cuentas en las redes sociales. Que tu madre me transmitiera tu mensaje de que siguiera adelante sin pensar en ti. No ima-

ginas lo sola que me sentí, el rencor que fue creciendo dentro de mí y la desolación de saber que siempre sería material defectuoso. Que cada vez en mi vida que intentara ser feliz podría aparecer un fantasma de aquel pasado horrible para recordarme que nunca sería normal.

Pero no es esto lo que quería decirte. En realidad, solo son dos palabras... y ahí van: te perdono. Sí, Logan. Te he perdonado. He tenido más de un año para cambiar, para seguir derribando barreras como empecé a hacer el mismo día en que salí de Kansas con el sueño de ser una chica normal de veinte años. Y creo que lo estoy consiguiendo, aunque el vacío que me dejaste no acabe de llenarse nunca. Ya no te guardo rencor. Me ha costado, pero me he dado cuenta de que ese resentimiento solo sirve para que los muros que me han mantenido tantos años alejada de la felicidad se hagan más fuertes, más altos, más invencibles. Quiero continuar con mi vida, licenciarme, conocer gente... ser feliz. Y no podría hacerlo jamás con el peso de odiarte, cuando los dos sabemos que, en el fondo, nunca lo hice. No eres fácil de odiar.

Yo te he perdonado y solo me queda pedirte una cosa: que te perdones tú a ti mismo. Que no dejes que lo que nos ocurrió te consuma, porque ya has perdido demasiadas oportunidades en tu vida de ser feliz. Los que te conocemos, y creo que yo llegué a hacerlo bastante bien, sabemos que eres mucho más que el hijo de Joseph J. Boone. Que no hay ni un solo gen de su maldad en ti. Perdónate, Logan, porque lo que te atormenta nunca fue culpa tuya. No elegimos dónde nacemos, cuándo ni de quién. No dejes que eso te defina.

Si algún día quieres volver a verme, seguiré este curso y el que viene en Regent. Mi teléfono no ha cambiado, ni tampoco mi correo electrónico. Siguen ahí esperando que llegue el día en que te sientas preparado para decirme, simplemente, que estás bien y que ya podemos despedirnos como siempre merecimos, que, sin duda, no es como lo hicimos.

Te deseo toda la felicidad del mundo porque hubo un día en que tú fuiste justo eso para mí: toda la felicidad del mundo.

Un beso,

Summer.

Leí y releí la carta tantas veces que los folios estaban arrugados ya cuando decidí dejar de torturarme. No sabía qué sentimiento se imponía en mi interior: el alivio de una carta que me devolvía parte del aliento perdido hacía demasiado tiempo o la pena por haber alterado aquel día mi rutina y no haberla visto. Eché un vistazo por encima de mi hombro hacia la ventana de la cocina y descubrí a mis padres observándome a hurtadillas. Fingí no haberlos visto, porque en aquel momento no estaba preparado para hablar de ello. Quizá nunca lo estuviera.

Me puse de pie y comencé a andar sin rumbo. Como siempre. *Sin rumbo* se había convertido en una expresión que había acompañado a tantos actos de mi vida que podría haberla convertido en mi apellido. A los pocos segundos me di cuenta de que caminar no era suficiente, que necesitaba correr. Corrí y corrí durante tanto tiempo que las piernas me quemaban y el corazón se me salía del pecho, aunque estaba casi seguro de que eso no era consecuencia del ejercicio físico sino de las palabras que seguían retumbando en mi cabeza.

Nunca, desde aquella noche aciaga en que mi madre me salvó de volver a caer en todas mis adicciones, había vuelto a tener tantas ganas de beber. Y de fumar. Sobre todo de fumar. O no. De lo que más ganas tenía era de olvidar. O de recordar. Joder, ni siquiera lo sabía.

Dejé de correr cuando al fin llegué a una conclusión. Podía tener ganas de beber, de fumar, de drogarme, de olvidar, de recordar... Pero, por encima de todo, tenía una necesidad absoluta e imparable de convertirme en el hombre que quería ser. Para ella. Para mí. Para los dos.

Y esa fue la motivación que hizo que, al fin, *sin rumbo* dejara de ser un concepto que asociara con mi vida.

14
La decisión de volver a ti

La vida continuó. Antes de las vacaciones de Pascua encontré una habitación en la que pasar esos últimos meses del curso, aún sin saber muy bien qué haría en verano. Estaba en una de las residencias del campus y cumplía los dos requisitos que buscaba yo en aquellos momentos: era individual y la pagaba al mes, lo cual me agobiaba menos que firmar algún tipo de contrato que implicara mi permanencia en un lugar durante más tiempo. Aún no llevaba demasiado bien lo de adquirir compromisos que implicaran echar raíces.

Vivir en el campus hizo que me centrara todavía más en los estudios. A esas alturas de mi vida, ya debería haber acabado la carrera, pero me encontraba aún poco más allá del ecuador. Había perdido un curso en el instituto en la adolescencia, el año que pasé internado en la clínica, y otro más en mi deambular sin rumbo por el país el año anterior. Yo había sido siempre un buen estudiante. Siempre... que no me encontrara intentando salir del infierno de las drogas o tratando de olvidar que mi padre había sido un violador y un asesino, claro. Y precisamente eso, el ser un buen estudiante, hizo que me sintiera por momentos algo fracasado por llevarles dos años a mis compañeros de clase. Fue Nate quien me hizo ver esa diferencia de edad desde otra perspectiva: era una tontería que sintiera que había perdido dos años de aprendizaje cuando, si algo había hecho en esos dos años, por motivos muy diferentes entre sí, había sido aprender algo que ninguna universidad podría haberme enseñado. Había aprendido a vivir.

Cuando recuerdo aquel *segundo año de la era post-Summer*, sé que no habría podido superar nada de todo lo que todavía me atormentaba si no hubiese sido por Nate. Pasaba cada tarde cinco horas en el centro, trabajando con él mano a mano, y esa fue la verdadera clave que hizo que la luz empezara a ganarle la partida a la oscuridad en mi interior. Pactamos una modalidad de terapia que no existía de forma oficial en el centro, y que los supervisores y la directora tuvieron que aprobar personalmente, pero que acabó probándose como muy exitosa, al menos conmigo. Entre mis antecedentes y mi formación universitaria, mi estatus en el centro no tenía por qué ser solo de paciente, sino que podía echar una mano como ayudante de Nate en algunas sesiones de terapia no demasiado complicadas.

Así, me acostumbré a hablar de mis problemas con el alcohol y las drogas delante de grupos de personas que estaban pasando por lo mismo que había atravesado yo unos cuantos años atrás. Y les hablaba no solo de la rehabilitación en sí, sino de lo que venía después: el orgullo de sentirse fuerte y el pánico a volver a caer, dos sentimientos con los que yo llevaba tanto tiempo conviviendo que hasta me había acostumbrado a considerarlos parte de mi personalidad.

Muchas noches, cuando acabábamos el trabajo y el centro cerraba sus puertas excepto para los pacientes y trabajadores que pernoctaban en él, era cuando empezaba mi verdadera terapia. Nate siempre ha creído que se trabaja mejor sentados en un parque, ante una videoconsola o cocinando que en un diván en una consulta anodina. Y, dado que no era una oportunidad que le surgiera con otros pacientes, eso fue lo que hizo conmigo. Me acostumbré a pasar tiempo en la pequeña casa que compartía con dos chihuahuas en las afueras de la ciudad, y a abrirme de una manera que me resultaba sorprendente incluso a mí.

Aprendí tanto de él que solo espero haberle enseñado también yo algo, aunque solo sea para compensar. Tardó tiempo en contarme que su propia rehabilitación había comenzado el día en que su pareja lo había abandonado después de una relación que se remontaba a los primeros años de instituto, harta de promesas de que dejaría las drogas algún día. Fue una de las pocas veces en que lo vi derrumbarse, convencido de que nunca encontraría a otra persona a quien llegara a querer tanto como la había querido a ella. Yo me limité a pasar mi brazo sobre su hombro y a asentir en silencio, porque me aterrorizaba verme diez años después contándole algo así a alguien. Casi podía visualizarme haciéndolo.

No sé si fue aquella conversación con Nate sobre el verdadero amor, sentados en el sofá de su casa, o si era algo que estaba latente en mí desde hacía tiempo y no me había atrevido a verbalizar, ni siquiera a solas. Pero en los últimos meses de aquel curso, mientras la primavera aparecía en Baltimore, mi mente solo podía pensar en una cosa: que mi vida no estaría completa sin Summer o sin, al menos, arreglar lo que había roto casi dos años atrás. Y yo ya no quería más vida a medias.

Junio llegó pronto y, con él, tantas buenas noticias que había días que pensaba que se habían equivocado de destinatario, porque yo ya me había acostumbrado a que las casualidades afortunadas pasaran de largo por mi puerta. Primero fueron las calificaciones del curso, que esperaba buenas, pero no tanto como resultaron al final. Y, pocos días después de recibir la última nota, y mientras me comía la cabeza como el desquiciado que supongo que siempre he sido sobre qué hacer en julio y agosto, recibí la llamada de Nate que dio un giro radical a aquel verano... y a algo más.

La clínica de rehabilitación de la que aún era paciente organizaba cada verano un campamento de casi dos meses en la costa de Carolina del Norte para adolescentes *problemáticos*. Chicos que tonteaban con el alcohol o las drogas y que, aunque no se podían considerar todavía adictos, sí constituían un grupo de mucho riesgo. En el campamento, al que la mayoría asistían obligados por sus padres y, por lo tanto, con una actitud no demasiado buena, se combinaban sesiones de terapia —en las que participaban como monitores alcohólicos y drogadictos rehabilitados—, con actividades al aire libre, deportes y otras formas de ocio que les demostraran que era posible divertirse sin necesidad de recurrir a sustancias estimulantes. Y Nate había pensado en mí como monitor.

No lo dudé. La oferta llegó casi sin tiempo para pensármelo, así que liquidé mi cuenta en la residencia de estudiantes, embalé mi equipaje en una mochila, hablé con mis padres —que se mostraron encantados con la idea— y, cuando me quise dar cuenta, me encontraba en un autobús de camino a Edenton, Carolina del Norte, rodeado de un grupo de chavales que estaba seguro de que no me lo iban a poner fácil.

15
Cerca de ti, pero aún tan lejos

Nunca ocho semanas se me habían hecho tan largas. Por muchos motivos. Al principio, porque, tal como había supuesto, trabajar con aquellos adolescentes me provocaba una sensación similar a recibir una patada en el medio de la entrepierna. La que supongo que ellos estarían deseando darme, por otra parte. Me habían puesto al cargo de un grupo de seis chicos, con edades entre los catorce y los diecisiete años, algunas de cuyas actitudes me recordaron tanto a lo que había sido yo a su edad que me invadían por momentos oleadas de culpabilidad retroactiva.

Por las mañanas, salíamos a practicar deporte al aire libre. Hicimos senderismo, montamos en bici por las montañas, nos iniciamos en la práctica del surf —casi todos con más destreza que yo, que no parecía demasiado dotado para aquel deporte—, formamos pequeños equipos de baloncesto y hockey... Era agotador, pero supongo que la competitividad y la necesidad de quemar adrenalina forman parte de la fisiología adolescente, y creo que todos acabaron disfrutando, especialmente de los fines de semana, en los que les dejábamos la mañana más o menos libre para ir a la playa. El *más o menos* consistía en que manteníamos un ojo sobre ellos para asegurarnos de que no caían en las costumbres que preocupaban en sus casas.

Las tardes las dedicábamos a sesiones de terapia, bastante más *light* que las que se llevan a cabo con adultos en rehabilitación, pero que, aun así, implicaban hablar bastante y abrirse delante de sus compañeros, así que esa tarea era mucho más ardua. Durante las primeras semanas, sentí algo muy parecido al menosprecio en la manera en que interactuaban conmigo y en que trataban mi adicción. Las opiniones iban desde que yo había sido un flojo incapaz de controlar unas sustancias que, bien utilizadas, solo proporcionaban algo de diversión, hasta que no merecía la pena rehabilitarse si eso suponía no volver a probar nada de eso que tanto empezaba a gustarles. Tuve que poner mucha carne en el asador, mucha más de la que esperaba en un principio, para que empatizaran conmigo y comprendieran que lo que empezaba como un juego podía acabar convertido en la mayor pesadilla de sus vidas.

Ni yo mismo me creía que hubiera sido capaz de narrar con pelos y señales mi intento de suicidio y la sobredosis que sufrí delante de unos chicos que tenían una edad similar a la mía cuando todo aquello sucedió. Pero lo hice. Tragándome el nudo de nervios que se me instalaba en la garganta cada vez que lo recordaba, pero lo hice. Y fue ese día, cuando habíamos sobrepasado ya el ecuador del campamento y me sentía más cerca de rendirme en mi intento de ayudarles que de triunfar en mi misión, cuando me di cuenta de que no me había equivocado al elegir mis estudios, porque era eso a lo que quería dedicar el resto de mi vida.

La idea de trabajar como educador social en la rehabilitación de personas con adicciones me había rondado la mente desde el día en que decidí matricularme en el primer curso de la facultad, pero nunca había acabado de darle forma. Con los acontecimientos de los dos años anteriores, ni siquiera había tenido tiempo o ganas de pensar en ello a fondo. Fue en aquel campamento de Edenton donde me di cuenta de que quería hacer por otras personas lo que Nate había hecho por mí. Y me sentí muy afortunado, jodidamente afortunado, por haber encontrado mi vocación con apenas veintitrés años, y sabiendo que, con que lograra evitar que una sola persona cayera al pozo en el que yo me había visto años atrás, todo el esfuerzo de mi carrera habría merecido la pena.

Las noches en el campamento eran tranquilas. La política de la organización establecía un toque de queda a las once de la noche, y los cuartos de los chicos eran revisados con regularidad para comprobar que no escondieran sustancias que pudieran complicar sus tratamientos. Aunque en otros grupos hubo problemas, por suerte, en el que yo tutelaba nunca encontramos nada fuera de lugar, salvo un par de noches en que descubrí a dos de las chicas fumando en un cuarto de baño y me limité a mandarlas a la cama con una mirada de reprimenda y a deshacerme del tabaco antes de que me venciera a mí la tentación de hacer uso de él. Seguía llevando realmente mal lo de no fumar.

Cuando los chicos estaban ya acostados, y en los barracones en los que nos alojábamos reinaba ese silencio que queda cuando cuarenta adolescentes caen rendidos, los monitores nos reuníamos en una pequeña sala común de la que disponíamos. Yo era el más joven, pero ninguno sobrepasaba los treinta años, y todos llevábamos alguna historia de adicciones a la espalda. Desde las primeras noches en que nos empezamos a reunir allí, sentí especial afinidad con Phoebe, una chica de Iowa a la que le había tocado un grupo tan problemático que hubo que dispersar a sus miembros y repartirlos entre otros monitores.

Phoebe tenía veinticinco años, un historial difícil de adicción al alcohol con un par de recaídas a cuestas y... era preciosa. Es un hecho objetivo. Tenía un cuerpo de escándalo, una melena pelirroja que le llegaba hasta media espalda, unos ojos azules enormes y... un evidente interés en mí, que iba más allá de la camaradería entre dos compañeros de voluntariado. Pasamos muchas noches juntos y, a pesar de que en un par de ocasiones dejé caer que había alguien en mi vida aunque de una forma un poco *complicada*, lo cierto es que nos fuimos uniendo cada vez más.

La última semana en Carolina del Norte transcurrió en un ambiente a medio camino entre la euforia y la nostalgia. Muchos de los allí presentes éramos conscientes de que aquel verano podía marcar un antes y un después en nuestras vidas, y no hablo solo de los adolescentes. Para mí también fue un verano trascendental. Había afianzado mi decisión sobre a qué dedicaría mi vida profesional cuando acabara la carrera y había asentado aquella idea quizá un poco loca de ir a buscar a Summer en cuanto volviera a casa. De hecho, me pasé varias tardes al teléfono, entre sesión y sesión de terapia, cerrando los trámites necesarios para el traslado de mi expediente de la Universidad de Baltimore de nuevo a Regent.

Según se iba acercando la despedida, relajamos un poco el ritmo de las actividades, y dimos a los chicos más poder de decisión sobre su propio ocio. Al fin y al cabo, en pocos días estarían fuera de nuestro control y era importante que aprendieran por sí mismos a elegir lo que más les convenía. Imaginábamos que algunos volverían a las andadas al regresar a sus ciudades, así que nos tocó aprender algo que sería crucial en mi carrera años después: que el éxito absoluto es imposible de conseguir.

Entre las horas muertas que nos dejaba la mayor libertad de la que gozaron los chicos esa semana y las conversaciones que teníamos los monitores sobre el futuro que augurábamos para cada uno de ellos, empecé a pasar mucho más tiempo con Phoebe. Una noche, comenzamos hablando de los miedos que teníamos con respecto a ellos y acabamos derivando en los nuestros propios. Hacía solo un año que ella estaba limpia, así que supongo que vio en mí un ejemplo de que mantenerse sobrio durante años era posible.

Estábamos recostados en uno de los sillones de la sala de descanso mientras hablábamos, cuando otro de los monitores propuso celebrar una pequeña fiesta de despedida del campamento. Los dos últimos días serían una locura logística, porque los chicos se marchaban en diferentes medios de transporte y a horas muy diversas hacia sus estados natales, así que no tendríamos otra oportunidad de estar todos los monitores juntos.

Eran casi las dos de la mañana cuando empezó a sonar *Always*, de Bon Jovi, en el precario equipo de música que habíamos montado con un móvil y los altavoces de un ordenador viejo. Yo dije que odiaba esa canción casi al mismo tiempo que Phoebe saltaba emocionada repitiendo que era su favorita de todos los tiempos. Y me pidió que la bailara con ella. Negué con la cabeza, porque ni me planteaba esa opción, pero, no sé por qué, de mis labios salió otra respuesta. O quizá sí lo sé. Le dije que sí porque... porque realmente me apetecía bailar con ella. Me apetecía volver a sentir un cuerpo que me gustara a pocos centímetros del mío. Soy humano y, con la tontería, llevaba dos años sin acostarme con nadie. Nunca había sido una persona que diera una importancia trascendental al sexo, y ya había pasado por otra abstinencia larga antes, pero... dos años sigue siendo mucho tiempo.

No había que ser muy listo para entender que el baile era una simple excusa para pasar al siguiente punto del orden del día. O de la noche. Apenas nos movíamos al son de la música, sino que eran nuestros cuerpos los que se acercaban poco a poco buscando el roce, el contacto. Phoebe ladeó la cabeza, cerró los ojos, y esos fueron los únicos gestos que necesité para darme cuenta de que no iba a poder seguir con aquello. Había muchos motivos por los que no era una buena idea. El más obvio, que en apenas dos días nos separarían casi dos mil kilómetros. Pero también que involucrarse en una relación afectiva o sexual entre dos personas con un pasado de adicciones, sobre todo si por una de las partes no está del todo superado, es una opción nefasta. Y que la mitad de nuestros compañeros nos estaban mirando. Podría decir que fue alguna de esas razones la que me impulsó a rechazar su beso. Pero sería mentira. Porque lo único que lo hizo fue recordar los labios de otra chica, en lo que me parecía una vida anterior, pero que esperaba que pronto volviera a ser la actual.

—Perdona, yo...

—No, no, Phoebe. No te disculpes, por favor —insistí, porque me sentía como una mierda por estar rechazando a una chica preciosa y que me caía fenomenal por el fantasma de alguien que probablemente no quisiera ni mirarme a la cara cuando nos reencontráramos, por mucho que aquella carta suya me hubiera dicho lo contrario—. Ya te dije que tenía una historia complicada con otra persona.

—Hoy podríamos intentar olvidar todo lo complicado. —Sus dedos jugaron con los botones de mi camisa y sentí muchas miradas posadas en nosotros.

—Ven, vamos fuera.

Salimos del barracón cogidos de la mano y la conduje a unas mesas en las que solíamos comer cuando hacía buen tiempo. La noche era clara, con una luna enorme sobre nuestras cabezas y un cielo plagado de estrellas. Me senté en la mesa, y dejé que Phoebe lo hiciera en el banco adosado a ella. Cogió un paquete de tabaco de su pequeño bolso de mano y se encendió un cigarrillo. Estuve a punto de pedirle otro, pero me conocía lo suficiente para saber que, si caía una vez, al día siguiente estaría fumando como una chimenea de nuevo.

—¿Qué ocurre? —me preguntó, cuando me quedé un rato absorto mirándola.

—Eres una chica preciosa, Phoebe —le dije, porque era verdad y porque creí que necesitaba oírlo—. Pero...

—Pero estás enamorado de otra.

—Sí.

—¿Y crees que eso importa algo para lo que tengo en mente? Vamos, Logan, no creo que ella vaya a enterarse. —Se le escapó la risa al decirlo, y yo me contagié.

—Lo sé. No lo hago por ella. Creo que ni siquiera lo hago por mí. Pero tú no te mereces que me acueste contigo pensando en otra persona.

—Lo pasaríamos bien. —Hizo un último intento, aunque fue más una broma que una propuesta, porque en ese momento ya estaba claro que no ocurriría nada entre nosotros.

—Lo pasaríamos de miedo. —Las risas se convirtieron en carcajadas, y Phoebe se subió a mi lado en la mesa.

—Eres un buen tío, Logan. Esa chica tiene mucha suerte.

—Summer... —Saboreé su nombre entre los labios. A veces, pasaba tantos meses sin pronunciarlo que, cuando volvía a mí, podía sentir su presencia a mi lado—. Se llama Summer.

—Es un bonito nombre.

—Es una bonita persona.

Nos quedamos en silencio unos minutos, solo con el canto de los grillos como banda sonora y los recuerdos de un verano especial flotando en nuestra mente antes incluso de que acabara.

—¿Me prometes que me llamarás si algún día tienes problemas? —le pregunté.

—Lo haré. Pero intentaré no tenerlos.

—No va a ser fácil, Phoebe. En algún momento, esta mierda que nos ocurre regresará e intentará convencernos de que la solución a todos los problemas está en una botella de ginebra. Pero pasa. Te aseguro que siempre acaba pasando y que se puede salir ganando.

—Gracias. Por todo, Logan. Incluso...

—¿Incluso...?

—Por lo de esta noche.

—Me ha gustado mucho conocerte. —Me levanté y me quedé de pie frente a ella—. Llámame. En serio.

Me despedí con esas palabras y estuve a punto de darme la vuelta y marcharme a mi dormitorio, pero lo pensé mejor. Me acerqué a ella casi en un impulso y dejé que mis labios se encontraran con los suyos. Fue un beso de amigos, casi fraternal. Una despedida mejor que un simple «llámame». Ella captó al vuelo que no había cambiado de idea y que aquello no era una invitación, y ni siquiera nuestras lenguas se rozaron.

—Ve a por esa chica y hazla entrar en razón, Logan —me dijo en cuanto nos separamos.

Le sonreí y, entonces sí, me fui a la cama.

Dos días después, estaba de vuelta en Baltimore. Y, al fin, me sentía pleno.

Mi madre me recibió con protestas de que había adelgazado mucho durante el verano y, como no hubo manera humana de convencerla de que era consecuencia de haber practicado mucho deporte en el campamento, me plantó delante un par de hamburguesas de quinoa tan llenas de ingredientes varios que estuve a punto de vomitar antes de acabarme la segunda.

—Me he matriculado para el curso que viene en Regent. —Lo solté así, sin anestesia, mientras ellos me preguntaban por mis experiencias del verano, por los deportes que había probado, la gente que había conocido y mil cosas más que no fui capaz de procesar. Estaba tan contento por haber tomado esa decisión sin dejar que los lastres del pasado la condicionaran que sentía la necesidad de compartirla con todo el mundo.

—¿Qué? —Mi madre se quedó en *shock*, pero vi a mi padre esbozar una sonrisa comprensiva.

—¿Estás seguro?

—Quiero volver a verla. Quiero tener una oportunidad de arreglar lo que estropeé. —Hablaba sin tapujos, de una manera que me sorprendía incluso a mí, así que no puedo imaginar cuánto estaba asombrando a mis padres.

—Quizá Summer no esté ya allí —se aventuró mi madre.

—Estará.

—¿Por qué ahora? —me preguntó.

—Porque al fin soy el hombre que quería ser. El que ella merece. El que... el que vosotros merecéis.

Vi a mi madre enjugarse una lágrima y tuve que tragarme las mías para no convertir esa noche en una triste despedida. Ya no quería que hubiera más de esas. Me quedaban algunos días en Baltimore antes de tener que marcharme a Virginia y pensaba aprovecharlos para darles a mis padres algo de lo que les había negado durante tanto tiempo. Estar tranquilos, felices; disfrutar de la vida cotidiana en familia, sin dramas.

Y así fue. Me marché de Baltimore con muchos nervios en el estómago por el reto que se me presentaba por delante, pero con la conciencia muy tranquila por haber cerrado al fin un montón de culpabilidades que nunca habían dejado de atormentarme del todo. Mis padres y yo nos pedimos perdón mutuo por nuestros errores: ellos, por no haberme contado la verdad de mi pasado antes; yo, por no haber sabido encajarla y haberlos dejado al margen. No habría sido necesario, pero creo que los tres nos sentimos mejor cuando ocurrió.

Cuando me marché, sabía que estaba diciendo adiós a una época. Afrontaba mi último año de universidad y sabía que ya no volvería a casa. Que, pasara lo que pasara, tocaba ser independiente y seguir con mi vida confiando en que todo lo aprendido a través de unas experiencias vitales por las que el resto del mundo nunca tendría que pasar me hubieran preparado para el futuro. Le di un beso a mi padre y dejé que mi madre me achuchara hasta que se hartó. No pude evitar susurrarle al oído que, sin ella, no habría conseguido salir adelante. Se merecía oírlo por muchas razones, pero, sobre todo, porque era la verdad más grande que había dicho en mi vida.

Conduje las cuatro horas del tirón en mi moto. Mi equipaje llegaría al día siguiente por mensajería, porque, aunque mi padre insistió en que se había habituado a no tener coche en el año que yo había pasado fuera, yo prefería no volver a separarme de mi BMW. Fueron cuatro horas en las que ya no quedó ni un solo hueco en mi cerebro para pensar en el pasado, porque hasta el último recodo lo ocupaba Summer.

No tenía ni idea de lo que me iba a encontrar. Pero estaba muerto de ganas de descubrirlo. Y, sobre todo, de volver a verla.

16
Que vuelvas a ser mi amigo

Volver a Virginia Beach fue como un puñetazo en el pecho. Sí, es el símil más acertado que se me ocurre. Cuando mi moto enfiló la carretera de entrada en la ciudad, sentí que me faltaba el aire. Hubo un momento en que creí que tendría que parar en el arcén porque me temblaban tanto las manos que me costaba mantener el manillar recto. Dos años. Hacía dos años y algunos días que no pisaba la ciudad, después de aquella huida a lo loco que había protagonizado después de que Summer descubriera mi gran secreto, y no esperaba que regresar me trajera los recuerdos tan de golpe, tan... tangibles.

Había alquilado una habitación en un piso compartido en las afueras de la ciudad. La primera vez que había llegado a Regent me había mantenido alejado de las residencias del campus porque aún estaba bajo el pánico a recaer de mis adicciones si la tentación estaba cerca; en esa segunda, ya traía a mis espaldas la experiencia de haber vivido en el campus de Baltimore, así que la razón de quedarme en la ciudad fue, simplemente, que adoraba aquel lugar. Como había llegado con el tiempo muy justo y casi todos los apartamentos para estudiantes estaban ya alquilados, me limité a buscar algo económico y que me ofreciera el mínimo de la intimidad que seguía necesitando para sentirme cómodo. Hacía ya tiempo que había asumido que nunca sería una persona sociable, y mucho menos en ambientes como los de un piso universitario en el que tendría que dar demasiadas explicaciones sobre por qué no me unía a las fiestas o no me apuntaba a tomar unas cervezas después de clase. Después del año anterior en Baltimore, tenía bastante claro que mi fuerza de voluntad era mucho mayor que cuatro años atrás; me sentía capaz de convivir con un entorno en el que el alcohol o las drogas estuvieran presentes sin sentir tentaciones, por más que siguiera siendo consciente de que sería un adicto toda mi vida. Pero eso no significaba que me apeteciera dar explicaciones a nadie sobre mis hábitos.

Mi cuarto tenía cerradura y cuarto de baño propio. Esos habían sido mis únicos requisitos. Con los compañeros de piso, poca elección tenía: muchos de los estudiantes de Regent que elegían vivir lejos del campus lo hacían atraídos por el ambiente nocturno de la ciudad y escapando de la ley seca que se suponía que regía en la universidad. Así que me tocaría compartir apartamento con otros tres compañeros, todos ellos más jóvenes que yo y no especialmente interesados en la parte académica de su experiencia universitaria.

En realidad, me daba bastante igual. Solo tenía dos objetivos para ese curso: acabar la carrera y reencontrarme con Summer. Lo primero no me ponía demasiado nervioso; si había sido capaz de llevar bien el curso anterior, combinándolo con la reintroducción a una vida más o menos corriente y con la terapia, daba por hecho que un curso «normal» no sería un reto demasiado difícil de asumir. Lo otro... Madre mía. La simple idea de volver a ver a Summer me ponía tal nudo en la garganta que no me podía ni permitir pensar en los siguientes pasos: hablar con ella, aceptar su más que posible rechazo sin volver a caer en la desesperación absoluta, asumir que estaba ante la última oportunidad, ante la realidad inminente de que lo que saliera de mi relación con ella durante los siguientes meses supondría la separación para siempre o la esperanza de construir algo juntos. De verdad, no podía ni pensarlo.

Tardé pocas horas en instalarme. Si algo había aprendido en los dos años anteriores, era a vivir con lo justo y a darle a lo material la importancia que tenía, ni un ápice más. Lo coloqué todo en el exiguo espacio que me ofrecía aquella habitación tan impersonal y salí a la calle a pasear. No me importó recorrer caminando los tres o cuatro kilómetros que separaban mi nueva casa del paseo marítimo de Virginia Beach en el que tantas horas había pasado cuando vivía en mi antiguo estudio. Fue como releer de nuevo mi libro favorito después de años sin abrirlo. Reconocí mis recuerdos en cada detalle de la ciudad, me vi aprendiendo a ser feliz después de aquel año horrible de la rehabilitación, me recordé enamorándome de Summer en cada rincón. La nostalgia me dibujó una sonrisa en la boca y supe que había hecho lo correcto regresando a Virginia. Quizá esa fue la mayor certeza que tuve en muchos meses.

A la mañana siguiente, mi moto hizo por mí el trayecto entre mi bloque de apartamentos y el campus de Virginia. Creo que, si hubiera tenido que aportar yo algo a ese recorrido, me habría quedado a medio camino, de lo nervioso tirando a histérico que estaba. Aparqué la moto junto a la que había sido —y volvía a ser— mi facultad y entré en modo autómata. Recogí los horarios en la recepción, asistí a las presentaciones de las primeras clases, me organicé un poco las asignaturas, valorando cuánta carga de trabajo tendría cada una... Comí un par de piezas de fruta rápidas que me había llevado de casa, porque me daba miedo entrar en el comedor universitario y encontrarme de frente a Summer. Me moría por verla, sí, pero no quería hacerlo en un lugar tan público, tan impersonal. Joder, no sabía ni lo que quería.

Tardé tres días en ir a buscarla a su facultad. En ningún momento me planteé que ella podría no estar ya en Regent. Lo último que había sabido de ella era aquella carta con la que había levantado la presión que llevaba tanto tiempo sobre mi pecho con su declaración de perdón. Me daba terror que hubiera cambiado de idea para su último curso, aunque algo me decía que no. Que ella seguía allí. Que yo me habría enterado si se hubiera marchado. A través de alguna indiscreción forzada por Lily, a través de la propia Summer o... yo qué sé, por simple intuición.

Me aposté ante la puerta de la facultad de Física durante toda la tarde y, simplemente, esperé. Estaba tan desquiciado que eché mano al bolsillo trasero de los pantalones unas doscientas veces, antes de recordar, otras tantas, que hacía ya casi un año que había dejado de fumar. Di tantos paseos por una acera que tendría unos veinte metros de largo que debí de recorrer la distancia equivalente a un maratón. Estuve tentado a llamar a mi madre, o a Beth, o a Lily... o yo qué sé. A alguien que me distrajera del hecho de que estaba a punto de reencontrarme con la parte más dulce y dolorosa de mi pasado. Pero no lo hice, porque quería tener los cinco sentidos centrados en encontrarla.

Y, entonces, cuando ya empezaba a desesperar, la vi.

Si no la hubiera querido tanto, si no la quisiera tanto aún y no sintiera que algo me conectaba a ella incluso cuando estábamos a miles de kilómetros de distancia, quizá no la habría reconocido. Porque la Summer que se acercaba a mí sin saber todavía que yo la estaba esperando era una mujer distinta a la que había dejado atrás. Al menos físicamente. Su pelo ya no era oscuro, sino que se había puesto una especie de mechas californianas que le daban un aspecto muy veraniego. Vestía unos *shorts* vaqueros deshilachados y una camiseta de manga corta de Los Ramones que le llegaba más o menos a la misma altura que los pantalones. Los ojos me volaron a su cara y distinguí el destello de un *piercing* en su nariz. Me sorprendió, pero no tanto como el rastro de tinta que se percibía en uno de sus antebrazos, que lucía sin tapar, como si aquella época en que ocultaba el peor recuerdo de su adolescencia hubiera quedado atrás. Pensé en cuánto me habría gustado acompañarla a tatuarse, que me tuviera a su lado en ese momento, como yo la había tenido a ella en aquel tercer tatuaje de mi antebrazo en el que le desvelé tanto de mí mismo.

Pero el tiempo había pasado. Dos años, nada más y nada menos. Entendí entonces que no éramos dos personas que habían estado enamoradas en el pasado y que se reencontraban. Éramos dos personas diferentes que tendrían que descubrir si sus sentimientos habían sobrevivido a los cambios.

—Hola, Summer.

Supongo que se giró sobresaltada al oír mi voz, pero en mi cabeza lo recuerdo a cámara lenta. La sorpresa. La constatación de que sí, era yo quien le hablaba. La confusión. Su boca abierta. Mis ojos fijos en sus labios. Dos amigos que la acompañaban difuminándose, porque mi mirada no podía asimilar nada que no fuera su presencia. Delante de mí. Al fin.

—Logan...

Se nos saltaron las lágrimas al mismo tiempo. Debíamos de formar un cuadro bastante peculiar, llorando a las puertas de una facultad de la que no dejaban de salir alumnos, aún ansiosos por ir a clase en los primeros días del curso. No sé ni cómo nos fuimos apartando, hasta quedar frente a frente en un lateral algo apartado del edificio principal.

—¿Qué estás haciendo aquí?

—Supongo... —Me encogí de hombros y supe que no podía hacer otra cosa que ser sincero—. Supongo que ya no podía seguir viviendo sin ti.

Se apartó. Fue algo físico, casi como si lo que acababa de decir la quemara. Lo recuerdo como si hubiera salido despedida lejos de mí. Joder, la había cagado soltando esa bomba en cuanto la tuve delante, pero lo habría repetido mil veces si me volviera a ver en la situación.

—Logan, no puedes aparecer así y...

—Ya, ya lo sé —la interrumpí—. No tengo ninguna intención de poner tu vida patas arriba ni de molestarte en lo más mínimo. Solo quiero saber si hay alguna posibilidad de que pueda acercarme a ti.

—Yo... yo no sé si puedo volver a pasar por eso. No. Sí lo sé. *No puedo volver a pasar por eso.* Fue demasiado duro. Ahora... ahora soy otra persona. Sé protegerme. Y dejarte entrar en mi vida como lo hiciste hace tres años es un riesgo que no puedo volver a correr.

—No he querido regresar hasta estar seguro de que nunca volvería a hacerte daño.

—Logan, yo... No puedo hablar de esto ahora. Joder, ni siquiera he acabado de asumir que estés aquí. Yo... yo...

—¿Has acabado las clases? —Decidí mover la conversación a un tema más ligero, porque sentía que los dos estábamos a punto de morir de intensidad. Reencontrarnos había sido algo así como un disparo a la línea de flotación de nuestra estabilidad emocional.

—Emmmm... Sí. ¿Por qué?

—¿Me dejas que te acompañe a casa? Si no quieres, lo entenderé. Es solo que...

—Sí.

—¿Sí? —Se me iluminó la que puede que fuera mi primera sonrisa verdadera en dos años.

—Sí, aunque... te advierto que está un poco lejos.

La seguí hasta el aparcamiento del campus, ignorando que dejaba allí mi moto, porque estaba dispuesto a aceptar cualquier limosna emocional que ella estuviera dispuesta a darme. Me indicó con un gesto de la cabeza su coche, aunque no hacía falta que lo hiciera, porque era el mismo que tenía cuando la conocí. Incluso esa tontería, el saber que conservaba algo de *nuestra época* me envió un destello de ilusión. Así de desesperado estaba por recuperar lo que habíamos sido.

Summer enfiló la carretera que llevaba a la ciudad. Me sorprendió que no hubiera vuelto a vivir en el campus después de que yo me marchara, pero me mantuve en silencio. Ella tampoco habló, pero encendió el equipo de música de su coche y sonó *Stairway to Heaven* para llenar el silencio entre nosotros.

A punto estuvo de desencajárseme la mandíbula cuando comprobé que Summer maniobraba entre las calles de la ciudad hasta aparcar su coche frente al edificio de mi antiguo apartamento. Alterné mi mirada entre el portal de la casa y su cara, que mostraba un gesto neutro, como si todas sus emociones estuvieran a buen recaudo y no tuviera la menor intención de facilitarme la tarea de volver a conocerla como un día lo había hecho.

—¿Vives...? —La voz se me quedó atascada en la garganta y tuve que carraspear para conseguir hablar—. ¿Vives en mi estudio? O sea, en el estudio...

—Sí. —Por primera vez ese día, vi en sus ojos un atisbo de la chica tímida a la que había conocido años atrás—. Quería... quería que supieras dónde encontrarme si algún día me necesitabas.

—Summer...

Fui incapaz, de nuevo, de contener la emoción, y los dos bajamos raudos del coche para hacer aquello que llevábamos posponiendo desde que nos habíamos vuelto a ver. Nos encontramos a medio camino entre la calzada y la acera y, algo torpes, nos abrazamos. Ni siquiera sé explicar lo que sentí. Una mezcla de la incertidumbre por el futuro que se nos presentaba por delante, la emoción de volver a sentirme en un hogar y la alegría inmensa de tener de nuevo a Summer entre mis brazos. Y miedo. Y algo de culpabilidad. Y una sensación intensa de que haber vivido dos años sin ella era algo muy parecido a no haber vivido en realidad.

—¿Qué vamos a hacer? —le pregunté, porque lo único que tenía claro en aquellos momentos era que la decisión siempre sería suya. Que, si me pedía que me largara porque mi presencia le hacía daño, lo haría sin mirar atrás. Aunque no tuviera ni idea de qué sería de mí si fuera así.

—No lo sé.

—Yo tampoco —reconocí, y a los dos se nos escapó una sonrisa.

—Hay algo que siempre se nos dio muy bien.

—Lo sé —me atreví a bromear, con una sonrisa socarrona y alzando las cejas varias veces.

—¡No seas cerdo! —Me dio un puñetazo suave en el hombro y nos reímos, pero enseguida ella se puso seria y suspiró—. Siempre se nos dio bien ser amigos.

—Sí. Se nos daba muy bien —reconocí, y la nostalgia tiró hacia arriba de la comisura de mis labios.

—Pues intentémoslo. No prometo demasiado. Estoy todavía muy impactada por... ¡porque estás aquí! Joder, ni siquiera acabo de creérmelo. Yo salía de clase tan tranquila y, de repente, estabas allí, y... y... ¿Dónde vives, por cierto? Estoy pensando que he usurpado tu apartamento. —Me reí de nuevo, porque al fin se le había caído parte de la capa de frialdad y me estaba demostrando que sentía tantos nervios como yo—. ¿Por qué no puedo dejar de hablar?

—Gracias —la interrumpí.

—¿Por qué? —Frunció el ceño.

—Por no pedirme que desapareciera de tu vista.

—No. —Me miró a los ojos, con esos suyos tan verdes que parecían transparentes, y me sentí más desnudo de lo que había estado en toda mi vida—. Eso ya lo hiciste una vez. Desaparecer, me refiero. Y creí que no iba a sobrevivir a ello.

Asentí y, como no había mucho más que decir, me despedí y me marché caminando hasta mi nuevo apartamento. Al día siguiente ya me las arreglaría para llegar hasta el campus, pero eso era lo que menos me preocupaba en aquel momento. Solo quería llegar a mi cuarto, tirarme en la cama y revivir cada segundo de los apenas cuarenta y cinco minutos que había pasado con Summer. Y que habían ido mucho mejor de lo que me habría atrevido a soñar.

17
Para mí, siempre fuiste Logan

No sé ni cómo, pero Summer y yo establecimos pronto una rutina que nos funcionaba. Ella me dejó claro desde el primer día que necesitaba espacio, que todavía no sabía cómo se sentía con respecto a mi reaparición en su vida y que le había costado mucho construirse una realidad en la que era feliz y convivía sin demasiados traumas con su pasado y con mi recuerdo, y que no estaba dispuesta a arriesgar nada de todo eso por retomar una relación que ni siquiera sabía en qué estatus nos dejaría.

Yo acepté, claro. En primer lugar, porque sentía que tenía razón en todo lo que me decía y porque la quería demasiado como para hacer algo que perjudicara esa recuperación que estaba segurísimo de que le había costado horrores. En segundo, porque me sentía tan afortunado con la sola idea de que me dejara estar cerca de ella que me conformaba con el tiempo que estuviera dispuesta a dedicarme. No olvidaba los meses que había pasado pensando en mi regreso a Virginia Beach; meses en los que el pánico a que no me permitiera ni siquiera hablarle invadía mis pensamientos a diario.

Pero había un motivo más importante por el que aquella petición de espacio por su parte nunca me resultó difícil de sobrellevar. Y es que sus gestos se encargaban de contradecir a las palabras que muchas veces pronunciaba. Como cuando se mostraba dubitativa en algún mensaje sobre si era buena idea quedar conmigo, pero en cuanto me veía se le iluminaba una sonrisa en la cara. O cuando me decía que aún le costaba confiar en mí, pero me contaba cosas que, conociéndola como aún la conocía, estaba seguro de que casi nadie sabría.

Establecimos como rutina quedar todos los viernes para comer, e incluso ese simple detalle me pareció que decía mucho sobre nosotros. O quizá yo era un imbécil dispuesto a ilusionarse con cualquier cosa, pero el hecho es que me parecía que esas comidas, que a veces se prolongaban hasta media tarde, eran el broche de oro con el que los dos dábamos por finalizada las duras jornadas de trabajo y empezábamos el fin de semana.

El primer viernes que nos vimos fue raro. Sí, *raro* quizá sea el adjetivo que mejor define lo que fue aquella comida. ¿Cómo si no podría haber sido el encuentro entre dos personas que no saben si tratarse como dos completos desconocidos o como el centro de la vida del otro? Porque eso éramos Summer y yo: dos personas que vivían para quererse, encerradas en los cuerpos de quien lleva tanto tiempo sin verse que ha perdido contacto con la realidad del otro. Bueno, al menos así era como lo sentía yo. Summer se había convertido para mí en un misterio muy difícil de desentrañar, porque dentro de ella seguía viendo a la chica de la que me enamoré. La que era fuerte y vulnerable a la vez; la que temía a sus fantasmas, pero tenía más ganas que nadie de aprender a vivir ignorándolos. La diferencia, entonces, era que esa Summer que yo había conocido cuando acababa de cumplir diecinueve años estaba ahora revestida por una fachada exterior que me impresionaba. Tan dura, tan intocable, tan impresionante. Una mujer nueva que me asustaba y que, al mismo tiempo, me atraía incluso más que antes.

Pasamos varias semanas derribando poco a poco las barreras que dos años de separación habían levantado entre nosotros. Dedicamos tanto tiempo a contarnos los detalles de nuestras vidas académicas que creo que podría haberme matriculado en cuarto de Física y salir airoso de algunos exámenes. Hacíamos un esfuerzo deliberado por no mencionar aquel pasado que habíamos compartido, ni lo que habían sido nuestras vidas durante el tiempo que estuvimos separados, y pasábamos de puntillas sobre cualquier tema que pudiera resultar escabroso.

Hasta aquel viernes.

Hacía ya siete semanas que me había instalado en Virginia y mi vida, como siempre que las cosas me iban bien —o todo lo bien que las circunstancias me permitían—, seguía una rutina bastante establecida. Por las mañanas iba a clase, y el hecho de que aquel fuera el último curso de mi carrera se había convertido en un aliciente que alentaba mi motivación. Las asignaturas eran mucho menos teóricas que en los primeros cursos y las disfrutaba más. El trabajo en el campamento del verano anterior había servido para que me convalidaran muchas de las horas de prácticas y mi horario no era tan asfixiante como había previsto. Con hacer un esfuerzo extra en los meses previos a los exámenes, tenía bastante claro que podría acabar la carrera sin mayor esfuerzo. Por las tardes estudiaba, iba al centro deportivo o a sesiones de terapia con el doctor McIntyre, que se había mostrado muy sorprendido con mi regreso, y mucho más todavía con las novedades que esos dos años de ausencia habían traído a mi vida.

Aquel viernes Summer había insistido en llevarme a un restaurante vegano que habían inaugurado el año anterior en Chesapeake, una ciudad a escasos quince kilómetros del campus. Llevábamos apenas un minuto en el coche cuando me contó que había pensado mucho en mí cuando se había enterado de su existencia, y esa confesión me hizo intuir que esa comida iba a ser diferente a las anteriores.

Ni siquiera recuerdo la mesa en la que comimos ni lo que elegimos del menú. Porque llevábamos solo unos minutos sentados cuando Summer me sorprendió con unas palabras que pareció reflexionar durante unos momentos antes de pronunciarlas. Y, con ellas, se llevó un peso de los muchos que todavía me aprisionaban de vez en cuando el pecho.

—Hay algo que llevo tiempo queriendo decirte. De hecho, es algo que me vino a la mente solo unos días después de escribirte aquella carta que te llevé a Baltimore... Logan, tú... Tú para mí nunca fuiste el hijo del hombre que me secuestró y me destrozó la vida. Jamás. Ni siquiera cuando desperté en aquella habitación de hospital y recordé lo que había visto en tu partida de nacimiento. Ni en ninguno de los momentos en que estaba cabreada contigo. Y, joder, he estado *muy* cabreada contigo, eso puedes tenerlo claro. Pero siempre fuiste para mí el niño con el que compartí los peores meses de mi vida y con el que comparto ahora un dolor causado por la misma persona. En serio, Logan, ¿cómo pudo importarte tanto si era tu padre o no?

No fui capaz de responderle, aunque supe que ella tampoco buscaba eso. Entendí que solo había lanzado una pregunta al aire, al Logan de dos años atrás que, por suerte, poco tenía que ver con la persona en que me habían convertido todas las experiencias vividas en ese tiempo. Me limité a bajar la mirada al suelo, avergonzado por haber dañado a la persona que menos lo merecía, pero ella me sorprendió agarrándome por el mentón y obligándome a enfrentar su mirada. Fue el primer contacto físico que tuvimos desde que nos habíamos reencontrado, a excepción de aquel abrazo del primer día, y ni un beso, ni otro abrazo, ni siquiera un orgasmo compartido podrían haber significado más para mí que ese roce de sus dedos sobre la superficie rasposa de la piel de mi barbilla.

Comimos, disfrutando durante un rato de un silencio cómodo. Había olvidado lo bien que me hacía sentir el simple hecho de estar sentado junto a ella a una mesa o en cualquier otro lugar. Disfrutando de su presencia, de su esencia. De la gratitud inmensa que me provocaba que me hubiera dejado volver a entrar en su vida, aunque fuera a través de una única comida a la semana.

—Y, cuéntame, ¿qué has hecho en estos dos años? —le pregunté, porque el peso de su confesión anterior aún dolía, y prefería que nos centráramos en cualquier otra cosa.

—¿Quieres que te resuma dos años en el tiempo que dura una comida?

—Yo no tengo prisa. —Y era verdad. No la tenía. No mientras ella estuviera a mi lado—. Puedes tomarte todo el tiempo que necesites. Y contarme lo que quieras, claro.

—A ver... en la facultad me ha ido bien. Estoy en cuarto y, si todo sigue al mismo ritmo que hasta ahora, me licenciaré al acabar este curso. Cuando pasó... cuando...

—Puedes decirlo —atajé—. Va a ser muy difícil que hablemos si convertimos lo que ocurrió hace dos años en un gran tabú.

—Sí... tienes razón. Cuando te marchaste, me centré mucho en los estudios. Necesitaba algo que me distrajera y eso funcionó. Me ha ido muy bien. Además, he conocido gente en la facultad. Creo que me hacía falta.

—¿Tienes muchos amigos? —le pregunté, y me sentí un poco imbécil después de decirlo, pero las dinámicas de las relaciones personales que entablábamos Summer y yo siempre habían sido diferentes a las de la gente de nuestra edad. Nos sentíamos bien solos, o rodeados de muy pocas personas, y no solíamos compartir aficiones ni formas de ver el mundo con nuestros compañeros. En realidad, yo había sido un poco lobo solitario desde que me había rehabilitado, y Summer me encontró a mí poco después de llegar a Regent y nos convertimos en el único amigo el uno del otro.

—Sí. Bueno, no sé si muchos, pero sí muy buenos. Tengo un grupo agradable de gente en la facultad con los que salgo, me divierto, hacemos mucho deporte juntos, nos vamos de vez en cuando de viaje... ¿Sabes? Creo que uno de los errores que cometimos hace dos años fue centrarnos demasiado solo en nosotros dos. Aquello que nos decía el doctor McIntyre de que necesitábamos abrirnos a más gente... ahora me doy cuenta de que tenía razón.

—¿Tu familia? ¿Están bien? —Cambié de tema porque necesitaba rumiar a solas lo que Summer me había dicho. Me molestó eso de «uno de los errores que cometimos», porque, para mí, ella y yo no habíamos cometido más errores que aquel silencio mío que duró siete días y que no habría cambiado demasiado las cosas si no se hubiera producido. Fue algo externo, absolutamente inevitable por nuestra parte, lo que nos separó, y me dolió que ella nos culpara, de alguna manera, de lo ocurrido.

—Sí —respondió a mi pregunta, obviando que yo me había quedado absorto en mis pensamientos—. Mi madre... sale con alguien.

—¡¿Tu madre?! —Los dos nos reímos por mi vehemencia.

—¡Sí! Yo tampoco podía creerlo al principio, pero... parece que, al fin, ha decidido retomar su vida.

—Me alegro muchísimo. Oye, y tú... —lancé la pregunta como un kamikaze, sin tener muy claro lo que estaba diciendo. O teniéndolo clarísimo, no lo sé—. ¿Estás con alguien?

—Logan...

—¿Qué? —Le sonreí, creo que más para tranquilizarme yo que para que ella dejara de rehuir mi mirada—. Estamos poniéndonos al día, ¿no? Vamos, Summer, podemos hablar de lo que sea.

—El chico que me acompañaba el primer día al salir de clase, Samuel...

—¿Sí? —Si había un sentimiento que nunca en toda mi vida había esperado sentir eran celos. Jamás había sido celoso, ni me había planteado que pudiera serlo, porque los celos siempre me habían parecido algo posesivo que no tenía nada que ver con mi carácter. Pero, joder, un latigazo me recorrió la columna vertebral solo con escuchar el nombre de ese chico de labios de Summer.

—Hemos estado yendo y viniendo desde mediados del curso pasado. En realidad... creo que somos más amigos que otra cosa, pero de vez en cuando recaemos.

Asentí y permanecimos en silencio mientras acabábamos de comer. Aunque intenté evitarlo, mi mente no dejaba de darles vueltas a las cosas que Summer habría compartido con esa persona. Y también con otros amigos. Tantas experiencias que yo habría querido vivir a su lado y me había perdido. En el pasado, yo había sido el único chico al que había besado, el único con el que había estado en su vida... y, aunque sabía que era sano que conociera a más gente, que se hubiera relacionado durante esos dos años de ausencia total por mi parte, no dejaba de joderme. Podía ser irracional, pero que me mataran si sabía cómo evitarlo.

Sentí su mano posarse sobre la mía y me estremecí. La miré y vi en sus ojos una seguridad en sí misma y una determinación que me hizo a la vez sentir orgulloso y aterrorizado.

—Habría sido muy romántico esperarte toda la vida, pero también jodidamente insano.

Volví a asentir, porque todo lo que ella decía eran verdades como templos, pero eso no hacía que dolieran menos.

Paseamos por Chesapeake un par de horas después de acabar de comer. Era la *cita* más larga que habíamos tenido hasta entonces, y la alegría de compartir tanto tiempo con ella fue disipando los nubarrones que se habían asentado en mi cabeza. Me pidió que le contara qué había hecho yo durante esos dos años, y lo hice con tanto detalle que el tiempo se nos fue pasando casi sin darnos cuenta.

Le hablé del día en que me marché de Virginia, y el recuerdo del dolor que sentimos ambos al separarnos hizo que se nos asomaran las lágrimas a los ojos. Le conté aquel patético primer periplo que me llevó a Florida, a pelearme contra un árbol y a acabar pidiendo a mi madre que me rescatara de mí mismo. Le hablé de Beth. Le conté cómo había encontrado en su casa un hogar en el momento en que menos esperaba que eso ocurriera. Ella me dijo que jamás me había escuchado hablar con esa ternura sobre nadie, y me sentí feliz de ser capaz de hacerle entender cuánto significaba Beth para mí. Hablamos también sobre el rapto, sobre Boone, sobre los otros niños. Hablé con la voz rota sobre el hermano que había perdido y cuya existencia había ignorado durante tantos años. Nos reímos juntos sobre las dotes casamenteras de Lily, y Summer me confesó que se había vuelto loca al enterarse de que yo había regresado a Virginia Beach. Yo no se lo había querido contar porque sospechaba que pondría a Summer en antecedentes si lo supiera. Le hablé del campamento, de Nate, de mi nueva terapia, aunque omitiendo algunos hechos importantes de los que todavía no estaba demasiado prepara-do para hablar —como aquel amago de recaída que aún me estremecía recor-dar— o que prefería que ella descubriera por sí misma —como que había conseguido también dejar de fumar, por ejemplo—... y también de mis pla-nes de futuro.

El primer día que Summer había aceptado quedar conmigo me había confesado que lo único que le apetecía que hiciéramos era hablar. Que hablar conmigo era lo que más le había gustado hacer en toda su vida. Se me hinchó el pecho de orgullo cuando la oí decir aquello. Y desde entonces tenía claro que no había nada que me hiciera sentir más pleno en el mundo que com-partir con ella todo. Lo bueno, lo malo, lo que dolía y lo que me hacía sentir bien. Y no entendí cómo había podido sobrevivir dos años sin confiar en ella cada vez que la vida me daba un revés.

18
¿Jugamos?

—Me he inventado un juego —le dije, como el suicida emocional en el que me había convertido ya para entonces, después de más de dos meses de citas de viernes que siempre me dejaban la misma sensación: que Summer y yo volvíamos a ser los mejores amigos del mundo, los que habíamos sido tres años atrás, pero también que todo lo demás, todo *lo otro* que habíamos sido, estaba a años luz de resurgir. Que tendría que currármelo mucho para conseguir de nuevo la confianza necesaria para ser algo más que su amigo.

El sol había hecho un último canto de sirena aquel viernes de principios de noviembre. Llevábamos ya unas cuantas semanas sintiendo los rigores de un otoño especialmente frío, pero aquel día había amanecido soleado, y yo había aprovechado la ocasión para proponerle a Summer que nos viéramos en el paseo marítimo de la playa, a pocos pasos del que había sido mi hogar y todavía era el suyo.

—¿Un... un juego? —me preguntó ella, titubeante, dejando caer la máscara de imperturbabilidad con la que siempre se cubría. Esa que me mantenía alejado de proponerle cualquier opción entre nosotros que fuera más allá de la amistad. Se sentó en el murete que separaba la acera de la arena y me miró a los ojos.

—Sí. Consiste en que nos hagamos preguntas el uno al otro, intentando averiguar las respuestas que daremos. Solo necesitamos un par de hojas de papel para apuntar nuestras apuestas y decidir...

—No. —Su negativa fue tajante, y también lo fue el cambio en su expresión: cerró los ojos y respiró profundamente, como si ese recuerdo de lo que nos había unido años atrás le doliera tanto como a mí.

—¿Por qué? —susurré.

—Porque me da miedo. —Su confesión me sorprendió, y solo deseé tener el valor para estrecharla entre mis brazos y decirle que jamás haría nada que la dañara. Aunque, en realidad, eso ya se lo había dicho decenas de veces desde que nos habíamos reencontrado, así que mi verdadero deseo era que ella me creyese.

—¿Y si rodeamos todos los temas peligrosos de líneas rojas y nos limitamos a preguntas fáciles?

—¿Preguntas de las que no duelen? —Me sonrió, y supe que me la había ganado, al menos por un tiempo.

—Empieza tú, y te prometo que yo me portaré bien.

—Yo no quiero hacerte ninguna pregunta. Hay una sola cosa que quiero hacer, pero todavía no estoy preparada.

—¿De qué estamos hablando? —le pregunté, y a ninguno de los dos nos pasó desapercibido el tono ronco de mi voz.

—De nada que nos implique a ti y a mí desnudos en una superficie horizontal, flipado.

—Vale, vale. —Me reí, ella hizo lo mismo y supe que habíamos firmado la tregua—. ¿No me vas a decir qué es lo que quieres hacer?

—Aún no. Venga, pregunta. Pero primero tengo que requisarte... —Dio un respingo en su asiento y me miró fijamente—. ¡Un momento! El tabaco. Tú... ya no...

—Joder, Summer... ¡Empezaba a pensar que no te ibas a dar cuenta nunca!

—¿¿Ya no fumas??

—No. Por desgracia. —Se me escapó una carcajada y ella me respondió con un puñetazo en el hombro—. Si quieres, puedes preguntarme cuánto me apetece fumar en estos momentos. Ya te respondo yo: mucho, un montón, todo lo posible.

—Enhorabuena por la fuerza de voluntad, de todos modos. ¿Qué te requiso, entonces?

—Ya me has requisado el corazón —le respondí bromeando, y ella recogió el guante con elegancia. Aunque los dos sabíamos que no era una broma, claro.

—¡No alucines tanto, poeta!

—¡Vamos! Es tu turno.

—¡Estás haciendo trampas todo el rato! Ya te he dicho que yo no quiero preguntar nada. Y, dado tu poco interés, veo que tú tampoco, así que me voy a mi casa.

Hizo amago de levantarse, pero estaba claro que era un farol, y la agarré por un brazo para volver a sentarla junto a mí. Eran tan escasos los momentos en que nos permitíamos un contacto físico que sentí que me hormigueaba la piel cuando la solté.

—Venga, ahora en serio. Pregúntame lo que quieras —se ofreció.

—Está bien. —Señalé con mi mentón su brazo izquierdo—. Cuéntame la historia de ese tatuaje.

—Ah... Esto. —Sonrió, y las yemas de sus dedos se perdieron sobre la frase que presidía su antebrazo. «Keep walking». Alrededor de la tinta, los cortes que quizá solo nosotros sabíamos cuánto significaban, quedaban algo eclipsados, pero aún hablaban de una historia de dolor y miedo a vivir—. Me lo hice... hará un año, más o menos.

—¿Por qué?

—Porque necesitaba un recordatorio por si algún día se me olvidaba que la mejor forma de salir adelante es seguir caminando.

—Es bastante gracioso que tengas tatuado el eslogan de una marca de whisky cuando tienes un exnovio alcohólico —decidí bromear, porque le había prometido que mantendríamos ese juego, que en realidad no era tal, dentro de los cauces de lo superficial, pero ella me reprendió con la mirada y me sentí gilipollas.

—Fuiste mucho más que eso. Nunca he pensado en ti como un exnovio. Jamás. —Relajó un poco el gesto, porque creo que hasta ella misma se dio cuenta de que estaba atravesando todas las líneas rojas—. Aunque lo seas, me da igual. No vuelvas a decirlo. Yo no estaría aquí sentada con alguien que solo fue mi novio durante seis meses hace casi tres años.

—¿Y qué soy, entonces? —me atreví a preguntar.

—¿No habíamos quedado en que solo preguntas fáciles?

Nos reímos y disfrutamos durante un rato del silencio compartido, de ese que siempre fue más nuestro que de nadie. Como tres años atrás, el juego había sido solo una excusa para acercarnos, para abrirnos, para que ella confiara en mí como en el fondo quería hacerlo, aunque no se lo permitiera a sí misma.

—Estás preciosa. —La frase se me escapó entre los labios, aunque tampoco hice un esfuerzo demasiado grande por retenerla dentro. Summer se quedó tan quieta después de que yo hablara que llegué a dudar si me habría escuchado, así que seguí hablando sin filtro—. Ya eras preciosa cuando te conocí, pero, ahora... estás cambiada. No sé explicarte en qué, no es solo físicamente, es... eres tú. Ya te lo dije una vez. Brillas, Summer. Joder, pero es que ahora brillas incluso más que antes.

—Logan, no...

—¿Por qué? —me apresuré a seguir hablando antes de dejarla responder, porque el impaciente que vivía en mí llevaba semanas deseando tocarla, deseando que diéramos un paso más y, aunque seguía muy firme en mi convicción de dejar que ella llevara las riendas, en ocasiones mi voluntad flaqueaba—. Confías en mí, Summer. Puedes autoconvencerte todo lo que quieras de que prefieres mantenerme a distancia, pero tú sabes que confías en mí. Sabes lo que tuvimos, lo que fuimos... Sabes que yo aún te quiero.

Le entregué mi corazón en una bandeja con la esperanza de que ella no lo hiciera pedazos. El silencio se hizo eterno y su mirada se llenó de lágrimas. No sé si fue mi percepción en ese momento o que realmente nos habíamos estado moviendo uno hacia el otro, pero, cuando me quise dar cuenta, Summer estaba sentada en el hueco entre mis piernas, con los ojos fijos en los míos. Y supe que era el momento. O quise que lo fuera.

Acaricié con el dorso de mi mano una de sus mejillas y ella cerró los ojos. Su gesto se crispó, como si mi contacto la quemara, como si pudiera hacerle daño, aún tantos años después. Pero no se apartó, y eso fue lo que me dio alas para atreverme a rozar mis labios contra los suyos.

—¡¡No!!

Su grito me sobresaltó. Sobresaltó todo mi mundo. Me aparté de ella como un resorte, con un pánico atroz anidando dentro de mí a haberle despertado fantasmas del pasado. A no haberle recordado a aquellos besos en los que un día nos perdimos. Me aterroricé a que algo en mí pudiera haberle recordado a la figura monstruosa que un día había sido mi padre.

—¡¡Me rompiste el corazón!! —Volvió a gritarme, al tiempo que me empujaba, con sus dos manos plantadas en mi pecho.

Y, entonces, lo entendí. Había vuelto a ser un cobarde. Como me había dicho Lily en Seattle, era la cobardía lo que me mantenía lejos de Summer. E incluso en un momento tan mágico como el que acababa de vivir, un momento con el que ni siquiera me había atrevido a soñar durante mis dos años de exilio emocional, había vuelto a ser un cobarde. Quise creer que Summer rechazaba mi beso por culpa de Joseph Boone, cuando aquel monstruo era un fantasma ya casi irreal para los dos. Y ella me rechazaba por mí. Por mis errores, no por los pecados de otro. Porque yo me había encargado solito de joder todo aquello que habíamos construido en el pasado. Con mi huida, mis ausencias, mi silencio. Por cometer el mayor error de toda mi vida: haberla dejado atrás.

—¿Quieres la verdad, Logan? ¿Toda la verdad? —Asentí, porque no podía hacer otra cosa, y porque estaba demasiado alucinado ante la Summer guerrera que tenía delante. Sus ojos ardían y me hacían sospechar que sus palabras podrían romperme el alma, pero quise escucharla de todos modos. Se lo merecía. Y yo también—. El otro día te mentí. Cuando te dije que no podía esperarte toda la vida. ¡Vaya si te mentí! ¡¡Vaya si te esperé!! Puede que mi cuerpo no te esperara, puede que me haya acostado con otros, pero una parte de mí se ha pasado dos años esperándote. Dos años deseando que tuvieras la decencia de volver a por mí, de decirme justo lo que me estás diciendo ahora. Que aún me quieres, que aún...

Su discurso se ahogó en un mar de lágrimas y yo solo supe abrir mis brazos para acogerla. Dejé que llorara contra mi pecho, hasta que el orgullo le ganó finalmente la batalla, y se separó.

—Lo siento. No tenía que haberme derrumbado de...

—Lo raro sería que no te derrumbaras nunca, Summer.

—Sí, supongo. De todos modos, lo que me ocurre es demasiado difícil de entender. Incluso para mí lo es, ¿sabes? Así que no creo que pudiera explicártelo.

—Inténtalo. Porque hay demasiadas cosas que yo tampoco entiendo.

—¿Cuáles?

—Pues... —No sabía cómo decirlo porque era lanzarme de cabeza al rechazo, pero la necesidad de saber fue más fuerte que la lógica—. Si confías en mí... Confías en mí, ¿no? En que no volveré a hacerte daño ni a largarme. —Asintió y yo continué—. Si confías en mí y dices que has estado dos años esperando que volviera, ¿por qué no...? Es decir, ¿es imposible que volvamos a intentarlo?

—Logan...

—Intenta explicármelo, Summer. Por favor. No te pediré nada más, te lo prometo. Pero déjame entenderte.

—Está bien. —Fijó la mirada en el suelo durante unos segundos, como si estuviera pensando por dónde empezar—. ¿Tienes la menor idea de lo que es querer y odiar a alguien al mismo tiempo? Ojalá que no, porque te aseguro que es algo que no le deseo ni a mi peor enemigo.

—¿Tú me odias? —Hice la pregunta llevándome la mano al pecho, como si el concepto «corazón roto» tuviera un sentido literal para mí en aquel momento.

—Y te quiero. —Y sentí cómo los trozos volvían a unirse—. Te quiero y te odio. Te perdono, pero no consigo olvidar cómo me sentí en tu ausencia. Necesito espacio, una vida lejos de ti, pero tengo tantas ganas de verte que me ignoro a mí misma y sigo quedando contigo. Vivo en una contradicción constante.

—¿Quieres que me vaya? —le pregunté, temiendo más que nada en este mundo la respuesta, pero convencido de volver a embalar mi petate y marcharme, esta vez para siempre, si ella estaba segura de que eso era lo que necesitaba para estar bien.

—No. Pero no puedo ni plantearme entregarme a ti como en el pasado. Te quiero. Como amigo... y algo más. Me gustas. No creo que estos dos años te hayan hecho tan humilde como para no darte cuenta de que me gustas muchísimo. —Nos miramos y, por primera vez en una eternidad, sonreímos—. Pero todavía no he olvidado lo que pasó. No sé si podré olvidarlo algún día; por más que te entienda y te perdone, no olvido lo que fueron dos años llorando casi cada noche por tu ausencia.

—Lo siento. —Se me quebró la voz al disculparme, porque todo yo empezaba a estar roto, a pesar de que Summer hubiera sido tan generosa con su sinceridad.

—No lo sientas. Solo... respeta mi espacio. De momento, no puedo darte mucho más que estas comidas de los viernes o algún otro día ocasional que nos veamos en la facultad. Necesito reconciliarme yo misma con la idea de que estás aquí y de que vuelves a ser parte de mi vida.

—Está bien —acepté. ¿Qué otra cosa podría haber hecho más que aceptar?

Nos despedimos con la tensión instalada en el cuerpo y emprendí el camino hacia mi casa. La noche había caído ya sobre la ciudad, pero no me importó recorrer andando aquellos tres o cuatro kilómetros, porque realmente necesitaba pensar en todo lo que había ocurrido en las últimas horas.

Ya veía mi bloque de apartamentos a lo lejos cuando un sonido a mi izquierda me llamó la atención. Provenía de una esquina, a la salida de un local de comida rápida, en el que se acumulaban un montón de bolsas de basura. Apreté un poco el paso, porque me imaginé que sería una rata y siempre he sido bastante cobarde con todo miembro del género roedor. Pero, cuando ya estaba a punto de cruzar la calle, lo escuché. Un maullido alto y claro. Y... di la vuelta.

No sé ni cómo me atreví a meterme entre aquellas bolsas de basura mugrientas, pero fue una de las mejores decisiones que tomé en mi vida. En cuanto lo localicé, un gatito de tamaño minúsculo se dejó acunar entre mis manos sin oponer resistencia. Estaba sucio, mojado y frío, así que intenté darle calor con mi cuerpo, metiéndolo en el espacio entre mi sudadera y mi camiseta. Observé los alrededores para comprobar si la madre andaba por el lugar, pero parecía que mi nuevo amigo estaba solo. Cuando reemprendí el camino hacia mi casa, ya era consciente de que acababa de meterme en un buen lío... y de que lo había hecho encantado.

Entré en casa ocultándolo de la vista de mis compañeros de piso, que estaban reunidos en el salón común en una especie de fiesta improvisada. Me metí en el dormitorio a buscar toda la información posible en internet sobre el cuidado de un gatito de ese tamaño y descubrí, con horror, que tendría que criarlo a biberón con tomas cada tres horas, al menos durante algunas semanas. «Perfecto, Logan, te acabas de convertir en padre».

Le construí una pequeña cama con una camiseta vieja y una caja de cartón y lo dejé junto al radiador de la habitación, que encendí a una temperatura media, suficiente para que yo no me asfixiara mientras dormía y él tuviera el calor necesario para estar sano. Hice una lista con las cosas que tendría que comprar al día siguiente y me apunté el teléfono de una clínica veterinaria cercana.

Estaba ya a punto de meterme en la cama, cuando unos golpes sonaron sobre la madera de mi puerta. Abrí el pestillo que me mantenía alejado de mis compañeros de piso y me encontré a Tom, el más joven de todos, pasando el peso de un pie a otro ante mi presencia.

—¿Querías algo? —le pregunté, con un poco de premura, porque no quería que descubrieran el secreto felino que escondía bajo mi escritorio.

—Sí. Emmmm... Esto... Estamos tomando algo antes de salir y... nos preguntábamos... si te apetecería acompañarnos.

Ya tenía el «no» alto y claro en la boca, cuando reparé en el sonrojo del chico. Era apenas cuatro años más joven que yo, pero incluso físicamente tenía la sensación de que nos separaba un mundo. Y el hecho de que yo lo intimidara, porque era evidente que lo hacía, pero aun así se presentara ante mi puerta para invitarme a formar parte de su pequeña fiesta, me hizo cambiar de idea.

—Sí, claro, claro. Está bien. Gracias por la invitación.

Cerré la puerta con sigilo tras de mí, con la esperanza de que el gato, que aún no tenía nombre, se mantuviera dormido y tranquilo en mi ausencia. Brady y Dylan, mis otros dos compañeros de piso, estaban sentados alrededor de la mesa de centro, y vi sus caras de sorpresa ante mi aparición. Joder, llevaba poco más de dos meses en aquel piso y ya había conseguido ganarme la fama de rarito.

—¿Quieres una cerveza? —Fue lo primero que escuché en cuanto tomé asiento en el sofá, en medio de una nube de humo que no solo era de tabaco.

—Emmmm... —dudé, porque acababa de decidir dejar de ser el extraño marginado del piso y no me apetecía demasiado colgarme más etiquetas, pero al final decidí que el camino más corto hacia la socialización era la verdad—. En realidad, chicos... no bebo. He tenido... problemas con el alcohol y las drogas y...

—¡Joder! —Brady se levantó de un salto y empezó a recoger botellines de cerveza vacíos, mientras que Tom y Dylan tenían bastante pinta de no saber dónde meterse—. Perdona. Ya... ya nos llevamos todo esto.

—No, no. Por favor —supliqué, porque, de repente, tras años de aislamiento de cualquier tipo de amistad, excepto aquellas tan especiales que compartía con Nate, Summer, Beth y Lily, nada me apetecía tanto como ser uno más en una reunión informal de amigos—. Hace unos años no habría podido estar aquí sentado, rodeado por... todo esto. Pero estoy bien. He pasado por dos rehabilitaciones y puedo tomarme mi té helado tan tranquilo mientras vosotros hacéis... lo que os dé la gana, vaya.

—Vale —asintieron dubitativos.

La conversación giró pronto hacia nuestros lugares de origen y los diferentes estudios de cada uno. Brady y Dylan estaban en segundo curso de Derecho y Tom era un novato de la facultad de Veterinaria.

—¡Joder! Pues... mira por dónde... creo que tengo algo que confesarte —me atreví a decirle.

—¿Algo más que lo que ya has confesado al llegar? Guárdate un poco para próximas fiestas, hombre —bromeó Dylan, haciéndonos reír a todos.

—Resulta que... esta noche me he encontrado algo.

—¿*Algo*?

—Algo que... parece un gato. Y que... he metido en mi cuarto sin preguntaros antes —les confesé con una mueca de disculpa.

No sé muy bien cómo ocurrió, pero lo que tenía toda la pinta de ir a ser una fiesta universitaria acabó convertida en una reunión de cuatro tíos como cuatro armarios sentados en el suelo de mi cuarto, frente a una caja de cartón, emitiendo sonidos como «oooooh» y «aaaaaay» cada vez que el gato hacía el más mínimo movimiento. Brady no dejaba de estornudar, aunque me juró que su alergia estaría controlada si el gato pasaba el menor tiempo posible en las zonas comunes, mientras yo me deshacía en disculpas por haberlo llevado a casa sin avisar. Dylan decidió bautizarlo como Cucaracha, porque era tan negro como ellas, y acepté porque no pude evitar que me hiciera gracia y porque, en realidad, no tenía ni idea de qué nombre ponerle. Y Tom me enseñó, con diligencia, a estimularle la orina con un bastoncillo empapado en agua templada. Me alegro de no haber visto la escena desde fuera, porque debíamos de formar un cuadro bastante curioso.

La semana fue infernal. Poner el despertador cada tres horas para darle el biberón y frotar a un gatito de cien gramos para que haga pis y caca, generalmente en mi mano o algún lugar igual de *idóneo*, hizo que llegara al jueves por la noche al límite de mis fuerzas. Por suerte, mis compañeros de piso no eran demasiado aficionados a pisar la facultad, y ellos se encargaban de cuidar de Cucaracha durante el tiempo que yo pasaba en el campus.

Estaba encargándome de la última toma de biberón antes de irme a dormir cuando mi móvil vibró sobre la superficie de madera de mi mesilla.

Summer: «¿Estamos bien? Me ha extrañado no saber de ti en toda la semana, pero supuse que estarías enfadado conmigo por lo que ocurrió el viernes. ¿Sigue en pie nuestra comida de mañana? Por mí… sí».

El mensaje me provocó una sonrisa porque, por muy horrible que suene la confesión, lo cierto es que no había pensado demasiado en Summer en toda la semana. Entre mis desquiciados nuevos horarios, las clases, Cucaracha y mi recién estrenada relación con mis compañeros de piso, lo ocurrido la semana anterior había quedado archivado en un rincón algo lejano de mi cerebro. Bien entendido, no es que no pensara en Summer. Summer era como un runrún constante en mi cabeza, algo que nunca acababa de irse del todo, lo primero que me venía, como un flash, en cuanto me despertaba y lo último en lo que pensaba antes de quedarme dormido. Pero benditas las distracciones que impedían que esa especie de callejón sin salida en el que nos encontrábamos me volviera loco.

Logan: «Lo siento, Summer. No he tenido demasiado tiempo para ti esta semana porque hay alguien más en mi vida».

Decidí relajar el tono de nuestras conversaciones con esa broma, pero enseguida adjunté una foto de Cucaracha, una de las cien mil que le había hecho durante la semana, para que no llegara la sangre al río sin necesidad.

Summer: «Quiero conocerlo. YA».

Logan: «¿Podrás aguantarte hasta mañana después de comer? Te prometo que te lo presentaré».

Summer: «Más te vale que sea una comida rápida».

Logan: «Eso ha sonado jodidamente prometedor».

Me respondió con un emoticono con la lengua fuera y yo no pude evitar que me diera la risa. Me disculpé con ella, explicándole que ahora era un orgulloso padre que tenía que despertarse en tres horas para dar el biberón a un individuo que solía agradecérmelo con silencios prolongados y algún que otro arañazo tímido. Ella se rio de mí, pero insistió en que al día siguiente tenía que conocer a Cucaracha, no sin antes recordarme que había elegido un nombre espantoso para un futuro compañero de vida.

Aquel viernes, al salir de mi facultad y encaminarme hacia la de Summer, me la encontré plantada frente a la puerta principal con dos sándwiches para llevar y dos botellines de agua.

—¿Esta va a ser nuestra comida de hoy? —le pregunté, con una cara de cachorrito abandonado que había aprendido de mi nuevo compañero de cuarto.

—Efectivamente. Y más te vale ser rápido. Quiero conocer a ese gato cuanto antes.

—Sospecho que te apetece más pasar tiempo con él que conmigo.

—¿Lo sospechas? Puedo confirmártelo si lo prefieres.

—Vámonos, anda. Comeremos los sándwiches en mi casa.

Aunque pensaba que Summer se lanzaría como una loca contra la nueva (y carísima, por cierto) cama de Cucaracha, lo cierto es que se tomó un buen tiempo en inspeccionar con ojo crítico mi apartamento. Cuando entramos, Brady y Dylan estaban compartiendo unas cervezas en el salón y fumando con la ventana abierta de par en par, y no me pasó desapercibido que Summer torció un poco la nariz al verlos, en un gesto que sería adorable si no me hiciera sentir tan culpable por preocuparla con posibles recaídas en mis adicciones que, en aquel momento, tenía más claro que nunca que no se producirían.

—No sé si me gustan mucho tus compañeros de piso —me confesó, entre susurros, mientras nos metíamos en la cocina a preparar una infusión, después de comernos los sándwiches de pie en mi cuarto y de darle su toma a Cucaracha, que eructó y se durmió enseguida, dejándonos claro que nos habíamos convertido en sus esclavos.

—¿Por qué? —le pregunté, aunque conocía la respuesta.

—No sé...

—¿Porque beben y fuman, como el noventa por ciento de los universitarios del país? —Le sonreí e hice un esfuerzo por tranquilizarla, aunque sabía que solo el tiempo iría construyendo su confianza en mí en ese sentido—. Tenías razón, Summer. Tú y el doctor McIntyre. Es bueno socializar. Es bueno tomar algo con mis compañeros de piso cuando llego de la facultad, aunque ellos prefieran la cerveza y yo el té helado. Solo hace una semana que me relaciono con ellos, pero... es agradable. Y te aseguro que no he bebido ni fumado en toda la semana.

—Más te vale. Ahora eres el padre responsable de un felino con nombre de insecto.

Nos reímos y cogimos las infusiones, para tomárnoslas con calma en mi habitación. Bueno... no sé si ella estaba calmada, pero yo, desde luego, no lo estaba, con Summer sentada sobre mi cama y yo a medio metro de ella sin tener ni puta idea de cómo comportarme.

—¿Puedo confesarte algo?—me preguntó en un susurro.

—Claro.

—Me siento rara aquí.

—¿Por...? ¿Por estar en... la cama?

—No. Porque vivas aquí. No sé. Siento... siento como si hubiera usurpado tu casa.

—Pero ¿qué dices, Summer? Ya has vivido tú más tiempo en ese apartamento que yo.

—Ya. Pero es algo que no tiene nada que ver con el tiempo, Logan. Ese apartamento... joder, es tú en estado puro.

—Pues... invítame de vez en cuando —me atreví a sugerirle, porque, a esas alturas de nuestra renovada relación, yo ya soltaba todo lo que se me pasaba por la cabeza. Sin filtro.

—Trato hecho.

—Bien.

—Bien.

Nos quedamos un rato en silencio. Yo decidí ponerme cómodo, medio tumbado en la cama, con la espalda contra el cabecero. Summer imitó mi posición, y los ojos se nos quedaron enredados en un par de miradas que decían más de lo que nosotros, o al menos ella, nos atrevíamos a decir en voz alta.

—¿Puedo hacerte una pregunta?

—¿Tengo alternativa? —bromeó.

—No. —Nos reímos, pero yo me puse serio, porque me daba un poco de miedo el tema que iba a sacar. Sabía cómo era Summer con eso de guardar secretos—. El otro día, cuando te propuse jugar a las preguntas, me dijiste que no querías hacerme ninguna. Que solo querías hacer una cosa, pero no estabas preparada todavía.

—Sí.

—Y... ¿ahora ya lo estás?

—Puede. En realidad... —Apresó su labio inferior entre los dientes y me miró con ojos temblorosos, con esa mirada dubitativa que yo ya no estaba acostumbrado a ver en ella—. En realidad creo que no estaré preparada hasta que no lo haga.

—Hazlo.

Se lo pedí sin tener ni idea de qué era aquello que parecía atormentarla. Deseé con toda mi alma que fuera un beso, aunque sentía que no iba a serlo. Deseé que quisiera dar un paso más, hacia aquella intimidad perdida que yo me moría por recuperar. Y no hablo solo de sexo.

A mi padre siempre le ha gustado el cine clásico. Una de sus formas favoritas de torturarme cuando era pequeño consistía en sentarme en el salón de casa, poner una película en blanco y negro que a mí siempre me parecía aburridísima y explicarme cosas sobre ella. Con los años, le agradecí los conocimientos de cine que había ido adquiriendo a esa edad en que aprendemos todo como esponjas, pero en el momento no entendía la mitad de las cosas que me decía. Una de esas explicaciones que me daba se me quedó grabada, a saber por qué razón. Estábamos viendo *Gilda* y mi padre me explicó que la famosa escena en la que Rita Hayworth se quita el guante había sido un gran escándalo en su época porque se consideró que el gesto tenía una alta carga erótica. Yo, para variar, no lo entendí. Debía de tener unos trece años, y mi concepto de *erótico* tenía más que ver con el porno que de vez en cuando me encontraba en internet que con una señora muy guapa sacándose un guante. Tuve que esperar a aquella tarde con Summer en mi casa para comprenderlo a la perfección. Para entender que, a veces, un gesto casual puede ser el más sensual, el más erótico, el más romántico... Todo.

Summer pareció pedirme permiso con la mirada y yo se lo concedí, aun sin saber para qué. Acercó sus manos a las mías y mi corazón empezó a latir desmedido, como si quisiera hacerse un hueco entre mis costillas y salir galopando de allí. O quedarse a verlo todo como espectador de primera fila. Los dedos le temblaban cuando se aferraron al puño elástico de mi jersey. Y, entonces, comenzó a remangarlo. Lo fue enrollando sobre sí mismo hasta llegar al codo y, entonces, me soltó. Ahogó con sus manos el sollozo que escapó de entre sus labios.

—Hay cinco. —La voz le salía entrecortada, y tardé en comprender. Pero, cuando lo hice, supe que me acababa de enamorar un poco más de ella. Sí, era posible. Quizá nunca dejara de crecer aquello que sentía—. Hay cinco líneas. Ganaste.

La estreché contra mi pecho y no hicieron falta las palabras. Ella me acariciaba el antebrazo, esas líneas que significaban para mí exactamente lo que ella había interpretado: que había atravesado un infierno en esos años de ausencia, pero no había dejado que el alcohol me ganara la batalla. Summer sabía, por varias conversaciones que habíamos mantenido en esas semanas, que yo había vuelto a ir a terapia, pero nunca había llegado a decirle que no había recaído. Fue mi tatuaje el que lo hizo por mí, el que habló de mi rehabilitación sin dudas, sin lugar a mentiras o incertidumbres. El que me hizo sentir orgulloso de tener algo bueno que mostrarle. Y fueron nuestros cuerpos abrazados aquella tarde los que hablaron de nuestros sentimientos sin necesidad de que nosotros pronunciáramos ni una sola palabra más.

19
Conociéndonos (de nuevo)

No volví a Baltimore hasta que llegaron las vacaciones de Navidad. Podría decir que, entre las clases y el cuidado de Cucaracha, no había encontrado un buen momento para ir, pero lo cierto era que escaparme un fin de semana a Baltimore habría implicado renunciar a la comida de los viernes con Summer... y eso no era una opción.

Mis padres, al contrario que en los dos años anteriores, no lloraron demasiado mi ausencia, quizá porque presentían que esa vez se debía a que al fin me estaba recuperando del todo; o, más que presentirlo, me creían cuando yo se lo decía en las muchas conversaciones que tenía con ellos por teléfono.

En el momento más bajo de la decadencia por la que había atravesado los dos años anteriores, en aquella noche en que estuve a punto de caer en picado en mis antiguas adicciones, mi madre me había dicho que el camino para salir del pozo solo podría hacerlo paso a paso. Paso a paso. Así me sentía entonces en mi relación con Summer. Cada viernes era un nuevo pasito, un avance. Algunos eran pequeños; consistían solo en arrancarle unas cuantas sonrisas contándole anécdotas de Cucaracha. Otros eran enormes, o al menos a mí me lo parecían. Como el del último viernes antes de las vacaciones, el día en que volví a pisar mi antiguo apartamento.

Summer había insistido varias veces en aquella idea, que a mí me parecía absurda pero a la vez comprendía, de que sentía que me estaba usurpando mi lugar al vivir en el estudio. Yo le había contestado un día, medio en broma, medio en serio, que podría compensármelo invitándome un día a comer en él. Y ella recogió el guante con seguridad, como siempre hacía desde que nos habíamos reencontrado.

Creo que nunca me habían temblado tanto las piernas como mientras subía las escaleras metálicas que daban acceso al pequeño entresuelo que yo había convertido en mi hogar más de cuatro años atrás. Y, cuando Summer abrió la puerta y entramos en silencio en el piso, estuve a punto de tambalearme, porque la bocanada de olor a hogar que me recibió me retrotrajo a momentos felices. Tan felices que dolían.

—Guau. —Fue el único sonido que fui capaz de emitir, cuando llevaba ya unos minutos observando cada detalle del apartamento, grabándolo en mi memoria.

—¿Guau?

—Sí... Esto... Dios... —Tomé aliento e intenté centrar lo que intentaba decir—. Está igual que cuando... que cuando me fui.

La última vez que había estado en ese apartamento, solo quería huir. Huir de lo que acababa de descubrir, de la imagen terrible de Summer desvaneciéndose delante de mí, de la sangre que corría por mis venas y de mí mismo. El recuerdo se hizo tangible por un momento, pero se fue diluyendo según pasaban los minutos. Summer me escrutaba con la mirada, creo que con preocupación por mi silencio y por la forma en que mis ojos se perdían por cada rincón de aquel lugar que no fui consciente de haber echado tanto de menos hasta que lo tuve delante.

—Perdona. Debo de parecerte un trastornado —me disculpé, bromeando un poco, a ver si así conseguía tragarme el nudo de nervios que se me había instalado en la garganta.

—¿Prefieres que salgamos a comer por ahí?

—No... no, no. Me encanta... Aunque no lo parezca, me encanta estar aquí.

—Voy a preparar la comida. Si quieres... —Me echó una mirada que me dijo tantas cosas que casi me pareció increíble que no las pronunciara en voz alta—. Si quieres, quédate echando un vistazo al apartamento. Se nota que lo has echado de menos.

Me dio la espalda con un guiño y una sonrisa. Yo me tomé al pie de la letra su ofrecimiento y comencé a curiosearlo todo. Me acerqué a mi viejo tocadiscos, el que me había regalado mi padre al cumplir dieciséis años, porque «la música no se siente igual en un iPod que en uno de estos». Pasé los dedos por las estanterías con mis viejos vinilos y los libros que había dejado atrás al marcharme tan precipitadamente. Sin pedir permiso, cogí uno de mis discos favoritos, el Blanco de los Beatles, y los acordes de *Back in the USSR* llenaron el silencio. Me fascinaba ver que Summer hubiera conservado todas mis cosas: mi música, mis libros, mis muebles... Había pequeños detalles añadidos, como algunas fotos con su familia y sus amigos en diferentes marcos de colores vivos, que rompían la neutralidad de la madera y las telas grises y marrones. También una gran tele de pantalla plana ocupaba un lugar central en el mueble y una pequeña mesa esquinera hacía las veces de escritorio en un rincón que antes estaba vacío.

Me maldije varias veces por todo lo que había dejado atrás. Y, por una vez, pensaba en objetos materiales. En aquella mañana horrible en que había salido del apartamento como un fugitivo, ni siquiera me planteé que la mayor parte de los recuerdos que me habían acompañado durante buena parte de mi vida acabarían en el fondo de un contenedor de basuras en cuanto un nuevo inquilino se hiciera cargo del piso. Habría perdido tantas cosas que agradecí en silencio que Summer se hubiera quedado allí y las hubiera guardado con la cordura que a mí me había faltado.

Eché un vistazo a Summer, que se peleaba con el horno de la vieja cocina. Me apeteció decirle que el truco para que el mando no se quedara atascado estaba en darle un pequeño empujón hacia adentro, pero me imaginé que ella ya lo habría descubierto en los dos años que llevaba viviendo allí. En lugar de dedicarme a los consejos domésticos, decidí echarle valor y subir al dormitorio. Pronto el olor de lo que Summer estaba cocinando llenó el exiguo espacio del estudio; olía a berenjenas al horno, uno de mis platos favoritos, y me hizo ilusión pensar que Summer recordaba ese detalle y la elección del menú no había sido al azar.

Cuando me encontré frente a la que había sido primero mi cama, luego la de los dos y ahora la de Summer... estuve a punto de derrumbarme. Respiré hondo un par de veces para infundirme valor, porque los recuerdos de todo lo que habíamos vivido entre aquellas sábanas me consumía. Una vez más, y habían sido ya muchas en los últimos años, me sorprendía pensar en el poco tiempo que habíamos pasado en realidad Summer y yo juntos. Seis meses apenas. Seis meses más de dos años atrás. ¿Cómo podían haberme marcado tanto? ¿Cómo podía seguir enamorado de ella, pese al dolor, la distancia, pese a todo lo vivido durante mi exilio forzoso?

Un trozo de tela a cuadros me distrajo de mis pensamientos. Asomaba bajo la almohada del lado derecho de la cama. El lado de Summer, aunque en aquel momento toda la cama lo era. Me acerqué y lo toqué, aunque ya sabía lo que era. Moví la almohada hacia un lado y vi aquel viejo pijama mío que, en un alarde de romanticismo, había dejado atrás en mi huida porque a Summer le gustaba dormir con él. Y, al parecer, seguía haciéndolo.

—Nunca fui capaz de deshacerme de él. Nunca... nunca quise hacerlo.

Su voz me sobresaltó mientras aún mantenía una esquina de la tela entre dos dedos, casi como si estuviera comprobando su textura. No la había oído subir las escaleras. Levanté la vista hacia ella, conmocionado todavía por lo que acababa de descubrir, y la noté nerviosa, mordiéndose compulsivamente el labio inferior y sin saber muy bien qué hacer con las manos. Y yo... solo pude levantarme y abrazarla.

—Summer...

Nos quedamos allí abrazados, sin decir nada, casi sin entregarnos del todo en aquel gesto, porque, al menos en mi caso, si cedía un poco más de mis emociones, puede que acabara desmayándome, o muriéndome, o yo qué sé. El timbre del horno nos asustó y fue como la campana que marca el final del asalto en un combate de boxeo. De la pelea que ambos manteníamos con lo que queríamos, podíamos o debíamos hacer. Summer se disculpó, diciéndome que iba a acabar de preparar la comida y que en cinco minutos estaría lista. Yo decidí no perderme más en recuerdos que dolían y la acompañé a la cocina.

—Así que esta ventana puede estar cerrada. —Me acerqué a aquel rincón de la cocina en el que tantas veces me había pasado horas fumando y brometé con ella para intentar sacarle un poco de intensidad al momento que estábamos viviendo—. Jamás lo habría imaginado.

—Y yo jamás habría imaginado que algún día dejarías de fumar.

—Créeme. Yo tampoco.

Nos reímos, y pensé en que no me vendría mal un cigarrillo, aunque solo fuera para recibir ese falso alivio de la ansiedad que consiguiera rebajarme un poco las pulsaciones. Descarté la idea a manotazos mentales, aunque me aupé de un salto al espacio que quedaba libre en la encimera de la cocina para recordar tiempos mejores. Porque el pasado dolía, pero dolía precisamente porque había sido feliz. Y recordarlo consiguió pintarme, creo que por primera vez en todo el día, una sonrisa en la cara.

—Esto está listo.

Summer sacó del horno las berenjenas rellenas y las colocó en el centro de la mesa del salón, sobre un salvamanteles con forma de pez que yo había comprado antes incluso de conocerla, hacía tanto tiempo que me parecía una eternidad.

Aquella tarde todo desprendía un aire de familiaridad y nostalgia que me impulsó hacia la estantería de los vinilos y a poner en el tocadiscos el *Aftermath*, de los Rolling. Los primeros acordes de *Paint It Black* sonaron a través de los altavoces y Summer celebró mi elección musical con un par de palmaditas adorables.

—Están rellenas de arroz, pimiento y bechamel. Espero que te gusten —susurró con una mueca tímida—. Es una de mis recetas estrella.

—¿Bechamel...?

—Vegana. Con leche de soja.

—¿Eres...? —No me atreví a completar mi pregunta, porque todo lo que hablábamos podía parecer una charla intrascendente entre dos personas que habían pasado tiempo sin verse, pero Summer y yo sabíamos que esa conversación tenía muchas más implicaciones.

—¿Vegana? ¡No! *Flexitariana*, según Samuel. —La mención de su antiguo novio, o rollo actual, o el puesto que fuera que ocupara ese chico en su vida, me envaró la espalda, pero Summer continuó hablando con naturalidad—. Digamos que soy vegana en casa, vegetariana en público y, de vez en cuando, me rindo al sushi.

—Extraña mezcla —intenté bromear, pero me costaba que me salieran las palabras. Y las que decía, parecía elegirlas a propósito para ponernos a los dos en una situación incómoda—. ¿Por mí?

—¿Por ti, qué?

—Si lo de no comer carne...

—Bueno... Supongo que en parte. Cuando te fuiste, me di cuenta de hasta qué punto había interiorizado algunos de nuestros hábitos. No volví a comer carne ni bebo alcohol, tampoco.

—No me digas que no te has corrido alguna juerga universitaria en estos dos años.

—Sí, claro que sí. —Se le escapó una carcajada—. Pero no borracha. Soy la amiga perfecta: siempre dispuesta a ir a cualquier fiesta y a traer a todo el mundo de vuelta en coche.

—¿Por qué? —le pregunté, un poco ambiguo, pero ella entendió a la perfección a qué me refería.

—Porque no me habría parecido bien beber después de lo que sé que tú viviste. Era algo así como...

—¿Como...? —me atreví a preguntarle, después de que ella se quedara callada durante un tiempo que se me hizo eterno.

—Como si eso me diera una especie de conexión contigo que necesitaba.

Asentí y seguimos comiendo. Alabé su mano en la cocina un par de veces, porque realmente aquellas berenjenas eran las mejores que había probado en mi vida. Llevamos la conversación al terreno de lo cómodo, de lo seguro. Hablamos de Cucaracha, de sus últimas incursiones fuera de mi habitación, de cómo le encantaba el atún y cómo yo me había rendido a que el único vegano de los dos sería yo. Nos reímos. Brindamos con té helado casero. Los minutos pasaban en el reloj mientras la música seguía sonando. Nos pusimos un poco melancólicos al pensar en las dos semanas que pasaríamos separados por las vacaciones de Navidad, como si, después de dos años sin vernos, catorce días fueran un abismo.

—¿Y sabes algo de Gina? —Los temas de conversación fáciles fluían, y me pregunté qué habría sido de aquella chica con la que Summer había vivido los primeros meses en el campus.

—Acabó la carrera el año pasado y regresó a Tennessee. Nos saludábamos de vez en cuando en el campus, pero poco más. Por cierto, ¿sabes que a Bryce acabaron expulsándolo de Regent?

—Lo sé. Fue uno de los primeros rumores de los que me enteré cuando volví a la facultad. Lo pillaron vendiendo maría a unos alumnos de primero, ¿no?

—María y otras cosas, creo, aunque puede que sean cotilleos del campus. Samuel siempre se entera de todo y fue él quien nos lo contó.

—Esto... —Summer había mencionado a Samuel por segunda vez y eso fue más de lo que pude soportar sin indagar un poco más en la naturaleza de su relación. Aunque me hiciera daño lo que descubriera. Ya había aprendido a base de palos que siempre me hacían más daño las incertidumbres que las certezas, así que me atreví a sacar el tema—. ¿Ese Samuel...? ¿Vosotros...?

—Ya te lo dije. Hemos estado yendo y viniendo.

—¿Qué significa exactamente «yendo y viniendo»? Es decir... no tengo ningún derecho a preguntártelo, ya lo sé. Pero, si me lo quieres contar... ¿Estás...?

—¿Con él?

—Enamorada de él.

—No... —Se quedó pensativa unos momentos, con la cuchara con la que habíamos estado compartiendo un helado en la boca. No sé si intentaba poner orden a sus pensamientos, a sus sentimientos... o solo buscaba las palabras para hablar de ello conmigo—. El primer año después de que te fueras... fue jodido. Pero tuve la enorme suerte de dar con un buen grupo de amigos en el campus. Cuando estaba terminando el curso, acabé en una fiesta en una fraternidad y me acosté con un chico del equipo de fútbol.

—¿Y? —pregunté, casi fingiendo indiferencia, aunque lo que en realidad estaba haciendo era tragarme el dolor que me subía a la garganta al imaginarme a Summer con otra persona.

—No me gustó. Estuvo bien, no me malinterpretes. Él no hizo nada fuera de lugar ni yo me sentí mal después de aquello, pero... no era para mí. Me acosté con un par de chicos más el curso pasado y siempre tenía la misma sensación: que lo del sexo ocasional no iba conmigo. Mis amigas no acababan de entenderlo, pero Samuel siempre lo hizo.

—¿Y acabasteis juntos?

—Supongo... Algo así. Una noche, una cosa llevó a la otra y... ocurrió. Y, después de eso, se convirtió en rutina. Nunca tuvimos una relación, creo que ninguno de los dos estamos enamorados del otro, en realidad.

—¿Él tampoco? —Se me escapó la pregunta, porque me costaba creer que hubiera un solo hombre con dos dedos de frente que no cayera rendido a sus pies.

—Él es... bisexual. Tuvo una historia muy fuerte con un chico antes de que yo lo conociera y, en cierto modo, sigue enganchado a él. Creo que yo fui algo así como el premio de consolación con el que se conformó.

—¿*Fui*? ¿Ya no...?

—No. Hace meses que no estamos juntos en ese sentido.

—¿Por qué?

—Porque él para mí también era el premio de consolación con el que me conformaba y...

—¿Y...?

—Porque apareciste tú.

Nos quedamos en silencio, mirándonos fijamente. Si hubiéramos sido una pareja normal, aquel silencio habría acabado en un beso de esos que no se olvidan nunca, pero nosotros cargábamos demasiado peso a la espalda.

—¿Te molesta que te hable de él? —me preguntó con voz tímida.

—No. —Era la verdad. No me había molestado conocer los detalles de su relación. Si alguien en el mundo tenía derecho, y casi obligación, de rehacer su vida en todos los sentidos, esa era Summer. Yo habría sido un capullo aun mayor de lo que era si eso me hubiese molestado—. Pero duele.

—¿No hubo nadie... especial? Para ti, me refiero.

—¿Qué?

—Si no has estado con nadie especial en estos dos años —susurró.

—No he estado con nadie en estos dos años.

—¿Con... nadie? —Vi cómo sus pupilas se ensanchaban, aunque no supe si era por la sorpresa, la emoción o los nervios.

—No. No había espacio para nadie que no fueras tú.

Me abrí en canal porque lo necesitaba. Y porque ella lo merecía. Llevaba más de dos años sin acostarme con nadie y sabía que eso no era lo que se esperaba de un tío de veintitrés años «normal», pero yo hacía años que no me identificaba ya con ese adjetivo... ni me importaba. Recordaba perfectamente la última vez que me había corrido en compañía, con Summer. Había sido en aquella semana horrible en la que yo guardaba una bomba de relojería dentro y ella la angustia de saber que algo estaba ocurriendo, algo muy malo, algo tan horrendo que iba a separarnos por mucho tiempo.

No hablamos mucho más después de mi confesión. ¿Qué más podríamos haber dicho? Me marché a darle la cena a Cucaracha después de haber sido un padre felino negligente durante todo el día. Nos despedimos en la puerta del que había sido mi apartamento con un beso en la mejilla tan sentido que no lo habría cambiado por ninguna otra muestra de afecto.

A la mañana siguiente, cogí el coche que me había prestado Dylan, mi compañero de piso, para marcharme a Baltimore. Había tardado semanas en darme cuenta de que no podría viajar en la moto con Cucaracha y, para cuando lo hice, ya no quedaba un solo coche de alquiler disponible en todo Virginia Beach y alrededores. La cantidad de alumnos que volvía a sus estados natales para celebrar las fiestas había desabastecido a Virginia de billetes de autobús, avión, tren, coches de alquiler y cualquier otro medio de desplazamiento imaginable. Por suerte, la familia de Dylan vivía en Chesapeake, así que vendrían ellos a recogerlo y yo podría utilizar su coche para el regreso a casa.

Las navidades fueron tranquilas, como supongo que deben serlo todas las fiestas que se celebran en familia. Pasé mucho tiempo haciendo deporte, leyendo y saliendo con mis padres a pasear, al teatro y a cenar fuera. Quedé un par de veces con Nate, que se rio con ganas de mi relación de «una sola cita a la semana» con Summer. Cucaracha se convirtió en el amo y señor de la casa de mis padres, y tuve pánico a que mi madre lo secuestrara y no me dejara volver con él a Virginia.

Pensé mucho en Summer en aquellos días, pero no solo en ella. También en las dos navidades anteriores, la que había pasado perdido y la que había pasado intentando encontrarme. Llamé a Beth todos los días para intentar convencerla de que cogiera un avión a Baltimore y pasara las fiestas con mi familia, pero ella solo me repetía que me había vuelto loco y que no pensaba salir de Dakota del Sur en lo que le quedara de vida. Hice un apunte en la agenda mental para marcharme a Fairpoint a visitarla en cuanto tuviera unos cuantos días libres. Y, con un poco de suerte, para presentarle a Summer.

Cené con mi familia el día de Navidad, y mis padres no pararon de intentar sonsacarme información sobre el estatus de mi relación con Summer. Creo que mi madre estaba preocupada por el daño que podría hacerme que algo saliera mal, pero a mi padre lo movía el cotilleo puro y duro. Eché balones fuera como buenamente pude, pero me aseguré de que entendieran que era feliz. Aunque con Summer nunca llegara a haber más de lo que había en aquel momento... yo era feliz. Y nadie se merecía más que mis padres ser partícipe de ello.

Cuando todavía estábamos degustando el postre, una tarta de manzana especialidad de mi madre, que había aprendido a preparar sin leche ni huevos, para mi deleite y eterna protesta de mi padre, que mantenía que no sabía igual a la original, ella me sorprendió con una petición.

—Si a ti no te importa... me gustaría llamar a Summer.

—¿Qué? ¿Por qué? —Su idea me sobresaltó, porque aún no tenía claro qué había entre nosotros y mucho menos cómo podría reaccionar a una llamada de mi madre.

—Siempre le he tenido un cariño especial y, ahora que tú y ella volvéis a... hablaros... No sé, me gustaría al menos poder felicitarle las fiestas.

—Está bien.

Acepté porque hacía más de un año que era incapaz de negarle nada a mi madre. Desde que yo había llegado a Baltimore y ella a Kansas City, Summer y yo nos pasábamos el día enviándonos *whatsapps*. Primero, con la excusa de que quería que la mantuviera informada de cada pequeño avance de Cucaracha, con fotos incluidas. Y, después, rendidos a la evidencia de que las cosas entre nosotros habían avanzado más de lo que parecía en los cuatro meses que habían transcurrido desde el reencuentro, y... que nos echábamos demasiado de menos.

—¡Hola, Logan! —respondió al primer tono, y su voz reflejaba una alegría que se me contagió—. Espera un momento.

—Vale.

—Perdona. Es que los niños están un poco revolucionados con sus regalos. —Por primera vez desde el divorcio de sus padres, esa Navidad Summer cenaba con su padre y su familia. Por lo que me había ido contando en nuestras comidas de los viernes, hacía más o menos un año que había empezado a tener un contacto más cercano con ellos.

—¿Qué tal lo llevas?

—Bueno... aún me siento un poco extraña aquí, pero... estamos trabajando en ello. —Supe que había dicho eso con una sonrisa en la boca sin necesidad de tenerla delante.

—Yo... te llamaba por una cosa.

—Dime —percibí la alarma en su voz.

—Mi... mi madre quiere hablar contigo un momento.

—¡Ah! ¡Genial! Yo había pensado en llamarte mañana para lo mismo.

Cómo no, las dos mujeres que más quería en el mundo iban siempre un millón de pasos por delante de mí. Le hice un gesto a mi madre para que cogiera mi teléfono, y ella me lo arrebató de las manos como si llevara mucho tiempo esperando mantener esa conversación, lo cual era probablemente la realidad.

Primero, mantuvieron una conversación intrascendente sobre los estudios, la familia y, por supuesto, el gato. Y, a continuación, mi madre se disculpó con Summer por no haber podido hacer más por ella en el momento en que toda la verdad había salido a la luz y en los dos años posteriores. Hubo silencios bastante prolongados por parte de mi madre, aunque me prometí que no metería la nariz para averiguar qué era lo que Summer le había dicho. Escuché a mi madre pedirle perdón varias veces y asegurarle que, aunque apenas se habían conocido en el pasado, ella siempre la había apreciado de forma sincera. Se le rompió un poco la voz varias veces, y yo tuve que carraspear para que no se me contagiara demasiado la emoción. La idea de Summer y mi madre diciéndose cosas bonitas me sobrepasaba un poco. Cuando acabaron de hablar, me devolvió el teléfono y, de paso, me acarició el pelo y depositó un beso en lo alto de mi cabeza. Yo se lo devolví en la mejilla y me metí en mi cuarto en busca de un poco de intimidad para acabar la conversación con Summer.

—¿Hola? Soy yo otra vez.

—Hola.

—Ha ido bien, ¿no?

—Tu madre es un encanto, Logan.

—Lo sé.

—Me alegro mucho de haber hablado con ella. Tenía... tenía eso pendiente desde hace algún tiempo.

—¿Ah, sí?

—Sí, creo que necesitaba... no sé explicarlo.

—¿Hacer borrón y cuenta nueva? —me aventuré a adivinar.

—¡Sí! Exactamente eso. Empezar muchas cosas de cero. Sin olvidar el pasado, pero quedándome solo con lo bueno.

—Ese me parece el mejor lema que he escuchado en mi vida.

Nos despedimos entre promesas de seguir hablando en los siguientes días.

Y así fue.

Hasta que llegó la última noche del año y, con ella, mis habituales reflexiones y comeduras de cabeza. El balance de los doce meses que terminaban era mucho mejor de lo que me habría atrevido a soñar un año antes, y los propósitos para el que comenzaba eran claros: acabar la carrera y ser feliz junto a Summer. Quizá fue el subidón que me produjo saber que estaba en el buen camino, que lo que se había roto dentro de mí dos años y medio antes estaba recompuesto ya casi por completo. O quizá fue que no me podía guardar más lo que sentía dentro de mí. No sabía los motivos y tampoco me importaban demasiado, porque lo único que pude hacer, mientras la bola de Times Square bajaba para anunciarnos un nuevo año en el gran televisor del salón de mis padres, fue coger mi móvil y enviarle a Summer mi corazón por escrito:

> «Sé que decirte esto es inapropiado. En otras circunstancias, me excusaría diciendo que estoy borracho, pero te juro que he cenado con té helado. Yo... te quiero. No como amigo. No *solo* como amigo. Estoy enamorado de ti, Summer. No te estoy pidiendo nada. No tiene por qué cambiar nada. Pero no me lo podía callar más. Estoy tan enamorado de ti que me duele y me alivia a la vez. Feliz Año Nuevo».

20

Una nueva marca, por tú y por mí

Summer ignoró mi mensaje. O, supongo, me hizo ver que lo ignoraba, aunque ya por entonces estaba seguro de que algo habría tenido que afectarle. Pasamos un par de días sin hablar, y después retomamos la rutina de hacer bromas sobre Cucaracha, ponernos un poco al día sobre temas intrascendentes y planear el regreso a Virginia Beach.

El cuatro de enero volví a la ciudad y decidí quitarme la ansiedad que me provocaba saber que vería a Summer solo unas horas después, metiéndome en el centro deportivo a quemar energía y, ya de paso, el exceso de calorías que habían traído consigo las vacaciones. Llevaba un par de horas alternando la elíptica con el saco de boxeo cuando Summer me sorprendió con su visita. Nos saludamos con una sonrisa y un beso tímido en la mejilla. Le pedí que me esperara para ir a dar un paseo juntos y, mientras me duchaba, no pude evitar pensar en cuánto me recordaba ese encuentro a aquel que habíamos tenido tres años atrás, también al regresar de las vacaciones de Navidad, también en ese mismo gimnasio.

Echamos a caminar por el campus sin rumbo fijo. No teníamos demasiadas cosas que contarnos, ya que prácticamente habíamos hablado cada día y todo apuntaba a que ese espacio que manteníamos y que reducía nuestras interacciones a la cita de los viernes se estaba diluyendo en favor de una relación más natural, en la que nos veríamos cuando nos apeteciera... o eso era lo que yo quería pensar.

Summer me contó con detalle cómo había sido la primera cena de Navidad con su padre, la prueba de fuego para introducirse poco a poco en su vida familiar, con su nueva mujer, de la que solo tenía palabras positivas, y con los dos niños, a los que aún le costaba considerar como hermanos. También me contó las novedades de su madre y su abuela, y que la nueva pareja de su madre, Phil, estaba tan integrado en casa que ella seguía sorprendiéndose cada vez que los veía.

—Es como... como si hubiera conseguido cerrar todos los capítulos, ¿sabes? —me dijo, de repente, rompiendo el silencio en el que llevábamos un buen rato caminando por las explanadas casi desiertas del campus. La mayoría de los estudiantes apuraban los últimos días de vacaciones en sus casas y el intenso frío de aquella tarde tampoco invitaba demasiado a permanecer fuera de la calidez de las habitaciones.

—¿Qué quieres decir?

—Cuando entré en la facultad, lo único que me importaba era ser libre. Estaba tan obsesionada con ese objetivo que no me planteé que habría más cosas a mi alrededor que no funcionarían. Pero todo ha ido encajando. Mi madre al fin se ha liberado e incluso es feliz en pareja. La relación con mi padre está bien. He hecho unos amigos fantásticos aquí y, sobre todo, tengo a Lily.

—Me he olvidado de felicitarle el año —la interrumpí, al reparar en Lily y en que hacía un par de semanas que no hablaba con ella—. Va a matarme, ¿no?

—Probablemente. Intercederé en tu favor.

—¿Seguís muy unidas?

—Sí. Aunque eso tú ya lo sabes, que Lily tiene muchas virtudes, pero la discreción nunca ha sido una de ellas. —Nos reímos, porque era cierto—. Llevamos todo este tiempo planeando vernos en persona, irnos de viaje juntas o algo, pero aún no hemos tenido oportunidad.

—¿Sabes algo de Natalie y Marcia? —Era un tema peliagudo, y ni Summer ni yo habíamos querido tocarlo en los meses que llevábamos viéndonos, más que por algún detalle sin importancia que habíamos mencionado sin profundizar.

—Hablé con Natalie un día, el año pasado.

—¿En serio?

—Vaya, pues va a ser que Lily sí se calla cosas. —Me sonrió y yo apreté su mano. Habíamos entrelazado nuestros dedos como por instinto unos minutos antes, y el gesto me había parecido tan natural que ni me lo planteé—. En una de mis videoconferencias con Lily, Natalie estaba allí, en casa de sus padres. Tuvo curiosidad por ver mi cara y charlamos unos minutos.

—¿Y qué tal?

—Bueno... un poco lo que me esperaba. Muy a la defensiva, algo arisca... Entiendo que Lily lo pase mal con su actitud, es... complicado.

—Todo lo relacionado con aquello lo es.

—Sí.

—¿Y Marcia?

—Bien. Bastante bien, dadas las circunstancias. Está en libertad condicional desde hace meses, trabajando en un local de comida rápida y, por el momento, sin meterse en líos.

—Bien.

—Sí.

Aquel tema se nos atascaba en la garganta. Probablemente siempre lo haría. Pero, llegados a aquel punto, creo que los dos habíamos conseguido superarlo en cierto modo. Todo lo que algo así se podía superar, claro. Habíamos aprendido a convivir con ello, a no dejar que nos definiera ni marcara todas las decisiones que tomáramos en nuestras vidas.

—¿Y yo? —Dejé que se me escapara en voz alta el pensamiento que me rondaba desde hacía casi una hora.

—¿Tú, qué?

—¿Soy yo también uno de esos capítulos que quieres cerrar?

Lancé la pregunta a bocajarro, sin anestesia. Yo sentía que nuestras vidas se unían cada vez más, pero también sabía que algo impedía que Summer diera el paso. No sabía lo que era, y sospechaba que ella tampoco. Y su respuesta, lejos de aclararme nada, consiguió llenarme de incertidumbre, pero también de esperanza.

—No. Tú eres uno de los que quiero abrir.

Las semanas de invierno transcurrieron con calma. El frío nos tenía a todos medio desquiciados en el campus, y solo Cucaracha permanecía ajeno a él, acurrucado bajo el radiador eléctrico de mi habitación y sembrando el mal por toda la casa en los escasos tiempos que pasaba solo. Summer y yo nos veíamos casi a diario, aunque la distancia entre nosotros seguía ahí. Todos nuestros conocidos creían que éramos pareja, pero todavía había un muro que tenía que caer. Y tenía que ser ella quien lo derribase.

El veinticinco de febrero llegó y, con él, esa fecha que llevaba ya seis años marcada a fuego en mi calendario. Le pedí a Summer que me acompañara a tatuarme, con la certeza de que no se negaría, pero también algo de miedo a que no quisiera. Así vivía entonces, con una especie de incertidumbre permanente, con miedo a sobrepasarme en aquel espacio que siempre me pedía, aunque ella fuera la primera en saltarse sus propias normas.

Dijo que sí. Y la tuve a mi lado, acariciando mi pelo, mientras aquella sexta línea negra quedaba para siempre marcada en mi brazo y yo volvía a sentir que había ganado esa batalla. La más difícil. Porque, con el paso del tiempo y muchas reflexiones antes de dormir, había llegado a la conclusión de que vencer la tentación de volver a drogarme, sobre todo con lo que habían sido mis dos años lejos de Regent, era lo más duro que había tenido que hacer en mi vida. Y también lo que más orgulloso de mí mismo me hacía sentir.

—¿Te apetece que hagamos algo? —le pregunté, rogando en mi interior para que le apeteciera, porque esa fecha siempre me provocaba un subidón de adrenalina que me dejaba una sensación extraña, y algo hiperactiva, en el cuerpo. Y también porque había llegado el momento de contarle lo único para lo que no había tenido valor en los últimos meses. Por miedo a hacerla sufrir, a que dejara de confiar en mí, aunque yo supiera que no había motivo para ello.

—Claro.

—¿Alguna sugerencia?

—¿Cogemos algo para comer y pasamos la tarde en mi casa escuchando música?

Asentí frenéticamente mientras sonreía como un tarado. Ese plan se parecía bastante a la perfección, y era una prueba más de que nos estábamos acercando.

Pasamos toda la tarde tirados en el sofá, alternando su música con la mía, descalzos, con los pies sobre la mesa de centro de madera, bebiendo té helado y limonada, y contándonos lo poco que nos quedaba por saber al uno del otro. Yo le hablé de mi segunda rehabilitación, de cómo había sido una especie de continuidad de la primera, a pesar de que no había llegado a recaer. Le hablé de aquella noche horrible en que había llegado a darle un par de sorbos a la bebida y de cómo salí huyendo porque me daba pánico volver al pozo. A ella se le escaparon un par de veces las lágrimas, y yo luché para que no me ocurriera lo mismo.

La atmósfera entre nosotros había cambiado. No podía decir con palabras en qué lo notaba, porque era justo eso lo que hacía: notarlo. No lo sentía en sus palabras, sino en la forma de decirlas. Ni en cómo me miraba, sino en la manera en que le brillaban los ojos al apartarlos de mí. Ni en su forma de tocarme, sino en cómo cerraba las palmas de las manos después de hacerlo, porque estaba seguro de que le hormigueaban, como me ocurría a mí con la piel en cuanto dejaba de sentir su tacto. Volvíamos a ser nosotros, un nosotros inmenso en el que solo faltaba un último paso que ninguno de los dos nos atrevíamos a dar.

—Me encanta verlas —me dijo, acariciando con las yemas de sus dedos la piel de mi antebrazo, que aún estaba sensible y algo hinchada por el último tatuaje.

—Y a mí. Verlas y que tú las veas. Que sepas que lo conseguí.

—Aunque empiezas a parecer uno de esos cuadernos rayados que usábamos en el colegio cuando éramos pequeños —bromeó.

—Sí, un cuaderno demasiado rayado, por momentos —le respondí, dejando que mis dedos se posaran sobre las cicatrices de aquellos cortes que representaban uno de los momentos de mi pasado de los que más me arrepentía.

—Yo ya no las escondo —me susurró.

—¿No?

—No.

—¿Por qué?

—Porque tenías razón, Logan. No quiero olvidar por lo que pasé. Gracias a esos recuerdos horribles, ahora disfruto de todo el doble que una persona que no haya sufrido nada parecido en su vida. Son mi brújula, lo que hace que no me pierda en disgustos tontos, porque sé lo que es realmente importante en mi vida.

La abracé y ella me dejó hacerlo. Me explicó que, cuando decidió tatuarse, supo que sus cicatrices estarían más expuestas, porque cada persona que viera su tatuaje vería también las marcas de aquellos cortes. Y que, en el fondo, lo hizo un poco como desafío, hacia sí misma y hacia los demás. Que miraran, que ella no tenía nada de qué avergonzarse. Que demostraba más fortaleza de espíritu un pasado horrible superado que una vida entera sin sobresaltos.

Después de aquella tarde, empecé a pasar cada vez más tiempo en aquel piso que había sido mi hogar. Cuando utilizábamos el coche de Summer para desplazarnos, cogíamos a Cucaracha y lo llevábamos también allí. Pronto decidió que su sitio favorito era la parte superior de los muebles de la cocina, aquel hueco en el que años atrás yo guardaba mi tabaco para emergencias y que, gracias a él, descubrimos que era el lugar más cálido de la casa porque era por donde pasaban los tubos de la calefacción de todo el edificio. Se quedaba allí quieto durante horas, observándonos con aquellos enormes ojos entre verdes y amarillos, casi como preguntándose por qué coño seguíamos jugando a mantener las distancias cuando ya no había un espacio real entre nosotros que nos separara.

—Tengo que irme —le dije una de aquellas tardes, cuando la primavera ya empezaba a dejarse ver en Virginia Beach. No quería hacerlo, pero había ido a visitarla en mi moto por sorpresa, y no podía dejar a Cucaracha más tiempo al cuidado de mis compañeros de piso. Las horas se nos habían pasado sin darnos cuenta, abrazados en el sofá con un par de películas antiguas de fondo.

—¿Tan pronto? —protestó ella, e hizo un mohín que me obligó a apartar la vista para no besarla en aquel preciso instante.

—Son casi las nueve. Brady me va a matar. Debe de llevar horas estornudando por culpa del gato.

—Vale.

Me fui sin despedirme de una forma demasiado cálida, porque había días en que me sentía enfadado por su distancia. Yo le había entregado mi corazón en una bandeja la noche de Fin de Año; le había dicho, por escrito y sin paliativos, que estaba enamorado de ella. La pelota llevaba más de dos meses en su tejado, pero ella no había querido moverla. Y yo la comprendía, pero también me enfadaba, y así entraba en un bucle que, en ocasiones, como aquella tarde, se me hacía demasiado complicado.

Llegué a mi apartamento, me ocupé de Cucaracha, le pedí disculpas a Brady y me dejé caer en la cama. Odiaba ponerme así de intenso, pero no había otra palabra para describir la paradoja que era echar de menos a alguien con quien pasas la mayoría de tu tiempo. Y eso era lo que me ocurría a mí con Summer. Que me sentía un egoísta de mierda porque la amistad ya no era suficiente. Que la echaba de menos hasta cuando la abrazaba. Más que nunca cuando la abrazaba.

Escuché el timbre de la puerta, pero no me molesté en moverme de la postura en la que llevaba ya un par de horas. Brady y Dylan recibían visitas todo el santo día, así que me limité a intentar distraer a Cucaracha, que arañaba la puerta de mi cuarto, porque sentía una necesidad imperiosa de saludar a toda persona que apareciera por el piso, para, a continuación, dejarles claro que los ignoraría el resto de su vida.

Sonaron dos golpes en la madera que sobresaltaron al gato y que me obligaron a levantarme en contra de mi voluntad. Cuando abrí, allí estaba Brady, todavía lloroso y con el pañuelo de papel adosado a su nariz, porque los epitelios de gato estaban ya en cada rincón del apartamento.

—Hay alguien ahí fuera que quiere verte —me dijo, con una media sonrisa.

—¿Eh?

—Summer. —La vi, casi como una aparición, por encima del hombro de mi compañero—. Bueno, yo... os dejo.

Se retiró con discreción a su habitación, y yo abrí la puerta, aún sin articular palabra, para que Summer entrara en la mía. Nos quedamos los dos de pie, retándonos con la mirada, aunque yo ni siquiera sabía cuál era el duelo.

—¿Qué estás haciendo aquí? —No quise que la pregunta sonara borde, pero necesitaba romper aquel silencio maligno que me estaba consumiendo.

—Yo...

Y más silencio. Y mis entrañas retorciéndose, porque lo único que quería era gritarle que la quería y suplicarle que me dejara quererla, pero le había prometido que le dejaría espacio y era muy consciente de que ella se había ganado ese derecho durante los dos años que dediqué a dejarla atrás.

—¿Sí?

—Desde hace algún tiempo, solo tengo dos tipos de momentos en mi vida. —Tardó en empezar a hablar, pero, cuando lo hizo, no le tembló la voz. No sé si había estado preparando el discurso en casa o era así de buena oradora de forma espontánea, pero lo cierto fue que dijo exactamente lo que yo quería oír—. Cuando estoy contigo y cuando estoy deseando volver a estar contigo. No sé para qué estoy preparada aún, pero sí sé que no lo estoy para que te marches como lo has hecho hoy de mi casa. No me gusta meterme en la cama y pensar que vivo en tu piso, por más que tú insistas en que no te he usurpado nada. No me gusta que tu compañero necesite una sobredosis de antihistamínicos para sobrevivir a la presencia de Cucaracha aquí. —Se agachó y tomó en brazos al gato. Le dio un beso en la cabeza, y él ronroneó feliz porque en aquel cuarto no era yo el único que estaba enamorado de Summer—. No quiero estar separada de ti.

—¿Qué propones? —le pregunté, porque ya había aprendido que nuestras normas no eran las mismas que regían en otras parejas, y sabía que esa declaración arrolladora de Summer no significaba que volviéramos a ser novios, a besarnos, querernos, hacer el amor y vivir en el país de los arco iris y los unicornios. Sería algo más complicado, más retorcido, más... nuestro.

—Vente a vivir a casa.

—¿A tu casa? —le pregunté, perplejo, pese a que su petición no había dejado lugar a dudas.

—No. *A casa*. Sin posesivos. Sin *mi*, ni *tu* ni nada. A *nuestra* casa.

—¿Estás segura? —quise comprobarlo, a pesar de que ya estaba distraído pensando de dónde podría sacar a aquellas horas unas cuantas cajas para llevarme mis escasas posesiones.

—Como amigos.

—Claro —concedí, porque ahí estaba al fin el quid de la cuestión. Pero también porque yo sentía lo mismo que ella, que éramos más amigos que cualquier otra cosa, que siempre lo seríamos. Y que eso estaba bien.

Embalamos la mayoría de mis cosas en las dos maletas que me había traído de Baltimore medio año antes. Les dejé pagados un par de meses de alquiler a mis compañeros y les conté, ante sus caras estupefactas, que me iba a vivir con Summer. Nos despedimos con abrazos sinceros, porque había encontrado en aquellos tres chicos a unos buenos amigos con los que sabía que podría contar, a pesar de que no nos había llegado a demasiado el tiempo. Dylan completó la despedida con un gesto obsceno que me hizo reír y tener ganas de darle un bofetón al mismo tiempo; Brady me hizo jurar que volvería al menos un día por semana a tomar algo con ellos; y Tom se deshizo en consejos de última hora para el cuidado de Cucaracha. Fue el gato el que se llevó la despedida más cálida y, entre risas y unos nervios que ambos éramos incapaces de disimular, emprendí la mudanza hacia el estudio de Virginia Beach. Hacia un nuevo comienzo. Hacia lo que soñaba que sería mi vida a partir de entonces.

21
Mi hogar, Tu hogar, nuestro hogar

Tardamos seis días, siete horas y unos veintitrés minutos en besarnos, desde el momento en que puse un pie en el estudio con mis maletas en la mano. Sí, yo había estado de acuerdo en que me mudaba a aquel lugar que tanto había significado en mi vida como amigo de Summer, pero los dos sabíamos que esa era una verdad a medias.

Pasamos días colocando mis cosas, volviendo a hacer de ese apartamento el lugar en el que nos habíamos enamorado una eternidad atrás. Y, cuando todo estaba ya en su lugar... todo estuvo en su lugar. Nosotros. Una mirada. Un chasquido. Nancy Sinatra sonando en el viejo tocadiscos. La brisa entrando por aquella ventana de la cocina que aún abríamos de vez en cuando, aunque hiciera años que yo no me fumaba un cigarrillo en ella. La luz cayendo en un atardecer que pintó el cielo de rosa y a nosotros nos situó frente a frente. Cara a cara con lo inevitable.

Creo que fue ella quien se acercó a mí, aunque tal vez fuimos los dos, imantados por esa atracción que no habíamos podido evitar desde el primer día que nos conocimos. Yo había visto a una chica preciosa golpeando un saco de boxeo y, por primera vez en dos años, había pensado que no estaría mal volver a sentir algo junto a un cuerpo desnudo. Luego, hablé con ella y descubrí que había algo más, y que iba a tener que hacer un esfuerzo muy grande para no enamorarme como un gilipollas.

Nuestro primer beso había sido en unas pistas de atletismo con la lluvia arreciando sobre nuestras cabezas. El primero de aquella segunda época llegó pausado. Fue fruto de cualquier cosa menos de un arrebato. Fue fruto, en realidad, de que nunca habíamos dejado de querernos. Y nunca lo haríamos.

Nuestros labios se encontraron y nuestras lenguas les salieron al paso. Nos enzarzamos en un beso eterno, que quizá duró unos minutos, pero a mí me pareció que duraba toda una vida. Como toda una vida me parecía el tiempo que llevaba esperándolo. Summer enredó sus dedos en mi pelo, de aquella manera que tanto había echado de menos en los años que pasamos separados. Yo no moví mis manos de su cintura, porque no tenía ni idea de hasta dónde pensaba llegar ella y por nada del mundo quería romper un hechizo que soñaba que no fuera tal, porque necesitaba como el oxígeno que respiraba que aquel beso fuera la mayor realidad de mi vida.

Nos separamos sonrojados, tímidos. Pero con dos sonrisas que podrían haber eclipsado al sol si no se hubiera apresurado a ponerse en el horizonte para dejarnos intimidad. Nos sentamos en el sofá, con nuestras piernas enredadas y nuestros cuerpos sintiéndose. En silencio. Cómodos. Ya sin música de fondo siquiera. Hasta Cucaracha nos dejó solos, y ni sus ronroneos se escucharon aquella noche.

Jadeábamos, sin decir ni una palabra. No hacía falta. Nos miramos a los ojos, y nuestros cuerpos se abrazaron sin necesidad de que nosotros les diéramos la orden. Nos quedamos así, sudorosos a pesar de que la temperatura ambiente era bastante baja, entrelazando nuestros dedos... y sonriendo.

—Me he inventado un juego... —bromeé, y ella se rio.

—¿Ah, sí?

—Sí. Consiste en que cada uno haga dos preguntas al otro y trate de adivinar qué respuestas dará.

—¡Qué innovador! —Me siguió el rollo y tuve ganas de volver a besarla y no dejar de hacerlo nunca—. Jamás había oído hablar de algo así.

—¿Quieres empezar?

—No, mejor empieza tú —me concedió—. Pero sin rebasar líneas rojas, amiguito.

—Lo intentaré —mentí—. ¿Qué es lo que más has echado de menos en tu vida?

—Logan, no... El trato era que solo preguntas tontas.

—¿Y hay algo más tonto...? —Me removí entre sus brazos para quedar cara a cara y poder mirarla a los ojos—. ¿Hay algo más tonto que seguir ignorando esto que sentimos? No te mientas, Summer. Tú también lo sientes.

No me respondió. No al menos con palabras, pero volvimos a fundirnos en un beso, uno de esos que amenazaba con hacernos adictos.

Las semanas fueron pasando y el fin de curso estaba cada vez más cerca. Tanto a Summer como a mí nos habían ido bien los primeros parciales, y sabíamos que con un buen *sprint* final tendríamos el título de licenciados al alcance de la mano.

La convivencia fue perfecta desde el primer día. Como si no hubieran pasado dos años y una vida desde que nos habíamos separado. Cucaracha, además, se enamoró irremediablemente de Summer y, por más que intenté evitarlo, pasó a ser el tercer ocupante de la cama que compartíamos... como amigos.

Yo me acostumbré a quedar una vez por semana con mis antiguos compañeros de piso, como les había prometido al marcharme. Salíamos a correr, veíamos alguna serie en el salón del que había sido mi apartamento o jugábamos al billar en algún bar de la ciudad, mientras ellos se tomaban unas cervezas y a mí ni siquiera se me alteraba el pulso al verlos hacerlo.

Summer también pasaba mucho tiempo con su grupo de amigos de la facultad, e incluso yo me unía a ellos de vez en cuando. Eran gente agradable, sobre todo Jen, que se había convertido en la mejor amiga de Summer en aquellos años. Me gustaba estar con ellos, a pesar de que entre Samuel y yo se respiró un poco de tensión las primeras veces. Tuve que convencer a Summer al llegar a casa de que «lo miraba mal» porque me parecía una especie de hípster extraño, con su barba pelirroja, sus pantalones remangados aunque la noche refrescara y una americana de cuadros que podría asegurar que le había robado a su abuelo. Y ella me tuvo que convencer a mí de que él hacía lo mismo conmigo, no porque siguiera enamorado de ella, sino porque sabía que había sufrido mucho en el pasado por mi causa. Creo que los dos mentimos un poco.

Al fin había comprendido, y aceptado, aquello que el doctor McIntyre nos había repetido tanto tiempo atrás: que necesitábamos interactuar con otra gente y que nuestras vidas no empezaran y terminaran en nuestra relación. Aunque, la verdad, yo habría estado encantado de meterme en una cama con Summer y no salir nunca más al mundo exterior.

Al fin, ninguno de los dos teníamos la sensación de estar viviendo en la casa del otro, sino que sentíamos que habíamos construido en común algo muy parecido a un hogar. Aunque no fuéramos una pareja. Porque aún no lo éramos al cien por cien.

Me jode decir que lo que faltaba era el sexo, pero... lo que faltaba era el sexo. Después de aquel primer beso, di por hecho que llegaría, antes o después. Que era la senda de lo inevitable, y que sería perfecto. Pero olvidé, de nuevo, que las cosas entre Summer y yo no solían seguir el curso de la lógica. Y, al no haber sexo, yo ni siquiera sabía si éramos o no pareja. Novios, o lo que fuera. Y creo que, en parte, no quería tampoco saberlo porque... era feliz. Al fin lo era. Y no solo por vivir con Summer y verla cada mañana al despertarme y cada noche antes de dormir, sino porque todas las piezas del enorme puzle que había sido mi vida desde mi nacimiento, al fin, estaban en su lugar, encajadas.

Una noche me atreví a preguntárselo. «Oye, Summer, ¿tú y yo somos novios o qué?». Juro que no lo pregunté así, pero por la mirada gélida que ella me dirigió, podría haber sido el caso. En realidad, me preparé un discurso larguísimo y denso sobre cuánto la quería y sobre el increíble milagro que me parecía —porque me lo parecía— que con todos los golpes que nos había dado la vida hubiéramos vuelto al punto de partida de la búsqueda de la felicidad, aquel punto en el que nos habíamos encontrado más de tres años atrás y que nos había regalado seis meses perfectos que ninguno de los dos olvidaríamos. Y le pregunté si eso nos convertía ya en pareja, porque no acababa de tenerlo claro. Ella me miró mal, pero me habló bien. Me pidió un poco más de paciencia, virtud de la que ambos sabíamos que yo no iba sobrado, y me dijo, muy enigmática, que todo llegaría a su debido tiempo. Que aún no estaba preparada del todo para el paso que supondría estar juntos.

Y yo, por supuesto, la esperé.

22
Tú y yo

Aquel podría haber sido un día cualquiera de mi nueva vida. Una vida que me encantaba, que se parecía al fin mucho a lo que siempre había soñado. Unas clases que disfrutaba; hacer deporte junto a la chica por la que suspiraba, la tuviera delante o no; vivir con ella; compartir cada rareza, defecto o virtud que poseíamos; pasar horas acariciando a un gato que era ya tan suyo como mío y que nos unía en cierto modo como familia; mis padres tranquilos, respirando al fin al verme asentado después de unos años en los que parecía que eso no ocurriría nunca; las tentaciones, lejos y bien encerradas con llave.

Pero aquella mañana me levanté y vi algo diferente en los ojos de Summer. Llevábamos varias semanas durmiendo en la misma cama, aunque era solo el sueño lo que compartíamos bajo sus sábanas. Ella solía remolonear un poco mientras yo preparaba el desayuno, pero aquel viernes me la encontré vestida y preparada, con un brillo en la mirada que ella aseguraba que eran imaginaciones mías. Quizá en aquel momento no fuera consciente, pero sus ojos me decían que había tomado una decisión.

Al llegar a casa, subí los peldaños metálicos de dos en dos y entré en casa casi jadeando. Entonces, la vi. Sentada en el suelo, tras la mesa de centro del salón, con las piernas cruzadas como una india, y un vestido negro largo que se había comprado en un mercadillo y me había confesado que guardaba para una ocasión especial. Con dos velas titilando y haciendo que esos ojos que hablaban por ella brillaran incluso más de lo habitual. Con dos platos tapados sobre la mesa. Y con una sonrisa tímida, pero no exenta de seguridad.

—Hola —la saludé, en voz muy baja.

—Hola.

Me sonrió y no necesité más señal para hacer lo que deseaba más que nada en el mundo: sentarme frente a ella y escucharla. Porque sabía que Summer tenía algo que decirme y, o todos los dioses se habían conjurado aquel día para romperme el corazón, o presentía que iba a ser algo que me haría muy feliz.

—He preparado una cena especial.

—Ya lo veo.

Destapó los dos platos con cuidado y me explicó en qué consistía el menú: paté de alubias con palitos de zanahoria y canelones de berenjena con bechamel vegana. También me prometió que había un bizcocho de frambuesas enfriándose junto a la ventana de la cocina, y debía de ser verdad, pues el olor se colaba por todos los rincones del apartamento. Me pidió que eligiera yo la música para la ocasión y, no sé por qué, cogí un viejo disco de Sinatra que había pertenecido a mi padre y que yo apenas había escuchado.

—¿Y esto por qué? —le pregunté, deseando con todas mis fuerzas que comenzara a hablar.

—Siempre tan impaciente...

Sonreímos y comimos un poco más en silencio mientras ella seguía, creo que sin darse cuenta, el ritmo de la melodía con uno de sus pies descalzos.

—¿Sabes, Logan? Lo he intentado. —Se me paró el corazón al imaginar lo que vendría a continuación. «Lo he intentado, pero no puedo quererte, no estoy enamorada de ti, no confío en ti ni creo que llegue a hacerlo...».

—¿Lo has... intentado?

—Sí. —Asintió con la cabeza, muy segura de sí misma—. He intentado encontrar las mil y una razones por las que esta relación es una idea pésima. He pensado que nuestro pasado sería siempre un lastre, que habíamos vivido un infierno difícil de superar. He pensado que tus adicciones podrían volver algún día, que no quería vivir para siempre con el miedo a que recayeras, con la desconfianza. He recordado cuánto sufrí cuando te fuiste, lo perdida que estuve, cuánto llegué a odiarte... o a creer que lo hacía.

—¿Y?

—Y nada me ha funcionado. Sigues siendo la persona en la que más confío en el mundo. No ha habido un solo día, ni en el pasado ni ahora, en el que creyera que podrías haber bebido, incluso aunque lo temiera. Y te prometo que es algo de lo que he tenido miedo muchas veces, pero, en el fondo... en el fondo sabía que lo habías conseguido, incluso antes de ver las líneas de tu brazo. Y, desde que has vuelto, no he podido imaginar un solo escenario en el que volvieras a huir. ¿Recuerdas aquel viernes en que la moto te dejó tirado y llegaste tarde a recogerme a la facultad?

—Sí. —Había sido uno de esos días en los que la ley de Murphy conspira con todas sus fuerzas contra la buena voluntad. La moto me había fallado de camino al campus, mi móvil se había quedado sin batería un rato antes, llovía a cántaros sobre Virginia Beach... y acabé llegando a recoger a Summer a su facultad más de una hora tarde, empapado y sin medio de transporte disponible.

—Cuando llevaba ya media hora esperándote, Jen me vio muy nerviosa. No había rastro de ti y no respondías al teléfono, así que estaba medio histérica. Ella sabe... bueno, todo lo que ocurrió entre nosotros en el pasado, y me preguntó si tenía miedo a que te hubieras vuelto a largar. La miré como si le hubieran salido siete cabezas. Ni siquiera se me había pasado por la mente esa opción. Estaba preocupada por si te habría pasado algo con la moto, un accidente o algo así, pero... ¿abandonarme de nuevo? Ni siquiera me lo planteé.

—Habrías estado en todo tu derecho de hacerlo.

—Sí, Logan, pero esto no va de derechos y obligaciones. Va de lo que dicta el corazón, y el mío sabe, quizá supo desde el primer momento, que tú solo te marchaste porque la magnitud de lo que habías descubierto fue como un enorme tsunami que te arrasó, me arrasó a mí y a todo lo que habíamos conocido hasta entonces.

—Pero tardé dos años en volver. —Parecía que estaba argumentando contra mis propios intereses, y eso era lo que estaba haciendo, pero necesitaba que ella estuviera segura de sus decisiones.

—Si hubieras vuelto un año antes, yo no habría querido ni verte.

—¿Tuve el don de la oportunidad para elegir el momento?

—No. No creo que fuera casualidad —me dijo, muy seria, mientras se servía una porción de los canelones en su plato y los comía distraídamente—. Creo que los dos necesitamos un tiempo para curarnos. Tú, de todo lo que habías descubierto. Yo, del dolor que me produjo tu marcha y del hecho de que fuera, en cierto modo, inevitable.

—¿Entonces?

—Impaciente... —me repitió, con tono de fastidio, aunque yo sabía que estaba de broma—. Entonces, me he quedado sin argumentos para que no seas mi novio.

—Eso no ha sonado demasiado romántico —me burlé.

—¡Oh! ¡Venga ya! ¿Qué quieres? ¿Un coro de pajaritos tocando el violín?

—Por ejemplo. —Me puse serio—. O que digas algo relacionado con estar enamorada de mí. Porque me encanta que confíes en mí y que me quieras, pero creo que estar enamorada es un requisito bastante básico para empezar una relación en serio.

—Todavía no lo has entendido, ¿no?

—¿El qué?

—No he dejado de estarlo ni un puñetero día desde que te cruzaste en mi camino y estuve a punto de romperte la nariz.

En ese momento, dejaron de importar los platos, los vasos, los muebles y hasta el gato. Corrimos el uno hacia el otro, aunque en movimientos torpes, a gatas, porque seguíamos sentados en el suelo. Ella me besó primero, y yo dejé que lo hiciera. Sus dedos se perdieron en mi pelo, los míos se entrelazaron en su espalda y los cuerpos de ambos hicieron el resto.

La desnudé con el mismo anhelo que un niño desenvuelve un regalo el día de Navidad. Capa a capa, dejando caer la ropa sobre el suelo, y siguiendo el mismo procedimiento con la mía a continuación. Sentía sus jadeos ahogados, su respiración agitada que hacía que su pecho se moviera arriba y abajo. Yo mismo me sentía temblar. Allí estaba. Al fin. Después de casi tres años soñando con ella, volvía a tenerla delante. Desnuda, entera, entregada a mí. A nosotros. A la esperanza de que sabríamos construir algo diferente, algo mejor.

La besé con furia por primera vez en mucho tiempo. Necesitaba que los demonios se quedaran ahí, gritarles que no habían podido arrebatármelo todo. Que lo que más me importaba había vuelto. Ella recogió el envite y sus dientes se clavaron en mis labios. Gruñí al sentir esa sensación en el limbo entre el placer y el dolor. Me tumbé encima de ella, con todo mi cuerpo, porque necesitaba que la mayor parte de piel posible la tocara. Sentirla en todo mi ser, el de dentro, el de fuera. Sentir que estaba allí, y que me quería. Alcancé un condón que llevaba, como el loco esperanzado en que me había convertido el regreso al apartamento, en el bolsillo de la mochila. Ella me ayudó a ponérmelo mientras dejaba besos y mordiscos, a partes iguales, en mi pecho.

Me hundí en ella, y gritó. Gritó mi nombre y un montón de palabras sin sentido, pero que en mi oído adquirieron significado completo. Que habíamos vuelto a ser uno. Que nos queríamos. Que siempre lo haríamos. Gemimos y jadeamos sin pudor. Hasta nos dio la risa en algún momento. Porque estábamos tan felices que nos desbordábamos, joder. Se nos salía la ilusión por los poros de la piel. Nos corrimos a la vez. Escandalosos, desvergonzados y plenos.

Me deshice del condón y me tiré en el suelo, porque no me daban las fuerzas para llegar más allá. Era la primera vez que me acostaba con alguien en casi tres años y, en ese momento, me felicité por la espera. Por retrasar la gratificación. Por hacer que mereciera la pena. Porque... si no era con ella, no podría haber sido con nadie.

Summer se tumbó a mi lado, apoyada sobre un costado, con ojos somnolientos. Intenté alcanzar un cojín del sofá, pero no me daba el brazo, así que puse mi mano debajo de su cabeza para que no tuviera que apoyarla contra el duro suelo.

—¿Qué acabas de hacer? —Se levantó sobresaltada.

—¿Qué?

—¿Por qué...? ¿Por qué has hecho eso?

—¿Por qué he hecho qué? —No entendía qué le estaba ocurriendo, y por un momento me invadió el pánico a que se estuviera arrepintiendo de lo que había pasado entre nosotros.

—Poner... Me has puesto la mano debajo de la cabeza.

—Sí. ¿Te... te ha molestado?

—¿Por qué lo has hecho?

—Porque el suelo es... es duro, y... —balbuceé, totalmente perdido—. Para que apoyaras la cabeza en mi mano.

—Dios mío.

Se llevó las manos a la boca, y yo no supe qué hacer. La vi sollozar y empecé a preocuparme bastante más de la cuenta.

—Summer. Summer, por favor, dime qué te pasa.

—Eres Ben...

El corazón me dio tal vuelco en el pecho que pensé que iba a vomitarlo. Mi mayor pánico, el que me había atenazado las entrañas durante dos años, se hacía tangible delante de mí. En el miedo de Summer, en mi propio miedo a que sus fantasmas estuvieran reviviendo. El motivo por el que me había ido de Virginia Beach casi tres años atrás, ese pavor a hacerle daño, a que ella me viera como el hijo del monstruo que había arruinado su vida, revivía cuando ya no lo esperaba. Se me llenaron los ojos de lágrimas y mis palabras se convirtieron en una súplica entrecortada.

—Soy Logan, Summer. Lo sabes, sabes que soy Logan, mi vida. Por favor...

—Pero fuiste Ben.

—Summer, deja de llorar, por favor. Deja de llorar porque me muero de pena.

—No lloro porque esté triste, Logan. Lloro porque... joder, porque eres Ben.

—¿Qué ha pasado, nena? ¿Por qué te has puesto así? Ha sido culpa mía, no debí haberte presionado para...

—No, Logan. —Su mano se posó sobre la mía, y solo con ese gesto recibí un pequeño alivio a lo que me carcomía por dentro—. Tú no me has presionado para hacer nada. Perdona que sea tan sincera, pero... no te habría permitido que lo hicieras, así que ni pienses en eso.

—¿Entonces?

—Ben hacía eso. Lo hizo una vez, al menos.

—¿El qué?

—Tengo recuerdos sueltos de lo que ocurría en aquel sótano. Algunas cosas no sé si las viví o las reconstruí con información que me llegó más tarde. Pero otras las tengo frescas en el recuerdo, como si hubieran ocurrido hace mucho menos tiempo. Y una de ellas es...

—¿Sí? —le pregunté, lleno de prudencia, porque me había asustado de verdad con todo lo que me estaba contando.

—Recuerdo a Ben poniendo su mano debajo de mi cabeza para que el suelo no estuviera tan duro. Mirándome con esos dos ojos enormes... Joder, los mismos ojos que tengo delante ahora mismo, y que lo único que me dicen es que siempre van a cuidar de mí. Y que tenga esperanza. Me lo decían a los cinco años, y me lo están diciendo casi veinte años después. Veo mi mundo en tus ojos, Logan.

—Summer...

Nos abrazamos. Seguíamos desnudos, pero no había nada sexual en aquel abrazo. Era el abrazo de dos supervivientes a un naufragio, de dos almas que se perdieron, a las que arrebataron lo más básico, y que sobrevivieron. Que salieron adelante y se encontraron por una increíble carambola del destino. De dos personas que se enamoraron a los veinte años porque estaban rotas, y que se habían reconstruido a base de tesón, de lágrimas y de amor. De dos personas que veían su mundo en los ojos del otro.

—Siento no recordar nada de aquella época —le confesé.

—Pues yo me alegro. Es algo que... tiene que quedar en el pasado.

—¿Es eso posible?

—Sí. Si convertimos todo lo demás en futuro.

EPÍLOGO | Summer

Nunca he creído en las casualidades. Puede parecer una locura que diga esto cuando he vivido en mis carnes la más brutal de todas las casualidades de las que algún día he tenido noticia. Porque encontrarme, la primera vez en mi vida que salía de debajo de las faldas de mi madre, con el mismo niño con el que había compartido un secuestro infernal catorce años antes... parece una gran jugada del destino. Probablemente lo sea. Pero, con el tiempo, en aquellos dos años eternos que pasé separada de él, asumí que no era tan complicado que dos personas de edad muy similar y con graves problemas psicológicos acaben compartiendo campus en la mejor universidad del país para el tratamiento de estos trastornos. Soy física, no creo en casualidades ni destinos, así que solo me queda creer que fue el amor el que nos juntó, aunque no sea la deducción más científica posible.

Sí, soy física. Desde hace pocos días, pero lo soy. Pero no necesitaría saber hacer demasiados cálculos sobre velocidad y aceleración para darme cuenta de que voy a necesitar exprimir mi coche al máximo para llegar a tiempo a mi destino. Hoy es un día muy importante para Logan y para mí, y necesito que todo sea perfecto. O todo lo perfecta que puede ser una jornada que empezó con un despertador sonando a las seis de la mañana, vaya. Por mucho esfuerzo que Logan ponga en ello, creo que nunca conseguirá que sea una persona madrugadora.

Todo, incluso el madrugón, mereció la pena unas horas después. Las mañana de hoy ha estado marcada en mi agenda desde hace meses. En la mía y en la de Samuel, Jen, Olive y todos nuestros compañeros de facultad. Nuestra graduación. La gran ceremonia con la que conmemoramos que, al fin, después de cuatro años de estrés, tardes en la biblioteca y noches de estudio, hemos conseguido nuestro objetivo. Un título universitario que nos abrirá las puertas de lo que queramos ser y que, en mi caso, tengo bastante decidido. Aunque aún no me haya atrevido ni a hablarlo con Logan.

La ceremonia de graduación fue perfecta. Samuel fue el mejor alumno de nuestra promoción y, por lo tanto, el encargado de leer un discurso durante la ceremonia. Se me escapó una lágrima cuando dedicó unas palabras preciosas a hablar de mí y de cómo mi ayuda fue crucial para él durante los momentos más duros de la carrera. No es que fuera demasiado sincero; en realidad, ha sido él el que siempre nos ha ayudado, puesto que tiene un cerebro privilegiado para la física, que le he envidiado desde el día que lo conocí. Esperaba que Logan emitiera algún tipo de gruñido al escucharlo, porque, aunque hace meses que entendió que mis sentimientos por Samuel eran más fraternales que otra cosa y, pese a que hemos compartido muchos buenos momentos de ocio todos juntos, sigue dándole por los sonidos guturales cuando recuerda que hubo un día en que Samuel y yo compartimos algo más que horas en la biblioteca. Pero no fue así. Me sorprendió guiñándome un ojo, con una sonrisa radiante en la cara, desde su asiento.

Logan no ha sido el único que me ha acompañado esta mañana. Sabía que mis padres viajarían desde Kansas; nada les habría impedido estar allí. Desde que mi madre ha rehecho su vida junto a Phil, las asperezas que quedaban por limar entre ellos se han suavizado mucho. No lo he hablado con ella, pero me da la sensación de que ha tardado casi quince años en superar el divorcio y la sensación de abandono y, ahora que lo ha hecho, ha conseguido ver en mi padre a un buen amigo. Mi abuela también ha venido, claro, y ha sido a ella a la primera que he corrido a abrazar en cuanto me he visto con mi título en la mano. Y mis hermanos, esos dos niños que ya casi apuntan a preadolescentes y que me miran con unos ojos a medio camino entre la curiosidad y la admiración. Mi padre me preguntó, hace unas semanas, lleno de prudencia, si me parecía bien que lo acompañaran, porque les hacía ilusión ver a su hermana mayor graduarse. No habría podido negarme aunque hubiera querido, que no era en absoluto el caso. Y, entonces, ha sido cuando me he llevado la primera gran sorpresa del día. Junto a mis padres, mis hermanos, mi abuela y Logan, estaba Lily.

Lily se convirtió, durante los dos años de ausencia de Logan, en mi gran apoyo. Mis amigos de la facultad también, pero a otro nivel. Como le dije a Logan en una de nuestras primeras citas, hay cosas que nosotras compartimos que jamás podrá entender otra persona. Fue ella quien estuvo al otro lado del teléfono las noches en que echaba tanto de menos a Logan que la angustia me impedía respirar. Fue ella quien me consoló cuando el temor a que él hubiera vuelto a beber, a que estuviera sufriendo por no poder superar lo que había descubierto sobre sus orígenes, me consumía, acrecentado por la imposibilidad de ponerme en contacto con él. Ellos sí hablaban, yo lo sabía; nunca quise que Lily se convirtiera en una intermediaria entre nosotros, pero me tranquilizaba pensar que, si algo grave le sucediera a Logan, ella se saltaría mi petición de no mencionarlo en nuestras conversaciones. Era mi pequeño consuelo: sentirlo cerca precisamente sin saber de él; sentir que, de alguna manera, estaba saliendo adelante. A veces creo que no habría podido sobrevivir sin el apoyo de Lily. Aunque, paradójicamente, nunca nos habíamos visto en persona.

No necesité preguntar para saber que había sido Logan quien había tramado la sorpresa, y se me llenaron los ojos de lágrimas cuando me di cuenta de que, una vez más, el destino había decidido que los dos tuviéramos la misma idea. Porque, o mucho me equivoco, o la sorpresa que le he estado preparando a Logan durante las últimas semanas lo emocionará tanto como la visita sorpresa de Lily ha hecho conmigo.

—Summer. —Es la voz de Lily la que me despierta de mis cavilaciones—. O vas un poco más despacio o voy a llegar a la graduación de Logan con el vestido vomitado. Y tú también.

—Es que no llegamos, Lil. Nos quedan aún veinte minutos para llegar al aeropuerto y el avión debe de haber aterrizado ya.

Doy un nuevo acelerón, que ella recibe con un suspiro resignado y enfilo el último tramo de la carretera que nos lleva al aeropuerto de Norfolk. En los últimos días, he hecho tantas veces este trayecto que ya me lo sé de memoria. Hace casi una semana que Andrea y Bruce, los padres de Logan, llegaron a la ciudad para pasar unos días de vacaciones aprovechando el final de nuestra etapa universitaria. Y ayer llegó Nate, invitado por Logan, porque, como me confesó una de esas noches en que las conversaciones se volvían intensas, para él era muy importante que, después de haberlo visto en sus peores momentos de fracaso, lo viera también en el éxito de graduarse al fin en la universidad. Porque sí, el apretado calendario de la Universidad de Regent y una cierta carga de mala suerte quisieron que mi graduación y la de Logan coincidieran el mismo día. Por eso, para conseguir que la sorpresa que le tengo preparada llegara a buen puerto, he tenido que salir disparada del restaurante en el que hemos celebrado mi graduación, con la excusa de que quería enseñarle a Lily la ciudad. Si Logan se lo ha creído, es que confía en mí más de lo que debería.

Al fin llegamos al aeropuerto de Norfolk y, justo cuando corro, seguida por Lily, hacia la terminal de llegadas, veo que salen los pasajeros del vuelo procedente de Pierre, Dakota del Sur. No necesito recurrir al recuerdo de la única foto que Logan tiene con ella para reconocer a Beth. Y, al parecer, ella tampoco, pues se lanza a abrazarme en cuanto nuestras miradas se cruzan. Tras las pertinentes presentaciones, me dice solo una frase, pero consigue ganarse mi corazón con ella.

—Llévame a ver a mi niño.

Llegamos al campus de Regent con el tiempo justo para tomar asiento en las sillas que mis padres, Andrea, Bruce y Nate nos han reservado. Veo a lo lejos a Logan y, como siempre, se me corta el aliento al comprobar lo guapísimo que está. Pese a las protestas de su madre, y ahora también de Beth, no se ha cortado ese pelo largo que empezó a lucir durante su año de periplo sin rumbo por el país. Un año que me ha contado con tanto detalle en diferentes conversaciones que a veces creo que estuve allí presente con él. Quizá es que sí, lo estuve.

Lleva puesto el mismo traje oscuro que eligió esta mañana para acompañarme en mi graduación, aunque ahora se ha dejado la corbata en casa y se ha desabrochado un par de botones de la camisa. Qué le vamos a hacer, el chico tiene que mantener ese *look* rebelde que despierta miradas y suspiritos a su paso. Los míos, los primeros.

La ceremonia se hace un poco pesada porque, no nos engañemos, este tipo de actos siempre lo son, y nosotros nos hemos tragado dos en menos de ocho horas. O tal vez sea porque tengo tantas ganas de que baje del estrado y podamos estar juntos, rodeados de toda la gente que nos quiere, que la impaciencia me come por dentro.

Son casi las siete de la tarde cuando al fin lo conseguimos. Con nuestra precipitada llegada, apenas ha habido tiempo para las presentaciones, pero, en cuanto nos levantamos de nuestros asientos, lo primero que veo es un abrazo entre Beth y Andrea que me hace saltar las lágrimas. La madre de

Logan y la mujer que durante unos meses ejerció ese papel para él, aun sin saberlo ninguno de los dos, en el momento en que él más perdido estuvo en la vida, solo necesitan un gesto para reconocer la importancia de la otra en la vida de ese chico al que, cada una a su manera, adoran. Y yo solo necesito verlas para darme cuenta de que Logan encontró una familia en Fairpoint, justamente en el mismo lugar en el que un día la había perdido.

Logan se acerca a nosotros corriendo, y lo primero que hace es coger a Beth en brazos y dar vueltas con ella, mientras la mujer le da manotazos en el hombro y le grita que la suelte. A todos se nos escapan las carcajadas. Cuando al fin libera a Beth de su agarre, saluda a todos los demás con una sonrisa y se dirige a mí con una ceja arqueada y una sonrisa socarrona.

—Te voy a matar. Os he visto llegar desde el estrado y se me ha hecho interminable la ceremonia, joder. —Le da la risa con sus propias palabras, pero enseguida se pone serio y me abraza, con sus brazos aprisionando mi cintura y la cabeza hundida en mi cuello—. Gracias, Summer. Esa mujer... me salvó la vida. Muchísimas gracias por traerla hoy aquí.

Nos separamos y sus ojos brillantes casi consiguen que vuelva a llorar. Sé cuánto significa Beth para él y ese es el motivo por el que hace semanas decidí que ella tenía que compartir con nosotros un momento tan especial. No fue fácil ocultárselo, pero confié en las dotes interpretativas de ella para mantener el secreto, y acabó funcionando.

Nos vamos todos a cenar al mismo restaurante vegano del centro de Virginia Beach en el que Logan y yo tuvimos nuestra primera cita. Es uno de nuestros locales favoritos de la ciudad, y nos pareció un guiño bonito despedirnos de ella cenando en el mismo lugar en que nos encontramos.

Y digo «despedirnos de ella» porque, aunque no hemos querido hablar demasiado del tema, creo que los dos sabemos que nos queda poco tiempo en esta ciudad maravillosa en la que hemos vivido nuestros mejores y nuestros peores momentos. Todo este curso ha sido una gran aventura de superación del pasado y disfrute del presente, así que tanto Logan como yo nos hemos tomado con calma las decisiones sobre el futuro.

La cena se prolonga hasta bien entrada la madrugada y, cuando al fin llegamos a nuestro estudio, ese al que pronto diremos adiós con lágrimas en los ojos, lanzo los zapatos por los aires sin importarme donde caigan. Cucaracha nos sale al encuentro, pero en cuanto comprueba que no venimos demasiado dispuestos a darle mimos o una ración extra de comida, se retira a su rincón favorito y nos deja solos.

—¿Te duelen mucho los pies? —me pregunta Logan, con una mueca divertida.

—Teniendo en cuenta que no uso tacones jamás y que hoy llevo casi veinticuatro horas subida en unos... imagínatelo.

—Vaya...

—¿Qué? —Me giro para ver qué está haciendo y lo encuentro colocando uno de mis vinilos favoritos sobre el tocadiscos. Suena *With a Little Help From My Friends* en la versión de Joe Cocker.

—Que tenía la esperanza de que quisieras bailar conmigo.

Me acerco a él, con las mejillas algo sonrojadas, porque me he dado cuenta sobre la marcha de que Logan y yo nunca hemos bailado, y ni siquiera sé si sabré hacerlo. Él me advierte que tampoco es demasiado experto en la materia y nos da la risa como a dos adolescentes muertos de vergüenza. Pero, en cuanto siento sus manos en mi cintura, sé que no hace falta ninguna destreza para dejarse llevar al son de una canción preciosa en los brazos de la persona a la que quieres más de lo racionalmente imaginable.

—Tengo algo que contarte —me susurra al oído mientras nos mecemos al ritmo de la música. Su tono es sugerente, pero también tiene una pizca de tensión, así que me pongo un poco nerviosa por lo que vaya a confesarme—. Nate no ha venido a la graduación solo porque lo haya invitado.

—¿No? —Frunzo el ceño, porque no esperaba que lo que quisiera decirme en un momento tan íntimo tuviera que ver con Nate.

—No. —Se queda quieto un momento y posa las manos en mis hombros—. Pero lo que me ha dicho es algo que quiero hablar contigo antes de responder. Me... me ha ofrecido trabajo.

—¿En serio? —Sonrío con sinceridad, porque sé que la mayor ilusión de Logan es trabajar en la recuperación de adicciones similares a aquellas que casi le truncaron la vida en la adolescencia.

—En el centro necesitan a alguien para trabajar con los grupos de chicos más jóvenes y ha pensado en mí. Sería para empezar en septiembre. —La canción cambia a *Delilah*, de Tom Jones, pero yo estoy demasiado preocupada por las dudas que veo en sus ojos—. Pero la decisión es tuya.

—No, Logan. —Tiro de su brazo para que dejemos de bailar y nos sentemos en el sofá a hablarlo, pero él me retiene junto a su cuerpo y seguimos moviéndonos al ritmo de la música—. La decisión tiene que ser tuya. Es el sueño de tu vida. Y lo vas a conseguir a los veinticuatro años.

—El sueño de mi vida es estar contigo —me dice, y me derrite por dentro de una manera que hace que tenga que sacar lo mejor de mí para mantener la cordura.

—Y ese ya lo has conseguido también. —Se ríe y me da un beso que se nos va un poco de las manos—. Pero somos muy jóvenes y no quiero que ninguna decisión que pueda cambiar tu futuro dependa de mí.

—¿Tú... sabes lo que quieres hacer a partir de ahora? —me pregunta, con el labio inferior aprisionado entre sus dientes, en un gesto a medio camino entre la timidez y el nerviosismo.

—¿Recuerdas aquel profesor escocés que vino a mi facultad a impartir unos seminarios de Astrofísica hace unos meses?

—¿Oliver Atom?

—Aston. —Me río, porque Logan se pasó semanas llamándolo así, pese a que estoy casi segura de que sabe cuál es su nombre real y que el único motivo por el que usa el del personaje de dibujos animados es porque estaba un poco celoso de él. Normal, teniendo en cuenta que me pasé dos meses repitiéndole palabra por palabra todo lo que el profesor Aston nos enseñaba sobre los misterios del universo—. Sí, ese.

—¿Qué pasa con él?

—Me ha recomendado para entrar en el mejor programa de Astrofísica del país.

—¿De verdad? —Me coge en brazos y me levanta en volandas, aunque, cuando vuelve a dejarme en el suelo, veo un atisbo de dolor reflejado en su cara—. ¿Dónde es?

—En la Universidad Johns Hopkins.

—¿En la Johns Hopkins de Baltimore?

—La misma —le confirmo, con una sonrisa tan grande que se debe de estar viendo desde la luna.

—¿Me estás diciendo que vamos...? ¿Que los dos...? ¿Que...?

—Deja de tartamudear y escúchame. —Enmarco su cara con mis manos y me acerco tanto a él que mis siguientes palabras son un susurro sobre sus labios—. Aun a riesgo de que acabes harto de mí, sí. Viviremos los dos en Baltimore después del verano.

Logan no me responde con palabras, sino que lo hace con un beso en el que se quedan todas las dudas, las incertidumbres, los miedos, los fantasmas, las culpas, el dolor. Un beso que barre el pasado, que nos centra en el presente y nos promete un futuro. Un beso, con *Nights in White Satin* de fondo, que nos recuerda que no fue fácil llegar hasta aquí, pero que, si esta es la recompensa, todo el esfuerzo habrá merecido la pena.

Solo yo sé lo que fueron los dos años de ausencia de Logan. Años en los que llegué a preguntarme si aquellos seis meses que había vivido junto a él en mi primer año de universidad habían sido solo un sueño. Años en los que llegué a odiarlo, o a querer hacerlo. Años en los que las noches se convertían en horas de incertidumbre, de añoranza. Pero también años en los que aprendí a vivir sin necesitar a alguien en quien apoyarme. En los que me convertí al fin en la mujer independiente que soñaba ser cuando me matriculé en la universidad, aunque no tuviera demasiadas esperanzas de conseguirlo. En los que supe perdonar a Logan a fuego lento, y en los que entendí que, el día que volviéramos a vernos, debíamos ser dos personas plenas para tener una segunda oportunidad. Porque supongo que siempre supe que volveríamos a encontrarnos y que esa oportunidad surgiría. La haríamos surgir.

Y solo Logan sabe lo que fueron esos dos años perdido, intentando al mismo tiempo recordar sus raíces y olvidarlas. Intentando odiarse y dejar de hacerlo. Buscando algo sin darse cuenta de que no existía. Renunciando a quererme porque no se sentía digno de mí, por más que yo jamás habría pensado algo así.

Cuando conocí a Logan, yo era una persona rota. Y él también, en cierto modo, porque el pegamento que unía esas partes que las adicciones habían destrozado era aún muy débil. Ya no queda nada de aquel Logan que no podía ni acercarse a un bar; hoy mismo nos ha visto brindar a todos con champán mientras él lo hacía con un refresco, y me ha confesado de camino a casa que ni se ha dado cuenta.

Fuimos dos personas rotas que creímos que nos habíamos reconstruido juntando los pedazos que le faltaban al otro. Quizá porque éramos demasiado jóvenes o porque nos quisimos demasiado. Tuvieron que pasar los años para que nos diéramos cuenta de que debíamos curarnos por separado para poder estar juntos de forma plena. Para que yo hiciera amigos, me convirtiera en una universitaria *normal* y en una persona independiente. Para que él se reconciliara con un pasado que nunca estuvo en sus manos y aprendiera a superar el dolor sin necesidad de ahogarse en una botella. Para que dejáramos de ser dos personas rotas y nos convirtiéramos al fin en lo que siempre habíamos soñado ser. Y para regalarle al otro la mejor versión de nosotros mismos, en algo que tiene toda la pinta de ir a convertirse en un *para siempre.*

Agradecimientos

Cuando escribí mi primera novela, decía en los agradecimientos que para publicar un libro hace falta un puntito de locura, otro de rebeldía y muy poco miedo a poner las emociones a flor de piel. Con los años, me he dado cuenta de que es necesaria otra cosa: confianza. La que hay que tener en una misma y la que otros depositan en nosotros. Por eso, mi primer agradecimiento en esta novela tiene que ser para mi editora, Esther Sanz, y para todo el equipo de Ediciones Urano, por haberles dado a Logan y a Summer el voto de confianza que necesitaban. Ellos y yo misma como autora.

Confianza, por suerte, es algo que nunca he echado en falta en mi entorno más cercano. Por eso hay mucha, muchísima gente a la que tengo que agradecer que esta loca aventura de dejarlo (casi) todo para dedicarme a escribir no haya acabado en el cajón de los proyectos abandonados.

A mi madre, por haberse tomado esto en serio desde el primer día, quizá incluso antes de que yo misma lo hiciera. Por respetar mis ausencias y las enajenaciones mentales que me atacan cuando estoy escribiendo. Una vez me preguntaron cómo lo hacía para que casi todas las madres en mis novelas fueran «tan *guays*». La respuesta es que, a veces, la inspiración está tan cerca que ni nos damos cuenta.

A Juan, siempre. Porque a lo largo de mi vida he sido teleoperadora, profesora, traductora, correctora, periodista, empresaria, guionista y posiblemente algunas cosas más que ni siquiera recuerdo. Pero, en tu cabeza, siempre fui escritora. Gracias por saber cuál era el sueño de mi vida antes incluso de que yo me lo planteara. Y gracias por tantos años volviéndome loca con tu música favorita, que en esta novela se ha convertido en la de Logan; espero haber acertado en la elección.

A esos primos lejanos en el árbol genealógico pero tan cercanos en todo lo demás, por el apoyo, el cariño y la tolerancia con las locuras. Por favor, intentemos que no os echen de ninguna librería por intentar poner mi libro por delante de otros, gritar al ver mi foto en la solapa y locuritas similares.

A mis amigas, las de siempre: Lore, Alba, Pati, Helen, Leti y Genma. Por leerme siempre, por comprar mis libros, por hablarle de Abril Camino a cualquiera dispuesto a escucharos, por no enfadaros en las épocas en que es más difícil quedar conmigo que conseguir audiencia con el Papa... Y por todo lo que hicisteis por mí cuando más lo necesitaba, porque, sin aquello, no creo que hubiera podido llegar esto.

A Alice, Neïra y Saray, porque puede que el *equipo cactus* sea la mejor idea que nadie ha tenido jamás. Por adoptar a Logan y a Summer desde el primer día, por ayudarme a mejorarlos y por la mano tendida cuando llegan las dudas. Por sentir mis novelas como vuestras y dejarme que sienta las vuestras como mías. Y porque ya no sabría empezar cada mañana sin decir un «buenos días» que puede desencadenar los debates más locos, no necesariamente literarios.

A Altea Morgan y Susanna Herrero, por ser las lectoras cero con más paciencia del planeta. Por ayudarme con esta historia y por leerla con tanto cariño. Y a Susanna, en concreto, por *prestarme* a Oliver para el epílogo. Me hace una ilusión muy loca que tus chicos y los míos se hayan conocido.

A Érika Gael, porque la primera vez que me planteé escribir *algo*, tuve la enorme suerte de encontrármela en el camino. Y ese *algo* se convirtió en una novela y en el pistoletazo de salida a todo lo que ha venido después. Sin su confianza, su apoyo y todo lo que me enseñó, yo probablemente nunca habría publicado ni una línea, así que esta novela, como todas las demás, está en deuda con ella.

A mis lectoras, por supuesto, por hacer tan bonito este trabajo y tan satisfactorio el camino. Por los mensajes en redes sociales, las reseñas, los gestos de cariño infinito y el aliento para continuar. Siempre digo lo mismo, así que lo voy a repetir también aquí: sin vosotras, nada de esto tendría sentido.

Y, por último, a todos los que os sintáis rotos. Para que encontréis dentro de vosotros el pegamento para unir los trozos. El mío fue sentarme delante de un portátil a escribir historias, el vuestro puede estar en cualquier lugar, pero... está. Seguro.